人文新视野（第23辑）
2024年第1辑

New Perspectives in
Humanities N° 23

# 人文新视野

陈　雷◇主　编

中国社会科学出版社

## 图书在版编目（CIP）数据

人文新视野. 第 23 辑 / 陈雷主编. -- 北京：中国社会科学出版社，2024.12. -- ISBN 978-7-5227-4506-0

Ⅰ. I0

中国国家版本馆 CIP 数据核字第 20243D558V 号

| | |
|---|---|
| 出 版 人 | 赵剑英 |
| 责任编辑 | 张　玥 |
| 责任校对 | 王佳玉 |
| 责任印制 | 戴　宽 |

| | |
|---|---|
| 出　　版 | 中国社会科学出版社 |
| 社　　址 | 北京鼓楼西大街甲 158 号 |
| 邮　　编 | 100720 |
| 网　　址 | http://www.csspw.cn |
| 发 行 部 | 010-84083685 |
| 门 市 部 | 010-84029450 |
| 经　　销 | 新华书店及其他书店 |

| | |
|---|---|
| 印　　刷 | 北京明恒达印务有限公司 |
| 装　　订 | 廊坊市广阳区广增装订厂 |
| 版　　次 | 2024 年 12 月第 1 版 |
| 印　　次 | 2024 年 12 月第 1 次印刷 |

| | |
|---|---|
| 开　　本 | 710×1000　1/16 |
| 印　　张 | 21 |
| 插　　页 | 2 |
| 字　　数 | 316 千字 |
| 定　　价 | 119.00 元 |

凡购买中国社会科学出版社图书，如有质量问题请与本社营销中心联系调换

电话：010-84083683

**版权所有　侵权必究**

# 编委会成员

主　编　陈　雷
编　委（按姓氏汉语拼音顺序排列）
　　　　程　巍　侯玮红　黄　群　梁　展　刘　晖　邱雅芬　萧　莎
　　　　徐　畅　徐德林　严蓓雯　叶丽贤　钟志清

# 目　录

## 比较文学

沈从文与作为一种新文类的田园小说
　——以《边城》为中心 …………………………… 尚晓进（3）
心手合一和物我交融：庄子和朗吉努斯
　艺术创作思想比较 ………………………………… 何伟文（26）

## 东方文学

北大之外的星星之火：民国时期中国
　高校的梵语教学钩沉 ……………………………… 陈　明（47）
巴斯玛·阿卜杜·阿齐兹反乌托邦政治寓言中的"革命"
　与创伤 ……………………………………… 尤　梅　张开颜（79）

## 欧美文学

华兹华斯的旅行、观景、观画与心灵洞见
　——以1819年版《彼得·贝尔》为例 …………… 章　燕（99）
玛丽·雪莱的北极想象 ………………………………… 张　陟（116）
形塑美国的是"耕犁"还是"步枪"？
　——特纳的"边疆论"与野牛比尔的"蛮荒西部" …… 孙胜忠（138）
物种关怀与人性化共同体建构
　——以库柏的小说为例 …………………… 段　燕　马岳玲（169）

奥地利哈布斯堡神话中的特罗塔家族 ……………………… 刘 炜（187）
碎片化的自我
　　——论彼特拉克《登风涛山》中的"断裂时刻" ……… 钟碧莉（201）
当代媒体语境下的作者"姿态"
　　——以米歇尔·维勒贝克为例 ……………………… 马小棋（218）
伊万·阿克萨科夫论丘特切夫创作中的"斯拉夫因素" …… 陆 尧（236）

## 理论研究

阿伦特的行动、叙事与现代 ………………………………… 周雪松（259）
文学的"死"与"作"：论巴塔耶的"至尊性" ………… 赵天舒（273）

## 散论与译文

怀亚特的宫廷诗 ……………………………………………… 杨 靖（295）
谈为瓦格纳辩护（致《常理》主编信） …… 托马斯·曼 杨稚梓译（302）
何为小说？………………………………… 特里·伊格尔顿 周 颖译（309）

比较文学

# 沈从文与作为一种新文类的田园小说
## ——以《边城》为中心

■尚晓进

(上海大学外国语学院)

【摘　要】以西方田园牧歌文学为参照，可以看出沈从文20世纪二三十年代的小说创作逐渐发展出类型化的特征，使本土田园小说具有了文类生成的可能。沈从文的田园小说虽受西方影响，但更受中国特定历史情境的感召，基于上海租界的否定性经验，在回望苗疆文化遗存之际，作家融合民俗学视野，想象性建构了湘西的神话时代和一套文明的理想范型，在重新定义乡村的同时，也将城市表征为这一理想的对立面，田园小说在此获得关键的结构性要素，使《边城》发展为一种成熟的小说文类。作为一部田园挽歌，《边城》以湘西田园召唤民族童真时代的理想范型，从文明演化的层面上书写田园失落之主题：田园失落不仅是西方现代性进逼的必然，更是内源性的，即中华文明不断趋于理性化的结果。

【关键词】田园牧歌；田园小说；文类；《边城》；田园挽歌

在中国现代文学史上，沈从文通常被指认为最具代表性的浪漫主义作家，这主要得益于他对自然和田园的书写，其作品也被研究者反复界定为"田园的""田园诗""牧歌式的"或"牧歌情调的"，等等。值得追问的是，我们在何种意义上理解"田园""牧歌"或"田园牧歌"？这是否超越题材和美学风格的层面，而指向一种乡土文学新文类的可能？

杨义提出这样的观点，"从乡土题材蒸馏出田园小说的灵感，起始于废名，大成于沈从文"①，显然是将田园小说视为一个特别的样式，将之列在乡土小说的名目之下。很多时候，学界是将他们的作品作为一个文类或类型加以探讨的，只是大多数时候并未加以清晰的文类界说，或者显得语焉不详。研究者有的立足中国自身文化传统，将之与古典文学中的田园诗联系在一起，但更多学者注意到现代田园小说的西方渊源，认识到废名和沈从文等人的写作与西方田园牧歌传统的联系。

早在 1935 年，刘西渭曾做出这样一段评议："《边城》便是这样一部 idyllic 杰作。这里一切谐和，光与形的适度配置，什么样人生活在什么样空气里，一件艺术作品，正要人看不出艺术的……在现代大都市病了的男女，我保险这是一服可口的良药。"② 他不仅用了"idyllic"（田园诗的）这个与"田园牧歌"（pastoral）关系密切的词语，更直接点出西方田园牧歌文学内含的乡村与城市对立的格局。本文意欲结合西方田园牧歌传统，反观沈从文 1920—1930 年以田园和乡土为中心的小说创作，从文类生成的角度考察其结构特征与主题意蕴，并探索这类作品对于本土田园小说文类生成的意义。以西方田园牧歌为参照，可以对田园小说做出这样一个类型化的界定：以田园乡土为主要场景，隐含乡村与城市对立的总体格局，可以是诗意的，也可能包含牧歌或挽歌元素，亦即西方文学传统中"pastoral"一词的基本内涵。需要细究的是，沈从文的创作如何推动田园小说的文类化生成？在中国 20 世纪二三十年代的历史语境下，作为文类的田园小说具有什么样的形式特征与主题意蕴？

## 一　西方田园牧歌与作为一种新文类的田园小说

在西方文学史上，田园牧歌是一种高度程式化、包含特定母题的文

---

① 杨义：《中国现代小说史》（中卷），人民出版社 1998 年版，第 616 页。
② 刘西渭：《〈边城〉与〈八骏图〉》，载邵华强编《沈从文研究资料》（上集），知识产权出版社 2011 年版，第 53 页。

学传统，距今已有两千多年的历史，它更接近一种类型化的文学模式，而非某种特定的文类或体裁，其源头可回溯到古希腊忒奥克里托斯的《牧歌集》。田园牧歌文学鼎盛于欧洲文艺复兴时期，至 18 世纪走向没落，但并未成为一种僵死的传统，而是持续激发后世作家的想象力，回应历史变迁，尤其是日益推进的工业化与现代化进程，正如凯瑟琳·利特尔所言，"自 18 和 19 世纪以来，作家们意识到工业化和城市化进程使得农耕生活逐渐消失，他们运用田园牧歌来表达对失落的伤感。田园牧歌由此成为一种思考、回应和甚至遮掩英格兰与美国所面临的社会经济及环境变化的模式，或者，想象其他文化失落感的模式"①。也正是在这个意义上，吉福德将"任何描写乡村、并或明或暗将之与城市对比的文学"指认为田园文学。②

20 世纪 20 年代，西方田园牧歌已经被引介到中国，周作人对这一文学传统在中国的接受与播散作出了重要贡献，他学过希腊语，对希腊文化情有独钟，从现有资料看，是最早翻译忒奥克里托斯牧歌的文化人。周作人对田园牧歌概念、传统流变及相关作家的介绍主要集中在他所编写的《欧洲文学史》和《近代欧洲文学史》以及撰写的一些短篇文章及译作序文中。③ 1910 年，周作人将匈牙利作家约卡伊·莫尔（Jókai Mór，周氏译作育珂摩耳）1893 年所著的田园牧歌小说译为中文，并为之撰写《〈黄华〉序说》，《黄华》即《黄蔷薇》，在译序中，他对牧歌从词源上做了释义：

> 牧歌原始希腊。相传佃牧女神阿尔退密思祭日，牧人吟诗相竞，为之滥觞。至谛阿克列多斯（Theokritos，谊曰神择）始著为文章。Eidyllion 一语，本 Eidos（谊曰体、日式）之小词，又为 Eidyllion

---

① Katherine Little, "Pastoral", in *Oxford Research Encyclopedias of Literature*, 27 October 2020, Oxford University Press, https://oxfordre.com/literature/display/10.1093/acrefore/9780190201098.001.0001/acrefore-9780190201098-e-1078, 2023-08-10.
② Terry Gifford, *Pastoral*, London: Routledge, 1999, p. 2.
③ 参见张阳阳《对中国现代牧歌小说的一种考察：从〈黄蔷薇〉到〈边城〉》，硕士学位论文，温州大学，2020 年。该论文对周作人引介和翻译田园牧歌文学的情况做了系统的梳理。

bukolikon 之略，意曰牧人体诗，说者或谓可称田园诗，以 Eidyllia 谊可云小图画也。①

周氏将 Eidyllion 解释为 Eidos 的"小词"，即小诗的意思，从词源上看，Eidos 在希腊文中有形式、种或类的意义，也有被看见者或外观的意味，与"理念"的意义相近，正是基于视觉这层意味，周作人将之解释为"小图画"，道出这类作品对于田园景物的图像化描摹，而田园风光的视觉化呈现也构成这一文学传统的重要特征。在介绍忒奥克里托斯的同时，周氏提到希腊牧歌作家郎戈思（Longs），为方便读者，还特地在序中引用了匈牙利人籁息（Emil Reich）的一段文字，为《黄蔷薇》所描摹的"原野物色、圈牧生涯"做了注解。1911 年，在《〈黄蔷薇〉序》中，周作人再次谈到田园牧歌的概念及流变，提到"文艺复兴后，传入欧洲，一时牧歌小说（Pastoral）盛行于世，至十八世纪而衰"②；尤其值得关注的是他对《黄蔷薇》的界定，认为它"源虽出于牧歌，而描画自然，用理想亦不离现实，则较古为胜，实近世乡土文学之杰作也"③，不仅将之视为田园牧歌传统的近世演绎，而且盛赞它为乡土文学的杰作。这一评价有力证明，周作人在译介牧歌之初已将田园牧歌与中国 20 世纪早期的乡土文学联系在了一起，看到这一古老传统对于近世乡土文学的意义。

周作人持续多年的译介工作表明，他对田园牧歌始终怀有强烈的兴趣，不仅如此，他还直接表达了在中国书写牧歌的期望。1921 年，他在《圣书与中国文学》中谈到两国间的文学交流可以启发自己国家文学形式的革新，而西方田园牧歌就有催生新文类的潜力：

譬如现在的新诗及短篇小说，都是因了外国文学的感化而发生

---

① 周作人：《〈黄华〉序说》，载钟叔河编订《周作人散文全集》（第 1 卷），广西师范大学出版社 2009 年版，第 210 页。本文所引周作人作品均出自该全集，后文只注明卷本，出版信息不再另外说明。

② 周作人：《〈黄蔷薇〉序》，载钟叔河编订《周作人散文全集》（第 1 卷），广西师范大学出版社 2009 年版，第 217 页。

③ 周作人：《〈黄蔷薇〉序》，广西师范大学出版社 2009 年版，第 217 页。

的，倘照中国文学的自然发达的程序，还不知要到何时才能有呢。希伯来古文学里的那些优美的牧歌（Eidyllia = Idylls）及恋爱诗等，在中国本很少见，当然可以希望他帮助中国的新兴文学，衍出一种新体。①

显然，周作人认为田园牧歌是西方特有的文学传统，并未将中国古典田园诗或桃花源视为它的对应物。在中国文化传统里，田园或桃源常被视为庙堂或朝廷的对立面，这点与西方田园牧歌传统有相通之处，但未发展出后者那一套程式化的意象、母题与结构方式，而两者所依托的文化根基也完全不同，将两者简单地加以比附并无太大意义。尤其是16世纪以来，随着农业资本主义兴起，古典的乡村和城市为新的经济形式改写，田园牧歌的内部也发生变革，雷蒙·威廉斯以"新田园"（neo-pastoral）来指称文艺复兴时期英国发展出的田园文学样式，认为"传统田园被转化为一种地方化的梦"，演变为"对英格兰真实乡村生活及其社会和经济关系的描写与美化"，② 显然，新田园与中国古典田园诗更无可比之处。周作人的关切值得深究，他所设想的新体究竟是什么？联系到1911年他将《黄蔷薇》同时视为牧歌小说与乡土文学杰作这一事实，再结合20世纪20年代周氏致力于倡导乡土文学这一背景，可以肯定，他从田园牧歌传统中看到的感化契机必然是针对20年代乡土文学形式而言的。周氏的确也在中国看到书写田园牧歌的潜力，1924年，在《济南道中》一文中，他回忆起有一次同朋友乡间乘船一路游玩的兴味，感慨道："这很有牧歌的趣味，值得田园画家的描写。"③ 虽然他并未直接给出本土牧歌的具体设想，但可以确认，关于田园牧歌的想象必然包含在乡土文学的主张中。

沈从文与周作人交往密切，受后者影响颇深，了解周氏对于田园牧歌的译介以及在乡土文学上的主张，也关注他经常刊发文章的文学刊物如

---

① 周作人：《圣书与中国文学》，载钟叔河编订《周作人散文全集》（第2卷），广西师范大学出版社2009年版，第305页。

② Raymond Williams, *The Country and the City*, New York: Oxford University Press, 1973, p. 22, p. 26.

③ 周作人：《济南道中》，载钟叔河编订《周作人散文全集》（第3卷），广西师范大学出版社2009年版，第421页。

《晨报副镌》《语丝》《骆驼》等。可以推断，沈从文读到过周氏对于希腊牧歌及拟曲的译介，更有力的证据是，他本人提到牧歌这一文类，比如，在《论汪静之的〈蕙的风〉》中，他谈道："《乐园》作者从爱欲描写中，迎合到自己的性的观念，虽似乎极新，然而却并不能脱去当时风行的雅歌以及由周作人介绍的牧歌的形式"①；在《长河·题记》里，他言及"特意加上一点牧歌的谐趣，取得人事上的调和"。② 再者，得益于晚清至五四时期的文学译介热潮，田园牧歌文学的播散可能比我们所知的更为广泛，尤其是通过莎士比亚的戏剧、华兹华斯等人的浪漫主义诗歌、艾略特以及哈代等人的小说，田园文学的经典元素，诸如田园风景、农人生活、爱的忧伤、城乡的对立与反差等，逐渐为五四一代文化人所熟悉。这些线索足以启发我们探索沈从文田园小说与西方田园牧歌传统的关联，将之视为中国历史语境中受西方田园牧歌传统感化而生成的一个小说类型。

在中国，这一文类的生成有着特定的历史契机。吕新雨指出，中国有着自己独特的城市发展史，城市乡村是作为一个彼此沟通和融通的体系共同发展的，"城市和乡村是一个互相哺育的过程"，"通过血缘和地缘的动力，构建出城乡互相哺育的纽带，是中国传统的城市与乡村融合一体的关键"③，也正因为如此，"中国古典文学并没有明确地将乡村视为一个文化空间"④，传统中的城市在生活形态和观念意识上与乡村并无本质的区别。中国现代意义城市的崛起以城乡互相哺育关系的断裂为代价，与"现代中国工业化的发生联系在一起，和二三十年代中国的乡村普遍的破产联系在一起"⑤。这是20世纪20年代乡土文学兴起的历史语境，也构成废名和沈从文一代人重新发现乡土与田园的历史大背景。对这

---

① 沈从文：《论汪静之的〈蕙的风〉》，载张兆和等编《沈从文全集》（第16卷），北岳文艺出版社2002年版，第92页。本文所引沈从文作品均出自该全集，后文只注明卷本，出版信息不再另外说明。
② 沈从文：载张兆和等编《长河·题记》，载《沈从文全集》（第10卷），北岳文艺出版社2002年版，第7页。
③ 吕新雨：《新乡土主义，还是城市贫民窟？》，《开放时代》2010年第4期。
④ 南帆：《启蒙与大地崇拜：文学的乡村》，《文学评论》2005年第1期。
⑤ 吕新雨：《新乡土主义，还是城市贫民窟？》，《开放时代》2010年第4期。

一代人而言，乡村是处于中国现代转型进程中的乡村，也是被置于"全球化与现代性的纵横坐标之中文学的'乡村'"，乡村在新的经济结构中被重新安置，并获得社会学的新意。在传统秩序逐渐崩溃之际，为中国文化人所熟悉的田园逐渐成为消逝的记忆，而且，不断崛起的现代城市日益呈现出其异己的、现代性的面目，在全球资本主义规划的世界格局中，中国逐渐呈现的乡村与城市之对立映射的既是传统与现代的对立，也是乡土中国与工业化西方的对立。只有将田园小说置于这一大的历史语境之中，才可充分把握这一新文类生成的内在机制及其主题演绎的繁复意味。

## 二　上海经验：湘西苗疆与理想化范型的建构

1928—1931年居留上海期间，沈从文一手写都市，一手写乡村，这点意味深远，在民俗学引导他重新发现作为地域文化空间的湘西之际，上海经验如一道光照亮了现代都市与湘西苗疆的本质性差异，引导作家建构湘西的形象，湘西作为文化和价值对立面的乡村空间最终得以清晰呈现，而作为文类的田园小说也获得最为关键的结构性要素。

1927年12月国共合作破裂后，政治中心南移，上海出版业蓬勃发展。出于生计方面的考虑，1928年1月，沈从文从北京来到上海，住进法租界善钟里的一个亭子间，很快在上海文化圈崛起为一名职业作家，至1931年5月离开上海。短短三四年间，沈从文创作了数量惊人的文学作品，不仅推出《冬的空间》《自杀的故事》《一个天才的通信》《某夫妇》《薄寒》《腐烂》《绅士的太太》《都市一妇人》《泥涂》等一系列都市空间小说，也发表了一系列以湘西苗疆为题材的作品，如《龙朱》《夫妇》《参军》《媚金·豹子·与那羊》《月下小景》《神巫之爱》等。上海经验对沈从文的成长至关重要，"虽然湘西和北京对沈从文的影响都很大，但实际上是上海在事实上成就了沈从文"[①]。钱理群等

---

[①] 张玲：《地缘文化中的都市写作——上海空间与沈从文文学创作的关联性研究》，《文艺争鸣》2017年第1期。

学者也注意到,"他的乡土文学作品,不是在湘西写的,而是在北京、上海、青岛、昆明四个城市写的,而且同样写乡土,在北京写的和在上海写的,在青岛、昆明写的都不一样"①。对作家影响最为深远、最具异质性的城市无疑是上海。20 年代末沈从文来到上海之际,上海已崛起为一座国际大都会,是"世界第五大城市"和"中国最大的港口和通商口岸",有"东方巴黎"之称,就发展程度而言,"已和世界最先进的都市同步了"②。作为一块半殖民飞地,上海的崛起固然有其内在的推动力,但也无法否认西方列强在其现代化进程中的作用,都市的西方化面向清晰地呈现于租界、建筑、商品以及华洋杂处的城市景观之中。作家的都市题材小说触及了诸如殖民侵略、官僚腐败剥削以及文化阶层浅薄无聊等种种乱象,有些短篇也颇有左翼色彩,比如《大城市中的小事情》将批判的矛头指向现代工厂对工人的残酷剥削,《泥途》和《腐烂》等直接呈现了上海贫民窟的惨淡场景。

总体来看,沈从文之天才不在这类社会分析和批判上,而在个体及民族精神和文化气质的剖析上。置身都市,作家直觉到都市缺乏生机活力的一面,而生命力的缺失又被诠释为都市人的"阉寺性"。"阉寺性"是从现代心理学意义上言说的,现代心理学不仅为他提供了一套阐释人物行为的理论话语,更带给他一条文化或文明分析的理路,其实也是弗洛伊德对于现代性的诊断,即现代文明的发展是以压抑为代价的。在一系列都市小说中,作家细致入微地呈现了都市人情欲压抑扭曲和精神沉沦的状态,比如,在《有学问的人》里,身为知识分子的都市男女连诱惑和试探的游戏都无力完成,因为太精明于得失,本能冲动完全让位于理性算计。沈从文的深刻之处在于从哲学根基上把握了西方现代文明的内核,即理性对人与世界的总体性规设和宰制,现代化的进程也是理性化的进程,理性不断将人与世界客体化,在获得对自然和客体前所未有

---

① 钱理群:《一个乡下人和两个城市的故事——沈从文与北京、上海文化》,载《钱理群讲学录》,广西师范大学出版社 2007 年版,第 25 页。
② 李欧梵:《上海摩登:一种新都市文化在中国(1930—1945)》,毛尖译,人民文学出版社 2010 年版,第 5、7 页。

控制力的同时，也造成对生命本身的压制。在沈从文这里，现代性批判与民族关切始终重合在一起，他关注不仅是个体生存的困境，更是民族衰微的境况，或者说，工具理性对于民族生命的阉割。作家看到，在20年代的中国，在西方殖民主义和帝国主义进犯中国之际，工具理性也一步步深入民族肌理、禁锢民众精神，不仅如此，入侵的异质文化与固有文化糟粕相结合，进一步腐化原有的道德和文化根基，畸变的后果加剧了这种"阉臣"性格。

内忧外患的中国需要强健而有力的民众，而被过度发达的理性及工具理性所阉割的民众怯懦自私，精于算计，过于市侩气，这样的个体自然无益于民族的复苏与更新。上海经验反过来印证了沈从文从民俗学中获得的洞见，作为文化有机体的民族似乎步入衰老的周期，生命力衰微，都市中蝇营狗苟的个体则具体而微地呈现出民族羸弱的病象，而乡间与民间传统中仍有生机隐伏，民俗学与都市经验在此沟通，且相互印证，在加深其忧患意识的同时，也激发他思考民族自我更新的可能。可以说，上海经验决定了沈从文书写和想象乡村的方式，是沈从文作品中乡村与城市对立结构生成的必要前提，这一对立结构对田园小说的发展和成熟至关重要。

创作于上海时期的《阿丽思中国游记》（1928）是一个值得关注的文本，研究者指出，正是在这个文本中，沈从文"开始由乡情民俗的单纯展示转向乡村都市二元对立的叙事模式，开始从民族精神重建的文化立场来讲述乡村和都市故事"[①]。或许，它更重要的意义在于呈现了乡村都市这一对立生成的历史现场。可以将《阿丽思中国游记》视作一个关于"殖民者经验和租界本土经验的讽喻文本"[②]，阿丽思小姐和兔子绅士傩喜两个漫游者充当了外部观察者的角色，而内嵌文本《中国旅行指南》同样引入外部看中国的视角，这种刻意为之的外部视角与其说是内化殖民主义意识形态或自我东方主义的结果，不如说起到了一种陌生化

---

[①] 李永东：《殖民叙事、文化身份与租界体验——论沈从文的小说创作与上海租界》，《民族文学研究》2006年第2期。

[②] 李永东：《殖民叙事、文化身份与租界体验——论沈从文的小说创作与上海租界》，《民族文学研究》2006年第2期。

的间离效果，呈现出20世纪20年代中国殖民入侵、军阀混战、贫困腐败和精神矮化的种种乱象。正是在这样的历史语境中，湘西苗乡被推到前景，浮现于20年代日常乱象之上。在第二卷中，仪彬姑娘劝说阿丽思小姐去乡下看看"那些野蛮的风俗的遗留"①，而仪彬母亲也极力劝说她去乡下做一次趣味的旅行："阿丽思，你也应见一见我那地方的苗子，因为他们是中国的老地主。如同美国的红番是美国老地主一样……我告你的是到中国旅行的人，不与苗人往来也不算数。"②沈从文称苗人为中国的老地主，强调的是苗乡文化之于华夏传统的关系，它标志着华夏文明的蛮荒时代，代表的是更为久远的、未被儒家正统所同化的边缘文化传统，这一脉传统之后又被他明确界定为先秦巫楚文化。也正是在这个意义上，沈从文将苗人视为浪漫主义和民俗学话语中的高贵的野蛮人。

在激活蛮夷、非儒学文化记忆的同时，沈从文也重新界定了乡村，乡村不仅指向农耕时代的社会结构和文化传统，更指向中华文明更早的发源，即未受儒家驯化而更为原初的民族文化精神。与废名笔下的田园一样，沈从文的乡下投射出民族自我的面目，只是这一面目呈现的是粗犷而古老的巫楚文化风貌。基于此，湘西被构想为蕴藏原初民族生机、包含一整套有别于现代资本主义和理性主义文化体系的乡村，它是自成一体的文化空间，既独立于儒学主流之外，也隔绝于西方现代性体系。也正是在对湘西苗疆的想象性建构中，沈从文重新定义了乡下人，他所言的"乡下人"并非单纯于乡间务农的民众，而是更接近"蛮夷"的意义，例如他在写《凤子》（1932—1937）时指出的，意指先秦巫楚传统的精神后裔。在《习作选集代序》中，沈从文骄傲地以乡下人自居，他所列举的乡下人品质为"保守，顽固，爱土地，也不缺少机警却不甚懂诡诈"，对一切事认真到"傻头傻脑"的地步③，也是在这篇序言中，沈

---

① 沈从文：《阿丽思中国游记》，张兆和等编《沈从文全集》（第3卷），北岳文艺出版社2002年版，第190页。
② 沈从文：《阿丽思中国游记》，张兆和等编《沈从文全集》（第3卷），北岳文艺出版社2002年版，第195页。
③ 沈从文：《习作选集代序》，张兆和等编《沈从文全集》（第9卷），北岳文艺出版社2002年版，第3页。

从文提出了他广为人知的意象——供奉人性的"希腊小庙",由此,在乡下人与古典希腊之间建立起某种隐约的关联,乡下人即未被后世文明侵蚀的感性与智性和谐、富于勇气与行动力的完人,接近席勒所言的素朴的诗人。反之,因为民俗学视野的融入,在沈从文这里,城市并不局限于西方化和租界化的上海经验,或单单衔接工业化和资本主义的历史进程,而是更宽泛地指向处于现代演进中更为理性化和商业化的文明形态。

更重要的是,在上海期间,沈从文开始有意以苗乡为疆界建构一种理想的文化原型范式,尤其是在 20 年代末的苗人系列中,甚至将湘西推到一种神话的领地,这里不妨以湘西神话来指称这一理想范式。对田园牧歌文学而言,理想化的范型至关重要,它不仅为田园牧歌提供了一套可供征引的意象和母题系统,更在文本内营造出一种理想与现实、美好往昔与缺憾现今之间的紧张关系或者张力结构,而此张力结构也正是田园牧歌的形式要素之一,正如研究者指出的,"因反感文明的惯习而生发的对理想之憧憬是(田园)诗歌的核心"①。在西方文学史上,黄金时代神话与田园牧歌存在不可分割的联系,学者大多认为它是田园牧歌普遍的理念,无论文本是否直接指涉黄金时代神话,它都构成这类作品的潜台词或幕前幕后的风景。随田园牧歌传统的发展,黄金时代神话获得时间和空间的双重属性,维吉尔将黄金时代神话向未来敞开,而桑纳扎罗使之空间化,将之与理想化的地域关联起来,因而,蒲伯直言田园是黄金时代的一个意象,这一评议点出了两者在时间和空间维度上的映射关系,将"时间与空间概念、美好地域与美好往昔、将诸如阿卡迪亚、西西里或其他理想地域与理想化的时代——已然逝去的或将要来到的——联系了起来"②。无论田园牧歌以反讽还是寓言的方式展开,它内在的张力都隐含于黄金时代与黑铁时代或理想地域与现实世界的相互参照中。宏观上看,在《龙朱》《神巫之爱》《媚金·豹子·与那羊》和《月下小景》这一系列作品里,作家对苗人苗乡的理想化书写,建构了

---

① Paul Alpers, *What is Pastoral*, Chicago: The University of Chicago Press, 1996, p. 30.
② Harry Levin, *The Myth of The Golden Age in the Renaissance*, Bloomington: Indianan University Press, 1969, p. 7.

一种文明发源之初的诗意生存状态，它投射到沈从文的田园世界中，构成一种可供参照的完美世界图景或意义体系。可以说，理想范型的建构对于中国语境中田园小说这一新文类的生成起到了关键作用。

　　创作于上海时期的苗乡系列表现出神话的品格，有研究者将之界定为"原始氏族时代"，其实，沈从文未必着意于构建一部湘西社会发展的历史，或者呈现一个"脉络分明的时间流程"①，但确凿无疑的是沈从文对于湘西的神话式想象，这一想象尽管以湘西苗疆为蓝本，但更多是以都市为对立面的方式展开的，是基于都市否定性经验而呈现的对人生存之应有或将是状态的诗意想象。学界对《龙朱》系列呈现的苗人苗乡图景有很多分析，但根本而言，它是作家以瑰丽想象构建的湘西蛮夷或巫楚文化的黄金时代，它给定了一整套生活图景和价值观念，包括人神和融一体的状态、美与德性兼具的完人、生机蓬勃的生命状态、发乎自然的礼仪习俗，等等。与西方的黄金时代神话一样，它被界定为一个业已失落的美好时代，在《七个野人与最后一个迎春节》里，最后一个迎春节结束，湘西历史上的黄金时代也随之落幕，天真让位于文明，天然道义为人为律法所取代。黄金时代的失落为沈从文书写失落和怀旧提供了契机，而这些也正是田园牧歌所固有的母题及程式化情感状态。与西方黄金时代神话一样，湘西巫楚神话拥有空间维度，理想化的范型向特定的地理空间投射，以文化遗存的方式偏安一隅默默延续。在《月下小景》里，沈从文写道："傍了××省边境由南而来的横断山脉长岭脚下，有一些为人类所疏忽历史所遗忘的残余种族聚集的山寨。他们用另一种言语，用另一种习惯，用另一种梦，生活到这个世界一隅，已经有了许多年"②；《凤子》中的工程师所深入的苗乡是"一个被地图所遗忘的一处"，同时，也是"被历史所遗忘的一天"③，作家以此作为小说章节的

---

　　① 凌宇：《花开花谢总自然》，载赵园编《沈从文名作欣赏》，中国和平出版社1993年版，第567页。
　　② 沈从文：《月下小景》，载张兆和等编《沈从文全集》（第9卷），北岳文艺出版社2002年版，第217页。
　　③ 沈从文：《凤子》，载张兆和等编《沈从文全集》（第7卷），北岳文艺出版社2002年版，第106页。

标题，充分揭示出这一理想范型既有时间维度，也是空间属性的，它以地域空间的方式封存或召唤神话式的人物类型、生活形态与文化系统。无论是投射为理想化的时代，还是空间化更为美好的地域，沈从文所建构的湘西神话都为田园小说提供了必要的形式要素，它浮现为一种风景化的意象，也在风土人情、节庆风俗中显形，作为一种失落的或难以企及的理想，为沈从文反观乡村、都市以及民族自我敞开了丰富的空间。

概言之，20年代末轮廓渐显的湘西苗疆是民俗学形塑的地域空间，同时也是以上海为参照系和对立物建构的乡村地带，基于上海租界的否定性经验，作家在回望苗疆文化遗存的同时，融合民俗学视野，想象性建构了一个斑斓瑰丽的湘西神话时代，以此表征一套完美的文明范型，乡村则被赋予召唤这一理想的功能，而城市则被表征为这一理想的对立面。乡村与城市的对立格局不仅支撑起作家展开关于民族危机与更新的思考，也引导他在特定的历史情境下发展出属于自己民族的田园小说。很多时候，研究者在沈从文整个创作体系内言说他所开创的都市与湘西苗疆二元结构，但严格意义上田园小说必然将这一张力结构纳入文本内部，比如《雨后》（1928）、《三三》（1931）、《凤子》以及《边城》（1934）等。在这些作品中，作家一方面以田园召唤神话时代的理想范型，反观现代或都市文明，另一方面开启书写田园失落之主题的空间，使田园叙事呈现繁复的意蕴层面，如果说《雨后》重在以田园世界召唤出湘西神话所内含的原型理念，《三三》和《凤子》则在乡村与城市的对立结构中探索西方与东方、民族童真时代与异化现代的冲突，而从文类的角度看，《边城》将田园小说推向了圆熟的境地，堪称一部挽歌经典。

## 三 田园理想：作为田园诗的《边城》

《边城》无疑是对20世纪二三十年代中国乡村裂变与现代化进程的回应，在乡村与城市、湘西往昔与现代变迁的张力结构中演绎了田园失落这一主题，这里以席勒的《论素朴的诗与感伤的诗》一文为参照，具体辨析《边城》在何种意义上是一部成熟的田园小说。目前并无史料显示沈从文直接阅读过席勒的美学论述，但20世纪初，王国维和蔡元培等人已将美育理论引入中国，沈从文曾明确表示认同蔡元培的"美育代宗教"思想①，1922年张君劢对席勒的《审美教育书简》（1794）做了评介，《论素朴的诗与感伤的诗》发表于《审美教育书简》面世的次年，两者在思想上存在延续性，《审美教育书简》第5—6封信中近代文化与古代希腊文化之对比也是《论朴素的诗与感伤的诗》一文立论的依据。沈从文了解当时的科玄论战，对张君劢及其思想应当有所关注，更关键的是，沈从文在诸如《雨后》等作品中传达的观点与席勒在《论素朴的诗与感伤的诗》（1795）中阐发的美学观点有着惊人的契合，即便两者并无关联，也不影响我们交错阅读席勒的文本以阐发沈从文对自然与文明状态的思考。

根据情感和感知模式，席勒将他所言的"感伤的诗"或田园牧歌作品区分为"讽刺的"（satirical）和"挽歌的"（elegiac）两种类型，当诗人主要致力于表现理想，且为之喜悦时，即为挽歌，挽歌进一步区分为"田园诗"（idyll）和"挽歌"（elegy）两个类别，前者即将自然和理想表现为现实，同时也是喜悦的对象，后者即为我们通常理解的狭义的挽歌，在此类别中，"自然和理想均为伤感的对象，自然被表征为失落的，而理想则无可企及"②。田园诗和挽歌可并存于同一文本中，《边城》在表征对于理想欢喜之情的同时，也书写了理想失落的哀伤。王德威在谈及沈从文的另一部小说《三个男人和一个女人》时写道："他的叙事既是对田园牧歌的逼真再现，但同时也使之土崩瓦解"③，这一评议同样适用于《边城》。挽歌令人哀伤，正在于作家一方面在湘西田园中召唤出诗意的理想，另一方面，又暗中消解之，使之成为一个无法触及的幻影。尽管席勒不从文类的层面界定田园牧歌，这并不妨碍我们引入他提

---

① 刘香云：《沈从文美育思想研究》，硕士学位论文，吉首大学，2010年，第12页。

② Friedrich Schiller, "On Naive and Sentimental Poetry", in H. B. Nisbet, ed., *German Aesthetic and Literary Criticism: Winckelmann, Lessing, Hamann, Herder, Schiller, Goethe*, Cambridge: Cambridge University Press, 1985, p. 200. 后文出自该文的引文，将随文标出该著名称简称"Poetry"和引文出处页码，不再另注。

③ 王德威：《批判的抒情——沈从文的现实主义》，载《沈从文研究资料》（下），天津人民出版社2006年版，第895页。

炼的情感和感知模式，进一步探讨田园小说作为一种新文类的可能性。可以说，正是因为理想范型的存在，沈从文有了书写真正意义上牧歌的可能，单纯地书写农耕秩序的解体或者传统中国的逝去，只能是牧歌情调的，而非形式意义上的田园牧歌。

按照席勒的分类，《边城》首先是一则田园诗。《边城》素来以鲜明的意象和视觉效应著称，山川地理、民俗节庆、人民日常无不鲜活呈现于读者眼前，无怪乎夏志清以"玲珑剔透"和"田园视景"之类的语汇来形容之[1]。茶峒是湘西特定的地理所在，也是沈从文想象的文学空间。在作家的描写里，边城有一种时光静止的静态之感，仿佛是一方不为外部动荡所侵扰的乐土福地，人事和谐，秩序恒定，仿佛逃逸于时间和历史的洪流之外，向前奔涌的线性时间在此被一种循环往复的时间观所取代。作家不仅以节庆设置边城民俗画卷，更以节庆规划叙事节奏，在开启季节更迭、无限循环的农耕时间观的同时，也从叙事层面强化了田园乐土的时间凝滞或无时间感。作家在小说里提到端午、中秋和过年三个节日，"年复一年的节日维系的是边城世界的秩序感、恒常感以及与过去世代的连续感"[2]。一个有趣的细节是，沈从文在描写节庆习俗时爱用表重复的语汇，诸如"莫""莫不"和"必"等，来传达边城内部的恒常之感，比如，"端午日，当地妇女小孩子，莫不穿了新衣，额角上用雄黄蘸酒画了个王字。任何人家到了这天必可以吃鱼吃肉"[3]。作家以农耕时代的循环时间取代启蒙以来的线性历史观，在消解时间性的同时，也以时间空间化的方式召唤回民族的童真时代。如果说《边城》是席勒所言的田园诗，它首先呈现的就是人与自然未曾分化前的诗意存在状态，在时间空间化的边城，民族童真时代的理想似乎复活，并获得一个依稀可触及的鲜明轮廓。

人民安居乐业，岁月安宁静好，人事与自然相调和，仿佛构成天地

---

[1] 夏志清：《中国现代小说史》，刘绍铭等译，香港中文大学出版社2001年版，第177页。
[2] 吴晓东：《沈从文小说中的田园视景与抒情性问题》，《小说评论》2008年第6期。
[3] 沈从文：《边城》，载《沈从文全集》（第8卷），北岳文艺出版社2002年版，第73页，后文出自《边城》的引文，将随文标出该著名称简称"《边》"和引文出处页码，不再另注。

秩序的一部分，个人的命运以及各自的爱憎期冀都在既定的秩序中展开，祖父同翠翠的生活本身即是这种田园诗的具象化呈现："风日清和的天气，无人过渡，镇日长闲，祖父同翠翠便坐在门前大岩石上晒太阳。或把一段木头从高处向水中抛去"（《边》：65）。因政令得法，地方无变故发生，"水陆商务既不至于受战争停顿，也不至于为土匪影响，一切莫不极有秩序，人民也莫不安分乐生"（《边》：73）。在边城，社会运作以及秩序维护并不需借助强制性的法律和条令，而是运用习惯规矩排调一切，惯例是传统的一部分，又以民众朴素的伦理观为根基。作家显然敏感于茶峒山城与文明世界伦理观的不同，且有意识将两者加以对比，在他看来，前者是自然的，发乎本性与本心，而后者是人为的，强制性的，往往压制人的自然天性。一个有趣的例子是当地人对待洪灾的态度。涨水时，那些"勇敢的人"驾小舢板漂在浪头上，捞取财物的同时，也天经地义地救人，"不拘救人救物，却同样在一种愉快冒险行为中，做得十分敏捷勇敢"（《边》：66）。遭受水灾损失的人淡然接受自然的安排，另外，从水灾中获利的亦无愧疚之情。或许在文明人看来，"发洪水财"是不光彩的，但在边城，从水中获利是接受自然的安排，同时，也是靠勇气和力气获取自己可得和应得的一份。显然，商业的理性算计还未侵入这片田园乐土，湘西乡下人仍以原初的天性为道德判断和行动的依据，既不伪善，也不矫饰，坦坦荡荡，一派光明磊落，救人是天经地义的，从水中获利也是天经地义的，这种朴素的道德观源于单纯而高贵的天性，有大道至简的意味，非文明世界繁复刻意的道德体系可界定。关于娼妓和肉体交易的议论进一步揭示出两种伦理观的分别，茶峒人不以读书人的观念来看待此事，而介入交易的双方也并无羞耻感，作家认为，"这些人既重义轻利，又能守信自约，即便是妓，也常常较之知羞耻的城市中人还更可信任"（《边》：71），这种道德上健全完全是因为湘西乡下人天性未被遮蔽或扭曲，未被外在的、人为的道德信条所束缚，他们有道德的直觉和自觉，情感理性与意志协调，因而同样具有也有"守信自约"的践行能力。

《边城》里的人物群像仿佛蛮荒时代初民的照影，尽管无法与龙朱这样具有神性的人物相媲美，但都很接近沈从文在《七个野人与最后一个迎春节》里所塑造的理想人物范型。他们朴实厚道，明事明理，爱利，也仗义，无论是摆渡的老人，还是掌水码头的顺顺，抑或是天保和傩送两兄弟都是这类人物的代表。管渡船的是翠翠的爷爷，老人古道热肠，为人忠厚善良；顺顺生性洒脱，公正无私，慷慨而又能济人之急，五十岁便做了码头的执事；天保和傩送两兄弟壮实能干，都有做人的勇气与义气，又为人和气，不骄惰，不浮华，不倚势凌人。茶峒妓女尽管做着这古老的低贱职业，却并未为金钱所腐化，"人既相熟后，钱便在可有可无之间了"（《边》：70），不仅如此，她们仍能纯粹地爱人，情感也是健全的，"全个身心为那点爱憎所浸透"（《边》：70），爱恨情仇间见生命活泼的底色。

简言之，在《边城》呈现的诗意田园中，湘西神话的理想彰显于茶峒人民与他们的日常中，人民心性纯良，理性与情感调和，道德心健全，边城社会和谐有序，人间秩序仿佛与天地一体，一切似乎都指向民族欢乐而单纯的童年时代。

## 四　田园失落：作为挽歌的《边城》

《边城》首先是一则田园诗，"作为喜悦对象的自然和理想都被表征为现实"（"Poetry"：200），表征为现实，然而并非现实，这种似是而非的状态对于理解田园失落之主题至关重要。那么，沈从文如何书写田园失落这一母题？《边城》从"田园"转向"挽歌"的内在机制是什么？研究者一般将《边城》的牧歌情调或牧歌属性与小说中的爱情悲剧联系在一起，爱情悲剧预示边城田园世界的崩溃，而传统上，田园世界的崩溃又被视为资本主义和殖民主义全球扩张的必然结果。这一解读符合我们对世界史的一般理解，文本中也不乏细节暗示现代西方性的渗透，但从叙事层面看，这并非小说的着力点。再者，不少研究者也从苗汉对立的角度来揭示田园的失落，将磨坊视为经济理性的象征，认为正是经济上的算计阻碍了傩送与翠翠之间的爱情，而这种经济理性又被界定为汉族的文化价值，比如，凌宇认为碾坊为"买卖婚姻的象征"，《边城》的悲剧在于苗汉文化的冲突①。无论是将经济理性指认为西方现代性的产物，抑或是汉族文化价值的表达，这类解读都将湘西田园崩溃视为外部因素作用的结果，只不过后者是将汉族及其文化视为湘西苗疆的外来者。就两种外源说而言，前者有合理之处，沈从文原本无意挑战或颠覆世界史视野下的叙事，但后者却是立不住脚的。

不容忽略的是，作为湘西世界镜像的"茶峒"山城，从山川风物到乡间人物，完全不同于早期苗人系列所描摹的苗疆，而是更接近他所描述的镇筸，一个苗汉杂处、文化杂糅的文化空间，生活于此间的苗人和汉人早已同化，风俗信仰彼此融通，共同形塑茶峒的日常风貌与民风民情。换言之，这已是经过后世文明，尤其是儒家传统熏陶的文明形态，关注到这点对于理解《边城》中的失落主题至关重要。再者，与他在《凤子》中的立场一样，沈从文无意从族群的角度来区分苗人或汉人身份，更无意从族群层面构建苗汉的对立关系，在边城杂糅的文化空间里，族群身份模糊难辨，无论是老船夫、翠翠，还是顺顺及他的两个儿子，作家都未明确他们的族群归属。相对于族群身份，重要的是个体所拥抱的文化观念或价值取向。天保和傩送兄弟俩其实衔接了边城两脉不同的文化气质或传统，天保的理性务实与儒家或后世商业传统更接近，而傩送的浪漫气质则使他更具巫楚文化的遗风，从民族文化的层面来说，两兄弟代表了中华文明内部诗性与理性、浪漫与务实精神的分别。在边城文化空间，两脉源流并非泾渭分明，而是以融通的方式共同形塑边城人民的性情与观念，正如"车路"和"马路"两种求亲习俗并存，无论哪种，都是被当地接受和认可的，即便是不擅唱歌的大老也乐于以此打动翠翠的心。然而，无论是慷慨务实的天保，还是天性浪漫的傩送，都未能获得圆满的爱情。这就提醒我们，关于边城悲剧的传统阐释有难以自圆其说的地方，并不存在"车路"对于"马路"，"磨坊"对于"渡船"的胜利，也不存在儒家文化传统对于巫楚遗风的胜利，如爱情悲剧昭示

---

① 参见凌宇《沈从文创作的思想价值论——写在沈从文百年诞辰之际》，《文学评论》2002年第6期。

的,无论是儒家理性主义还是巫楚浪漫诗性都遭遇了某种溃败。

必须看到,沈从文并非简单地在世界史的视野内书写东方田园世界的必然解体,而是立足中华文明的内部,从文明演化层面上来演绎田园失落这一主题。归根结底,他所理解的田园失落是内源性的,与中华文明内部的危机或缺陷密切相关,在现代性进逼的历史情境下,作为一首田园挽歌,《边城》呈现的是一幅田园自内部崩塌的图景,而这也正是沈从文眼光的独到之处。

如果说田园失落以爱情悲剧为症候,需要剖析的是爱情悲剧的真正成因。在翠翠与天保和傩送两兄弟的爱情纠葛中,磨坊从来不是障碍,傩送未曾为它诱惑;马路和车路也从来不是非此即彼的选择,因为决定性因素在于女子的心思,而非求爱的方式。张映晖在《悲伤之塔——对沈从文〈边城〉的另一种解读》中谈到小说中一个极为核心的问题,即沟通与交流的障碍,他指出,爷爷与翠翠、翠翠与傩送、爷爷与顺顺一家之间都存在沟通不畅的问题,沟通障碍又导致人物之间的误解与分歧,并最终酿成悲剧,这一分析是非常有见地的。翠翠喜欢傩送,但过于羞报,未曾向爷爷吐露心事,老人直到很晚才隐约体会到这点。然而,天保已经让父亲上门提亲了,祖父不能明白翠翠的心思,无法给天保一个确切的回复,这令天保倍感挫折,他向弟弟抱怨:"得不到什么结果。老的口上含李子,说不明白"(《边》:116)。之后,老人误会唱歌的是大老,再次见面时,与他不合时宜地开玩笑,造成两人间的隔膜。天保情感受挫,行船时溺水而亡,又因老人拿磨坊之类的话来试探二老的心意,令二老对老人心生怨恨,甚至直言,"老家伙为人弯弯曲曲,不利索,大老是他弄死的"(《边》:134)。在处理孙女的婚姻问题上,老船夫过于谨慎而给人以"机巧"的感觉,间隙猜疑最终导致爱情失意和人物死亡;而翠翠本人因过于羞涩而不断回避,也造成不必要的遗憾,正如张映晖所言:"湘西淳朴民风濡染下的两个自然之子,竟也不断地滋生了沟通不畅的问题。"[①] 这一议

---

[①] 张映晖:《悲伤之塔——对沈从文〈边城〉的另一种解读》,《海南师范大学学报》2013年第3期。

论命中问题的核心,但交流和沟通障碍是更深层问题的症候,指向失落之主题的真正内核。翠翠、老船夫和《边城》中的诸多人物是浪漫主义传统中的自然之子,在小说开篇召唤的田园视景中,他们以湘西神话中人物理想范型的形象出现,然而,随故事推进,人物悄悄变形,逐渐暴露其似是而非的本相,而田园生活也日益显现出冲突和不和谐的实质。正是在田园幻象显形而又逐渐破灭的动态进程中,《边城》真正获得了挽歌的品质,自然与理想在此都成为哀伤的对象。

《边城》中交流障碍最明显的是老船夫,天保说他"口上含李子",二老说他"为人弯弯曲曲",这与他转弯抹角、旁敲侧击的说话方式相关,之所以如此,自然是因为他瞻前顾后,顾虑太多,思虑太多,在翠翠婚事上的过度谨慎毁掉了他朴拙的心性与自然的风度,这种话语方式已是天真失落的标志了。席勒曾论及语言和交际中的素朴品质,认为素朴的思维方式必然流溢出素朴的表达,思想与语言合一,即便是包裹在语言的外壳内,思想也仿佛是裸露的,在社会交往中,素朴的心灵有一种天然的真诚,对惯习浑然不觉,其表达也是素朴的,这种朴素就是简洁明了,直言不讳,恰如儿童惯常的说话方式。① 老船夫的语言风格与席勒所想象的素朴语言相距甚远,他的言说和思维方式其实更接近生命力孱弱的文明人。女儿和女婿的自杀重创了老人,他太渴望翠翠能获得幸福,另外,也敏感于与顺顺一家在身份地位的差距,因而患得患失,行为举止愈发拘谨扭捏。作家这样描写他最后一次见顺顺试图挽回些什么的情状:"老船夫方扭扭捏捏照老方子搓着他那两只大手,说别的事没有,只想同船总说两句话"(《边》:142),扭捏畏缩的样子只会令豪爽仗义的顺顺看他不惯。至此,老船夫的形象发生了彻底的翻转,不再是开篇时那个纯良豁达又不失智慧的老人,他失去了内在的和谐,也失去了勇气与坚毅,反倒更像一个为忧愁和思绪所折磨的都市文明人。

---

① Friedrich Schiller, "On Naive and Sentimental Poetry", in H. B. Nisbet, ed., *German Aesthetic and Literary Criticism: Winckelmann, Lessing, Hamann, Herder, Schiller, Goethe*, Cambridge: Cambridge University Press, 1985, p. 187.

同样，随故事的展开，作为自然之子的翠翠也展现出她内在的脆弱和苍白，她与自然亲和，如同小兽一般，然而，她给人最突出的印象是羞涩，情窦初开之后，甚至连言及情愫的勇气都没有，这令老人无从把握她的心思，造成了不必要的误会。评家对此关注不多，一般将翠翠的羞涩视为少女的特质，是她灵动可爱的少女形象的一部分，但我们不能脱离沈从文的思想体系来评价翠翠这个人物，且不说早期苗人系列里媚金那类至情至性的神性女子，即便是在《萧萧》《雨后》《夫妇》和《阿黑小史》等后期作品里，一系列的女子仍元气饱满，视爱欲为自然，坦坦荡荡，追随本性，并无过度的羞涩与退缩。以《萧萧》为例，研究者多关注沈从文对童养媳这种封建婚姻形式的抨击，然而，作家同样书写了健朗而饱满的生命形式，对于熟悉弗洛伊德理论的沈从文而言，萧萧的成长、爱欲觉醒和受诱惑的过程都是自然而然的，并非伦理评判可以裁决，只是文明，尤其是童养媳婚姻制度，扭曲了自然的生命欲望而已，可能正是基于这一理解，他给萧萧安排了圆满而幸福的人生。由此反观《边城》，可以断定，翠翠过度的羞涩并非自然天性，与其说她是自然之子，不如说她是更为精致的理性文明所孕育的花朵。当然，沈从文无意将她塑造为封建礼教的受害者，他回避了过于意识形态化的书写，但翠翠与她所属的文明形态自然贴合，她属于苗汉文化合流的茶峒山城，而非更久远的蛮夷时代。

翠翠的出生原本是一种僭越，对于已进入宗法社会的山城而言，爱欲要受伦理约束，私情只能在婚姻制度中才可合法化，翠翠的父母选择殉情，可以说，翠翠也为父母的羞惭悲伤所孕育，先天背负了文明的重负，她出生即是文明教化的花朵。从翠翠这样的女子身上，沈从文敏锐洞悉了中华文明发展的内在问题，文明的发展似乎愈来愈钳制人的本能和内在生机，从民俗学的角度说，即民族已经衰老了。天保曾经这样说过翠翠："翠翠太娇了，我担心她只宜于听点茶峒人的歌声，不能作茶峒女子做媳妇的一切正经事"（《边》：91），虽然他有过于讲究实际的一面，但他说翠翠太娇也的确有见地，太娇意味着生机活力匮乏，缺乏面对生活的勇气和坚韧精神。甚至祖父也这样告诫过翠翠："要硬扎一点，结实一点，方配活到这块土地上！"（《边》：120）就爱情悲剧而言，翠翠本人自然也有责任。除端午节初次邂逅外，翠翠和二老有几次会面的机会，但翠翠或因羞涩避而不见，或因磨坊之说而心存芥蒂，尤其是天保死后，隔膜已经产生，傩送和家里的长年来到渡口，而翠翠见到他们两人，"大吃一惊，同小兽物见到猎人一样，回头便向山竹林里跑掉了"（《边》：138），因为翠翠的逃跑，祖父试图向二老解释，但他畏畏缩缩的说明加上翠翠的反应，愈发加深了二老的误会，以至在后者看来，这事"前途显然有点不利"（《边》：139），这也直接导致二老的远行。可见，在情爱方面，翠翠实在是胆怯的，逃跑几乎成了她的本能，这使她更像深闺中的小家碧玉，而非为巫楚山水孕育的湘西女子，其实，已彻底背离湘西神话里构建的人物范型。

  小说结尾处的暴雨与死亡场景宣告了田园幻境的破灭，自然界的暴力呼应着人间的悲剧：暴雨冲毁菜园地、冲走渡船，房后的白塔坍塌，而老船夫也在暴雨将息时死去，葬礼之后，翠翠在渡口默默等待远行的二老。学界公认小说的结尾富于牧歌情调，但作家书写的不仅仅是情调上的挽歌，更是形式和结构上的挽歌，在自然和理想依稀显形为现实的同时，又被表征为那所失落的以及感伤的对象。沈从文以老船夫和翠翠具象化地呈现了理想的破灭，在苗汉文化融合的茶峒山茶，人物不复有初民的坚毅果决与内在和谐，民众的生命形态或许更为优美精致，但蓬勃之气与粗粝浑厚的生命力却是削弱了。在《边城》里，田园失落并不单单是西方现代性进逼的必然，更是中华文明不断趋于理性化的结果，作为一则挽歌，《边城》不仅是对必然逝去的农耕往昔的缅怀，更是对中华文明自身演化的反观以及对于内在危机的警示。

  在《论素朴的诗和感伤的诗》中，席勒谈及感伤诗人的崇高使命，他并非要将我们带回童真时代，或者令人沉溺于田园诗的美好虚构之中，相反，他应当"引导我们向前，进入我们的成年时代，使我们感受到更高的和谐"（"Poetry"：213），这种更高的和谐只能通过文化到达，"文化应该引领我们经由理性与自由之路重返自然"（"Poetry"：181）。尚古主义或蒙昧主义从来不是田园牧歌的真正目标，而是以回望原初和谐的方式启示文明发展的更高方向，在某种意义上，沈从文在《边城》里的确实现了席勒对感伤诗人寄寓的厚望。作家在书写田园失落的同时，也在探索民族未来的方向，小说结尾处对于茶峒山城人情温暖以及有机体内部守望的书写，其实寄寓了沈从文对于中华文明生生不息的乐观信念。祖父去世后，他的生前老友杨马兵带人做了临时的渡船，撑着来到渡口维持水上交通，又担起翠翠临时看护人的角色。船总顺顺也彻底放下先前的隔膜，操办老人的葬礼，邀请翠翠以二老媳妇的身份来家居住，显然，依然保有湘西人热诚而慷慨的心肠。即便是翠翠自己也获得成长，她回绝了顺顺的好意，决定守在渡口等二老回来，同时，接过祖父的职责，给乡人来回摆渡。到了冬天，在众人的募捐下，坍塌的白塔也重修了起来。尽管作者留给小说一个开放式的结尾，但仍是充满希望的："这个人也许永远不回来了，也许'明天'回来！"（《边》：152），引号里的明天，指向一个并不确定但仍可期待的未来，这份期待的勇气来源于对于中华文明的信念，茶峒山茶社会有机体的团结以及人民自身的坚韧足以证明它内部的生机不灭。

  作为一名感伤诗人，沈从文以田园视景具象化民族文化原初的优美形态，同时，也是文明演化所应抵达的理想，在书写田园失落之际，他提示我们关注过度理性化和现代化对于文明内部生机的抑制。如何在进逼的西方现代性面前呵护并培育民族内在的生机，其实是沈从文及他们一代作家最为深切的焦虑，这一焦虑成就了中国本土的田园小说，也留给后世始终具有启发意义的思想和美学遗产。从文类的层面探讨沈从文的创作，为辨析乡土田园题材小说的生成与后世流变也提供了一个可供参照的视角。

# 心手合一和物我交融:庄子和朗吉努斯艺术创作思想比较

■何伟文

(上海交通大学外国语学院)

【内容摘要】当下在讨论跨文化问题时存在两种对立的观点:一种只讲差异而否认共性,另一种主张建立东西方文化之间的可比性和跨文化理解的可能性。庄子和朗吉努斯分别对中国和西方艺术精神产生了持久而深远的影响,作为对上述论争的一种回应,本文围绕有关艺术创作过程中的两组对应关系对他们进行比较。一组关系在《庄子》中表现为心和手的关系,在《论崇高》中表现为自然和艺术的关系;另一组关系分别为物和我的关系以及主体和客体的关系。本文尝试揭示在迥然有别的话语背后,在貌似不同的表象之下,两者之间存在的相同和相通之处。

【关键词】庄子;朗吉努斯;心和手;自然和艺术;物和我;主体和客体

## 一 问题的提出和庄子与朗吉努斯的可比性

当下在讨论跨文化问题时,一方面,东西方对立的观念极具影响,如法国学者弗朗索瓦·于连(Francois Jullien)在《(经由中国)从外部反思欧洲——远西对话》[*Penser d'un dehors (La Chine): Entretiens d'Extrême-Occident*, 2000]中提出,希腊和中国之间存在根本性的文化差异;美国学者理查·尼斯贝特（Richard Nisbett）在《思维版图：亚洲人和西方人如何不同地思考》（*The Geography of Thought*：*How Asians and Westerners Think Differently... and Why*，2003）中试图论证其所持有的对立论观点。这类著作延续了一种从科恩的"不可通约性"、福柯的"异托邦"到德里达的"差异"等概念传递出的相似观念。另一方面，一些学者强调超越差异的重要性，如张隆溪指出："如今，面对着地球上紧张的政治局势、不断升级的军事冲突和不同民族文化之间理解的缺乏，一种超越东西方差异的跨文化理解势在必行。"① 他认为在当代学术中只讲差异而否认共性，将不利于不同民族及其文化之间的理解、沟通和共鸣，就东西方比较而言，他呼吁"一个重要任务在于建立起东西方文化之间的可比性和跨文化理解的可能性，打破东西文化的不平衡状态"。② 就中西方文论而言，钱锺书早在20世纪40年代初即指出"东海西海，心理同攸"，颜海平认为其持续进行的"与不同语种'穿插式'（interlinear）书写"，是"一种在物质性文字书写和想象性意识流动层面上，坚守差异性跨文化的人类相联的特殊形式"。③ 汪洪章提出，中国传统文论著作《文心雕龙》与20世纪西方文论在精神实质上汇通了起来，不过，他认为在此之前中西文论中存在体系上的不同，"一主抒情言志，一主摹仿写实"。④ 那么，两者之间除了体系上的不同之外，是否存在相同和相通之处呢？上述东西方对立论是否适用于中西方传统文论及艺术精神？本文尝试在简述可比性的基础上，通过对庄子和朗吉努斯的比较来回答这些问题。⑤

比较的前提是两者之间存在一定的可比性。法国学者克劳迪奥·纪

---

① 张隆溪：《东西方比较文学的未来》，《深圳大学学报》（人文社会科学版）2018年第1期。
② 张隆溪：《东西方比较的挑战和机遇》，《外国语言与文化》2017年第1期。
③ 颜海平：《互为的转写：生成的现代性》，《学术月刊》2023年第11期。
④ 汪洪章：《〈文心雕龙〉与二十世纪西方文论》，复旦大学出版社2005年版，第23页。
⑤ 尽管学界对《论崇高》的确切作者及其生活的时代尚无定论，但是大体上认为他是大约公元1世纪中后期居住在罗马的希腊人。为了方便起见，他被称为"朗吉努斯"。详见 D. A. Russell, "Longinus on Sublime", in George A. Kennedy, ed., *The Cambridge History of Literary Criticism*, Vol. 1, Cambridge: Cambridge University Press, 1997, pp. 306–310。

廉提出,"超民族"比较研究有三种基本模式:有某些共同文化前提的比较、有共同社会历史条件的比较和从文学理论去探讨共同问题的比较。[1] 本研究类似、但不完全拘泥于第三种模式。庄子和朗吉努斯都关注艺术创作过程中与艺术家个人相关的问题,各自开启了一种鲜明的传统,分别代表中西方艺术精神的一个重要部分,对后世产生重大影响,尤其是对浪漫主义和象征主义。虽然老子和庄子都不曾以某种具体的艺术作为其追求的对象,他们希望达到的最高境界是"道",但是正如徐复观所言,"他们所用的工夫,乃是一个伟大艺术家的修养工夫;他们由工夫所达到的人生境界,本无心于艺术,却不期而然地回归于今日之所谓艺术精神之上"。[2] 不同于儒家注重文艺的外部规律,以庄子为代表的道家更多的是研究文艺的内部规律。朗吉努斯与其类似。自柏拉图和亚里士多德之后,西方传统批评理论从一种模仿语境来看文学,尽管《理想国》和《诗学》各不相同,但是两者均认为诗人的作品是模仿性的,诗人所模仿的要么是人类社会的景象,要么是自然秩序。然而,朗吉努斯在其旷世名篇《论崇高》(*On the Sublime*)中开辟了模仿的另一个维度,即精神性模仿。[3] 不同于柏拉图、亚里士多德等在艺术创作主客体关系中注重客体,朗吉努斯第一次如此清晰地将关注点集中在了艺术家身上。[4] 弗莱认为朗吉努斯和亚里士多德代表两种互补型的文学批评方法:"正如净化是亚里士多德文学观的中心思想,狂喜或用志不分是朗吉努斯文学观的中心思想。"[5] 在西方文学批评史上,从亚里士多德

---

[1] Claudio Guillén, *The Challenge of Comparative Literature*, trans. Cola Franzen, Cambridge: Harvard University Press, 1993, pp. 69 – 70.

[2] 徐复观:《中国艺术精神》,商务印书馆 2010 年版,第 57 页。

[3] Northrop Frye, *Words with Power: Being a Second Study of "The Bible and Literature"*, ed. Michael Dolzani, Toronto: University of Toronto Press, 2008, pp. 108 – 109.

[4] J. W. H. Atkins, *Literary Criticism in Antiquity: A Sketch of Its Development*, Cambridge: Cambridge University Press, 1934, p. 216; G. M. A. Grube, *The Greek and Roman Critics*, London: Methuen & Co. Ltd., 1965, p. 342; John O. Hayden, *Polestar of the Ancients: The Aristotelian Tradition in Classical and English Literary Criticism*, London: Associated University Presses, 1979, p. 82; Andrew Laird, "The Value of Ancient Criticism", in Andrew Laird, ed., *Ancient Literary Criticism*, Oxford: Oxford University Press, 2006, p. 16.

[5] Northrop Frye, *Anatomy of Criticism: Four Essays*, ed. Robert D. Denham, Toronto: University of Toronto Press, 2006, pp. 62 – 63.

到 18 世纪中叶，在批评方法和价值的重大转向中，朗吉努斯作为一种权威声音的来源超过任何人，与亚里士多德并驾齐驱，代表西方文学批评两大传统之一。弗莱指出：

> 在批评理论中传统上存在两大重心，有时用 poesis 和 poema 两个词来描述。前者又称为朗吉努斯传统，其重心基本上表现为对诗歌的心理过程以及诗人与读者之间修辞关系的兴趣。后者又称为亚里士多德传统，它基本上表现为对美学的兴趣，建立在一种特殊的美学判断之上，因宣泄而超脱于道德焦虑和情绪困扰。①

庄子和朗吉努斯的可比性还表现在《论崇高》和《庄子》处理了一个相似的主题。《论崇高》阐述了艺术家如何才能创作出伟大的作品，篇名中的"崇高"一词是 1674 年法国新古典主义评论家布瓦罗将该文译成法文时使用的词语，这一译法借助 17 世纪强势法国文化流行开来。篇名的原文为"περὶ ὕψομς"，朗吉努斯使用该词的语境不同于沙夫茨伯里、丹尼斯、伯克、康德等人使用"崇高"的语境，他们主要是用自然中的画面来识别"崇高"，以区别于"美"。较之 18 世纪之后"崇高"一词被赋予的内涵，朗吉努斯的"崇高"含义更广，正如库尔提乌斯所说，"'ὕψομς'的意思是高度（height），而非崇高（sublimity）"。②"高度"隐含着一种朝向更高、更远处的动态过程。早在 1652 年，约翰·赫尔翻译第一个英译本时就采用了《论高度》的译名，该译名传递出这层含义。③ 朗吉努斯用"崇高"一词所强调的，并非自然中而是思想和语言中蕴含的某种品质所产生的效果。④

---

① Northrop Frye, *"The Educated Imagination" and Other Writings on Critical Theory, 1933 – 1963*, ed. Germaine Warkentin, Toronto: University of Toronto Press, 2006, p. 277.
② ［德］恩斯特·R. 库尔提乌斯：《欧洲文学与拉丁中世纪》，林振华译，浙江大学出版社 2017 年版，第 544 页。
③ Emma Gilby, *Sublime Worlds: Early Modern French Literature*, London: Modern Humanities Research Association and W. S. Money and Son, 2006, p. 23.
④ Northrop Frye, *Northrop Frye's Writings on the Eighteenth and Nineteenth Centuries*, ed. Imre Salusinszky, Toronto: University of Toronto Press, 2005, pp. 110 – 111.

更概括地说，《论崇高》的主题就是艺术家如何才能创造出伟大的作品，也就是如何使其作品达到完美。《庄子》各篇所说的学道的内容与一位诗人追求崇高之作时的精神状态并无二致。此外，庄子和朗吉努斯的行文展现出相似的精神气质，两人都是通过一个个具体、生动的例子，而不是抽象的理论，来阐发自己的思想。《庄子》和《论崇高》本身都是富有想象力的杰出文学作品，鲁迅在《汉文学史纲要》中评价《庄子》时指出"其文汪洋辟阖，仪态万方"，而这两句话用来形容《论崇高》也十分贴切，阿特金斯称其通篇可见"繁复的隐喻，华丽的辞藻，诗意的表达"。[1] 亚历山大·柏浦声称朗吉努斯本人"就是他所描绘的伟大崇高"，[2] 而《庄子》正是庄子人生态度的写照。

鉴于上述可比性，为了探究庄子和朗吉努斯之间是否存在相同和相通之处，本文围绕艺术家创作崇高之作或天成之作时的两组关系，对他们的相关思想进行比较。在他们使用的不同话语中，这两组关系有着不同的表述：在庄子分别为心和手的关系以及物和我的关系；在朗吉努斯分别为自然和艺术（nature and art）的关系以及主体和客体的关系。庄子所说的"手"（或"指"）既是身体的一部分，同时又直接触及创作对象，将"心"之所思所想付诸行动，是"技"的载体，在最佳状态下能够与"技"合二为一；"我"则包括"心""手"和"技"在内。朗吉努斯所使用的"自然"一词是一个内涵混杂的词语，这并非因他个人方面概念不清所致，而是反映了自然现象的复杂性。[3] 就本文的论题而言，"自然"主要指艺术家的天然或天性，比如其天才、天资、禀赋等；"艺术"指其经过后天训练而获得的技艺，相当于《庄子·在宥》"说圣耶，是相当于艺也"的"艺"字，这里庄子所指的主要是生活实用中的某些

---

[1] J. W. H. Atkins, *Literary Criticism in Antiquity: A Sketch of Its Development*, Cambridge: Cambridge University Press, 1934, p. 250.

[2] Alexander Pope, "An Essay on Criticism", in M. H. Abrams, ed., *The Norton Anthology of English Literature* (Sixth Edition), London: W. W. Norton & Company, 1993, p. 2231.

[3] 关于朗吉努斯《论崇高》中"自然"一词的多重含义，详见 Malcolm Heath, "Longinus and the Ancient Sublime", in Andrew Ashfield et al., eds., *The Sublime*, Cambridge University Press, 2012, p. 12。

技巧能力。根据徐复观的研究,"称礼、乐、射、御、书、数为六艺,是艺的观念的扩大",其性质"与今日之所谓艺术相当"。① 因此,《论崇高》中"自然和艺术"的关系也即"天然和技艺"或"天然和功夫"之间的关系,相当于《庄子》各篇中的心和手的关系。此外,尽管在庄子的艺术精神中并无主体和客体的概念,不存在一个模仿的对象,但是如果借用西方古典文论中的主客关系话语,庄子话语中的"我"就对应于主体,"物"对应于客体。

## 二 《庄子》中的心和手及物和我的关系

关于艺术家的心和手的关系,庄子对"心"的认识与境界这一重要概念密切相关,而这种境界又与他所说的"道"联系在一起。庄子对"道"的认识,与他对宇宙的认识一致,与老子的思想一脉相承。老子认为宇宙万物的本源是道,"道"既是万物产生的本源,又是万物自身发展变化的规律。人不能用人为力量去改变这种自然规律,而应当无条件地顺从它,即"人法地,地法天,天法道,道法自然"。② 与此一致,庄子认为宇宙万物都拥有一种他称为"大本大宗"的共同的"天"或者说"道"。他以天言道,他所说的"天"即为老子所说的"道"。艺术家要尊重宇宙客观存在的万物及其内在本质,而不应当把主观意志强加于它,"无以人灭天,无以故灭命",③ 这一思想贯穿在他对心和手、物和我的关系的认识中。庄子着重论述人如何在精神上进入与"道"合一的境界,当一个人把握到自己的本质时,也就把握到了宇宙万物的本质,也就与宇宙万物融为一体,这时"天地与我并生,而万物与我为一"

---

① 关于《论语》《庄子》等中的"艺"的含义,详见徐复观《中国艺术精神》,商务印书馆 2010 年版,第 55—56 页。
② 老子:《老子今注今译》(参照简帛本最新修订版),陈鼓应注译,商务印书馆 2003 年版,第 73 页。
③ 庄子:《庄子今注今译》(最新修订版)(下册),陈鼓应注译,商务印书馆 2007 年版,第 496 页。后文出自同一著作的引文,将随文标出该名称简称"《庄》"和引文出处页码,不再另注。

(《庄》：88)。如果人的主观精神能达到这样的境界，完全与自然同在，他就能"独与天地精神往来而不敖倪于万物"(《庄》：1016)，而他所创造的艺术也就是天然的艺术，这时人工也就是天工了。

在庄子的思想中，艺术家要达到这种状态，需要经历"心斋"和"坐忘"。根据庄子的解释，"心斋"就是一种空明的心境："若一志，无听之以耳而听之以心，无听之以心而听之以气！耳止于听，心止于符。气也者，虚而待物者也。唯道集虚。虚者，心斋也。"(《庄》：139)通往"心斋"的路径主要是消除欲望，即"离形"，使心从欲望的奴役中解放出来，精神当下得到自由。所谓"坐忘"就是"堕肢体，黜聪明，离形去知，同于大通，此谓坐忘"(《庄》：240)。"坐忘"要求不仅把心从欲望的奴役中解放出来，而且把心从对知识的追求中解放出来，即"离形去知"。"心斋"和"坐忘"就是要使人忘掉包括自身存在在内的一切存在，抛弃一切知识，达到与道合一的境界。比如，《逍遥游》中有"至人无己，神人无功，圣人无名"(《庄》：20)，《齐物论》有"今者吾丧我"(《庄》：43)，这里的"无己"和"丧我"的真实内容就是"心斋"与"坐忘"，① 就是"去除形骸、巧智、嗜欲所困住的小我，厌弃世俗价值所拘系的小我，使自己从狭窄的局限中提升出来，而成其为与宇宙相同的大我"。(《庄》：981)

庄子没有探讨心和手孰轻孰重的问题，技艺的重要性在他看来几乎是不言而喻的。庄子不像许多中西文论家那样论及一个人的天然或先天禀赋的重要性，而是对他专注于技的能力提出了要求。这种能力伴随"心斋"和"坐忘"而来，他认为人专心致志地从事合乎规律的技艺活动，可以"得心应手"，进一步认识物的本质，"技"可以进入"道"的境界。心与手和技相辅相成，缺一不可。《养生主》中的庖丁长年累月地解牛，"以神遇而不以目视，官知止而神欲行"，他的手自然止于

---

① "无己"和"丧我"与《圣经》腓立比书中的"虚己"（kenosis）相通。阿部正雄等当代基督教神学家对"虚己"的释义是"倒空自己"。详见 Masao Abe, "Kenotic God and Dynamic Sunyata", in John Cobb et al., eds., *The Emptying God: A Buddhist-Jewish-Christian Conversation*, New York: Orbis Books, 1990, p. 11。

该止的地方。他神乎其技,原因正如他自己所说,"臣之所好者,道也,进乎技矣"(《庄》:116)。他并不是在技之外而是在技之中见"道"。当庖丁"技可进乎道,艺可通乎神"时,心与手的距离消解了,技术对心的制约性消解了。再如,轮扁斫轮时,"不徐不疾,得之于手而应于心"(《庄》:415),他斫轮达到了轮的本性要求的程度,得之于手的技巧能够适应心所把握的东西,而将其创造出来。手的能力与心的要求达到了完全一致的程度。《达生》中的承蜩逐渐达到操作自如的技术水平,技艺高度娴熟,其技合于天,双手的塑造能力完全契合于物的形象。

至于庄子思想中的物我关系,由于"我"包含心和手或指,因而这种关系包含心与物、手或指与物的关系。根据《庄子》各篇的描述,艺术家在创作天成之作时,其心处于离形去知之后的"虚静、明"的精神状态中。"虚静"说源自老子的"致虚极,守静笃",在庄子这里"虚静"意味着"彻志之勃,解心之缪,去德之累,达道之塞"(《庄》:713)。老庄把"虚静"理解为一种绝圣弃智、无知无欲的混沌境界。庄子在《天道》中强调,心不为创作对象之外的任何外物或欲望所动,在静的状态下知物:"圣人之静也,非曰静也善,故静也。万物无足以铙心者,故静也……水静犹明,而况精神?圣人之心静乎,天地之鉴也,万物之镜也。"(《庄》:393)他把心斋之后的心的作用比作水,有时也比作镜子:水具有无限的包容性,能够涵容万事万物;镜子中照出的永远是对象,不是镜子自身。艺术家要在创作上达到理想的境地,就必须进入"虚静"的精神状态。在庄子的思想中,不仅天地万物皆为虚静之心所涵,而且自己的心成为无所不包的"天府","天府"本身实际上又是"葆光""灵台"。[①] 观照那个空明的心境可以生出光明来:"瞻彼阕者,虚室生白,吉祥止止。"(《庄》:139)这种"明"不同于一般的感性,而是由忘我而来的有洞察力的知觉,是由虚静之心把握到的物的本质。庄子说"通乎物之所造"(《庄》:546)、"浮游于万物之祖"(《庄》:579)、"吾

---

① 参见徐复观《中国艺术精神》,商务印书馆2010年版,第120—121页。

游心于万物之初"(《庄》：623)，这里的"物之所造""万物之祖""万物之初"，便是艺术家虚静之心所照射的物的虚静本性，即未受到艺术家个人好恶所干扰的万物的"自然"。由于这种"明"是发自宇宙万物相同的本质，所以它能洞察到宇宙万物的本质，庄子因此说"圣人之心静乎，天地之鉴也，万物之镜也"(《庄》：393)。

与此同时，庄子认为心要顺物推移。《庄子·天下篇》云"椎拍辊断，与物宛转"(《庄》：1006)，所谓"与物宛转"就是说不以主观妄见去随意篡改物的本质。后来刘勰在《文心雕龙·物色篇》中借用这句话，提出了"写气图貌，既随物以宛转；属采附声，亦与心而徘徊"的看法。庄子的"与物宛转"构成了手和物的关系应遵循的一项原则，他强调因丧我、忘我而必然呈现的"物化"或"物忘"状态，他用"指与物化""物化""以天合天"等来表达在创作中物我泯然相融的关系。《达生》中的一个生动的例子可以用来对此加以阐明：

> 工倕旋而盖规矩，指与物化而不以心稽，故其灵台一而不桎。忘足，履之适也；忘要，带之适也；知忘是非，心之适也；不内变，不外从，事会之适也；始乎适而未尝不适者，忘适之适也。(《庄》：571)

工倕的"指与物化"表明他的手指与所用物象化而为一。徐复观指出："指与物化，是说明表现的能力、技巧（指）已经与被表现的对象，没有距离了。这表示出最高的技巧的精熟。"[①] 无论轮扁的"得之于心而应于手"，庖丁的"官知止而神欲行"，所达到的都是同样的精神境界。这种技巧精熟的一个精神来源，就是"不以心稽"，即不必用心思来计算。"不以心稽"表明心与物合而为一，而其所以能物我融合是由忘知忘欲的心的虚静而来的。反之，如果工倕"以心稽"，心有所挂碍，需要用心思来计量，物与心之间就是有距离的，由心所运用的手则也与物有距离，就不能"指与物化"。因此，我们可以说"以心稽"会阻碍心

---

① 徐复观：《中国艺术精神》，商务印书馆2010年版，第128页。

与物的冥合。艺术家的牵挂越多，就越难心与物合，如《达生》中"以瓦注者巧，以钩注者惮，以黄金注者殙。其巧一也，而有所矜，则重外也。凡外重者内拙。"（《庄》：552）"有所矜"表明物我之间有距离，我的感受被物之外的对象所牵挂，不能沉浸于物之中，物未能被我的精神所融涵，物我之间存在一种对抗。工倕能够做到"指与物化而不以心稽"，就是因为他的心清明宁静，解开了主体的束缚羁绊，进入无我的状态，完全涵容客体，与外物融化一致，因此不受任何拘束。唯有如此，心方可无为而无不为。可见，消除自我，忘知忘欲，是达到物我交融状态的一个重要条件。正是由于这个缘故，《庄子》中理想的艺术家在从事制作之前"必斋以静心"，必须忘记艺术对象之外的一切，在头脑中排除一切功名利禄等世俗观念的干扰，甚至本人的生活和身体也必须置之度外，以全神贯注于对象，正如《达生》中的承蜩不断与物接触，长期"用志不分，乃凝于神"（《庄》：550），浑然不觉身外的世界。

创作者不再感到主体的存在时便进入了"物化"境界，自己随物而化，就像庄周梦为蝴蝶，"栩栩然蝴蝶也，自喻适志与，不知周也"（《庄》：109）。主观精神融化于客观事物，泯灭了物我的界限。当我与物冥合，物为我所涵摄，就能"物之"而操纵自如了。忘记主体存在的状态，诚如郑开所言，意味着"心手相应、物我无间的'物化'状态，在这种状态下，艺术创造就成为从心所欲不逾矩的、听命于纯粹直觉的、彻底解放的率性行为"。[①] 艺术家唯有潜沉至深才能进入"物化"状态，物之神即为我之神，这时方能"澹然独与神明居"（《庄》：1011）而"通乎物之所造"（《庄》：546）。简言之，"物化"就是"以天合天"，我之"天"和物之"天"合二为一，如王国维在《人间词话》中所说，达到"物我无间，而道艺为一，与天冥合，而不知其所以然"。[②] 这样的创作无疑与天工造化完全一致，就像《达生》中梓庆的鬼斧神工之作："鐻成，见者惊犹鬼神"（《庄》：567）。

---

[①] 郑开：《〈庄子〉与艺术真理》，《文史哲》2019年第1期。
[②] 周锡山编校：《王国维集》（第一册），中国社会科学出版社2008年版，第199页。

## 三 朗吉努斯：自然和艺术及主体和客体的关系

在自然和艺术的关系中，朗吉努斯和庄子一样，把艺术家的境界放在重要的位置上。他列出一部崇高之作的五个来源：艺术家把握伟大思想的能力、强烈深厚的情感、修辞格的恰当运用、高尚的文辞和庄严而生动的布局。其中，前两者属于自然（即艺术家的先天禀赋或天资）的范畴，后三者可以通过后天艺术训练获得。由于在《论崇高》残篇中关于第二个来源的论述已不复存在，我们关于艺术家的"自然"的讨论主要集中于第一个来源。在朗吉努斯的认识中存在一种他称为"崇高"的对象，它就像《庄子》各篇中供人所学之"道"，艺术家只有让自己的心灵达致崇高，方有可能创作出崇高之作。他在多种场合说过"崇高是伟大心灵的回声"，[①] 崇高绝不可能出自一个思想猥琐低下之人，因为"一个终生墨守狭隘的、奴从的思想和习惯的人，绝不可能说出令人击节称赞和永垂不朽的言词"（《论》：84）。艺术家的一项重要技艺就是锤炼其心灵，这在一定程度上是达到崇高的努力方向。类似于《庄子》中庖丁等人"技可进乎道"，朗吉努斯认为通过技艺我们能够"使我们的性情在一定程度上达到崇高的境界"（《论》：77）。

朗吉努斯所指的锤炼心灵的技艺主要包括沉思、模仿和想象。此处仅以《论崇高》中选用的荷马史诗《奥德赛》中人英雄"埃阿斯的沉默"来加以阐明。相传埃阿斯和奥德修斯争夺阿喀琉斯死后的盔甲，未能成功，含恨而死。后来，奥德修斯招请冥土的亡魂，埃阿斯在死灵中出现，却旧恨未消，含怒不语。奥德修斯对昔日争夺盔甲之事深

---

[①] 朗吉努斯在《论崇高》中说："我在别处写过这句话：'崇高是伟大心灵的回声'。"详见《论崇高》，《缪灵珠美学译文集》（第一卷），缪灵珠译，章安琪编订，中国人民大学出版社1998年版，第84页。在个别地方笔者参照以下两个英文版本对译文作略作修改：Longinus, *Longinus' On Sublime*, trans. Donald A. Russell, Oxford: Oxford University Press, 1964; Longinus, *On the Sublime*, ed. David H. Richter, *The Critical Tradition: Classic Texts and Contemporary Trends*, trans. W Rhys, Boston: Bedford Books, 1998, pp. 81 – 107. 后文出自同一著作的引文，将随文标出该著名称简称"《论》"及引文出处页码，不再另注。

感悔恨,而英雄的愤怒跨越阴阳的界线,没有因离世而终结。"埃阿斯的沉默"是崇高具有无限性(infinity)特征的一个典型例子,它表明一个素朴不文的思想如何不行之于言,仅凭它本身固有的崇高而使人赞叹,读者在沉思这一伟大思想时会沉浸其中而忘却自我,无形中受到影响。《论崇高》中所举的大量例子不只具有解释作用,而且具有形塑作用,一些作家比其他作家看上去天资禀赋更高,是因为他们通过长期辛勤努力更好地发挥了内在潜能,将心灵提升到了一个更高的程度。[1] 朗吉努斯认为,一个人锤炼心灵的最可靠途径就是对诸神、英雄、大自然的威严等超凡对象的沉思,对从古代流传至今的不朽之作的模仿和进行宏阔的想象,让自己尽可能浸淫在崇高的思想中。沉思、模仿和想象都是一种超越行为主体的思想意识的活动,其核心要义都是摆脱个人的利欲,消除自我,处于一种全然忘我的状态,让自己的心灵去接近伟大、神圣的对象。[2] 可见,它们带有一种与庄子的"心斋"和"坐忘"一致的含义,就像庄子认为"以心稽"就不能"指与物化",把"不以心稽"视为技巧精熟的一个精神来源一样,朗吉努斯不赞同把他那个时代"举世茫茫,众生芸芸,唯独无伟大的文学"(《论》:122)归咎于政治体制,而是归咎于"那些今日占据着、蹂躏着我们生活的利欲",因为它们将导致人只关注必朽的肉体,却不珍惜不朽的灵魂的发展,"灵魂中的伟大品质开始衰退,凋萎而枯槁"(《论》:123)。

关于天然和技艺的关系,在朗吉努斯写作《论崇高》的年代有一种将两者对立起来的流行观点。持此论者认为能够创作出崇高之作的天才"是天生的,而不是通过后天训练获得的;天分是唯一能产生崇高的技艺"(《论》:78),其依据是柏拉图的"神附迷狂"学说。在《伊安篇》中,苏格拉底指出:

---

[1] 对此的讨论,详见 Robert Doran, *The Theory of the Sublime from Longinus to Kant*, Cambridge: Cambridge University Press, 2015, p.63。

[2] 参见朗吉努斯《论崇高》,载《缪灵珠美学译文集》(第一卷),缪灵珠译,章安祺编订,中国人民大学出版社 1998 年版,第 123 页。

> 凡是高明的诗人，无论在史诗还是抒情诗方面，都不是凭技艺来做成他们的优美的诗歌，而是因为他们得到灵感，有神力凭附着……不得到灵感，不失去平常理智而陷入迷狂，就没有能力创造，就不能做诗或代神说话。①

那些持天然和技艺对立论的人，在没有探究柏拉图所说的"神力""失去平常理智""陷入迷狂"等的深意的情况下，把这段话解读为艺术家的技艺无足轻重，伟大的作品仅仅源自艺术家的先天禀赋，诗人的技艺绝非必不可少。他们坚信艺术家应当无拘无束，自由自在，其天性不应受到任何约束或压制，天才的作品一旦被"绳之以僵硬的清规戒律，就不啻于焚琴煮鹤"（《论》：78）。为了阐明自己所理解的"神附迷狂"学说的合理性，他们不惜摒弃一切艺术规则，深信天才在艺术创作时没有受到知识的引导，全凭心血来潮和随心所欲。对此，朗吉努斯明确表示反对。

对于庄子心和手之间不存在对立，与之遥相呼应的是，朗吉努斯将自然和艺术的对立搁置起来，在两者之间建立一种微妙、复杂的关系。他认为技艺对于达到崇高是一项必要条件，虽然艺术家的崇高境界是一种"天生而非学来的能力"，但是"我们也要努力陶冶我们的性情，使之达到高远的意境，使之仿佛孕育着高尚的灵感"（《论》：84）。这里的"仿佛"提醒读者"我们的性情"达到"高远的意境"并不表明其中一定"孕育着高尚的灵感"，他只是指出了艺术家为了达到崇高应当努力的方向，并未将"崇高"完全置于技艺所能掌控的范围之内。② 他相信高超的技艺有助于弥补天然的不足，但是否认纯粹的技艺本身足以使艺术家达致崇高。他以斐利斯托斯、阿里斯托芬尼和欧里庇得斯等在他看

---

① ［古希腊］柏拉图：《柏拉图文艺对话集》，朱光潜译，人民文学出版社 2008 年版，第6—7页。这里有关神明的降临，类似于王微在《叙画》中所说的"岂独运诸指掌，亦以神明降之"，也如袁牧在《老来》中所说的"我不觅诗诗觅我，始知天籁本天成"。在柏拉图之后，后世诸多诗人持有此论，钱锺书有言道："西人论诂致知造艺，思之思之，不意得之，若神告之，若物凭之。"详见钱锺书《谈艺录》（补订本），中华书局 1993 年版，第 1206 页。

② 相关讨论，详见 Charles P. Segal, "γψοσ and the Problem of Cultural Decline in the *De Sublimitate*", in *Harvard Studies in Classical Philology*, Vol. 64, 1959, p. 122。

来天分不足的作家为例，阐明通过技艺他们所能达到的高度。比如，欧里庇得斯虽然"缺少崇高的天才"（《论》94），但是通过想象、谋篇布局的手段能够超出他的自然水平。对于《疯狂的赫拉克勒斯》中主人公所说的"我载满了灾难，再没有容纳更多灾难的余地了"，朗吉努斯评论道："这句话是极其通俗的，但是因为塑造得合乎比例，便显得崇高。"（《论》：119）① 欧里庇得斯通过技艺能够"超出他的自然水平"，这说明技艺可以弥补天然的不足。朗吉努斯指出：

> 许多散文家和诗人虽则没有崇高的品赋，甚或绝无雄伟的才华，而且多半是使用一般的通俗词儿，而这些词儿也没有甚么不平凡的意义，可是单凭文章的结构和字句的调和，便产生尊严、卓越、不同凡响的印象。（《论》：119）

在朗吉努斯眼中，这些天分不足的散文家和诗人并没有真正达到崇高，其作品只是"显得崇高"，或者说，给人留下崇高的"印象"。朗吉努斯认为真正的崇高属于天然和技艺的完美融合。在强调锤炼心灵使之永远孕育着崇高的思想时，他实际上指出了天然在某种程度上也包含着后天训练。② 他提出，一般来说，"人的天性在情绪高昂时固然往往不知守法，但仍不是天马行空，不可羁縻"（《论》：78）。他以狄摩西尼的誓词为例，说明真正的崇高离不开技艺："即使在狂热如醉之时也必头脑清醒。"（《论》：98）尽管如此，在任何情况下，天然都是最原始、最重要的基本原则，处于第一位，技艺永远处于第二位，只能起到辅助天然的作用。③ 朗吉努斯

---

① 勃吕克里托斯的雕像《荷枪人》被誉为比例最精确的杰作，此处以艺术家塑造合乎比例的雕像比喻诗人作品的结构，意思是说这句与全篇配合得天衣无缝。

② 对这一问题的探讨，详见 Suzzane Guerlac, "Longinus and the Subject of the Sublime", *New Literary History*, Vol. 16, No. 2（1985），p. 277。

③ 近年也有少数学者提出，朗吉努斯认为艺术家的技艺比天然更重要，比如，坡特认为，与艺术家的先天因素相比，后天的训练更重要，通过后者可以达致崇高。详见 J. I. Porter, *The Sublime in Antiquity*, Cambridge: Cambridge University Press, 2016, pp. 107 – 116。这种观点与 Segal、Doran 等的观点相左，也与《论崇高》第四十四章中的内容存在矛盾。

说狄摩西尼"显出伟大才华登峰造极的优点",这是因为他"集中了一切堪称神授的(称为人性的就不敬了)奇妙的品赋在自己身上"(《论》:113–114)。倘若没有"神授的"品赋,他的才华将不会"登峰造极"。朗吉努斯认为,天然本身创造出一套系统,技艺只不过把它显现出来;当技艺精湛完美时,它看上去就像天然一样。最高的"技艺"合于艺术家的"天然",天才与完美的技艺浑然一体,艺术家将"得之于手而应于心"。概言之,朗吉努斯消除了天然和技艺之间的对立,在崇高之作中两者浑然一体。

有独无偶,关于主客关系,朗吉努斯在其模仿论中表达了与庄子"物我交融"并无二致的思想。古希腊人相信宇宙依照构成自然本质的固定法则和形式运行,这种古典思想表明批评理论的一个基本前提就是模仿论,即独立于艺术家的思想之外存在着一个他试图模仿的对象,艺术是对自然的模仿。这种艺术模仿论本身表明,在作为主体的艺术家和作为客体的模仿对象之间存在一种主客二分的关系。然而,朗吉努斯与此前的古典理论家有所不同,在他的模仿概念中,主客之间并非一种简单的二分关系。他区分机械性和文学性两种模仿,前者有赖于冷静的观察和重复性的行为,后者是一种"充满激情的模仿"(zêlôsis-mimêsis)。他把对古代伟大作家的模仿描绘成一个被动、阴性的过程,借用一个关于古希腊阿波罗神女祭司的传说来阐明其本质:"这位德尔斐的女祭司走近三角青铜祭坛,据说地面上有一个裂口,喷出神圣的烟雾。她就在那里妊孕了神力,在灵感之下立刻宣述神谕。"(《论》:92)女祭司的灵魂好似因天神的影响而"妊孕"。古代伟大作家的精神犹如"神圣的烟雾"进入模仿者的心灵,成为他们的灵感之源,就像缪斯女神之于诗人。对于那些想向古人学习的模仿者,

> 从古代作家的伟大精神中有一股潜流注入慕古者的心灵中,好像从神圣的口发出启发,受了这种感召,即令不大能有灵感的人也会因别人的伟大精神而同享得灵感。(《论》:92)

这种对古代典范的模仿与亚里士多德在《诗学》中叙事性或戏剧性再现意义上的模仿概念彻底分道扬镳,意味着"apotyposis"("从某物得到一种印象")。这个专门用于指父母对子女产生影响的词语,仿佛表明模仿者的心灵是一种如水一般没有固定形状的物质,而被模仿的作家作为一个典范可以在它的上面留下其形状。① 这令人联想到庄子把心斋之后的心的作用比作具有无限包容性的水。朗吉努斯声称这种模仿不是抄袭,而是像看见一尊造型优美的雕塑之后留下了深刻印象,是一种全神贯注的"充满激情的模仿"。

这种模仿是一种朗吉努斯称为 phantasia 的"强烈的想象"活动,在此过程中,主体通过想象与客体建立一种精神性认同。"强烈的想象"是崇高的一种主要来源,其意义在于它对想象者造成惊人的情感效果。艺术家在进行这种想象时,其意识发生变化,进入一种 ekstasis 或 ekplêxis 的状态,前者的意思是迷狂、出神、狂喜,后者是指一种"自我的丧失"或一种"转变了的对自我的感觉"。② 我们可以从两个方面来对这种想象作进一步解释:其一,作家对其描写对象的想象。朗吉努斯指出:"所有崇高的作家都依赖想象力;他们认同英雄,分享他们的经历。"(《论》:91)他以荷马对驰骋疆场的战神的描写为例,指出这番场景描写的就是荷马本人,诗人仿佛成了战神,被自己笔下席卷战场的暴风裹挟而去,主体和客体融为一体。比如,在描写法厄同"紧握缰绳,扬鞭打着他的翼马两旁前行",父亲指教儿子"你驶向这边,朝这儿驾你的车,朝那儿驰骋"时,荷马说:"诗人的心灵也一起在车上,同冒着天马飞行的危险。"(《论》:94 - 95)朗吉努斯以欧里庇得斯对俄瑞斯忒斯的疯狂的描写为例,说明诗人越是成功地想象并传递俄瑞斯忒斯迷

---

① George B. Walsh, "Sublime Method: Longinus on Language and Imitation", *Critical Antiquity*, Vol. 7, No. 2, (Oct., 1988), p. 266.

② Stephen Halliwell, *Between Ecstasy and Truth: Interpretations of Greek Poetics from Homer to Longinus*, Oxford and New York: Oxford University Press, 2012, p. 348. 这里的想象及其达到的效果类似于《文心雕龙·神思篇》中的"神用象通"。"神"即"神思",也就是想象活动,"象"即"意象",相当于艺术的境界或形象,想象的运用使艺术的境界或形象得以构成,作家的精神活动与万物的形象相结合。详见王元化《文心雕龙讲疏》,广西师范大学出版社 2004 年版,第 125 页。

狂精神状态的内在主体意识，诗人的意识与其描写对象的意识就越是交融，观众对崇高的体验本身也就越接近于疯狂。其二，诗人对其模仿的古代伟大作家的想象。模仿者不只是亦步亦趋地复制，比如在模仿柏拉图时，不是说柏拉图说过什么，而是完全忘记自己，把自己化身为柏拉图，想象他在这种情境下会怎么说（《论》：93）；诗人在模仿荷马等人的作品时，要用自己的精神来重塑人物形象，想象其崇高的语言。柏拉图本人在模仿荷马时正是如此，朗吉努斯在一个残片中说柏拉图化身为荷马，是"第一个、也是最能将荷马的厚重感转化成散文的人"。①

可见，朗吉努斯所说的"文学性模仿"所要求的不是表面性的模仿，而是进入模仿对象的意识中，即模仿者不只是描摹客体之形，而是通于其神，也就是进入钱锺书所说的"入神"的最高境界："诗之极致有一，曰入神。"② 诗人作为主体的自我的意识在"充满激情的模仿"和"强烈的想象"中都荡然无存，恰如庄子所说的"丧我""忘我"。对事物的想象性认同，或者把人的意识与想象或模仿对象，甚至自然世界融为一体，都会形成一种古老的、无身份差别的状态，在这样一个隐喻式认同过程中主体和客体融为一体。这既是朗吉努斯的崇高之作也是庄子的天成之作的境界。

尽管庄子和朗吉努斯采用了两套不同的话语体系，但是就本文论及的艺术创作中的两组关系而言，他们的思想有着异曲同工之妙。对于艺术家而言，庄子所说的"道"或"天"与朗吉努斯所说的"崇高"遥相呼应，代表相同的境界。在有关艺术创作中的心和手的关系，或自然和艺术的关系中，两人不谋而合，都重视艺术家的精神境界，认为他们需要锤炼或提升自己的心灵。对于在精神上进入与"道"合一或者崇高的境界，两人殊途同归，庄子认为艺术家可以通过"心斋""坐忘"达致

---

① Malcolm Health, "Longinus and the Ancient Sublime", in Andrew Ashfield et al., eds., *The Sublime*, Cambridge University Press, 2012, p. 18.

② 关于这种境界，钱锺书进一步引用了英国诗人丁尼生的描述："自儿时始，即常'出神'或'入定'，闲居独处，默呼己名不已，集念专注自我，忽觉自我消亡，与无涯涘之真元融合，境界明晰，了不模糊，而语言道断。"详见钱锺书研究编辑委员会编《钱锺书研究》第一辑，文化艺术出版社1992年版，第29页。

"虚静、明"的状态,朗吉努斯相信艺术家可以通过沉思、模仿和想象浸淫在崇高的思想中,两种路径的核心都是消除自我和一切利欲。两人都搁置了天然和技艺之间的对立,认为技艺不可或缺,最高的技艺趋向于自然。他们都相信在创作天成之作的过程中,艺术家的天然与技艺完全融合,达到浑然一体的状态。关于艺术创作中的物我或主客关系,他们所见略同。庄子认为艺术家不能以主观妄见去随意篡改自然,应进入"丧我"的状态,要随物婉转,随物而化,最终在天成之作中达到"以天合天"、物我交融的状态;对于朗吉努斯,主体和客体之间并非是一种二分关系,在创作崇高之作的过程中,主体通过想象与客体建立一种精神性认同,对自我的意识在"充满激情的模仿"和"强烈的想象"中化为乌有,进入"无我"状态,达到主客合一的境界。

东方文学

# 北大之外的星星之火：民国时期中国高校的梵语教学钩沉[*]

■ 陈 明

（北京大学东方文学研究中心/北京大学外国语学院）

【摘 要】与鸦片战争之后陆续兴起的西方语言教学相比，梵语在我国的教研时间要悠久得多，但由于梵文实用性弱，从事其教研和学习的群体的规模相对较小。民国时期，除北京大学有较为固定的梵语师资并陆续开设了二十多年的梵语课程外，还有一些院校也开设了梵文相关课程，本文考察了这些院校中梵文学者的教学情况，记录了他们为这项绝学在我国传承所做的宝贵贡献。

【关键词】梵文；民国时期；高等教育；课程

## 引 言

自东汉末年佛经翻译肇兴以来，作为胡语（非汉语）体系之一的梵语就逐渐进入中国学人的视野。与梵语相关的教学与研究活动，成一时之景，然时断时续，未能长盛不衰。至晚清之际，在国内佛教界、学术界同仁（偏研究西北史地与中西交通者）与西方学术的影响下，梵语教

---

[*] 本文为国家社科基金重大项目"中国'东方学'学术史研究"（项目编号：14ZDB084）阶段性成果。

育的呼声再起。然师资难备，诸方面条件未足，直到1919年秋季学期，北京大学才正式开设梵文课程。来自域外的雷兴（Ferdinand Diedrich Lessing，1882—1961）、钢和泰（Baron Alexander Wilhelm von Staël-Holstein，1877—1937）、李华德（Walter Liebenthal，1886—1982）等学者相继登台执教，在艰苦卓绝的状态下，点亮现代梵文教学的一支小小火炬①。在北大之外，中国其他高校的学子们虽然也偶有机会选修梵文课程，但相较北大长年开设的梵文班，似乎不可同日而语，虽然梵文教学的具体情形和作用仍有待梳理和肯定，其在学术史与学科史上的地位与作用，亦不能视而不见。本文对梵文教育聊作爬梳，不妥之处，望海内外方家教正。

## 一 陈寅恪在清华大学开设梵文课

陈寅恪是中国现代东方学的代表人物之一。他在海外游学期间，师从美国哈佛大学教授兰曼（Charles R. Lanman，1850—1941）、德国柏林大学吕德斯（Lüders）研习梵语和印度语文学②。其博学之名在学界颇有流传③。从陈寅恪一生整体的学术成果来看，他虽不以梵文研究见长④，但在中国的梵文/印度学等多个领域有发覆之功，可以称得上是一位

---

① 参见陈明《艰苦卓绝：北京大学早期的梵语教学史（1919—1945）》，余太山、李锦绣主编《丝瓷之路》（Ⅸ），商务印书馆2024年版，第400—503页。
② 参见林伟《陈寅恪的哈佛经历与研习印度语文学的缘起》，《世界哲学》2012年第1期；张国刚《陈寅恪留德时期柏林的汉学与印度学——关于陈寅恪先生治学道路的若干背景知识》，载胡守为主编《陈寅恪与二十世纪中国学术》，浙江人民出版社2000年版，第210—220页；陈怀宇《在西方发现陈寅恪：中国近代人文学的东方学与西学背景》，北京师范大学出版社2013年版，第35—37页。
③ 比如，1924年3月12日，时在柏林留学的姚从吾于《致朱遏先先生书》中，称赞"陈君寅恪，江西人，习语言学，能畅读英、法、德文，并通希伯来、拉丁、土耳其、西夏、蒙古、满洲等十余国（种）文字。近专攻毗邻中国各民族之语言，尤致力于西藏文。……陈先生志趣纯洁，强识多闻，他日之成就当不可限量也"。参见《史学系派遣留德学生姚士鳌致朱遏先先生书》，载《北京大学日刊》1924年5月9日，第1465号第二、三版。
④ 参见陈怀宇《从陈寅恪论钢和泰的一封信谈起》，《书城》2009年第6期；陆扬《对陈寅恪佛教语文学研究能力的迷思——以童受〈喻鬘论〉为中心》，《文汇报》2020年9月18日第二版。

"杰出而典型的东方语文学家"①。

1925 年,清华学校聘任陈寅恪为国学院导师②。9 月 18 日,《清华周刊》第 351 期《研究院》介绍了研究院各位导师指导之学科范围,陈寅恪的指导学科范围较为广泛,共有五大项③。1926 年 7 月 8 日,陈寅恪正式入住清华园,开始在清华的教书生涯④。有关陈寅恪的指导学科内容,清华学院研究院编《国学论丛》第一卷第一号的《研究院纪事》之(二)"教授及课程大纲(附表)"仍有所记载,具体可见表 1⑤。

表 1　　　　　　　　研究院各教授担任学科一览

| 教授姓名 | 籍贯 | 到校时间 | 普通演讲题目 | 指导学科范围 |
| --- | --- | --- | --- | --- |
| 陈寅恪 | 江西义宁 | 十五年五月 | 西人之东方学之目录学 | 1. 年历学(中国古代闰朔日月食之类)<br>2. 古代碑铭与外族有关系者之比较研究<br>3. 摩尼教经典与回纥文译本之研究<br>4. 佛教经典各种文字译本之比较研究(梵文巴利文藏文回纥文及中亚细亚文诸文字译本与中文译本比较研究)<br>5. 蒙古满洲之书籍及碑志与历史有关系者之研究 |

陈寅恪对东方学长期关注,1926 年 9 月,他在清华国学院开始上课,陆续开设"西人之东方学之目录学""佛经翻译文学"等课程。实际上,在陈寅恪尚未至清华报到之前,清华学校就已经酝酿成立东方语言系。清华大学档案馆收藏的一份档案记载了此事。《国立清华大学评议委员会(评议会)会议记录暨一部分教授提案(附工学院地图)》⑥的第一页是《第 1 次评议会开会记录》(19260426),校中评议会第一次常务会所决议的事项如下:

---

① 沈卫荣:《陈寅恪与语文学》,《北京大学学报》(哲学社会科学版)2020 年第 4 期;《陈寅恪与佛教和西域语文学研究》,《清华大学学报》(哲学社会科学版)2021 年第 1 期;孔令伟:《陈寅恪与东方语文学——兼论内亚史及语文学的未来展望》,《新史学》2020 年第 31 卷第 1 期。
② 参见桑兵《陈寅恪与清华研究院》,《历史研究》1998 年第 4 期。
③ 1925 年 9 月 18 日,《清华周刊》第 351 期,第 32—33 页。
④ 吴宓著,吴学昭整理注释:《吴宓日记》Ⅲ(1925—1927),生活・读书・新知三联书店 1998 年版,第 188 页。
⑤《研究院纪事》,收入清华学院研究院编《国学论丛》第一卷第一号,商务印书馆 1927 年版,第 292—293 页。
⑥ 清华大学档案馆藏,案卷归档号:1-2:1-6:1,起止日期:1926.4-1937.6。

议决本校设立左列之十八学系，并附说明三条如下：

▲（一）国文学系（二）东方语言学系▲（三）西洋文学系（四）数学系……（十六）音乐学系（十七）体育学系（十八）军事学系

说明（一）此次分设各系之标准如下，（ⅰ）已有之设备（ⅱ）现今学生人数（ⅲ）本校之特别情形（ⅳ）中国之需要

（二）有▲记者（共十一系）现时即可为主系（即对于专修该科之学生，已有完备之四年课程）其余各系只能为辅系

（三）音乐系课程，暂不给学分

此档第5页是《第2次评议会开会记录》（19260428），第二次常务会所决议的事项有：

综合以上各条所议决者，得正式通过之条文如下：

本校现设下列十七学系①

（一）国文学系（二）东方语言学系（三）西洋文学系（四）数学系（五）物理学系（六）化学系（七）生物学系（八）历史学系（九）政治学系（十）经济学系（十一）社会学系（十二）哲学系（十三）教育心理学系（十四）农业学系（十五）工程学系（十六）音乐学系（十七）体育军事学系

（1）以下各系先行设立专修课程：

国文学系、西洋文学系、物理学系、化学系、生物学系、历史学系、政治学系、经济学系、教育心理学系、农业学系、工程学系

（2）以下各系暂不设立专修课程：

东方语言学系、数学系、社会学系、哲学系

（3）以下各系仅设普通课程：

音乐学系、体育军事学系②

---

① 合并了体育学系和军事学系。
② 另见1926年5月7日，《清华周刊》第25卷第11号（第378期）"新闻·学校方面"，第647—648页。

清华学校决议设立的东方语言学系不是主系，只是辅助之系（相当于虚体的教学单位），没有设立专修课程。在决议成系之后，清华开始选举各学系主任。1926年4月29日下午，在清华第三次教授会议上，陈寅恪被推选为东方语言学系主任①。这是陈寅恪在清华的第一个学术管理职务②，不过，因为清华当时各方面的条件尚有欠缺，东方语言学系又只是名列辅系，其实际并未成立和运作，陈寅恪开设梵文课可视为该系提供的辅助课程之一。1927年5月前，该系与西洋文学系合并，成为新的外国语文学系③。不过陈寅恪使用"清华学校东方语言学系用笺"多年，至少直到1930年6月21日，陈寅恪给罗志希（家伦）、傅孟真（斯年）写信时，所用的仍然是该种信笺④。

1927年4月29日，《清华周刊》中的《研究院现状》，介绍研究院国学门的相关课程，"课程方面，是时又略有增改。除原拟设之中国历史、语言、文学、哲学外，又添音韵及东方语言两门。"研究院"专题研究，为学生本人专门研究之学科"大约有二十三类，其中包括"东方语言学"和"西人之东方学"⑤。

在陈寅恪归国前，清华曾提供数千元经费，请他代购海外的东方学书籍和重要期刊。1925年11月30日，吴宓日记中记载："梵文《入楞伽经》请图书馆购买。"⑥ 1926年2月12日，罗家伦在致女友薇贞的信

---

① 另见1926年5月7日，《清华周刊》第25卷第11号（第378期）"新闻·学校方面·教授会议"中"选定各系主任"，第649页。
② 《清华大学志》中提及清华1926年设立东方语言学系，陈寅恪任系主任。
③ 刘经富：《释陈寅恪遗札兼述其蒙元史研究》，《中华读书报》2015年12月30日第14版。
④ 原函参见罗久芳编著《文墨风华：罗家伦珍藏师友书简》，北方文艺出版社2014年版，第172—175页。又，1930年5月9日，陈寅恪给胡适的函，也使用"清华学校东方语言学系用笺"。该函内容为："胡适先生 前寄之拙文首段误检年表疏忽至是，可笑之极，乞勿以示人，以免贻笑为感。匆此，敬请著安。弟寅恪顿首五月九日。"（参见陈寅恪《陈寅恪集·书信集》，生活·读书·新知三联书店2001年版，第135页）。又，原函参见耿云志主编《胡适遗稿及秘藏书信》，第35册，黄山书社1994年版，第407页。另据刘经富《释陈寅恪遗札兼述其蒙元史研究》指出，"陈寅恪1930年5月还用东方语言学系的信笺给陈垣写过信。"（《中华读书报》2015年12月30日第14版）。
⑤ 1927年4月29日，《清华周刊》第二十七卷第十一号（第408期），第497—498页。
⑥ 吴宓著，吴学昭整理注释：《吴宓日记》Ⅲ（1925—1927），生活·读书·新知三联书店1998年版，第103页。

中提及："（我自己的书约一千种，但门类较多，绝不够用。）因回国后多少书籍没有，为研究之大障碍。现正向清华国学院交涉，拟请其拨一宗款子，由我代彼购买关于中国史料之西文书籍。此事已由我的朋友陈寅恪兄（此人系朋友中之极有学问者，近回国任清华国学院教授）向其提议，我允候其回国至三月底。"① 这些书籍为陈寅恪的教学和早期的研究提供了部分基础。

陈寅恪在清华开设过梵文课，至少有两年之久。其一，1927年9月，陈寅恪每周加授一次梵文文法课，助教是浦江清，协助刻写"梵文文法"讲义。《国学论丛》第一卷第二号的《研究院纪事》"一课程方面"记载："本学期课程，略有增改。……陈寅恪先生，于每星期二加授梵文一课，即以《金刚经》为课本。"② 浦江清1948年11月对此事的回忆如下：

> ……自民国十五年秋来北平，至此在清华已二十二年。初来清华，系吴雨僧（宓）师引荐入清华学校研究院国学门任助教，帮助陈寅恪教授。时陈先生研究东方学，授佛经考订方面功课。我曾帮助他编了一本梵文文法。又习满洲文，为清华购买满文书籍③。

其二，1928年11月30日，《国立清华大学校刊》第十五期第一版《校闻·研究院近闻种种》之"教授及课目一览"列出："教授：陈寅恪先生授'梵文文法'，每周二小时，又'唯识二十论校读'，每周一小

---

① 罗久芳：《我的父亲罗家伦》，商务印书馆2013年版，第123页。
② 《研究院纪事》，清华学院研究院编《国学论丛》第一卷第二号，1927年9月，第297页。《陈寅恪先生年谱长编（初稿）》中引"《研究院纪事》九月"记载："春季，先生在国学研究院每星期二加授'梵文'一课，即以《金刚经》为课本。"［卞慧僧编纂《陈寅恪先生年谱长编（初稿）》，中华书局2010年版，第100页］很显然，此处的时间有误。开课的时间应该是秋季，而不是春季。又，苏云峰《从清华学堂到清华大学（1911—1929）》（生活·读书·新知三联书店2001年版，第295—296页）一书中，在国学研究院"首二年"课程表格的"1925年度"栏下列出陈寅恪的课程"西人之东方学目录学、梵文（《金刚经》研究）"，亦不准确，因为陈寅恪1926年秋季学期才开始在清华授课。
③ 浦江清：《清华园日记·西行日记》（增补本），生活·读书·新知三联书店1999年版，第241—242页。

时。赵元任先生本年赴粤调查方言,下学期有课。"

1930年,《国立清华大学一览》记载陈寅恪当年在中国文学系开设"佛经翻译文学 三",作为"本系选修科目(各年级皆得选修)";"佛经翻译文学:取佛教文学名著,如《大庄严经论》、《涕利伽陀》、《佛所行赞》等译本,依据原文及印度人注疏解释,并讨论其在中国文学上之影响,及关于佛教翻译史诸问题"。另在哲学系讲授"佛典校读(一学期,二学分)",其内容为"据梵文或巴利文原本与藏文及中文等译本互相解释证明"①。

陈寅恪之所以开设梵文课,不仅是基于他在哈佛、柏林学习过,而且还因为他和胡适、吴宓等同时代海归学者一样,对梵文的重要性有清晰的认识。1924年,吴宓译补的《世界文学史》第二章《东方诸国文学》中指出,"吾国人之研究梵文于欧美者,近今亦有其人,然为数极微。窃愿国人加以注意。异日昌明佛教,发扬东方文化,其道必由研习梵文巴利文而诵读佛经原本,此乃惟一之正途也。"②

陈寅恪认为梵文是深入理解中国文字源流音义和佛教时所需要凭借的重要基础。1927年11月14日,吴宓在日记中记载,他陪同到访清华的胡先骕,"次导访陈寅恪,谈东方语言统系。寅恪谓非通梵、藏等文,不能明中国文字之源流音义,不能读《尔雅》及《说文》云。"③ 陈寅恪学习梵、藏等文,主要旨趣不是为了研究域外的古典印度学,而是为了研究中国语言文字及历史文化本身。他开设梵文课的目的也多是培养能开展华梵比较之学的学生。

浦江清作为陈寅恪的助手,也从梵文课中略有受益④。浦江清《清华园日记》(上)中有所反映。1928年3月7日,"读窥基《唯识二十论

---

① 清华大学编:《国立清华大学一览》(民国十九年),清华大学1930年版,第43、47、61页。
② 吴宓译补:《世界文学史》(续第二十八期),《学衡》1924年第29期。此见第9—10页。
③ 吴宓著,吴学昭整理注释:《吴宓日记》Ⅲ(1925—1927),生活·读书·新知三联书店1998年版,第437页。
④ 浦江清学习过梵文,浦汉明在《浦江清先生传略》中指出,"为适应工作需要,他发挥自己精通英语的优势,努力学习他种语言文字。首先补习法语和德语,再攻希腊文、拉丁文、日语和梵文。梵文是印度古代的书面语,相当难学,但是古代佛经都是用它写的,陈先生开设'佛经考订'一门课,他必须尽快掌握梵文。经过努力,他不但很快学会,还帮助陈先生编了一本梵文文法。"参见浦江清《无涯集》,浦汉明、彭书麟编选,百花文艺出版社2005年版,第256—257页。

述记》。"① 9月2日,"星期日 读 Somadeva 之 *Kathasaritsagara*(《故事海》)之英译本(N. M. Penzer 编,英文名 *The Ocean of Story*,凡十册,Chas. J. Sawyer 公司一九二四年印,只售预约五百部)。此书早于《天方夜谭》,为极古之故事总集。使余得略通梵文,余将尽数年之力译之。"② 1933 年 9 月 22 日,在科伦坡,"于渡海小火轮中遇一位印度婆罗门","与谈梵文文法,询印度古书之价格。"③ 这些都说明浦江清对梵文文法和文学作品的了解与兴趣。

陈寅恪梵文班的学生到底有哪些人,目前已经不太清楚。对于他的梵文课程效果,学生们多有不如意的反映④。《陈寅恪先生年谱长编》中提供的两处回忆也可以管中窥豹。戴家祥的《致蒋秉南》中有两段话:

> 先生说某人祝贺他任研究院教授之荣,写了一联答他:"训蒙不足,养老有余。"上联是指教同学初学梵文的困难程度,下联是指出自己还处在年富力强的有为时期。
>
> 陈师讲"佛经翻译文学",他自己取名曰"梵文汉读法",用汉译六种《能断金刚般若经》,对着晒蓝本梵文讲解,助教浦江清为刻讲义。同学之中除戴家祥坚持半年,略知梵语音读外,其余同学都半途而废⑤。

蔡尚思的《蔡尚思自传》中也有类似的描述:"陈寅恪曾讲授梵文本某佛经,我听了,真像内地人说的'鸭子听雷声',所以我至今不敢自称是他的学生。"⑥

季羡林就读清华大学时(1930—1934),陈寅恪已经不开设梵文课

---

① 浦江清:《清华园日记·西行日记》,生活·读书·新知三联书店 1999 年版,第 6 页。
② 浦江清:《清华园日记·西行日记》,生活·读书·新知三联书店 1999 年版,第 13 页。
③ 浦江清:《清华园日记·西行日记》,生活·读书·新知三联书店 1999 年版,第 99 页。
④ 比如,牟润孙、姜亮夫、蓝文征等人的印象中,陈寅恪的语言、佛经翻译类课很难懂,基本没学会。参见桑兵《陈寅恪与清华研究院》,《历史研究》1998 年第 4 期。
⑤ 卞慧僧编纂:《陈寅恪先生年谱长编(初稿)》,中华书局 2010 年版,第 101 页。
⑥ 蔡尚思:《蔡尚思学术自传》,巴蜀书社 1993 年版,第 57 页。

了。季羡林的《我是怎样研究起梵文的》一文中的说法是:"我曾同几个同学拜谒陈先生，请他开梵文课。他明确答复，他不能开。"① 季羡林现存的《清华园日记》并不是他四年大学生涯的完整记录，其中并未有选修陈寅恪课程的记载。季羡林晚年的回忆文章中，常称自己学梵文是受陈寅恪课程的直接影响②。

1933年8月29日，季羡林在日记中记下了自己未来想从事的学术方向："中国文学批评史、德国文学、印度文学及Sanskrit。三者之一，必定要认真干一下。最近我忽然对Sanskrit发生了兴趣，大概听Ecke谈到林藜光的原因罢。"③ 可见，季羡林当时想到梵文，并不是因为仅仅听了陈寅恪的"佛经翻译"课而来。Ecke，即德籍教授艾克（Gustav Ecke, 1896—1971），又名艾锷风，他1928年下学期入聘清华。《吴宓日记》记载1928年10月17日下午"4—6在Winter室中茶叙，并晤新来之Dr. Ecke"。11月9日又记载："晚7—10访Winter，并晤Ecke<sub>德国人，博士，新聘教授</sub>。"④ 艾锷风当时向学生们提到林藜光，是因为他们两人在厦门大学时，因为法国学者戴密微的关系就已经认识，后来二人又是钢和泰在家中设立的研读梵汉佛典班的成员，而且1933年夏天林藜光远赴法国巴黎去学习印度学和梵汉佛教典籍。

虽然陈寅恪开设梵文课不是特别久，但他作为"中国两梵文专家之一"，该标记深入人心。《申报》1939年3月20日第八版刊登了张春风的《记陈寅恪先生》一文，如下：

> 陈先生是在教授群中最不洋化，最不讲派头的一位教授，完全

---

① 季羡林：《我是怎样研究起梵文的》，《书林》（上海）1980年第4期。又，季羡林在作口述史时（2008年11月1日下午）也是这么说的。"当时，我们有几个学生，就请这个陈寅恪先生开梵文课，陈寅恪先生说我开不了，我不是研究语言学的。"（季羡林口述，蔡德贵整理《季羡林口述史》，陕西师范大学出版社2010年版，第77页）但此处所谓"陈寅恪先生说我开不了"，与实际情况不符。

② 参见季羡林《学海泛槎——季羡林自述》，华艺出版社2005年版，第73页；季羡林《留德十年》，东方出版社1992年版，第48页。

③ 季羡林著，叶新校注：《清华园日记》（全本 校注版），东方出版中心2018年版，第151页。

④ 吴宓著，吴学昭整理注释：《吴宓日记》第Ⅳ册（1928—1929年），第147、159页。Winter，即Robert Winter（1887—1987），温德，时任清华大学英语教授。参见［美］伯特·斯特恩《温德先生：亲历中国六十年的传奇教授》，马小悟、余婉卉译，北京大学出版社2016年版。

是学者的风度,他上下课,出门,从不挟大皮包,而是挟着粗布制的大书包,包袱皮分红、紫、黄几个颜色,每日因为上课的科目不同,那么他包书的大包袱皮颜色,也有不同。不过他却是一位最具有世界地位的一位学者。他能自由操英,法文字,在德国曾住有年,德文也是刮刮叫,另外他也曾在印度研究过佛教,又能读识说梵文,在清华大学里,他不止是历史学的教授,他也是佛教研究的指导,教梵文的教师,学问之渊博于此可见一斑。

此处仍然说陈寅恪是"教梵文的教师"。1964年,暮年的陈寅恪在《甲辰春分日赠向觉明三绝》中云:"梵语还原久费工,金神宝枕梦难通。"胡文辉指出,"梵语还原"之学(即梵汉对勘之语文学)的研究久费工时与心力①;或谓此句乃是陈寅恪"自谓于梵文未能真正贯通"②。但不可否认的是,陈寅恪在清华开设过梵文课(或直接利用梵文数据的佛经对勘课程)至少有两年之久,陈寅恪学术兴趣的转向也可能影响他当年的梵文教学意愿及其效果。

## 二 汤用彤在东南大学开设梵文课

汤用彤在哈佛大学留学时,与陈寅恪一同师从兰曼教授学习梵文、巴利文及印度哲学,成绩优异。他于1922年回国,受聘于东南大学哲学系。1924年,东南大学动荡不安,影响到教师的生活。3月24日,时在清华任教的张歆海向胡适推荐汤用彤去北大任梵文教授。其函如下:

> 适之:
> 东南大学有风潮,听说文学、哲学两系因与生活实际无关系,

---

① 胡文辉:《陈寅恪诗笺释》(增订本)(下册),广东人民出版社2017年版,第1055—1057页。
② 胡文辉:《现代学林点将录》,广东人民出版社2010年版,第265页,注释11。

将删去。哲学系内有汤君用彤，中国两梵文专家之一，前哈佛 Lanman 得意门生，Baron Staël-Holstein 亦与之相识，不知北大愿聘之为印度哲学或梵文教授否？乞覆。

张歆海　三月廿四①

张歆海认为汤用彤是"中国两梵文专家之一"，另一位就是陈寅恪。他们与在北大开设梵语课的钢和泰（Baron Staël-Holstein）也很熟悉。胡适当时是否回复过此信，目前尚未找到相关资料，但当时北大并未立即聘任汤用彤却是确定的。1927 年，东南大学改名第四中山大学，汤用彤担任哲学院长②。当年 8 月 22 日，《申报》第八版《第四中大两学院之教务人员》的名单如下：

> 文学院　第四中山大学文学院院长谢筹康不日由欧归国，现暂由梅光迪主持院务（梅现任美国哈佛大学教授，即须返美）。国文系所有中国学术，如经史小学诗文词曲金石书画等，应有尽有。其主旨在研究中国文化，发扬民族精神。外国文学系，分拉丁英法德意及其他各门，意在对于西方文化作整个之研究，打破偏重英美之旧习，以为融会中西文化之先导。此外又加梵藏蒙回日各门，俾得研究东亚诸国学中国历史文化之关系，为东亚各民族结合之准备。各系教务人材极一时之选，已聘定者国文系主任兼副教授（该校规定现只有副教授）钱基博、副教授张尔田、王澄、王易、陈柱；讲师徐天闵、商承祚，助教陈仲子、吴企窬、王焕镳。外国文学系英文门副教授张欣海、张士一、陈源、闻一多及蒯淑平女士；讲师唐庆诒、崔萃村及李玛璃女士；助教胡梦华、吕贤清、陈钧、胡稷、咸德征、李儒勉。法文门副

---

① 中国社会科学院近代史研究所中华民国史研究室编：《胡适往来书信选》（上册），社会科学文献出版社 2013 年版，第 176 页。原信见耿云志主编《胡适遗稿及秘藏书信》，第 34 册，黄山书社 1994 年版，第 336 页。有关该信的详细信息，参见范博瑞《张歆海致胡适信六通（外二通）》，刊"胡适评论"公众号，2023 年 10 月 15 日。

② 《申报》1927 年 7 月 6 日第七版已载"哲学院长汤用彤"。

教授陈登恪、德文门讲师赵伯颜、拉丁文门讲师何王桂馨女士、梵文巴利文则由哲学院院长汤用彤兼任，日本文讲师陆志鸿。

此处明确说梵文、巴利文的课程是由汤用彤兼任的。据统计，汤用彤"在中央大学期间开设的课程有：19世纪哲学（19$^{th}$ Century Philosophy）、近代哲学（History of Modern Philosophy）、洛克贝克莱休谟著作选读、梵文、《金七十论》、印度学说史、印度佛教初期理论、汉魏六朝佛教史等。以上各课讲义稿大多保存下来"。①

1928年10月，常任侠回到南京，在中央大学读书。汤用彤开设梵文之事，主要见于常任侠的回忆类文章。常任侠的《怀念诗人泰戈尔与圣蒂尼克坦》云：

> 1928年我再入南京大学文学院学习，探讨古典的乐章，探讨佛典与中国文学的关系，探讨变文与戏曲，探讨音韵与梵呗，从汤用彤先生学习梵文与《金七十论》，读支那内学院所刊行的《大慈恩寺三张法师传》，与玄奘法师的《大唐西域记》。②

又，常任侠的《往日的回忆》云：

> 在中央大学的哲学系里我只听过两位教授的课，汤用彤先生的梵文和《金七十论》，宗白华先生的歌德和斯庞葛尔，各有所得，给我在中文系所习的国学知识之外，又增加了域外的文化知识，对于学术研究，辅助我以新的发展③。

又，常任侠的《生命的历程》云：

---

① 赵建永：《汤用彤先生编年事辑》，中华书局2019年版，第129—130页。汤用彤是否还有梵文课讲义保存下来，待核查。
② 常任侠：《怀念诗人泰戈尔与圣蒂尼克坦》，《南亚研究》1981年第2期；《常任侠文集》（卷六），安徽教育出版社2002年版，第246页。
③ 常任侠：《往日的回忆》，《人民日报》1987年3月19日第8版。

> 当在大学期间，我不仅选读了以上六位国文系教授的主课，还选读了汤用彤先生的梵文……等课。①
>
> 在1928年，我进南京的东南大学读书，选读了汤用彤先生教授的梵文。虽则使用的是欧文字母，有幸引导入了门径，给我后来学习以便利。②

常任侠说过，1928年他在东南大学跟随汤用彤先生学习过梵语。对照报纸上的记载，该事应该属实。其具体情形如何，可能需要去查阅东南大学当年的档案。据1930年的《国立中央大学一览（第2种 文学院概况）》，其职称为"汤用彤，锡予 哲学系副教授"；哲学系由汤用彤开设的三门课程："中国佛教史 十六年上学期第一次开 十六年下学期续开 十八年上学期第三次开（改称汉魏六朝佛教史）""巴利文佛经 十七年上学期第一次开 十七年下学期第二次开""印度学说史 十七年下学期第一次开"③。不过，在哲学系课程说明部分，有"中国佛教史""印度学说史""印度佛教史"三门课程的简介④，而未提及"巴利文佛经"。至少我们知道汤用彤在1928年开过两个学期的"巴利文佛经"课。

1931年夏，汤用彤被聘为北京大学教授。此后，汤用彤再也未开过梵语课。

## 三 许地山在燕京大学开设梵文课

1923年，许地山赴美国哥伦比亚大学研究院哲学系留学⑤，1924年7

---

① 郭淑芬、常法韫、沈宁编：《常任侠文集》（卷六），安徽教育出版社2002年版，第29页。
② 郭淑芬、常法韫、沈宁编：《常任侠文集》（卷六），安徽教育出版社2002年版，第112页。
③ 国立中央大学文学院编：《国立中央大学一览（第2种 文学院概况）》，国立中央大学教务处出版组1930年版，第4—9页。
④ 国立中央大学文学院编：《国立中央大学一览（第2种 文学院概况）》，国立中央大学教务处出版组1930年版，第44—45页。
⑤ "许地山入哥伦比亚大学研究宗教。"参见《大批官私费留学生今日放洋》，《申报》1923年8月17日第十三版。

月获文学硕士,9月转入英国牛津大学曼斯菲尔学院,学习和研究梵文。1926年,许地山启程返国。9月16日,许地山在新加坡的普陀寺参加了蒋剑一、苏慧纯招待太虚法师的宴会,"席间谈了些关于梵本的《法华经》等语"①。许地山此行途中"一度勾留印度,研究梵文及佛学"②。许地山在印期间,曾住在波罗奈城③。他还曾赴国际大学拜访泰戈尔。泰戈尔赠送的吉祥小礼物白磁象,现存于北京的中国现代文学馆④。

许地山应该是有能力开设梵文课的。1927年,许地山回燕京大学宗教学系任教,此后并兼职清华、北大。当年许地山就开始开设了两门梵文课程:"梵文初步"和"梵文选读"。据北京大学档案馆所藏的燕京大学档案《各学院入学简章、1927—1928课程一览、教职员学生名录》,两门课程的情况如下:

Sanskrit 1–2　Introductory Sanskrit 梵文初步　　Credits 2–2
　认识单字、造句、略解声明。本课为习中古中国文学所必修,为习佛教文学之预备。
　Limit 10
　限十人
　T Th 8：00　S 204　　　　　　　　　　　　　　　Mr. T. S. Hsu

---

① 《欢宴太虚法师两志》,《海潮音》第七卷第十期,1926年11月24日,又,太虚《忆许地山先生的一面》(1943),《太虚大师全书》第三十一册,第1330页。有关许地山当年的行程,另见《文坛健将许地山君行将抵叻》,《叻报》1926年9月4日,第27页。

② 胡愈之:《许地山先生行状》,新加坡《南洋商报》1941年11月9日。又,周俟松《许地山传略》亦云:许地山"回国时在印度作短期逗留,研究印度哲学、佛学、梵文等。""在中山大学讲学后,再去印度研究印度哲学、梵文等。并拜访了泰戈尔,一年后回国。"参见《中国现代作家传略》上集,四川人民出版社1981年版,第222—228页。又,许地山《旅印家书(十二)》:"记得我在一九二六年由英国回国时,特意绕道印度去拜访诗圣泰戈尔,那时我住印度波罗奈城印度大学,乘车去加尔各答附近的圣谛尼克泰戈尔创办的国际大学参观,同时也去泰戈尔家里看望,他是我一向敬仰的知音长者。"参见许地山《许地山散文全编》,陈平原编,浙江文艺出版社1992年版,第189页。

③ 1934年3月19日,许地山在印度致函夫人周俟松,提及"前几年我住波罗奈城,一个月不过花三十个卢比。那时候卢比贱,三十卢比不过大洋二十一元左右。"参见许地山《旅印家书(七)》,载许地山著,陈平原编《许地山散文全编》,浙江文艺出版社1992年版,第181页。

④ 许地山的女儿许燕吉将此白磁象捐赠给中国现代文学馆。参见徐莹《做好名人实物档案工作的几点建议》,《中国档案报》2020年5月28日(总第3530期)第三版。

星期二四，八时 许地山先生

Sanskrit 3-4　Advanced Sanskrit 梵文选读　　　　Credits 2-2
选读原文佛经，及印度圣典，并习声明学大意。本学年所选之教本为梵文《心经》、《金刚经》、《阿弥陀经》及《薄伽梵歌》。
Elective：2，3，4
二三四年选修
Prerequisite：Sanskrit 1-2
预习梵文初步
M 8：00-10：30　S 106　　　　　　　　　　Mr. T. S. Hsu
星期一，八时，九时卅分 许地山先生[①]

1928年10月5日，《燕京大学校刊》第四期第一版有《本校教职员名单》中，宗教学院的名单有"许地山，硕士，副教授"，刊登于第二版。燕京大学印制的《燕京大学本科课程一览》（布告第二十一号，第十一届，民国十七年）供1928—1929学年使用，其中国文学系教师名单有："许地山　文学硕士、神学士、文学士（牛津）：副教授"，在"本系学则"部分，列出许地山的三门课程，具体内容如下：

国文 177-178　佛教文学　学分　3-3
选授中国历代佛教关于文学之作品
四年级选修、研究生选修
讲授：一、三、四　9：30　　许地山

梵文 1-2　梵文初步　学分 2-2
认识单字、造句，略解声明。本课为习中古文学所必修，学习

---

① 《各学院入学简章、1927—1928课程一览、教职员学生名录》，北京大学档案馆藏，档案编号 YJ19240014，第88页。

佛教文学之预备。

一、二年级选修

讲授：二，四　8：00　　　许地山

梵文 3－4　　梵文选读　　学分 2－2

选读原文佛经，及印度圣典，并习声明学大意。

二、三年级选修

讲授：一，三　8：00　　　许地山①

以上可见许地山确实在燕京大学曾经开设梵文课。《私立燕京大学文学院课程一览》（民国十八年），另据供 1929—1930 学年使用的。许地山在文学院国文学系为四年级本科生和研究生开设选修课"佛教文学"，选授中国历代佛教关于文学之作品，每周二、周四下午 1：30 上课，共 2 学分。许地山还为国文学系本科生开设梵文系列课，编号为"梵文 1－2　梵文初步"和"梵文 3－4，梵文选读"，具体课程介绍同上一学年，只是授课时间改为了"一，三　8：00""二，四　11：30"②。

从编号方式来看，许地山的梵文课程属于燕京大学的"丙种课程"，是一学年修完之课程，要求学生上下两学期连续修完才有学分，编号为在两个连续号间用"－"符号表示。③许地山对梵文课有成熟的系列想法，"梵文初步""梵文选读"课都是为"佛教文学"课打基础的。在"国文学系时间表（一九二九年至一九三〇年）"中，许地山的四次梵文课程都名列其上。许地山还在哲学系开设"印度哲学"课。作为副教

---

① 《燕京大学本科课程一览》（布告第二十一号，第十一届，民国十七年），燕京大学印制，1928 年，第 77、85—87 页；另见《燕京大学布告，Yenching University Bulletin 1928－1929》，北京大学档案馆藏，档案编号 YJ19280019，第 86—87 页。

② 《私立燕京大学文学院课程一览》（民国十八年），北平京华印书局代印 1929 年版，第 17—19 页；另见《1929—1930 年私立燕京大学文学院课程一览》，北京大学档案馆藏，档案编号 YJ1929022，第 21—22 页。

③ 陈滔娜、关冰：《民国时期大学课程体系与课程实施分析——以燕京大学为个案》，《高等理科教育》2012 年第 4 期。

授,许地山在所任职的宗教系,开设有"原始宗教""比较宗教""儒教与道教""佛教经典"等多门课程①。

1930年《北平私立燕京大学宗教学院简章》(中英对照)的"宗教学院教职员"名录中,有"许地山 文硕士、文学士(牛津) 宗教史副教授"。"本院课程"下的"宗教史学系"也列出"许地山 文学硕士、神学士、文学学士(牛津) 副教授"。该系第三年课程有"梵文为研究佛教学者所必修。"② 不过,此处的"梵文"课未标明授课教师。1930年、1931年,燕京大学的档案都显示许地山开设的课程还有"梵文初步"和"梵文选读"③。另据《私立燕京大学历史学系课程一览》(民国二十年),1931年,许地山名列历史系教授,在历史系开设的课程有"中国礼俗史""道教史""佛教史"等④。

周一良《毕竟是书生》中有对当年的回忆:"1930年初进燕京国立专修科时,看见宗教学院课程表上有许地山先生讲授的梵文,兴致勃勃去签名选修。谁知选修的学生太少,没有开成。"⑤ 许地山的梵文课程什么时候没有再开,具体还不太清楚。任教燕京大学期间,许地山同时在北大哲学系兼课,开设"印度哲学"等课程。

1933年4月5日,顾颉刚一行在河北正定隆兴寺考察,"看地山写梵文"⑥。4月12日,《世界日报》刊发的短讯《"落华生"将赴印 研究印度文学》,透露了许地山的游学计划,具体内容如下:

---

① 《私立燕京大学文学院课程一览》(民国十八年),北平京华印书局代印1929年版,第86、106—107页。
② 燕京大学编:《北平私立燕京大学宗教学院简章》(中英对照),燕京大学印制1930年版,第6、14、15页。
③ 《燕京大学布告,Yenching University Bulletin, College of Arts and Letters, Announcement of Courses 1930－1931》,北京大学档案馆藏,档案编号 YJ1930023,第17页。又,《燕京大学布告,College of Arts and Letters 1931－1932, Vol. XⅥ－No. 24, July, 1931》,北京大学档案馆藏,档案编号 YJ1931021,第20页。
④ 《私立燕京大学文学院课程一览》(民国二十年),印本,无出版单位,1931年版,第8—9页。又,据《私立燕京大学一览》(燕京大学印制,1931年),宗教学系的许地山在国文学系开设同样的三门课(见第37、39页)。
⑤ 周一良:《毕竟是书生》,北京十月文艺出版社1998年版,第32页。
⑥ 《顾颉刚日记》第三卷(1933—1937年),台北:台湾联经出版公司2007年版,第31页。

[特讯] 燕京大学印度文学及佛教哲学教授许地山，别号落华生。已定于本年暑后，辞去教职，再度赴印度研究。顷据许氏云：印度为亚洲最古民族，印度文化为东方文化中最主要之一部，而国人近年来，多深知远隔重洋之欧美各国问题，对近在邻邦之印度文化及其生活，反隔阂不明，殊为奇异。按许之意，中国欲求出路，非联合东方各弱小民族不可，而联合弱小民族、对人口众多文化出邃之印度，不能不速求了解。故此行即抱有使中印文化沟通并进之壮志。归国后拟锐意提倡东西各民族之互相了解，并设梵文班，以资有志者学习预备。闻许氏将留印度约二年始返国云。(Y)①

许地山是满怀着沟通中印文化的宏大愿望而规划去印度的，不仅仅是学习印度的语言、宗教而已，其回国之后还拟开设梵文班。

1933年8月24日，在许地山离开北平之前，熊佛西召集数位好友为他饯行。《周作人日记》中的记载："十二时至佛西处。因地山赴印度，为设宴也。来者平伯、佩弦、西谛及主客夫妇共八人。至下午三时半始散。"② 朱自清的日记中记载为："佛西熊君为许地山君饯行，其住宅后有花园，院落极大。院中满置盆花，极可爱……"③ 8月底，许地山偕夫人周俟松离开燕京大学南下休假。他们先到上海，又去游览了宝岛台湾。许地山拟赴印度，为了筹措资金，11月到广州后，他滞留中山大学社会学系讲学数月。

1934年2月7日，许地山从香港乘船赴新加坡，此行的目的地是赴印度，旨在搜研佛教经典材料④。抵印后，大约3月15日，许地山到了

---

① 《"落华生"将赴印　研究印度文学》，《世界日报》1933年4月12日第七版"教育界"专栏。
② 鲁迅博物馆藏：《周作人日记》（影印本）（下册），大象出版社1996年版，第487页。
③ 朱乔森编：《朱自清全集》第九卷《日记》（上），江苏教育出版社1995年版，第243页。
④ 《许地山氏将赴印度搜经　中大教职已结束》，《平西报》1934年3月21日第四版。又，《许地山在印度》："［上海］去年秋天为燕京大学派往印度考察之许地山，闻现正在印度研究佛教，致书国内友人，颇有如唐三藏自居。按许地山笔名'落花生'，年小时浪漫不羁，精通西藏文及印度文，近年来一向教授于北平燕京大学宗教学院云。"（《出版消息》第廿九期，1934年2月1日版，第22页）又，多年后还有人记得许地山是中国梵文家。参见《中国梵文家许地山取名落花生》，《纪事报》1946年第17期第1版。

浦那（Poona，普那），后在当地的 Sir Parashurambhau College 短期研究①，他参加了当地召开的全印哲学会，与印度学者有所交流。4月，他还找了梵文教师，每周上课三次②。7月初，许地山因为经济困难，无奈离开印度乘船返国，8月时回到燕京大学工作。1934年9月8—13日，《北平晨报》连续刊登了许地山口述、张铁笙整理的《最近之印度》一文。许地山指出：

> 余此次赴印，纯为读书，并不兼含其他任务，盖余从事编著梵文字典有年，国中材料不足，亟须往印度就彼邦学者问道俾完斯帙。因于去秋，趁燕大休假之便南下西行，……原拟留印两载，故于到粤后，就职中山大学半年，期对经费问题，筹措略有把握，俾伸留印两载之志。……仅据身（边）燕大所予之美金二千。

1934年10月的《燕京大学教职员学生名录》中，许地山是宗教学院的教授③。1935年5月，胡适向香港大学推荐许地山去任教④，8月许地山被香港大学聘为中文学院教授⑤，亦兼中文学院院长。许地山到了

---

① 许地山：《旅印家书》，载许地山著、陈平原编《许地山散文全编》，浙江文艺出版社1992年版，第184页。许地山并不是在贝拿勒斯印度教大学研究宗教与梵文。
② 许地山《旅印家书》："梵文教师已找着，每月束修，大约在二十卢比，一星期三次。"（许地山著、陈平原编《许地山散文全编》，浙江文艺出版社1992年版，第186页）
③ 《燕京大学教职员学生名录》，燕京大学印制1934年版，第8页。
④ 1935年5月10日，胡适"发一电一航空函与香港大学 Sir William Hornell，推荐许地山与陆侃如。"[季羡林主编《胡适全集》第三十二卷，曹伯言整理《日记（1931—1937）》，安徽教育出版社2003年版，第441页]又，1935年7月14日，胡适"与香港大学文学院长 Robertson、Major Rupel、受颐、许地山、陆侃如夫妇、毛子水及冬秀同游西山。……港大决定先请许地山去作中国文学系教授，将来再请陆侃如去合作。此事由我与陈受颐二人主持计划，至今一年，始有此结果。"（季羡林主编《胡适全集》第三十二卷，安徽教育出版社2003年版，第496页）又，1935年5月2日，陈君葆的日记："罗伯生报告关于聘请陈受颐一事，已接到渠及胡适之两方面来电说'不能来'，胡适来电改介绍许地山或陆侃如。陆侃如我知道他的甚少，许地山则似乎从前已有人提议过了。"参见谢荣滚主编《陈君葆日记全集》（卷一·1932—1940），商务印书馆（香港）有限公司2004年版，第166—167页。
⑤ 《许地山离平赴港　就港大文学院长职》，《华北日报》1935年8月19日第九版；《许地山昨挈眷赴港》，《益世报》（北京）1935年8月19日第九版；《名教授许地山挈眷赴港，就港大文学院长职》，《京报》1935年8月19日第七版。

香港大学任教之后，也曾开设梵文课①。正如邓尔疋所谓的"祭酒如南阁，说文兼梵天"②，许地山的学术成就还是得到了人们的认可③。

据许地山说，1926年泰戈尔曾建议他编一本梵文字典/辞典。1934年4月20日，许地山在给太太的家书中回忆此事，"他建议我编写一本适合中国人用的梵文辞典，既为了交流中印学术，也为了中印友谊，我回国后即着手编纂。字典稿存在燕京大学我的书房里，你空时去燕京看看该没有散乱那些卡片吧？我本想再去看看泰戈尔，告诉他我遵循他的嘱咐在编梵文辞典，他一定会很高兴的。"④ 许地山到燕京大学不久，就开始着手准备编写此辞典。1929年12月10日，许地山为此向哈佛燕京学社提出了这一计划，但遭到了钢和泰（以及陈寅恪）的反对。钢和泰在给伍兹（James H. Woods）的信中说：

> Mr. Hsu Li Shan knows some Sanskrit but certainly not enough to understand commentaries, in spite of which he wants to prepare and publish a Sanskrit-Chinese dictionary. I think his plan foolish (Tschen Yin Koh agrees with me) on account of his philological inadequacy and in view of the fact that the *Hobogirin* (Demiéville) makes such a publication unnecessary. But he considers me as a fellow-subject of the famous "Peping Administrative Committee" and told me a few days ago of his hope that "the authorities" would support his plan against my objections.⑤

---

① 姜伯勤《再论许地山先生与金应熙老师》一文中，引用金应熙的回忆访谈，提及许地山"传授金教授梵文，其实是想他继承这方面的研究。"（《广东社会科学》2006年第6期）又，当年还有媒体报道许地山深通梵文。《作家印象记：深通梵文的许地山》，《大同报》1935年12月1日第九版。
② 刘秀莲、谢荣滚主编：《陈君葆全集·书信集》（下册），广东人民出版社2008年版，第595页。
③ 薛克翘：《许地山的学术成就与印度文化的联系》，《文史哲》2003年第4期。
④ 许地山：《旅印家书》，载许地山著，陈平原编《许地山散文全编》，浙江文艺出版社1992年版，第189页。
⑤ 邹新明编：《美国哈佛大学哈佛燕京图书馆藏钢和泰未刊往来书信集》（下册），广西师范大学出版社、北京大学出版社2016年版，第415页。

一方面，钢和泰认为许地山的梵文水平尚不够支撑编写梵文字典；另一方面，法国的戴密微本年已经在日本东京的日佛会馆出版大型佛教百科全书式的《法宝义林》(Hobogirin)首册，显得许地山的计划无足轻重。尽管没有得到两大学者的支持，但显然许地山并未放弃编辞典。1935年2月25日，《世界日报》连载的"学人访问记"，标题为《研究印度哲学的许地山，他打算用毕生的力量编〈梵汉字典〉》。该文中说："'还预备编一部〈梵汉字典〉，打算用毕生的力量作这件事。'说完便抽出他写的许多卡片给我看，每一个名词都有详细的解释。"① 当年八月，到香港大学任教后，许地山仍继续此事。他"花了三年时间集攒了八万多条梵文词条"，制成卡片。

这些梵文卡片与许地山的一些图书长期存放在香港大学中文学院及冯平山图书馆，后经陈君葆、周俟松、谭干等人的努力，才没有佚散于动荡的岁月之中。早在1945年2月8日，陈君葆"到冯平山图书馆与大山到中文学院点许地山先生的书"。② 3月11日，"伍冬琼打电话来谓中文学院罗原觉与许先生两批书都搬到冯平山图书馆方面来了，现正移动得七零八落。"③ 1947年2月1日，周俟松致函陈君葆，表达感谢之意："地山遗物存港，多承关照。近又劳代为设法安置，感激不尽。以现在局势及个人能力，存港遗物实不知何时可移运，实为一心事。"④ 李镜池在某年（1947?）3月9日也曾致函陈君葆，涉及在香港保存的许地山所编的《道藏子目通检》卡片、《道藏辞典》卡片等⑤。

1956年8月11日，陈君葆随香港代表团访问内地，途经南京。据陈君葆当天的日记：

> 今日到过江下关码头来接我们的有许太太；她现在是中学的校

---

① 《研究印度哲学的许地山》，《世界日报》1935年2月25日第七版。
② 谢荣滚主编：《陈君葆日记全集》（卷二·1941—1949），广东人民出版社2008年版，第351页。
③ 谢荣滚主编：《陈君葆日记全集》（卷二·1941—1949），广东人民出版社2008年版，第360页。
④ 刘秀莲、谢荣滚主编：《陈君葆全集·书信集》（下册），广东人民出版社2008年版，第609页。原函见谢荣滚主编《陈君葆书信集》，广东人民出版社2008年版，第93—94页。
⑤ 刘秀莲、谢荣滚主编：《陈君葆全集·书信集》（下册），广东人民出版社2008年版，第708页。

长和教育会的副主席。她托查地山遗下的两个白木箱子,三尺宽,两尺高,迭起来放的,里面有梵文的数据①。

8月12日午后,陈君葆"六时许回来,到莫愁路侯家桥六号周俟松校长的家里去吃饭,她现在是第五中学的校长。"② 8月14日早晨,"离开南京时,许太太赶到来送车。"③ 可见陈君葆短期逗留南京时,周俟松与他有几次见面,她念念不忘的就是丈夫心血结晶的梵文卡片。10月30日,陈君葆在香港大学找到了许地山装梵文卡片的箱子:

  清早与沛根到冯平山图书馆为许太太取回梵文卡片十八小包;白木箱三个连架一,内连卡片若干束;又目录箱三个;另旧课文卷两包;均送到和隆仓库去暂寄存唐珍琰待整理。
  致周俟松校长函,告诉她卡片和箱子都提取暂存在和隆仓库里去,待她来信指示寄到那里。许太太的住处是南京莫愁路侯家桥六号④。

1956年11月30日,周俟松致函陈君葆,就这批卡片的具体处置作了安排。该函具体内容如下:

  君葆先生:
  南京别后又将半载,昨接来函,承代寻得地山梵文文典卡并代转移寄存,此不独个人感谢,亦为国家研究东方哲学出了一份力。曾将尊书寄北京,得北京科学院来函谓:对此稿极感兴趣,研究印度哲学必要懂梵文,也要训练青年干部来搞梵文,故字典特别重要。卡稿请寄南京我处,科学院再请专家研究如何使用之,因此还须烦劳您代为邮寄,寄费包扎运费若干请示知,以便设法拨兑归还。

---

① 谢荣滚主编:《陈君葆日记全集》(卷三·1950—1956),广东人民出版社2008年版,第523页。
② 谢荣滚主编:《陈君葆日记全集》(卷三·1950—1956),广东人民出版社2008年版,第524页。
③ 谢荣滚主编:《陈君葆日记全集》(卷三·1950—1956),广东人民出版社2008年版,第524页。
④ 谢荣滚主编:《陈君葆日记全集》(卷三·1950—1956),广东人民出版社2008年版,第551页。

尊夫人近日可好，有暇乞赐好音为盼，此致

敬礼！

周俟松<br>56.11.30

令媛均此。

忘记府上门牌号数，故只得由冯平山图书馆转交①。

周俟松的来函中反映了一个重要的信息，就是中国科学院方面（具体有可能是语言所或哲学所）对这些梵文卡片的重视。12月16日，陈君葆"收到许太太来信，嘱卡片寄侯家桥。"②

1957年3月16日，陈君葆"给谭干信，托运卡片至南京事。"③ 谭干时任香港新华社外事组组长。3月18日，陈君葆"覆许太太函。"④ 3月23日，"谭干电话，说寄件事下周派人来谈。"⑤ 3月27日，"午间，谭干太太与司徒强来访，谭误以为百五十人是港大学生。另一事则为寄梵文卡片，拟与穗文化局联络。"⑥ 4月25日，"谭干来电话关于旅行事自费原则，再则关于许地山梵文卡片运交事。……因即发一信与许太太。"⑦ 接到陈君葆的此信之后，周俟松不久又写了一封回函，内容如下：

君葆仁兄先生：

前后两接手书及照片，达侄成长如此高大，在我记忆中还是三尺之童，刻想已学成业就。

梵文卡片得兄之助得以寄回，感激无既。前月因民盟开会，在

---

① 刘秀莲、谢荣滚主编：《陈君葆全集·书信集》（下册），广东人民出版社2008年版，第612页。原函见谢荣滚主编《陈君葆书信集》，第95页。
② 谢荣滚主编：《陈君葆日记全集》（卷三·1950—1956），广东人民出版社2008年版，第561页。
③ 谢荣滚主编：《陈君葆日记全集》（卷四·1957—1961），广东人民出版社2008年版，第26页。
④ 谢荣滚主编：《陈君葆日记全集》（卷四·1957—1961），广东人民出版社2008年版，第27页。
⑤ 谢荣滚主编：《陈君葆日记全集》（卷四·1957—1961），广东人民出版社2008年版，第29页。
⑥ 谢荣滚主编：《陈君葆日记全集》（卷四·1957—1961），广东人民出版社2008年版，第30页。
⑦ 谢荣滚主编：《陈君葆日记全集》（卷四·1957—1961），广东人民出版社2008年版，第40页。

> 北京遇陈叔通先生，亦曾询及此事，彼即去信香港《大公报》请其协助，或曾与兄联系，现既蒙转辗设法办妥，快慰之至。
> ……
> 敬礼！
>
> 周俟松<br>5.4
>
> 云卿姊均此不另。
> 春节时所寄一函未收到。
>
> 五七．五．十三①

陈叔通是著名的爱国民主人士、政治活动家。他既与周俟松的父亲周大烈同在日本留学，也与许地山相熟②，自然颇为关注旧友的心血成果。6月3日，"谭干打了两次电话来：……其次则提及往和隆货仓提取许先生的一批东西。"③ 可见，陈君葆已经安排起运许地山的梵文卡片等物。8月12日，"谭干说：许地山的梵文卡片已寄交了文化局转宁。"④ 8月13日，陈君葆"覆了许太太的信"⑤。由于寄运涉及不同的单位，此事花费的时间不短。周俟松难免有些担心，她又给陈君葆去信催问：

> 君葆先生：
> 暑期不知在港，抑去他处避暑？前接来信，知已与统战部联系，托运梵文字典卡片，不知有无问题，运费可以拨付，因有同事之兄在港，每月须汇款来宁也。

---

① 刘秀莲、谢荣滚主编：《陈君葆全集·书信集》（下册），第613页。原函见谢荣滚主编《陈君葆书信集》，第96页。
② 据朱自清日记，1933年8月27日，朱自清"晚应铎兄招，至东兴楼，有程砚秋、许兴凯、傅芸子等，地山亦来。今日生人太多，不似佛西宴客之有意思。座中又有陈叔通兄弟。"［《朱自清全集》第九卷《日记（上）》，第244页］
③ 谢荣滚主编：《陈君葆日记全集》（卷四·1957—1961），广东人民出版社2008年版，第55页。
④ 谢荣滚主编：《陈君葆日记全集》（卷四·1957—1961），广东人民出版社2008年版，第78页。
⑤ 谢荣滚主编：《陈君葆日记全集》（卷四·1957—1961），广东人民出版社2008年版，第78页。

北京科研曾几次来信催询，急待整理云。

今年暑假大部分时间将参加反击右派斗争，中等学校右派分子亦不在少数，有清除打击的必要。此致

敬礼！

嫂夫人均此。

周俟松
8.20

谭干说：已寄交穗文化局发转了。

五七．八．十二日。十三日复①

从陈君葆的日记可知，此信最后的两行文字就是陈君葆写的。这也为此事画上了一个句号。周俟松收到了许地山的梵文卡片之后，当时国内的政治形势发生了变化，中国科学院方面是否还有机会组织人马来利用和研究这批卡片，就很难说了。据《许地山年表》，许地山在港期间，"业余时间准备编纂梵文辞典，惜未完成。时有燕京大学毕业生严女士每日来缮写卡片，已写成三箱，后由香港运回，存北京佛教会。"② 周俟松先将这套卡片"保存在中国佛教协会会址北京广济寺内，'文革'中幸免于难。"岁月流逝，其间又经过多少风雨沧桑，许地山的这套梵文卡片由中国佛协转赠给了中国现代文学馆③，目前还静静保存在该馆内的作家手稿库内④，有待学界整理和利用。

---

① 刘秀莲、谢荣滚主编：《陈君葆全集·书信集》（下册），广东人民出版社2018年版，第614页。

② 《许地山年表》，载许地山《春桃》（中国现代名作家爱情小说选·三），新华出版社2014年版，第252页。

③ 舒乙提供了此套梵文卡片的一些细节："许地山先生在香港花了三年时间集攒了八万多条梵文词条，有的作了中文注释，有的有汉译音，按梵文字母顺序排列，请燕京大学毕业生严女士作助手，写成12厘米×14.6厘米软格纸卡片，装订成册，每册都有厚厚的硬封面，整整装了两大箱，摞起来的总高度为5.22米。"参见舒乙《许地山的梵文卡片》，收入南南编《闲趣丛书·收藏迷》，时代文艺出版社1993年版，第11—13页。

④ 此事亦见特·赛音巴雅尔2000年12月13日的日记。参见特·赛音巴雅尔《许地山·泰戈尔·〈梵文辞典〉》，载《特·赛音巴雅尔选集》第二卷，中央民族大学出版社2002年版，第512—513页。

## 四　七七事变之后北平的梵语教学

### （一）北平菩提学会、中国佛教学院的梵语教学

七七事变后，华北日伪政权为控制辖区的佛教界，于1938年12月30日在北平广济寺成立佛教同愿会①，推安钦呼图克图为会长，大汉奸王揖唐为副会长，该会客观上逐渐沦为日寇侵华工具之一。1940年2月，该会下属的中国佛教学院成立，由周叔迦任院长②。

在七七事变之前，跟随李华德学习过梵语的王森，并未随北大南迁，而是留在北平，"仍自修梵文藏文"。1938年春至1940年，王森兼职"为菩提学会作汉藏佛经对勘工作"，"1942—1945夏，北京私立中国佛学院讲师。"工作之余，"全部业余时间自学梵藏两种文字"的王森编写了两册《佛教梵文读本》"来提高我的梵藏文阅读能力"③。1943年，《佛教梵文读本》（上下册，中国佛教学院丛书）由中国佛教学院出版部出版④。这套《佛教梵文读本》中选取了《般若心经》《阿弥陀经》和《瑜伽师地论·真实义品》这三部梵藏汉经论对勘本。《佛教梵文读本》作为中国佛教学院流通书籍，"二册　实价九元"，其售书广告最早出现在1943年7月31日出版的《佛学月刊》上⑤。这套《佛教梵文读本》应该作为学习梵语的教材使用过。在该书出版之前，1942年3月1日，《佛学月刊》曾经刊登了一则消息，即《佛教界消息：北京菩提学会将设立梵文研究班》："北京北海公园内菩提学会发扬梵文之学术价值起见，拟于最近成立梵文研究班，欢迎报名参

---

① 《佛教高僧组织佛教同愿会　定明日午前十二时在广济寺开成立会》，《益世报》（北京）1938年12月29日第十版。《佛教同愿会今午成立　推举正副会长等》，《益世报》（北京）1938年12月30日第十版。《本会成立之经过》，《佛教同愿会会刊》创刊号，1939年9月1日版，第101页。

② 《京市佛教同愿会筹办佛教学院　由周叔迦氏任院长　首次新生考试竣事》，《晨报》1940年2月21日第八版。

③ 高山杉：《王森的两份工作报告》，《澎湃新闻·上海书评》2020年1月4日。

④ 王子农：《佛教梵文读本》，2册，非卖品，中国佛教学院出版部，民国32年。

⑤ 《中国佛教学院流通书籍》，《佛学月刊》第三卷第二期，1943年，第32页。

加云。"① 由此消息透露的信息是，1942 年在北京还有能开梵文课的师资，王森很可能就是其中的一员②。1942 年 6 月 1 日，《佛学月刊》刊登中国佛学院拟订的本科各系课程表，其中"文史系"学生四个学年都要求必修梵文课程③。1943 年 9 月 30 日出版的《佛学月刊》又刊登了一则《菩提学会增辟梵藏文班》消息，云："本市北海公园正觉殿内菩提学会，以西藏所有各种重要佛经，未经华文译出者甚众，为广造译才计，前已开设梵藏文班，分高初两级，近又另开新班，不收学费云。"④ 由此可见，菩提学会的梵文研究班已成功开设，使用的教材至少有王森的《佛教梵文读本》，其具体教学情况还需要进一步发掘新史料才能明晰。

### （二）伪北京大学的梵语教学

抗战期间，原北京大学的师生陆续南下，先后在长沙、昆明等地恢复办学，并与清华、南开组成西南联合大学，成为艰难岁月中的教育重镇。然而，也有部分师生由于种种原因，没有及时南下，而是在日伪政权之下继续维持北平的所谓的北京大学。1937—1945 年，伪北京大学也开设过梵文课。

1939 年，伪北大印制的《国立北京大学文学院一览（民国二十八年度）》，文学院哲学系三年级课程，"（丙）选修科目（至少选修八小时）"中，有"梵语，四"，说明梵语是选修课，每周四个小时课程⑤。从此册子的"本院教员录"可以发现这是伪北大的一批人，而不是在西

---

① 《佛教界消息》，《佛学月刊》第一卷第十期，1942 年，第 29 页。1935 年 11 月 10 日，菩提学会在上海成立。1936 年 11 月，菩提学会成立了北平分会。另参见王海燕《"菩提学会"与民国汉藏佛教文化交流研究》，《中国藏学》2018 年第 4 期。又，1928 年，国民政府改"北京"为"北平"，一直沿用到 1949 年。但需要注意的是，1937—1945 年，日伪政府曾将北平改称北京。所谓"北京北海公园内菩提学会"这类名称就是日伪时期的产物。
② 王尧《元廷所传西藏秘法考叙》云："森田先生长期在北平菩提学会、中国佛学院任教，传授梵、藏文字，获有此册，自是意料中事。"参见王尧《藏传佛教丛谈》，中国藏学出版社 2011 年版，第 80 页。
③ 《佛教各级学校课程草案》，《佛学月刊》第二卷第一期，1942 年，第 26 页。
④ 《佛教界消息》，《佛学月刊》第三卷第三—四期合刊，1943 年，第 28 页。
⑤ 《国立北京大学文学院一览（民国二十八年度）》，北京大学印制 1939 年版，第 71 页。

南联大的真北大人。此外，伪北大编制的《国立北京大学文学院三十二年度各学系课程一览》中，哲学系第三年级课程之"（丙）选修科目（至少选修六小时）"、第四年级课程之"（丙）选修科目（至少选修八小时）"均下列有"梵语　二　中野义照"①。中野义照是该系教授，还开设"印度哲学""印度佛教史"等课程。中野义照曾是日本九州岛帝国大学讲师，1940年2月6日，他被北平的佛教同愿会聘为中国佛教学院日本董事②，后进入中国佛教学院和伪北大文学院任教。前述菩提学会的梵文师资也极有可能包括中野义照。伪北大的这些资料说明该校开设梵文课的或不只中野义照一人。因此，在梳理学术史的时候，我们务必要将此时期的伪北大与在昆明坚持抗战的真北大区别开来，绝对不能混淆。

综合来看，抗战时期的北平可能有三个讲授梵文课程的机构：中国佛教学院、菩提学会、伪北大。梵文师资有王森、中野义照等人，教材有《佛教梵文读本》等。学习过梵文的学生则有1944年毕业于伪北大的关德栋等人。

## 五　云南大学一次失之交臂的梵文课设想

此外，抗战时期，李华德曾在西南联大开设梵文课。同在昆明的云南大学也有一次开设梵文课的机会，却未能善加利用。1943年年底，有两位印度交换研究生许鲁嘉（T. K. Shibrurkar）和叶赫生（Ishrat Hasan）被分派到西南联大学习，指导教师分别为汤用彤、冯友兰。1944年1月17日，冯友兰致函云南大学校长熊庆来，推荐这两位研究生去开课：

> 迪之我兄左右：
> 印度来联大两学生中一研究梵文，一研究波斯文。皆已得硕士

---

① 伪北京大学编：《国立北京大学文学院三十二年度各学系课程一览》，北平，1943年，第2—3页。
② 六名日方董事名单参见中国佛教学院编《中国佛教学院章程学则汇编》，北平：中国佛教学院，出版年不明，第3页。

学位,颇欲将其所学在中国施教。如云大学生中有原学此种文字者,不知可请其开课否?弟今日赴渝,约二星期即归,如急需决定,望通知汤锡予兄,为荷。此请

近安

弟冯友兰谨启

民国三十三年一月十七日

熊庆来的回函如下:

芝生我兄道席:

手示致悉,承介绍印度来联大两学生教授梵文及波斯文课程,甚感。惟本学期课程拥挤,已难再行开班。拟俟下学年再引设法借重,有方雅命,尚希鉴原,此复,即颂

教祺

弟熊○○顿

民国三十三年一月二十二日①

这两位印度学生指的就是许鲁嘉和叶赫生。由于时机不对,他们未能在云南大学开课,中国高校再一次失去了难得的开设梵文课的机会。

## 六 金克木在武汉大学的短暂梵文教学

1946年秋,金克木从印度归来,在吴宓的帮助下,被武汉大学聘为教授②。金克木在武汉大学所教的课程主要有梵文、印度哲学史、印度文学史等。据武汉大学档案,《武汉大学文学院课程表》(档案编号6L7－1946－045),由金克木开设的课程如下:

---

① "印度学者到校开课事　冯友兰与熊庆来往来信函",收入刘兴育主编《云南大学史料丛书·校长信函卷》(1922—1949年),云南大学出版社2013年版,第124页。
② 陈明:《金克木入聘北大的经过及其与季羡林的学谊》,《中国文化》2023年春季号。

外文系　第三学年：（二）选修课程

　　印度文学史：2、2、2、2，金克木　最好兼选梵文壹（哲四一人选读）

外文系　第四学年：（二）选修课程（任选一门或二门）

　　梵文壹：2、2、2、2，金克木

哲学系　第一学年　（乙）选修课程　第二外国语

　　梵文（一）：2、2、2、2，金克木

哲学系　第三学年　（甲）必修课程

　　印度哲学史：3、3、3、3，金克木

哲学系　第三学年　（甲）必修课程

　　印度哲学史：3、3、3、3，金克木　仝右（即：补修与三年级合班)①

除梵文、印度哲学史、印度文学史这三门课之外，金克木还要面临学院所分配的其他课程。1947年8月6日，吴宓"午饭时般辞欲归，乃与约定：不以《语音学》（金克木可任）及《实用英文》相烦。任何时，招聘即来。"② 8月24日晚，吴宓"又访金克木。宓再恳求金克木授《英语

---

① 武汉大学档案，《武汉大学文学院课程表》（档案编号6L7－1946－045），第10、11、13、15、17页。
② 吴宓著，吴学昭整理：《吴宓日记》第Ⅹ册（1946—1948），生活·读书·新知三联书店1998年版，第222页。

语音学》,彼失信不肯。宓甚愤。"① 9月3日上午,吴宓"与金克木再商教课,未有结果。宓倦甚,因未办公,而寝息。"② 11月14日,"晚金克木来谈代课事。"③ 1948年秋,金克木离开武汉大学,他被北京大学文学院聘为教授,在东方语文学系开设初级梵文等印度学课程,开启了另一段人生与学术之旅。

## 小　结

与鸦片战争之后陆续兴起的西方语言(以英、法、德、西班牙语等为主)教学相比,梵语在我国的教研时间无疑要悠久得多,但与这些常见的外语教学不同,梵语教学的最大问题是实用性很弱。梵语主要用于古代典籍(或出土文献)的研究,它是进行历史比较语言学、印度学、佛教学等相关学科研究的利器,然而在现实生活中几乎没有使用的必要,它可以算得上是丝绸之路曾经流传的"死语言"之一,即便在南亚地区能于日常生活中使用梵语的人也是非常小的群体。在五四运动之后,北京大学开设梵语课程,几乎都是由海外的学者,比如,德国汉学家雷兴、爱沙尼亚籍梵学家钢和泰、德国印度学家李华德相继占据梵语教席,从学于他们的中国学者(黄树因、林藜光等),仅仅担任教学助理的角色。一直到第二次世界大战胜利之时,北大文学院新成立的东方语文学系由季羡林掌舵,梵语教席才移交到中国学者手中。

相对于北京大学有较为固定的梵语师资和陆续开设了二十多年的梵语课程,民国时期国内其他高校的梵语教学有以下两个特点:

其一,只有为数甚少的综合性大学短期开设过梵语课。比如,陈寅

---

① 吴宓著,吴学昭整理:《吴宓日记》第 X 册(1946—1948),生活·读书·新知三联书店1998 年版,第 230 页。
② 吴宓著,吴学昭整理:《吴宓日记》第 X 册(1946—1948),生活·读书·新知三联书店1998 年版,第 234 页。
③ 吴宓著,吴学昭整理:《吴宓日记》第 X 册(1946—1948),生活·读书·新知三联书店1998 年版,第 276 页。

恪在清华、汤用彤在东南大学、许地山在燕京大学、金克木在武汉大学开课。这些师资都是海归学者，要么在欧美（美、英、德）的高校接受过正规的梵语教育，抑或在印度的高校（或民间）接受师徒相传的传统梵语教学模式，但没有一位是本土培养出的学者。这说明民国时期高校的梵语教学基本上没有自主的知识生产能力。换句话来说，当时国内的梵语教育资源是从海外引进的，不仅是发达的欧美国家的学术界能起到梵语知识传播的作用，而且不能忽视作为殖民地的印度，因为是古老梵语的发源地，也能为我们提供相关的知识培训和教学资源。梵语教育这种知识的迁移模式不同于当年发达的自然科学知识多是由西方向落后的东方单向流动的。

其二，由于梵语教研大体属于所谓"冷门绝学"的范畴，师资相对缺乏，选读的学生人数也不够多，其教学效果与人才培养只能用"费力不讨好"来形容。当时的梵语教学总体上算是"心有余而力不足"，尽管陈寅恪、汤用彤、许地山、金克木基本上可以算是国内一流（甚至顶级的）学者，但是实际上在上述高校对梵语的重视与实际教学之间存在差异，顶级的学者与初级基础教学之间也存在着矛盾。他们所开设的相关课程有"梵文初步""梵文壹""梵文选读"等多门，但基本上没有更深程度的文本细读和语文学方式的研究。课堂上所选读的多是佛经（《心经》《金刚经》《阿弥陀经》）或是《薄伽梵歌》，以便利用相关的汉译佛经进行对读，尚未达到梵汉对勘研究的程度。开设基础梵语教学的主要目的之一是为研读佛教文学作预备、打基础。

民国时期高校的梵语教学就如同微弱的星星之火，偶尔闪耀一丝丝亮光，在那漆黑的环境中留下少许的印记，却远没有达到星火燎原的地步。唯有在新世纪新时代，随着国力的强盛，对传统文化和周边古代文明关系的深入探究，梵语教学才迎来前所未有的新格局！

# 巴斯玛·阿卜杜·阿齐兹反乌托邦政治寓言中的"革命"与创伤*

■尤 梅 张开颜
(北京外国语大学阿拉伯学院)

【摘 要】"革命"与创伤是巴斯玛·阿卜杜·阿齐兹写作的重要主题之一。她的两部长篇小说《队列》和《这儿有一具躯体》描绘了不同形式的乌托邦社会,刻画了后革命时代的秩序与混乱,反映了埃及当代作家对2011年阿拉伯剧变及其后续影响的反思与批判。而作为一名精神病学家,她观照动荡社会下不同阶层、不同群体的创伤心理和生存困境,其中不乏大量关于女性处境的深刻思考,流露出巴斯玛对埃及社会中女性命运的切实关注。

【关键词】巴斯玛·阿卜杜·阿齐兹;埃及当代小说;反乌托邦;"革命"与创伤

巴斯玛·阿卜杜·阿齐兹(1976— )出生于埃及开罗,是埃及著名作家、精神病学家、视觉艺术家和人权活动家。她致力于研究2011年埃及"1·25"革命后的民众创伤心理,并从事酷刑受害者疗愈的相关工作。她为埃及人民的权利积极发声,指控埃及政府长期向人民施加压迫,谴责当局对宗教话语的扭曲利用。因其坚定激进的政治立场和直言不讳的书写方式,巴斯玛被称为"时刻准备着

---

* 此论文为2022年度教育部人文社会科学重点研究基地重大项目"东方文学与文明互鉴:全球化语境下的东方当代小说研究"(22JJD750004)的中期成果。

的埃及反叛者"①。

巴斯玛的长篇小说处女作《队列》于2013年正式出版,其英文译本于2017年荣获英国笔会翻译奖,受到了埃及国内外的广泛关注。巴斯玛使用讽刺的笔触构筑了一个革命余波中失序而荒诞的社会:在经历了被官方定性为"可耻事件"的起义后,城市中悄然出现了一个名为"门"的机关,它开始全权代理行政事务,并对民众的一举一动进行监控和管理。人们日常生活的所有程序都需经过审批许可,而推诿扯皮的官僚主义导致文件卷宗大量积压,社会停摆,民不聊生。人们不得不在机构大楼外排起长队,在无休无止的等待中期盼有朝一日"门"会敞开,受理自己的诉求。小说具有鲜明的反乌托邦色彩,融科幻与现实于一炉,是对2011年"1·25"革命之后埃及社会困境的真实摹写和乱局之下大众迷茫心理的深刻写照。小说引起了埃及读者的极大共鸣,有人认为《队列》与埃及著名科幻作家艾哈迈德·哈利德·陶菲格的《乌托邦》(2008)有异曲同工之妙,作者对政治现实的细致叙述、对人类天性的深刻剖析和对边缘化群体的关注,都赋予了这部作品极高的文学价值。②《纽约时报》则将这部小说与乔治·奥威尔的《1984》、弗兰兹·卡夫卡的《审判》等西方经典作品作对比,并将《队列》视为"中东文学反乌托邦和超现实主义新浪潮的代表之作"。③

2018年,巴斯玛创作完成了另一部长篇小说《这儿有一具躯体》。在这部小说中,她采用双重叙事的手法建构了另一个形似埃及的未命名国度,探讨了威权国家对公民自由的残酷剥削和持续虐待。小说中的城市在一场革命政变后四分五裂、濒临崩溃,被推翻的旧政权和发动革命的军事政权都企图获得统治权。对峙之下,社会处于极度撕裂的状态,

---

① Annie Gagiano, "The African Library: The Queue by Basma Abdel Aziz", *LitNet*, 26 Apr. 2019, https://www.litnet.co.za/the-african-library-the-queue-by-basma-abdel-aziz, 2022 – 11 – 06.
② "الطابور.. شخصيات مستلبة في واقع مأزوم", in *Al Khaleej*, 11 Aug. 2019, https://www.alkhaleej.ae/ثقافة/«الطابور»شخصيات-مستلبة-في-واقع-مأزوم, 2023 – 12 – 13.
③ Alexandra Alter, "Middle Eastern Writers Find Refuge in the Dystopian Novel", *The New York Times*, 29 May. 2016, https://www.nytimes.com/2016/05/30/books/middle-eastern-writers-find-refuge-in-the-dystopian-novel.html, 2022 – 11 – 10.

人民则成为冲突的牺牲品。街头的流浪儿童惨遭围捕绑架,被强制参加政府主导的"康复计划",接受严苛的训练,在"保家卫国"的宏大叙事下被驯化为冷血的杀人机器。与此同时,富裕的中产阶级也未能幸免于难,他们被无孔不入的宗教话语和意识形态渗透裹挟,失去了独立意志,成为被操纵的工具。失踪儿童、示威抗议者,乃至曾经的掌权者都可以被轻而易举地抹去姓名,被简化为一个代号"躯体",源源不断地供养着贪婪的权力机器。巴斯玛在这部小说中再一次隐去了故事发生的地点和时间,试图用事件的模糊性说明此类事件的普遍性和周期性,用小说的悲剧隐喻了现实世界中国家对公民的压迫、虐待和意识形态操纵。

2011年阿拉伯剧变之后,埃及文坛兴起反乌托邦小说的文学潮流,埃及作家纷纷借助反乌托邦题材构建出埃及社会在文学世界中的缩影,反映当下的社会现状,表达自己的政治诉求。致力于研究阿拉伯科幻小说的学者伊恩·坎贝尔指出,"几乎所有流派的阿拉伯作家——尤其是阿拉伯科幻小说家提倡的正典文学——都学会了将自己的批评主张隐藏于故事的层层掩蔽之下,以便在遭遇政权审查时能有一套合理的说辞。"[1] 这一阐述正与巴斯玛的创作特征相符,她在文本中传递对当下环境的政治批评,常使用与2011年埃及"1·25"革命相关联的词汇,或化用相关的新闻和故事。同时,她寄托于小说的虚构性,以陌生含蓄的方式隐藏了自己的声音,而熟悉故事背景的读者会很自然地将现实与虚构联系起来,解码巴斯玛在文本中埋下的深意。

此外,有评论指出,《队列》与埃及著名女权活动家纳娃勒·赛阿达维创作的小说《零点女人》有异曲同工之妙。两部作品虽相隔近四十年,但都揭露了女性在父权社会中遭受的暴力和虐待,塑造了被社会"逼疯"的女性形象,而《队列》呈现的革命后的压迫氛围则更加令人窒息。[2] 因此,巴斯玛的女性作家身份也为解读2011年埃及"1·25"

---

[1] Ian Campbell, *Arabic Science Fiction*, Cham: Palgrave Macmillan, 2018, pp. 114 – 115.
[2] Polina Levontin, "From Woman at Point Zero by Nawal El Saadawi to The Queue by Basma Abdel Aziz", *Vector*, 18 May. 2022, https://vector-bsfa.com/2022/05/18/from-woman-at-point-zero-by-basma-abdel-aziz/, 2022 – 11 – 11.

革命带来的影响提供了全新的视角。巴斯玛·阿卜杜·阿齐兹的长篇小说作品正是以政治寓言的手法捕捉了革命中存在的各类问题，侧写了革命之下的大众心理。她借助反乌托邦题材批判了独裁统治的残暴，又在一定程度上对现实世界的真切变革寄予希望，呼吁人民与此时此地的黑暗斗争，为更好的明天做出改变。

## 一　政治寓言：反乌托邦式的现实图景

反乌托邦主题的小说创作往往受到战争、法西斯主义、极权主义、科技主义、生态问题或父权制等因素的驱动，借助文学的形式反映同时代沮丧绝望的普遍情绪。小说作者正是借助虚构的叙事手段对此时此地的现实状况作批判性阐释，并召唤读者对当下的社会环境进行再思考。2011年发生在突尼斯、埃及、利比亚和叙利亚的一系列剧变唤起了阿拉伯人对自由民主的渴望，而并未如约而至的自由民主逐渐消磨了阿拉伯社会的乐观情绪，庆祝革命、拥抱改革的文章已让位于叙述黑暗未来的严肃故事。阿拉伯剧变后，反乌托邦写作浪潮席卷中东，许多作家利用叙述未来的方式躲避政治审查，以免被贴上"持不同政见者"的标签，并继续隐晦地批评社会现状、谴责政府的暴力行径，以抒发面对周期性暴力压迫的绝望感。因此，在解读作家使用的反乌托邦叙事策略时，有必要参考其写作意图和创作背景，以便从更深层次理解文本内容。

巴斯玛曾在阿拉伯文学杂志"ArabLit"的"女性翻译月"采访中提到小说《队列》的灵感来源："2012年9月，我刚从法国回到埃及，某一天我在开罗市中心散步，注意到一栋关闭的政府大楼前排了长长的队伍。两个小时后我原路返回，发现门并没有打开，但排队的人还站在原地一动不动，甚至越来越多……人们似乎被束缚在那里，希望自己的要求能得到满足。我当时把这个场景记在了随身携带的小纸片上，回到家后开始思考：这些排队的人之间有什么联系或者共同点？为什么没有人站出来反抗大门迟迟不开？为什么没有人离开?"① 由此,巴斯玛开始了小说《队列》的创作,她每天花 11 个小时与这些人一起排队,将现实生活中的"队列"延伸至小说世界中,以至于连她本人都觉得自己快要成为一名生活在极权统治之下恭顺温良的公民了。她指出,关闭的大门象征着政权,它压迫和剥夺人民的意志,使他们变成行尸走肉。

小说《队列》是一部具有典型政治寓言意味的反乌托邦题材小说,其叙事设置体现了巴斯玛对现实世界抽丝剥茧般的深刻洞悉。小说并没有直接点明故事发生的国家名称、政权名称、起义事件等,而有意使用"可耻事件"等委婉代称。同时,对起义的经过采用旁观者角度的模糊叙述,有意删略事件发生的诸多细节,借小说影射现实社会中存在的问题,诸如政府操纵话语粉饰太平,煽动民族主义情绪和群体无意识,等等。

小说中,当局将发生在街头的失败起义最终定性为"动作大片的布景",并声称拍摄全程使用隐蔽的摄像设备,因此无人察觉,而市民所谓的"子弹、催泪瓦斯和烟雾弹"均是特效,同时还呼吁民众保持冷静,以免被失智疯子编造的谣言误导,生活应当照常进行。政府对事实的扭曲体现了官方叙事作为绝对权威的统治地位。人们试图以革命重塑国家之时,国家对叙事话语权的掌控也将重塑人民,乃至改写历史。巴斯玛对国家操纵叙事、粉饰太平的行为颇具深识远虑,《队列》正如一则政治寓言,在小说出版后的埃及社会中找到了论据。② 2015 年 1 月 24 日,埃及诗人、活动家夏玛·埃尔·萨巴赫在埃及"1·25"革命四周年纪念活动上被警方霰弹枪击中身亡,虽然开枪警察最后被判刑,但埃及内政部最初否认警方与她的死有关,并暗示为伊斯兰极端分子所为,埃及法医管理局发言人竟辩称"(萨巴赫)身体太瘦了,子弹很

---

① "Basma Abdel Aziz on Writing 'The Queue'", in *Arablit & Arablit Quarterly*, 31 Aug. 2017, https://arablit.org/2017/08/31/basma-abdel-aziz-on-writing-the-queue/, 2022 - 11 - 06.

② Jack Shenker, "The Bullet Mistakenly Came Out of the Gun", in *London Review of Books*, 30 Nov. 2017, https://www.lrb.co.uk/the-paper/v39/n23/jack-shenker/the-bullet-mistakenly-came-out-of-the-gun, 2022 - 11 - 11.

容易穿透"①。

在《队列》中，公共话语空间被虚假新闻占据，这为当局采取镇压行动大开方便之门——公众不断提到有不明身份的外国特工出没，政府不得不采取行动避免内乱。同时，在紧张怀疑的氛围下，事实不断被主观情绪影响，正当的批评也由于不信任感蔓延而变得模糊，官方叙事自然而然地接管了舆论，煽动民族主义情绪，将矛盾转嫁至人民内部或外部。同样地，小说政治寓言般的讽喻再一次得到了印证。2016年，总统塞西曾在全国讲话中警告民众"除了我不要听任何人的话"②，这句话迫使群众接受塞西的二元叙事，即在强人政治和混乱局势中作抉择，是充满强迫意味的主流话语叙事，甚至是以官方口吻发出的威胁。巴斯玛曾在《对总统演讲话语的思考》一文中批判分析了塞西的演讲策略，她指出，塞西经常使用即兴演讲的方式煽动民族主义情绪，且惯用阴谋论塑造一个威胁埃及国家安全的假想敌以转移矛盾。③

"排队等待"这一行为具有去个性化的威力，在相对狭小的空间里，人丧失了自我意志，成为队列中毫无意义的数字，逐渐对起初的主张诉求降低门槛，乃至忘记了"拒绝等待"这一权利，导致产生庞大的群体无意识现象。"等待"正是当代社会不可忽视、无法避免的现象，且受到权力、阶级、殖民等因素的持久影响。《在独裁统治下排队等候》一文中，巴斯玛从"排队等待"这一要点切入，分析独裁政治如何利用"排队等待"羞辱和统治民众，从生理、心理两个方面控制民众，浪费他们的精力，榨干他们的灵魂，使大众普遍处于长期的焦虑状态中。④

---

① "Forensic Authority Spokesperson: Shaimaa al-Sabbagh's Death Defies Science", *Mada Masr*, 22 Mar. 2015, https://www.madamasr.com/en/2015/03/22/news/u/forensic-authority-spokesperson-shaimaa-al-sabbaghs-death-defies-science/, 2022 – 11 – 19.

② "السيسي للمصريين: لا تصدقوا غيري", *Al Jazeera*, 24 Feb. 2016, https://www.aljazeera.net/news/2016/2/24/السيسي-للمصريين-لا-تصدقوا-غيري, 2022 – 11 – 19.

③ بسمة عبد العزيز, "تأملات في خطاب الرئيس", *Mada Masr*, 16 Mar. 2016, https://www.madamasr.com/ar/2016/03/16/opinion/politics/تأملات-في-خطاب-الرئيس/, 2022 – 11 – 06.

④ Basma Abdel Aziz, "Waiting in Queues under Dictatorship", Shahram Khosravi, ed., *Waiting-A Project in Conversation*, Bielefeld: transcript Verlag, 2021, pp. 151 – 152.

巴斯玛认为，群众需要主动打破等待的恶性循环，结束漫长的等待，从而逃脱出这种无聊的统治游戏。

穆巴拉克统治后期，体制僵化、官僚腐败、经济凋敝、政治停摆，埃及民众对政府的不满情绪逐渐发酵，由此爆发2011年年初的"1·25"革命。在对这场所谓"民主革命"的一片叫好声中，《队列》则体现了巴斯玛对后革命社会所持的谨慎乐观甚至悲观态度，她认为在这场"革命"中，工人阶级并没有实施真正的反抗，埃及的社会格局也没有产生彻底的变化。① 同时，巴斯玛还认为，"革命"后民选的穆尔西政府"换汤不换药"，这种宗教性政权的存在极具危险性，宗教与政治不应混为一谈，只有宗教机构与政治权力相互独立的机制才能建立健全的埃及公民身份。② 因此，在小说《这儿有一具躯体》中，巴斯玛使用生动、快节奏的语言带领读者进入小说世界，同时化用现实世界中政权利用宗教操纵群体意识的手段，提醒读者审视周边的具体事实。

在小说中，街头儿童被驯化为杀人机器，在错综复杂的政府计划中被商人、官员肆意掠夺，被迫服从管制，服务、维护国家利益，接受政府最高领袖和宗教领袖的领导。同时，当局十分清楚这些流浪儿童需要的正是信任、诚实、服从和忠诚。这类象征家庭、友谊的语言，正是他们从小缺失的话语。同时，宗教成为培养狂热分子的洗脑工具，被绑架的男孩们除了接受严格的军事训练，还被宗教话语全面入侵。宗教作为社会意识形态，是信教者的精神寄托，而宗教极端分子曲解宗教教义、煽动暴力行动。

巴斯玛通过小说《这儿有一具躯体》揭示了不同阶级在政权操控下的进一步分化，其操控手段除了宗教之外，还有演讲、媒体乃至食物分配等领域，导致民众之间的矛盾逐渐激化，以至于在小说结尾处出现了一场不可避免的火灾。同时，巴斯玛也在小说中向人们呼吁，在充满泡

---

① محمد شعير، "بسمة عبد العزيز: الطبيبة المصرية المتمرّدة تنتظر ثورة جديدة"، *Al-Akhbar*, 28 Mar. 2012, https://al-akhbar.com/Last_Page/67494, 2023-12-15.

② يحيى صقر، "بسمة عبد العزيز: الأسهل هو انتظار النجدة الإلهية والابتعاد عن الخطر"، *Raseef* 22, 24 Mar. 2017, https://raseef22.net/article/94661-بسمة-عبد-العزيز-الأسهل-هو-انتظار-النجد, 2023-12-15.

沫的幻想世界中，在资本主义、机会主义、官僚主义的集体操控之下，人们能做的唯有见证、命名和记忆。

## 二 创伤心理："革命"余波中的群众画像

巴斯玛小说政治寓言般的设置与书写体现了她对埃及社会现状的细致观察，一定程度上也糅合了她参与创伤治疗工作的相关经验和对阿拉伯酷刑问题的深入研究。她拥有医学外科学士学位与神经精神病学硕士学位，2010年还获得了阿拉伯研究所颁发的社会学文凭。2002年开始，巴斯玛便一直在埃及卫生部精神健康总秘书处和为酷刑受害者提供治疗康复帮助的纳迪姆中心工作，2014年至今担任精神健康总秘书处患者权益司司长。作为一名专业的精神病学家，巴斯玛展现了她在该领域的专业素养。她结合真实案例和工作经验，发表了若干学术文章，翔实地记录了2011年埃及"1·25"革命后埃及人的心理健康状况，研究了政治动荡和内部冲突导致的创伤和相关心理障碍。

在《动荡、创伤和恢复》这篇调查报告中，巴斯玛指出，自2011年1月以来，埃及政治的不稳定性已在人民中产生了一种可见的混乱与焦虑。[1]虽然该调查的大多数受访者并未受到2011年对街头革命暴力镇压的直接伤害，但以起义为肇始，后续的一系列因素如经济衰退、政治争端加剧、犯罪率上升等，都严重影响了他们的身心健康，其中以电视上播放的暴力事件录音录像造成的影响最为严重。调查中，受访者最常提及的感受就是安全感的缺失，许多来自贫困地区的受访者表示怀念穆巴拉克时代的稳定。同时，巴斯玛还发现，与男性相比，女性受到创伤性压力的严重程度更高，且低收入地区的妇女更易受到暴力侵害，同时由于革命后经济状况的进一步恶化从而表现出高度压力。由此，巴斯玛呼吁政策制

---

[1] Basma Abdelaziz et al., "Tumult, Trauma, and Resilience", in Nicholas S. Hopkins, ed., *The Political Economy of the New Egyptian Republic*, Cairo; New York: The American University in Cairo Press, pp. 49 – 54.

定者建立相关医疗服务，帮助缓解起义后出现的覆盖全社会的创伤心理，且应以妇女儿童等高危人群为主要服务对象。

2011年，埃及总统穆巴拉克被推翻下台后，权力移交给军事委员会。一年半后，穆斯林兄弟会候选人穆尔西赢得总统选举决胜轮，结束了军方的"代管"。2013年7月3日，以埃及国防部长为首的军队，在大批示威群众的支持下推翻了穆尔西政权，结束了穆兄会不到一年的统治。该事件引发了穆尔西支持者的持续抗议示威，穆兄会成员组织大规模静坐示威。在发出多次警告后，埃及警方于8月14日对拉巴和纳达两处静坐营地实施"清场"行动，造成大量人员伤亡。"清场"行动当天，巴斯玛决定离开家前往拉巴广场，尽自己所能向幸存者提供援助，并在《2013年埃及拉巴广场事件》一文中记录了当天的所见所闻和事件的后续影响。[1] 巴斯玛发现，疏散拉巴广场群众并不意味着伤害的结束，随之而来的政治报复将持续不断、永无止境，且此类暴力不仅来自军事当局，还来自幸存者周围的社区群体。他们对幸存者缺乏同情心，加之耸人听闻的媒体报道和当局引导渲染的仇恨情绪，导致幸存者除了担心被当局逮捕，还要面对周围环境带来的二次创伤。除此之外，该事件带来的心理影响还涉及了整个埃及社会。反对穆兄会专制统治群体中的自由主义者、左翼人士、人权捍卫者都产生了矛盾心理，甚至拒绝谴责此次事件，称双方（穆兄会和军事当局）都是曾实施暴力的非民主极权主义，所以"这不是我们的战场，让他们互相对付"。

在一系列基于事实经验的调查分析中，巴斯玛发现2011年"1·25"革命后埃及社会普遍存在创伤心理，而革命和动荡的余波还在持续，并不断扩散到调查无法覆盖到的群体，产生难以预料的后果。埃及民众在迷茫中期盼着革命终会胜利，可在胜利果实惠及全民之前，埃及民众将持续忍受痛苦，且在政权倾轧、习俗桎梏下不得不以沉默应对。

同时，在纳迪姆中心工作期间，除了自己的埃及同胞，巴斯玛还遇

---

[1] Basma Abdelaziz, "2013 Massacre at Rabaa Square in Egypt", James Halpern et al., ed., *Disaster Mental Health Case Studies: Lessons Learned from Counseling in Chaos*, New York: Routledge, Taylor & Francis Group, pp. 167–175.

到了来自其他国家的酷刑受害者，如苏丹难民等。她目睹了酷刑对受害者带来的毁灭性影响，并敏锐地察觉到酷刑问题广泛存在于世界上大多数国家。但令人遗憾的是，酷刑受害者有时并不能意识到自己遭受了折磨和暴力，并且受到社会规训和传统习俗潜移默化的影响，受害者更倾向于对自己的遭遇保持沉默，甚至将其视为理所当然。巴斯玛还发现，仅靠医护人员的心理援助无法覆盖庞大的受害者群体，作为如此大规模暴行和反人类罪的目击者，她开始考虑对社会主流的价值观念进行重新评判。

作为一名专栏作家，巴斯玛曾撰写非虚构类评论文章，讨论系统处理大屠杀幸存者的方式，分析当局鼓动群众互相迫害的行为，谴责军事审判、剥夺合法权利等一系列政府施加的暴力行径。然而，她的部分文章遭到了审查，并被禁止公开发表。而在工作过程中，一些幸存者告诉巴斯玛，他们在阅读她撰写的文章时感到了安慰和舒畅，这促使巴斯玛重新思考了写作的意义和方式。她认为，仅靠药物治疗是远远不够的，必须让社会意识到酷刑问题之恐怖，而知识分子的书写和呼吁将是根治这一社会痼疾的良方，[1] 也正是通过创作书写，她得以抒发情感，并在某种程度上实现自己的抵抗。

文学中的创伤研究理论最初是基于对大屠杀幸存者的研究和采访。近几十年来，阿拉伯作家开始关注创伤幸存者，尤其是对创伤的集体记忆和政治解读，[2] 例如伊拉克作家艾哈迈德·萨达维所著的《弗兰肯斯坦在巴格达》。尽管对创伤的描述已在当代阿拉伯文学中屡见不鲜，但巴斯玛的工作经历则让其小说中的创伤描写更具深度。

小说《队列》以医生塔里克阅读患者叶海亚的病历档案展开，其基本情节便构建在一个有关创伤的故事之上。叶海亚是一名普通的推销员，

---

[1] Sam Nader, "Basma Abdelaziz-A Portrait", *Middle East-Topics & Arguments*, 11, 2018, pp. 146-152.

[2] Stephan Milich, "Translating oblivion", *Trauma in Contemporary Arab Literature*, 1 Apr. 2016, https://en.qantara.de/content/trauma-in-contemporary-arab-literature-translating-oblivion, 2022-11-11.

在路过反政府示威活动时被政府军的子弹击中,而塔里克则需要获得行政机关"门"的许可才能动手术把残存在叶海亚体内的子弹取出,为此叶海亚和他的朋友们千方百计想要获得证明子弹残留的 X 光片,由此证明施行手术的必要性。而为"门"工作的官员则早将 X 光片藏起来,甚至挪走了私立医院的一切 X 射线影像设备,并声称政府军并未向无辜群众开枪,事件伤者均是由于突发精神疾病而受伤。

小说中心人物叶海亚的所有行为都可以视作巴斯玛对创伤受害者的文学性描述,小说中的细节与巴斯玛有关创伤的纪实性文章形成了文本间的鲜明呼应。叶海亚努力尝试治疗自己的伤口,但是这种尝试不断被各种因素干扰阻挠,除了官方施加的压力,还有在民众之间蔓延开的不信任感。叶海亚对革命始终抱有谨慎态度,他虽并未直接参与革命,但他事先得知革命即将爆发,却又选择经过现场并在远处旁观,这种在场又证明了他对革命的好奇,因此他的伤口也是人物自身矛盾的象征。随着小说情节的发展,叶海亚在开头呈现出的寡言、易怒和以自我为中心也得到了解释——他刻意避免参与队列中的一切对话,是由于"枪伤"这一特征会带来不可避免的麻烦,因此他的沉默是对自己和周围人的保护。

叶海亚是埃及民众中创伤受害者的象征,也代表了巴斯玛对埃及人民的情感寄托。叶海亚具有坚韧的品质,始终抱有求生的欲望,这也是他在苦难中幸存的原因。在别人屈从于压力和恐惧之时,他仍坚定执着,成为揭露当局暴行的唯一作证人。他对组建行动组织不感兴趣,更喜欢个人行动和自我牺牲的英雄主义。而叶海亚体内残存的子弹是阻止"门"垄断真理的最后证据,象征着并非只有官方才具有事实的解释权,有些事实是无可否认的,说明了创伤受害者本身就是流血冲突存在过的证据。叶海亚的创伤始终没有愈合,还在不断地流血,这也在某种程度上映照了埃及民族伤口始终未愈的事实,呼吁人们不要忘记历史。

从《队列》到《这儿有一具躯体》,巴斯玛对创伤的定义从肉体遭受的弹伤进一步扩大到精神遭到的折磨,如洗脑、意识形态灌输和对自由意志的剥削等。在位于统治地位的官方叙事下,受压迫群体对社会生活的阐释遭到了压迫,历史叙述的多种版本被压制隐瞒。[①] 而巴斯玛的文学书写正是给创伤幸存者提供了重塑自我、重构意识形态主体以及重新评价过去的平台,是将内在记忆转化为外在现实的顽强抵抗。

《这儿有一具躯体》以身体创伤作为切入点,讲述了街头流浪儿童被严格训练为军队机器的过程,而他们的思想也在军营中受到了潜移默化的影响,由此造成了精神上的创伤。他们从居住的垃圾填埋场被强行带走,不知道被逮捕的原因,也不知道等待着他们的命运。在军营里,神秘的统治权威伊斯梅尔将军一声令下,将他们从手铐的束缚中释放出来,而他们却从此开始了丧失个人身份的无名生活,变成了一个个的代号——"躯体"。在严格的军事训练、激进的洗脑活动和宗教话语的政治化扭曲下,他们被成功异化为丧失人性的机器,毫无自我意识地被支配完成一个又一个任务,其中就包括渗透进入城市的示威活动中,并对其实施破坏。他们在营地的日常生活不仅受到军事领袖的严格控制,还受伊斯兰传教士和权贵阶级的命令,遭受了从肉体到精神的全面创伤。

以创伤为象征标识,在当代文化和社会中,人们的文化政治、公共空间建构和伦理取向都陷入了两难处境。现代公民普遍陷入了沉默与言说、顺从与反抗、意识形态的统治与人道主义的责任之间的两难境地。[②] 汉娜·阿伦特在《反抗平庸之恶》一书中全面分析了1961年纳粹战犯艾希曼在耶路撒冷的审判事件,她发掘了现代公民面临的选择问题,同样也揭示了极权主义的"极端之恶"是无数"平庸之恶"累积的结果。在《这儿有一具躯体》中,被逮捕的流浪儿童们既是"极端之恶"的受害者,也是"平庸之恶"的加害者,他们受到的肉体和精神创伤正是极权主义留下的有力罪证。而巴斯玛的小说文本也正是此类创伤的文学见证,是对暴力的控诉,对正义的呼唤,是替现实世界中的受害者和幸存者言说的文学力量。

---

① 参见师彦灵《再现、记忆、复原——欧美创伤理论研究的三个方面》,《兰州大学学报》(社会科学版) 2011 年第 2 期。
② 参见陶家俊《创伤》,《外国文学》2011 年第 4 期。

## 三 女性声音：父权社会下的抵抗力量

巴斯玛通过书写不断进行着斗争与反抗，除了全面批判极权社会，她还将矛头直指腐坏陈朽的父权制结构，而她大胆勇敢的创作也为她带来了"反叛者"的绰号。

巴斯玛就读的医学院受穆兄会垄断管理，而她作为不戴头巾的少数女学生之一，成为穆兄会"劝诫向善"的重点关注对象之一。而巴斯玛热衷于质疑"试图损害人类思想、贬低人类意志"的权威，① 她撰写了有关头巾和妇女权利主题的文章，并将其刊登在学院的公告栏上。具有讽刺意味的是，将巴斯玛文章撤走的并不是穆兄会成员，而是安保人员。

而巴斯玛并没有就此放弃自己的抗争，反而将自己的经历作为创作来源，并于2011年完成了《绝对权力的诱惑》一书，在其中追溯了警察机关与普通公民互动关系中暴力问题的来源。巴斯玛指出，警察在畸形的体制中既是压迫者也是受害者，埃及需要建立一个新的社会契约，保障公民和国家间关系建立在公正平等的基础之上，并对执法机构进行适当改革，使之忠于国家和法律，而不是仅仅忠于统治阶级。巴斯玛还在该书中抨击父权制社会结构与暴力机构的相互勾结，认为埃及传统文化使民众倾向于接受压迫、安于现状，而父权制的社会结构又使民众习惯于接受来自"父亲"式领导人的教诲，担心"父亲"式权威角色的缺席和系统的崩溃，因此难以实现真正的变革。同时，巴斯玛在该书结尾预言了埃及将有一场革命爆发，而随后迅速点燃的革命之火也证明了她对社会现实深刻独到的见解。②

---

① محمد شعير، "المتمردة!: بسمة عبد العزيز"، *الجسرة الثقافية الإلكترونية*, 15 Apr. 2021, https://aljasrah.net/aljasra23282/بسمة-عبد-العزيز-المتمردة/, 2022 – 11 – 10.

② انظر: بسمة عبد العزيز، "إغراء السلطة المطلقة: مسار العنف في علاقة الشرطة بالمواطن عبر التاريخ"، in *Al Jazeera*, 7 Nov. 2012, https://studies.aljazeera.net/ar/bookrevision/2012/11/20121176931236778.html, 2023 – 12 – 16.

在文学创作中，巴斯玛描绘了宗教父权制社会下女性遭受的多重压迫，同时用高超的笔法塑造了多个立体鲜活的女性形象，如《队列》中的阿玛尼、伊内丝、乌姆·马布鲁克、不知姓名的短发女人等。阿拉伯文学杂志"ArabLit"主编玛西亚·林克斯·夸利（Marcia Lynx Qualey）认为"很少有埃及文学作品能够刻画出如此细致入微的女性角色，《队列》打破了埃及女性在阿拉伯语和非阿拉伯语小说中的形象"[1]。

《队列》中阿玛尼的毁灭可以说是小说中最具悲剧性的人物性格转变之一。她原本是一个浪漫的理想主义者，这种信念感帮助她克服了对叶海亚健康状况的焦虑和担忧，也促使她积极地寻求治疗方案。在走投无路之时，阿玛尼主动提出独自前往军方医院寻找 X 光片，这不是出于一时冲动，而是深思熟虑的结果，也体现了阿玛尼愿为爱人牺牲一切的勇气和笃定的信念感。然而阿玛尼的信念却被苦难彻底摧毁——她遭受了暴力机关的单独监禁。完全封闭的黑暗环境将她变得多疑、犹豫、迟钝，完全失去了生气。夹杂在叶海亚的旧伤与自己精神的新伤之间，阿玛尼夜夜失眠，无法维持正常的工作，她焦急地想要给自己的状态找到一个合理的解释。所以当"门"宣布"可耻事件"等一系列起义只不过是精心制作的电影布景时，她愉快地接受了这一显而易见的"愚弄"，选择了伪饰的稳定和安宁，继续她的生活，甚至劝解叶海亚忘掉自己的弹伤。

同样遭受压迫的还有伊内丝，她从一位鼓励学生独立思考、敢于对周围世界发表批判见解的反叛者，变成了一个顺从队列中宗教团体的附庸者，她寻求宗教赦免来缓解自身的羞愧感与耻辱感，最后离开了队列，融入了宗教规训下的社会秩序。

巴斯玛并没有将所有女性都塑造为父权压迫下的可怜形象，而是通过多个侧面丰富了女性形象的内涵。例如乌姆·马布鲁克，她既是贫困厄运的受害者，也是见缝插针的投机者，她将自怨自艾化为持续的工作

---

[1] Elisabeth Jaquette et al., "Let Loose Your Tongue", *The New Inquiry*, 18 Jul. 2016, https：//thenewinquiry.com/let-loose-your-tongue/，2022-11-06.

动力，时刻寻求机遇改变现状。最后，她通过在队列中兜售日常用品乃至手机服务，成为队列中的文化领袖和消息中心，甚至开始影响社会事件。她是示威者眼中利用停滞不前的队列与"门"勾结获利的投机者，而她的商业活动也体现了队列的再造性与韧性。

《队列》中不知姓名的短发女人或许是巴斯玛的自画像，她象征着现代女权主义的自由与进步。她提倡正义与互助，反对压迫，呼吁队列中的人们统一行动；她发动了抵制行动，联合队列中的群众抗议与"门"狼狈为奸的紫罗兰电信机构；面对宗教分子的威胁，她毫不犹豫奋起反抗；她为队列中目不识丁的公民提供帮助，替他们朗读政府法规。短发女人与小说中穿着长袍的男人形成了象征意义的对比，也代表了两种意识形态的冲突，一些学者认为二者的冲突体现了现代女性主义向传统男权观念发出的挑战，[1] 后者正是通过宗教文本的强化，将妇女束缚在妻子和母亲的角色内，宣扬"女性应当承受的苦难"，强调婚姻在社会中的重要性，从而限制女性的发展自由，固化父权制的统治地位。

巴斯玛认为，塞西政府上台代表着军队权威的回归，填补了穆巴拉克下台后埃及人心中"失踪的父亲"形象，但这并不意味着真正建立起了参与制、问责制等民主概念。她还在《埃及知识分子与权威问题》一文中，直接点名批评埃及部分知识分子美化专制统治者形象、拥护父权制权威的行为。[2]

巴斯玛对父权制的猛烈批判和对政治宗教的犀利抨击，不免令人回想起埃及著名社会活动家纳娃勒·赛阿达维。两位作家的生平经历也高度相似，她们都从事医学相关的工作，是政治立场激进的知识分子，具有医生般的冷峻目光，对女性遭受的各种形式的性别暴力具有敏感细致的洞察力，且都亲身经历了当局施加的暴力。两位作家的代

---

[1] Elisa Andrea Viteri Márquez, *Literary Masculinities in Contemporary Egyptian Dystopian Fiction*, Stockholms University, 2020, pp. 76–78.

[2] بسمة عبد العزيز, "المُثَقَّفون المصريون وسؤال السلطة", in *Orient* 21, 29 Jul. 2015, https：//orientxxi.info/magazine/article0974，2023 – 12 – 16.

表作《队列》和《零点女人》在人物塑造上也存在相似之处，主角阿玛尼和法尔杜丝都被驱逐出了父权社会：前者被强迫着经历自我精神的异化，受到剥夺感官和认知功能的折磨，丧失了与世界的联结；后者在遭受割礼、性虐待、家庭暴力后逃离，成为一名妓女，最后出于自卫杀死了皮条客，被宣判死刑。面对疾病缠身的社会，两位作家选择以笔代刀，无情地划开父权文化的皮肤，暴露文化表层下鲜血淋漓的真相。①

20世纪初以来，阿拉伯女性作家逐渐崭露头角，而埃及作为新旧思潮交锋的主战场，也为女性文学的成熟与发展提供了广阔的天地。而"女性主义"和"女性主义者"在阿拉伯社会却仍面临着某种"无限期搁置"的状态，②甚至淹没在民族解放事业的声音中。面对社会改良、民族事业乃至人类解放的大框架，巴斯玛作为女性作家指出了女性在社会变革中遭受到的多重压迫，在她的作品中，女性解放与民族解放并不是孤立存在的革命主题，二者交织重合、相互印证，这为解读阿拉伯社会发生的变革、理解阿拉伯社会的现状提供了新的视角，其作品本身也是对父权社会结构的有力冲击。

在巴斯玛的书写中，当下是永恒的话题，虚构则是表达当下的方式。巴斯玛曾明确表示，无论是文学创作还是学术研究，其作品的核心都是解构、揭露、否定各种形式的压迫，并以解放人类为写作的最终目标。③她认为，作家的责任是为读者带去问题，提出质疑，并打开更多的大门。④在创伤救治的经历中她发现，即使面临强烈的风暴，也要尽可能长时间地坚持人文主义原则。她还在短篇小说《困在瓶中》中表达了女

---

① 参见乔燕冰《全球语境·东方主题·女性书写》，《中国艺术报》2014年10月10日第3版。
② 参见牛子牧《纳娃勒·赛阿达维作品与思想研究》，博士学位论文，北京外国语大学，2015年，第40页。
③ "ممارسة كتابة القصص ضد الاستبداد – حوار مع بسمة عبد العزيز", صليحة حداد, in *Africa in Dialogue*, 25 Aug. 2023, https://africaindialogue.com/2023/08/25/ممارسة-كتابة-القصص-ضد-الاستبداد ［2023-12-15］
④ "The PEN Ten with Basma Abdel Aziz", *PEN America*, 30 May. 2017, https://pen.org/pen-ten-basma-abdel-aziz/, 2022-11-06.

性作家书写政治话题面临的困境，她们正如困在玻璃瓶中的女人，能看清周遭的一切，却无能为力。在专制政权中，选择不关心政治的生活本身就是一种政治行为，而巴斯玛拒绝成为沉默的同谋，她说："我将继续反对政权实施的极端暴力和酷刑，只要我还可以坚持，我就会继续做下去。"①

---

① Basma Abdelaziz, "Bottled-up messages: A Short Story from Egypt about a Woman Feeling Trapped", in *Index on Censorship*, 3 (2016), p. 92.

# 欧美文学

# 华兹华斯的旅行、观景、观画与心灵洞见
## ——以1819年版《彼得·贝尔》为例*

■章 燕

(北京师范大学外文学院)

【内容摘要】华兹华斯一生钟爱旅行,诗作中也常常书写旅途中的所见所闻。旅行与观景将他带入与自然和人的交往之中,也带给他对人性和生命的反思。同时,他在旅行中对自然景物的观看、感悟,往往与他观看自然风景绘画的想象相互融合、相互激发。透过眼睛的观看,他的思考和想象得到唤醒,内心得以再造自然,从而产生了对更为本质的生命存在的洞见,这在他1819年出版的《彼得·贝尔》及其所附的十四行诗中有充分体现。该作表现出他的诗作与旅行、观景和观画之间有着不可分割的密切关系,也暗含华兹华斯早期诗作与中期创作之间就旅行、观看相勾连而言的某种延续性。

【关键词】华兹华斯;旅行;观景;观画;沉思

华兹华斯在他1800年版的《〈抒情歌谣集〉序》中强调诗歌源于内心中自发流溢的强烈情感,而这种强烈的情感则起于平静中的回忆。[①]

---

\* 项目:本文为国家社科基金项目"英国浪漫主义诗歌与视觉艺术关系研究"阶段性成果,项目号:19BWW085。

① William Wordsworth, "Preface" to *Lyrical Ballads*, in Stephen Greenblatt ed., *The Norton Anthology of English Literature* (Eighth Edition) Vol.2, New York and London: W. W. Norton & Company, 2006, p.273.

然而，这并不意味着他的情感只孕育于他宁静的沉思之中，相反，诗人的创作往往源于他的旅行以及旅行中的观看、想象和思考。虽然他曾经抵制眼睛这一霸道的感官对心灵的压制，①华兹华斯在《序曲》中讲到眼睛这一霸道的感官曾经抑制了他的心灵活动和想象：

> 我所想到的是过去一段
> 时光，当时我的肉眼，我们
> 生命中每一个阶段的最最霸道的
> 感官，在我体内变得如此强大，
> 常常将我的心灵置于它的绝对
> 控制之下。(第12卷，第126—31行)

但旅行、观景以及相关的风景绘画往往能激发他的思绪、唤醒他的想象，使他能透过所见来洞察人的内在自我及其与外在景观的呼应与交融。这在华兹华斯1819年版的《彼得·贝尔》(*Peter Bell*)中有鲜明体现。该版本中的《彼得·贝尔》一诗之后附有诗人观画家所绘风景地貌画作有感而写下的十四行诗。《彼得·贝尔》一诗与十四行诗之间在情节、主题等方面看似并无关联，但《彼得·贝尔》故事发生地和十四行诗所描绘的地景都在约克郡，这与诗人在这一地域的旅行密不可分。叙事诗中的自然景观与主人公的心灵觉醒和道德救赎有所关联，而十四行诗中的景观则勾连了自然力量与诗人的内在自我，激发了他对内在精神与历史过往的反思。可以看到，正是约克郡这一地域引发了叙事诗与十四行诗之间的某种共鸣，表现出旅行、观景和画作对诗人反思人性道德救赎的作用，并抒发了他在内在自我与外在景观的互通中获得的心灵启迪。同时，也正是旅行和观景将华兹华斯的早期诗作与中期诗作贯通起来。

---

① 参见［英］华兹华斯《序曲：或一位诗人心灵的成长》，丁宏为译，北京大学出版社2017年版，第335—336页。

## 一 1819 年版《彼得·贝尔》中叙事诗与十四行诗的创作缘起及出版

华兹华斯于 1792 年年底从法国返回英国之后一直居住于英国南部，并在怀特岛、索尔兹伯里平原和瓦伊河谷一带进行徒步旅行。《彼得·贝尔》正是在这一时期创作的。诗中的人物源自 1793 年华兹华斯在瓦伊河谷一带漫游时偶遇的一个卖陶器的商贩。华氏一路与之攀谈，从他那里了解到底层人们的生活。诗中的故事则受到当时一则报纸新闻的启发而得来。① 五年后的 1798 年四五月间，华兹华斯回忆起这段往日的经历，从中获得灵感并创作了这部诗作。其时，华兹华斯尚居住在英格兰西南部的阿尔弗克斯顿（Alfoxden），作品完成之时他将其朗诵给到访的哈兹列特听，引发了后者极大的情感共鸣，诗人"如同吟唱"的朗读，"仿佛给听者施加了咒语，解除了判断的武装"②，这与该作出版之后人们对它的议论有所不同。

诗作中的主人公、游走四方的陶器商贩彼得·贝尔原本性情冷漠、心灵麻木、行为粗鄙凶蛮、缺乏同情心。一个明月高照的秋夜，他匆匆赶路，来到一条河水旁边，偶遇站立在河边的一头骨瘦嶙峋的驴子，任凭彼得怎样踢打驴子也不肯随他离去。无意中，彼得瞥见河中一具溺亡的死尸，惊吓得昏死过去，醒来之后，他将亡者拉上河岸，驴子开始接受他。驴子忠诚于主人的行为给彼得的心灵以强烈的震撼和冲击，冥冥之中，他骑上驴子，与它一同返回亡者家中，通报这一悲惨的消息，并协助家人将亡者运回家中安葬。正是在这次游走过程中彼得冥顽不化的心性获得了道德的引领，走上了向善的人生之路。游走中茫然地寻觅，偶遇中获得的心灵启迪，路途中渐次回转的人性，这个过程成为身体漫游和精神漫游，最终能使人获得道德救赎的隐喻。

---

① William Wordsworth, *The Fenwick Notes of William Wordsworth*, ed. Jared Curtis, Humanities E-books, Tirril, 2007, pp. 70–71; first published by Bristol Classical Press, a division of Gerald Duckworth & Co. Ltd., 1993.

② 参见朱玉《哈兹列特的风格》,《国外文学》2022 年第 3 期。

华兹华斯在 1798 年春夏之际就完成了该诗作的创作，然而，诗作在当时并未发表。诗人曾有意将其收入 1798 年出版的《抒情歌谣集》，但诗集出版时却并未见该诗收入其中。此后华兹华斯两次修订该作，但直到该诗完成 20 年之后的 1819 年 4 月，它才最终得以面世。该作出版时，长诗的后面附有四首十四行诗，标题为"观 W. 威斯托尔先生约克郡岩洞景观画作有感而作"①。十四行诗的中间两首均有标题，其一为"戈代尔裂谷"（"Gordale"），其二为"马勒姆山凹"（"Malham Cove"）。组诗中的第一首没有标题，从文本内容来看，蒂姆·福尔福德（Tim Fulford）认为是华兹华斯观威斯托尔所绘北约克郡英格尔顿（Ingleton）附近的韦瑟克特岩洞（Weathercote Cave）瀑布而作②。只有描写风暴的第四首与画作中的具体景观无关。在这组十四行诗收入 1819 年版《彼得·贝尔》出版之前，观威斯托尔画作有感而作的三首十四行诗已在 1819 年 1 月号的布拉克伍德《爱丁堡评论》上先期发表③。

面对 1819 年版《彼得·贝尔》人们不禁产生疑问，这几首十四行诗与《彼得·贝尔》一诗在情节、人物等方面并没有任何关联，诗人为何要在《彼得·贝尔》后附上看似与之并不相干的诗作呢？且这组十四行诗中的三首此前已经在杂志上发表，此时再附于长诗之后，诗人的用意何在？实际上，细读《彼得·贝尔》可以发现，华兹华斯虽然在英国西南部的阿尔弗克斯顿创作了这部长诗，但诗中故事的发生地却在约克郡的山谷，而引发诗人创作十四行诗的也正是约克郡山谷的地貌。可以想见，正是约克郡山谷地貌的景观将叙事诗《彼得·贝尔》和几首十四行诗联系了起来，而将二者联系起来的当然还有诗人在此地的多次旅行。

---

① 标题的原文为 "Sonnets, Suggested by Mr. W. Westall's Views of the Caves, & c. in Yorkshire", William Wordsworth, *Peter Bell: a Tale in Verse*, London: Longman, 1819, p. 83。本文所选观威斯托尔画作有感而作的十四行诗原文均出自本书。

② Tim Fulford, *The Late Poetry of the Lake Poets: Romanticism Revised*, Cambridge: Cambridge University Press, 2013, p. 255. 后文出自同一著作的引文，将随文标出该著名称简称"*Late Poetry*"和引文出处页码，不再另注。

③ In *Blackwood's Edinburgh Magazine*, Jan. 1819, Vol. 4, No. 22, p. 471.

## 二 华兹华斯在约克郡的旅行

华兹华斯的一生与英国湖区密不可分，但他的生活轨迹又绝不仅限于湖区。贾维斯认为："华兹华斯的名字一直与这个国家的某个地域联系在一起，比如湖区，最明显的……是与这个国家的西部联系在一起。"进而他又说，华兹华斯"是一位将地域与其想象连接在一起的诗人，有一种归属感，这种归属感接近于可辨认的地景（landscape）和可知的群落（community）"。① 的确，华兹华斯一生都与湖区有着情感上的紧密联系。然而，这并不意味着他的归属感单属于湖区。上述"可辨认的地景和可认知的群落"有着更为宽广的范围。怀阿特认为华氏是一位巡游者（itinerant），在很多方面是一个不安定的诗人（restless poet）②。"流动性似乎是华兹华斯创作活动的一个必要前提。"③ 即便安居湖区，他也是每日出行，在湖区各处漫步，从中获得创作灵感。"反复的行走是华兹华斯创作构思的惯常行为，这一行为终其一生，不过晚年时他的行走更多是在莱德尔山庄（Rydal Mount）的花坛旁，就如同在乡村的大道上行走一般。"④ 这种重复的行走似乎能让他更集中精力去回忆和再创造一种情感。

可以说，华兹华斯早年的足迹遍及英格兰西北部的湖区和英格兰南部以及威尔士等地，而他在英格兰东北部约克郡的旅行也不应忽视。他曾多次前来此地，这里的山谷激发着他深沉的思绪，也滋养了他与家人深厚而亲密的情感联系："对于华氏一家人来说，这个约克郡山谷有重要意义。"（*Travel*：18）

---

① Robin Jarvis, "Walking and Travel", in Andrew Bennett, ed., *William Wordsworth in Context*, Cambridge: Cambridge University Press, 2015, p. 291.

② John Wyatt, *Wordsworth's Poems of Travel*, 1819–42, London: Macmillan Press LTD, 1999, p. 10. 后文出自同一著作的引文，将随文标出该著名称简称"*Travel*"和引文出处页码，不再另注。

③ Robin Jarvis, "Walking and Travel", in *William Wordsworth in Context*, Cambridge: Cambridge University Press, 2015, p. 292.

④ Robin Jarvis, "Walking and Travel", in *William Wordsworth in Context*, Cambridge: Cambridge University Press, 2015, p. 291.

1778 年，华兹华斯的母亲过世，六岁的妹妹多萝西先后被送往多位亲戚家，其中在位于西约克郡哈利费克斯（Halifax）的姨妈家住了一段时间。1794 年 2 月，华兹华斯首次前往西约克郡看望妹妹。此时，因他对法国革命的失望，以及因英法交战所带来经济拮据的困扰，他的精神仍然处于动荡不安的状态。与妹妹在哈利费克斯的相遇给他带来了精神上的慰藉，使他颓丧的心境开始有所好转。此次造访，他与妹妹共度了六周愉快的时光，并在此期间与妹妹一起游历了西约克郡的赖伯恩河谷（Ryburn Valley）。赖伯恩河水蜿蜒流过此地茂密的丛林，华氏与妹妹在河边漫步，穿越林地，共享分别多年之后再次相遇的美好时光。

此后，华兹华斯在 18 世纪末和 19 世纪初多次跨越奔宁山脉，到约克郡做短途旅行。这其中的一个重要原因是与他后来结为夫妻的玛丽·哈钦森及其家人就住在约克郡。华兹华斯常来此造访便在情理之中，约克郡的游历也成为华兹华斯与玛丽缔结连理的一个见证。1799 年，华兹华斯与妹妹在造访了哈钦森一家人之后一起游历了约克郡河谷（Yorkshire Dales），探访了尤尔河（River Ure）上的艾斯加斯瀑布（Aysgarth Falls）、哈德罗峡谷中的哈德罗瀑布（Hardraw Force），在返回格拉斯米尔的途中，他们途经加斯代尔峡谷（Garsdale Scar）进入赛德伯镇（Sedbergh）。1799 年 12 月 24 日圣诞夜，兄妹返回鸽舍之后的第 4 天，华氏写信给柯尔律治，描绘了此次返家的旅程："我们在靠近加斯代尔教堂边上的迷人小客栈休息，这是这个可爱的小山谷中一间简陋的房子，供人祈祷所用，我们在这儿歇脚休息了一刻钟，然后继续前往赛德伯镇，在 1 小时 35 分钟内走了 7 英里，风在我们身后吹拂，路途是这样令人愉快。"[①]

1800 年 5 月，华兹华斯又与弟弟约翰一起徒步游历了约克郡河谷。他们到达了位于金斯代尔（Kingsdale）的约达斯溶洞（Yordas Cave）、戈代尔峡谷（Gordale Scar）和马勒姆山凹（Malham Cove），后二者即他在十四

---

① William Wordsworth, *Letters of the Wordsworth Family: from 1787 to 1855*, Vol. Ⅲ, ed., William Knight, New York: Haskell House Publishers LTD, 1907, p. 540.

行诗中写到的景观。① 1802 年，华兹华斯与玛丽在北约克郡举行婚礼之后，华氏夫妇和多萝西一行三人游历了里沃克斯修道院遗址（Rievaulx Abbey）和邓科姆公园（Duncombe Park）②。此后，华氏在往返北约克郡玛丽娘家的途中又多次游历了这些他曾经探访过的山川河流。

1807 年，华氏携妹妹再次返回约克郡山谷，探访多地景点，游览了博尔顿修道院（Bolton Abbey）遗迹，并再次游历了戈代尔峡谷和马勒姆山坳。华兹华斯返回格拉斯米尔后不久便开始着手创作长诗《莱尔斯通的白母鹿》（*The White Doe of Rylstone*, 1815），诗作开篇的场景即在博尔顿修道院。

可以说，约克郡的山谷和景观曾经抚慰了诗人饱受创伤的心灵，是华兹华斯与妹妹、弟弟和妻子亲密情感的见证。同时，这一片山川也激发了他的创作灵感和思绪。如同他早年的诗歌创作不能离开他在英格兰南部及威尔士瓦伊河谷的游历一样，他在进入中年之后的创作更多地与约克郡、与英格兰北部的自然地域风景有着难以割舍的联系。

华兹华斯在 1798 年创作的《彼得·贝尔》将故事的发生地放在北约克郡的斯韦尔河谷（Swaledale），这很可能与他 1794 年与妹妹一起游历该河谷有关。诗中驴子的主人溺亡于斯韦尔河（Swale），这条河正是他与妹妹游历的尤尔河上最大的支流，诗中的彼得正是在约克郡的自然山野中偶遇驴子和溺亡者，获得心灵的感召，精神的救赎。1818 年，威斯托尔所绘约克郡山川地貌的蚀刻版画集出版。③ 他通过罗伯特·骚赛（Robert Southey）和华氏的妻妹萨拉（Sara Hutchinson）结识了华氏，并

---

① 马克·里德（Mark Reed）在他的《华兹华斯：中期年表，1800—1813》中认为此次旅行直接影响了华氏 1818 年观威斯托尔画作有感而创作的三首十四行诗。Mark Reed, *Wordsworth: The Chronology of the Middle Years, 1800 - 1813*, Cambridge, Mass.: Harvard UP, 1975, p. 63，转引自 Thomas Frosch, "Wordsworth's 'Beggars' and a Brief Instance of 'Writer's Block'", *Studies in Romanticism*, 21 (1982), p. 622.

② 里沃克斯修道院（Rievaulx Abbey）是英格兰的一座熙笃会修道院遗迹，位于北约克沼泽国家公园内。这座修道院在亨利八世解散修道院之前是英格兰规模最大的修道院之一。邓科姆公园（Duncombe Park）是北约克郡国家沼泽公园中的一处庄园。

③ 威斯托尔（William Westall, 1781—1850），英国著名的风景画家兼探险家，曾作为第一个随地质队前往澳大利亚进行地质勘探的英国画家。在澳大利亚进行实地考察期间，他创作了大量反映当地自然地理地貌的画作。

成为莱德尔山庄的常客。华兹华斯在威斯托尔的画作面世之初便得到了它,深受感动。这些画作唤醒了他当年与家人一同游历这一地区的点点滴滴,华兹华斯不禁心潮起伏,即刻便创作了这几首十四行诗。

实际上,三首观威斯托尔画作有感而作的十四行诗1819年年初在《爱丁堡评论》上的发表并未经过华兹华斯的同意,是画家的自行决定,"华兹华斯对这一背信的行为颇感气恼"。(*Late Poetry*:257)① 3个月之后,他将这三首十四行诗和一首描写暴风雨的诗作一道附在《彼得·贝尔》之后于1819年4月出版,这不能不说是诗人有意为之,充分说明了华兹华斯在约克郡的游历对他创作该叙事诗和这些十四行诗的深刻影响,也阐明了威斯托尔画作在他内心中唤醒的早年记忆。他通过心中的记忆与画作进行对话,通过画作来再造他的心灵图景,抒写他内心中的人生感悟,思考人性中的道德回归。

## 三 自然景观中的道德救赎与内在精神启悟

1819年版《彼得·贝尔》的诗作之前有一篇献给骚赛(Robert Southey)的前言,表明诗人曾在作品创作完成直到其面世期间做了多次努力,以"使得这部作品在人们接受它时能获得些微青睐",更确切地说,他努力想"使这部作品——无论其多么卑微——都能够在我国的文学中占有一席之地。"② 可见,华兹华斯对该作能够在面世时获得读者的认可是有所期待的。幸运的是,作品出版之后的确引起了人们的极大兴趣,两周之内便获得再版。③ 其中一个因素或许与叙事诗后所附的十四行组诗相关。

---

① 《爱丁堡评论》始终与华兹华斯不和,对他的诗作常有抨击。华氏认为他的诗作不符合该杂志的趣味,因而并不愿意在该杂志上刊发其诗作。
② William Wordsworth, *Peter Bell: a Tale in Verse*, London: Longman, 1819, p. 3.
③ 详见[英]斯蒂芬·吉尔《华兹华斯传》,朱玉译,广西师范大学出版社2020年版,第557页。尽管《彼得·贝尔》出版之后仍有不少批评之声,但在文学市场方面却获得了成功,这在华兹华斯作品的出版中是较为罕见的。其中一个原因是正当该作出版之际,雷诺兹(Hamilton John Reynolds)利用他对华氏早期作品的了解,匆匆写就了一部《〈彼得·贝尔〉:一部抒情歌谣》在华氏的《彼得·贝尔》之前先期出版,调动了人们的兴趣,使华氏的《彼得·贝尔》在两周之后再版。

19世纪20年代，道德救赎主题的诗作与当时人们的阅读趣味有一定距离，而大旅行的风潮热度不减。华兹华斯配合威尔金森的湖区风景画①而作的《湖区指南》于1810年首版，大获成功，并于1820年再版。1822年，该作独立出版，并在修订之后于1823年、1835年多次再版，可见当时的人们对于旅行和观景的热情在这一时期持续高涨。1820年，华兹华斯出版了他游历达登河谷而作的《达登河十四行诗集》（*The River Duddon, A Series of Sonnets*），获得成功。《湖区指南》亦收入该诗集中，成为对威尔金森画作的扩展之作。可以说，对于将观威斯托尔风景画作有感而作的十四行诗附于《彼得·贝尔》之后这一做法不会显得很突兀这点，华兹华斯是有把握的。这组十四行诗在一定程度上代表了他中年时期的创作风格和美学趋向。他拿出早年的旧作发表，并在早年诗作之后附上他中年的作品，这说明他希望其早年作品与中年诗作之间保持一种连贯性和相关性。

这种连贯性和相关性在于旅行、观景与观画所激发的道德救赎与心灵启悟。在《彼得·贝尔》中，主人公彼得从性情冷漠、道德缺失到"成了个善良正派的人"，这一转变正是在约克郡的山谷中实现的。他曾经游走四方兜售他的陶器，这种游走仿佛人生旅途中的茫然寻觅，既无明确方向，又无前行目标。然而，他的游走最终发生了转机，带给他生命的回转、道德的启悟，而这一转机正发生在约克郡奇崛深邃的幽谷之中。这天夜晚，在皎洁的月光下，彼得被高耸的山崖所环抱，又深陷古老的沟壑，他迷了路，仿佛此前的人生被耸峙的山岩和深谷锁定，他须跨越这鸿沟深谷，蒙昧的灵魂才能得救。

> 那些耸峙的巉岩之上，
> 遮着团团黑色的阴影。
> 彼得穿过寒凉，穿过黑夜，

---

① 威尔金森（Joseph Wilkinson, 1764—1831），英国风景画家。曾在湖区创作《坎伯兰、威斯特摩兰及兰开夏诸郡景观》（*Select Views in Cumberland, Westmorland, and Lancashire*）系列画作，描绘了湖区及周围风光。华兹华斯为这批画作写了说明，成为此地旅客的旅游指南，即《湖区指南》（*Guide to the Lakes*）。

> 穿过一道道古老的沟壑,
> 大胆无畏地继续前行。

穿过深壑,他踏上河边的青草地,在澄澈湛蓝夜空下的河岸,他遇到了那守护主人尸身不忍离去的瘦驴,心灵受到强烈的震撼。柔和静谧的夜景与彼得告别此前的无良行为、内心开始向善产生了呼应:

> 一个色彩柔美的景象,
> 忽然在彼得面前打开,
> 蓝色,灰色,浅浅的绿,
> 构成了一幅美景,无与伦比,
> 谁见了都会觉得可爱。
>
> 在澄澈湛蓝的夜空之下,
> 是一块小小的青草地,
> 但我最好不说出它的地名,
> 只说它是某处一小块草坪,
> 在它的周围环抱着岩石。

草地虽然无名,但河水却正是约克郡河谷中的斯韦尔河:

> 斯韦尔河在绿岩下流淌,
> 但你看不见它,水流无声,
> 要从这安详的青草地上
> 听到河水流动的声响,
> 必得吹起一阵阵狂风。①

---

① [英]威廉·华兹华斯:《华兹华斯叙事诗选》,秦立彦译,人民文学出版社2018年版,第117—174页。本文所引《彼得·贝尔》一诗的译文为秦立彦所译。

斯韦尔河水寂静无声，它在岩石下流淌，黑暗中蜿蜒的流水里，驴子的主人溺亡。流水带来的是生命的终结，是死亡，同时，终结这个生命的河水却带来了另一个生命的开启。在这条河水边，彼得先是被溺亡者的尸身惊吓而昏厥，醒来之后受到驴子的感化，滋生了对自己过往行为的悔恨，对不幸者的同情。他的昏死是对人性尚未开启的过往的告别，他的醒来预示着灵魂即将获得新生。与驴子归家的路途同时也是他的心灵回归人性本真的过程，而与之始终相伴的是他身处的幽暗狭窄的山谷、巉岩、丛林、岩洞、崎岖小径……

华兹华斯的友人乔治·博蒙特①在作品出版的十多年前就读过这部长诗，甚为感动，在1807年为这部长诗创作了一幅油画。画面展现的正是彼得来到河岸边的场景：他背靠山坡而坐，俯身向下，双手蒙脸，在疲惫中陷入深深的反省之中。身边的巨大岩洞仿佛在冥冥中蕴含着一个神秘的存在，正从洞内观看着他内心深处的不安与动荡。他的前方是那条依稀可辨的斯韦尔河，水流从山坡滚滚而下，小驴站立在岸边，默默静等一个知音的来临。画面中的地貌是典型的约克郡石灰岩地质②，峡谷、巉岩、洞穴等构成了崎岖、曲折、坎坷的自然景观，与主人公内心的起伏与转折相互勾连，互为表里。这幅根据诗作所描绘的画作深深打动了华兹华斯，在1819年该作出版时，他将布罗姆利根据博蒙特的油画制作的铜版画用作卷首页插图。③

如果说华兹华斯在1798年创作的《彼得·贝尔》中所描写的约克郡自然景观是他早年游历这一地区在心灵中留下的雕刻版图（engravings）的再现——"那时候，约克郡的峡谷、岩洞和瀑布就使他心醉神迷"（Late Poetry：251）——那么，附于长诗之后的十四行组诗则使他

---

① 乔治·博蒙特（George Beaumont，1753—1827），英国艺术赞助人、画家。华兹华斯1803年与他结识，二人成为挚友，在诗歌及绘画艺术方面他们多有沟通，博蒙特在艺术方面对华兹华斯帮助甚大。

② 约克郡的地貌大约形成于12万年前的冰河期晚期，为冰川融化造成的带有腐蚀性的石灰岩的冰水流经此地而形成，起伏崎岖，多峡谷、沟壑、暗河、溶洞。这些都对华兹华斯有着巨大的吸引力。

③ 布罗姆利（John Charles Bromley，1795—1839），英国铜版蚀刻画家，插图画家。华兹华斯出版的作品均用铜版画作为插图。

通过威斯托尔的画作与这一奇崛的山谷再次相遇。在福尔福德看来，威斯托尔与华兹华斯的相识给画家和诗人均带来有益结果：威斯托尔受到诗人的鼓励去描绘在华兹华斯诗中十分重要的风景，而对于华兹华斯来说，"威斯托尔的画作促使他创作了一种新型的诗作。"（*Late Poetry*：249-251）这类诗作被认为是一种图画诗（pictorial kind of verse）。约克郡的地质特征与英格兰多地平滑秀美的平原不同，画家对这一独特地貌有着不同寻常的感受。他创作的这一独特的地景画作唤起华兹华斯早年的记忆，也激发了诗人观此地貌来表达内心的精神与外在自然之间的呼应。

组诗的第一首描写了一条地下暗河。约克郡的地下水资源十分丰富，常有河水时而流经地下，时而涌出地表，并在崎岖不平的地貌中形成瀑布。华氏在诗中抒写了河水在地下和地表不断涌出又隐没的形态。它在地表滋养了自然界的植物和动物，带来了生命之源，而地下暗河则以其温润的内在生命慰藉着痛苦的灵魂：

> 纯净的河水啊！无论你在何方
> 抛下流淌于地下的暗河而涌出，
> 带给绿草、鲜花和结果的树木，
> 带来生机，它们伫立在河流旁：
> 穿过一年中阳光明媚的日子，
> 飞虫儿将你追逐，闪着光盘旋；
> 若没有你慷慨馈赠，森林急喘，
> 雄鹿沮丧，雌鹿萎靡，手执
> 长矛的猎人也一蹶不振。在人们
> 不安的灵魂中感受你蜿蜒的慈爱；
> 或许，在遥远地心冰冷的河带中，
> 遭受磨难的精灵们正悲伤感怀，
> 为失去的恩泽和善良，你低沉吟咏，

消融了苦痛，——那甜歌与你的相融。①

尽管画家所绘为岩间飞流直下的瀑布，但这飞湍往往是暗河在地下汇集涌动，最终喷涌而出的结果，它赋予绿草、树木、动物以生机，给万物带来无尽的生命。同时，在遥远冰冷的地心，受尽磨难的精灵为失去的善良和恩泽而悲伤，河水的慈爱和低吟融化了心灵中的痛苦，悲伤的灵魂与水之歌吟融汇为一。在福尔福德看来，"在地表和地下，这一景观揭示了一种连接（外在）自然与（内在）精神的动态力量"。(Late Poetry：255) 诗人对水的宽厚和仁慈充满了感恩，地表的河水与地心的暗河相互交缠，暗喻了外在的自然与内在心灵之间的互通，这与彼得在河边获得灵魂的拯救、人性的回归有所呼应。河水滋养了自然中的生物，也抚慰了内在的精神伤痛，内外间的互通将诗人早年诗作中彼得在水边获得的道德救赎与 20 年后他思考的河水给万物带来的勃勃生机与灵魂慰藉勾连起来，形成了早年诗作与中年诗作在精神上的连续性，也构建了外在自然景观与内在人性间的统一。"内在与外在溪流引起的哲学对比，使他不是与画家一争高低去琢磨该怎样描绘风景，也不是传达生动的绘画造就的感觉。相反，他是要把艺术用作一种路径去激发道德指引的行为，如同镜子，通过此镜，人类的真实得到了考量。"(Travel：26)

## 四 十四行诗对画作中自然景观的想象性再造

《彼得·贝尔》所附十四行诗的第二首和第三首均标明了地景名称：戈代尔裂谷和马勒姆山坳。在威斯托尔的《戈代尔裂谷》中，两边笔直的山崖形成了巨大而幽深的峡谷，画面呈现出低角度仰视的观看视角，山崖耸入云端，峡谷上空透出不大的一片天空，云朵翻滚，水雾弥漫，光和影形成强烈反差，凸显出峡谷神秘而令人畏惧的气息。然而，画中

---

① 观威斯托尔画作有感而作的十四行诗为本文作者自译。

这一具有非凡崇高之感的景观并未直接入诗。诗人面对清晨大气消散时分或暮霭沉沉中壮观的陡峭山崖、裂谷和深邃的岩洞，呼唤"沉思的信徒"踏足这神秘幽闭的谷底，想象中当地的隐身神灵显现，带着远古的气息，默默地统领周遭的万物，给这蛮荒的旷野带来永不停息的生命：他"一头蓬松的乱发，/戴着矿石王冠，倚靠在锯齿状/瓮瓶的旁边，你可见他在白天/隐去身形，将那里的一切掌管"。福尔福德认为，"这首带有奥维德风格的诗作唤醒了居住在峡谷中的当地幽灵以回应威斯托尔画面中令人幽思的威严，仿佛画作将华兹华斯的视野集中在了自然实景中，以至于他觉得自己能够在岩石中找到那个神灵，或者洞察事物的生命。"(Late Poetry：251) 诗人的想象由眼前的景观画作唤起，与他早年在戈代尔峡谷游历所见的真实自然交融，又弥散在他对永不停息的生命的沉思之中，最终，他对自然神灵的洞见又与诗人的内在生命气息相交合，那是自然的神灵，也是他对自然滋养心性的追随与渴望。诗的最后又一次提到河水，神灵"教导着温顺的河水如何转向；/或者，必要时教河流避开阻障，/用力开道让水流向海潮奔忙！"此处，生命之水的奔涌不息与《彼得·贝尔》一诗中的河水亦有所呼应。

  画家笔下的马勒姆山坳是一个几乎布满整个画面，向着观者扑面而来的巨大断崖，阴影在断崖的一侧显现，仿佛在随着天空中飘浮的云团慢慢移动，表明这是一个呈弧形的断裂山体。崖体的底部有地下河水涌出地面，蜿蜒流淌。站在这巨大的山崖面前，诗人的想象中出现了古代巨大的竞技场，是建造巨人之路的力士所挖掘出的古代遗迹，带着不曾毁灭的远古气息向人们展现它的不朽。诗的前8行似乎令人想起济慈笔下的希腊古瓮，带着不灭的生命、从远古走来，连接了当下，又走向了未来。然而，这天工之作毕竟不同于完美无瑕的古瓮，它终究是一座未完成的丰碑，"因为在当下和过往的/废墟中，未完成之作，背离了意图，/使得越过真理之镜的转变比起/最高贵之物的衰败更令人悲伤。"诗人没有刻意呈现画面描绘的山体形象，也未与画家一道渲染这巨大断崖的坚固性，而是带着惋惜之情感叹这巨大工程的徒劳和虚幻。与画家不同的是，"画作令华兹华斯想到因果，创造与衰败，过去与当下。……

这种未完成性使得它的深刻性令人感伤……令人想到世俗愿望的虚空和凡人努力的徒劳。"(*Late Poetry*: 253) 从这外在的自然景观中,华兹华斯探入自然精神的内里,去思考自然带给人的精神启迪和力量,使他在面对自然时并非单纯抓住景观的造型引起的愉悦和美感,而是从中生发出对人性、自我、生命的反思。"华兹华斯并没有用文字重复,或复制绘画作品,而是将其视为一个出发点,通过引入时间的维度将静态的画面激活了。"(*Late Poetry*: 253)

从这三幅画作来看,每一幅的画面都表现出强烈的断裂性,与华氏第一首十四行诗相对应的画作为《韦瑟克特岩洞瀑布》,该作中的瀑布仿佛一道霹雳,将山石劈开,使之断裂,《戈代尔裂谷》中的裂谷带来的是两座巨大山体的分离,而在《马勒姆山凹》中,巨大山体的层层断崖呈现的是天工未尽的徒劳之作。断裂的画面引发了诗人内心思绪的涌动,成为诗人内心起伏动荡的外在表征,如果将其转化成时间的运动,断裂也暗示了过往与当下之间的动态关系,正如《彼得·贝尔》中的河水,带来的是死亡,同时也是新生,是对外在万物的生命滋养,也是对内在心灵的护佑。画面中裂谷与断崖的下方总有奔流不息的溪流,它们仿佛与裂谷、与未竟的巨岩工程形成呼应,暗示出诗人对历史的感叹和对未来的期许,而这又与《彼得·贝尔》中主人公从过往的蒙昧走向心智的豁然和道德的救赎产生某种契合。

断裂之说在华兹华斯的诗歌创作中也成为一个引人注目的话题。华兹华斯评论界有一种几乎公认的看法,即华兹华斯的创作高峰期在18世纪90年代中后期至19世纪头一个十年的中后期(大致在1797—1808年),这一时期也被评论家称作他诗歌生涯中的"辉煌十年"(the great decade)。此后,华兹华斯的创作灵感开始衰退:"在华兹华斯的年代,他的诗在1810年结束了他'辉煌十年'之后不被人们接受,这些诗作在20世纪的境遇更糟,伟大的革新诗人的'创作力衰退'(fading power)之说一再出现。"(*Travel*: 1)[①] 然而近年来,这一论调有所扭转,虽然人们

---

[①] 华氏的诗在1810年之后广受诟病,雪莱、济慈、勃朗宁、阿诺德等都对之失望。

承认其早期创作与中晚期的创作存在某种转向,但一些批评家亦对这一断裂说进行了反思,并主张以整体观来考察华兹华斯的人生及其作品。斯蒂芬·吉尔在 1989 年出版的《华兹华斯传》中将他的一生贯穿起来看待,并将大多篇幅放在对 1810 年之后的华兹华斯的呈现上。"他的传记不仅对人们几乎未读到的华兹华斯诗作进行了有价值的评价,且在写到华氏 1810 年后的状况时坚信它们不应被视为仅包含一种传记的兴趣而被一笔勾销。"(*Travel*:3)的确,华兹华斯的早期创作和中期创作无疑存在着不同,但这种不同应该是诗人诗思进一步扩展的结果,诗人的创作正是在动态发展的进程中断裂,又从断裂中得到不断延伸。这其中一个关键元素在于他一生热衷旅行,且其诗作始终渗透一种视觉意识及其对单纯视觉感官的超越。相对于他早期受到如画景观的影响并力图通过且超越视觉景观去洞察人生、获得心灵之见而言,他中晚期的创作更凸显出他在旅行与观景中所获得的精神求索和沉思,有一种自然景观、视觉艺术与人性洞见之间的相互激发。

华兹华斯的这种视觉意识随着近年来跨艺术研究在浪漫主义诗歌研究中的兴起和发展得到了研究者的重视。詹姆斯·赫弗南(James Heffernan)、索菲·托马斯(Sophie Thomas),彼得·西蒙森(Peter Simonsen)、威廉·加尔佩林(William Galperin)等学者[①]都肯定了华兹华斯诗作与视觉景观及视觉艺术一以贯之的关系。加尔佩林在《可见性在英国浪漫主义中的回归》中认为:"可见的视觉经历了一种压制,然后又再次出现了。"[②]实际上,尽管华兹华斯对早年心灵囿于视觉感观而忽略了心灵的感召有所警醒和不满是不争的事实,但视觉在他诗中始终起到了唤醒记忆、激

---

① 详见 James A. W. Heffernan, "Romantic Ekphrasis: Iconophobia, Iconophilia, and The Ideology of Transcendence", in *Museum of Words*: *Poetics of Ekphrasis from Homer to Ashbery*, Chicago and London: University of Chicago Press, 1993; Sophie Thomas, "Spectacle, Painting and the Visual", in Andrew Bennett ed., *William Wordsworth in Context*, Cambridge: Cambridge UP, 2015; Sophie Thomas, *Romanticism and Visuality*: *Fragments, History, Spectacle*, New York: Routledge, 2008; Peter Simonsen, *Wordsworth and Word-Preserving Arts*, New York: Palgrave MacMillan, 2007; William H. Galperin, *The Return of the Visible in British Romanticism*, Baltimore and London: The Johns Hopkins UP, 1993。

② William H. Galperin, *The Return of the Visible in British Romanticism*, Baltimore and London: The Johns Hopkins UP, 1993, p.23.

发想象、再造自然景观、展示心灵图景的作用。而他的中晚期诗作对视觉的肯定更为凸显。他与画家的交往，与绘画作品的近距离接触使他的诗歌创作中融入了更多在景观与视觉艺术启发下的精神领悟与升华。视觉不是压制他的想象和心灵感悟的力量，而是赋予他通过图景唤醒记忆、展开想象并再造心灵图景的契机。可以说，他中晚期的诗作表现出一种将旅行、观景、观画与沉思融为一体的特征，而这一特征又与他早年诗歌中自然景观启迪道德心性的作用存在某种呼应与对话。

# 玛丽·雪莱的北极想象*

■ 张 陟

（宁波大学世界海洋文学与文化研究中心）

【摘　要】西方文学史上讲述探索与冒险的文字，常常带着强烈的占有欲和民族优越感，玛丽·雪莱却以女性作者的独特敏感，叙述了一个别样的北极故事。在其代表作《弗兰肯斯坦》中，玛丽·雪莱展现了精湛的叙事技巧，将维克多·弗兰肯斯坦创造生命的悲剧与沃尔顿的北极探险的失败相并置，利用北极的荒凉和孤独深化了探索者的悲剧命运。同时，她直面当时的科学发展，对男性主导的科学观念和地理探索进行了尖锐批评。玛丽·雪莱的批评在当代仍具有启发意义，提示人们不断警醒科学与探险活动中的性别问题与价值取向。

【关键词】北极探索；航海叙事；《弗兰肯斯坦》；性别视角；科学批评

《弗兰肯斯坦》的诞生，可谓英国文坛的一段传奇。1816年6月，不到20岁的玛丽与诗人P. B. 雪莱私奔，来到瑞士，与另一位著名诗人拜伦和他的私人医生毗邻而居。① 在拜伦提议下，几人开展了一场鬼故事比赛。结果现今已然知晓，玛丽的惊悚故事成为比赛的赢家，并在之后扩写成了具有强烈哥特风格的三卷本小说——《弗兰肯斯坦：一个现

---

\* 项目：本文为国家社科基金一般项目"19世纪英国文学中的北极探索与国家认同研究"（19BWW055）的阶段性研究成果。

① 当时的玛丽与雪莱还没有正式结婚，雪莱还有合法妻子哈丽特。此时的玛丽与雪莱实际上属于私奔状态。一同前往瑞士的还有玛丽同父异母的姐妹Clarie，据说她后来怀上了拜伦的孩子。

代普罗米修斯的故事》,于 1818 年年初出版。① 时过境迁,这部诞生在 200 多年前的无心之作已被公认为浪漫主义时期英国小说的代表作之一。该作不仅为世界文坛贡献了"弗兰肯斯坦"这样一个人造怪物的恐怖形象②,一个醉心于科学创造却被自己的创造物反噬的可悲故事,还为当下关于科技进步与伦理约束之间关系的讨论,持续不断地提供着批评与反思的灵感和资源。

《弗兰肯斯坦》周边早已汇集了大量的批评成果,③ 而涉及小说北极探索部分的尚不多见。细心的读者会记得,故事中意欲复仇的维克多·弗兰肯斯坦一路追寻怪物,远至北极圈内,最后倒毙在英国人沃尔顿的北极探险船上,而闻讯而来的怪物得知弗兰肯斯坦的死讯,也投身于北极的茫茫冰海之中,殉身给了自己的创造者。可以说,北极叙事贯穿了小说始终。我们知道,北极不仅是一个物理地点,更是一个文化符号,它映射的是作家对于探索、冒险以及自我定位等问题的深层关注。这种关注并非孤立,其与当时的科学发现、社会理念和与帝国主义的扩张心态紧密相连。本文将以小说中的北极叙事展开,重点讨论《弗兰肯斯坦》中北极想象的叙事特点、美学意蕴与政治(批评)意图,试图分析小说中再现的北极探索,打开深入理解英国文学、文化和社会思想的另一扇窗口。

---

① 1818 年版本的《弗兰肯斯坦》与现代版本不同,当时出版的时候是以三卷本的形式问世的。
② 弗兰肯斯坦本是男主人公的名字,但之后却在大众文化中以讹传讹地变成了怪物的名字。
③ Francis Spufford, *I May Be For Some Time*: *Ice and the English Imagination*, New York: Picador, USA, 1997; Jessica Richard, "'A Paradise of My Own Creation', Frankenstein and the Improbable Romance of Polar Exploration", in *Nineteenth-Century Contexts*, 4 (2003), pp. 295 – 314; Jane Hill, *White Horizon*: *The Arctic in the Nineteenth-Century British Imagination*, Albany: State University of New York Press, 2007; Janice Cavell, *Tracing the Connected Narrative*: *Arctic Exploration in British Print Culture*, *1818 – 1860*, Toronto: University of Toronto Press, 2008; Janice Cavell, "The Sea of Ice and the Icy Sea: The Arctic Framework of Frankenstein", in *Arctic*, 3 (2017), pp. 295 – 307; Rudolf Beck, "'The Region of Beauty and Delight': Walton's Polar Fantasies in Mary Shelley's 'Frankenstein'", *Keat-Shelley Journal*, 49 (2000), pp. 24 – 29. 国内有相关代表性的讨论参见李伟昉《〈弗兰肯斯坦〉叙事艺术论》,《外国文学研究》2005 年第 3 期;陈姝波《悔悟激情——重读〈弗兰肯斯坦〉》,《外国文学评论》2005 年第 2 期;陈礼珍《情感认同的困惑——〈弗兰肯斯坦〉叙述距离变化对主题意义的影响分析》,《外国语言文学》2008 年第 4 期。

## 一 《弗兰肯斯坦》的北极叙事

《弗兰肯斯坦》的叙事极有特点。小说共有三位叙事人：航海冒险家罗伯特·沃尔顿、科学家维克多·弗兰肯斯坦，还有他造出的无名怪物，三个人的讲述构成了一个三重的同心圆结构。位于同心圆外层的叙事人是沃尔顿。他在写回英格兰的家信中，讲述了自己探索北极的原委，遇到弗兰肯斯坦的过程，以及弗兰肯斯坦和怪物同归于尽的结局。同心圆中间层的叙事人为科学家弗兰肯斯坦。他讲述了自己造出怪物、抛弃怪物与遭到怪物迫害而家破人亡的凄惨遭遇。同心圆最内层的叙事人为怪物，他讲述了自己如何被弗兰肯斯坦抛弃，如何融入人类却被拒绝，由此才对造物者疯狂报复。三重同心圆的叙事结构不仅让三位人物有了平等而独立的表达机会，让读者有了层层剥茧般深入了解真相的阅读快感，也让故事的主题与层次更为丰富，具有多种阐释的可能。

位于叙事结构最外层的，是船长沃尔顿的北极探索故事。关于此北极框架，历来有不同说法。早期的论者倾向于认为，玛丽笔下的北极与其称为真实的地点，不如说是纯粹想象的产物，"不是地理上的北极，而是头脑中的北极"，也有论者指出，沃尔顿想象中的北极更多的只是一种对于天堂的另类想象，缺少现实的依据。[1] 时至今日，随着人们对《弗兰肯斯坦》认识的不断深入，作品北极框架的虚幻色彩也逐渐褪去，越来越显现出与当时文化语境的密切关联。从宏观的角度看，作为孤悬在欧洲大陆之西北角的岛国，英国自古便与更北之处有密切的联系。时至19世纪初期，随着英国国力进一步强盛，对于更北之处的好奇与关切更是有增无减。《弗兰肯斯坦》中的北极框架，便是根植于19世纪初英国对于北极探索，尤其是西北通道、地磁北极等问题的强烈兴趣之上。换言之，玛丽·雪莱的北极叙事框架，并非闭门造车、一味空想的产物。

---

[1] Rudolf Beck, "'The Region of Beauty and Delight': Walton's Polar Fantasies in Mary Shelley's 'Frankenstein'", *Keat-Shelley Journal*, 49 (2000), p. 24.

她其实意识到了英国民众对北极的强烈兴趣，将航海叙事传统与流行看法乃至古典文学中有关北极的想象巧妙糅合在一起，纳入了小说的叙事框架中，赋予其独特的意味，并展现在公众面前。

按照约翰·佩克的梳理，"一位航海人、一项挑战以及故事发生的语境"是航海故事中的三个基本要素。[①] 沃尔顿写给姐姐的家信，便可归为航海叙事（Sea Voyage Narrative）。航海叙事在西方文学中有非常悠久与丰厚的传统，矗立在西方文学开端处的《奥德赛》便是其鼻祖。进入 18 世纪后，该类叙事更是风靡一时，作品层出不穷。参加过库克船长第二次航行的瑞典自然学家安德斯·斯帕曼（Anders Sparrman），曾经描述过航海叙事在英国风行的盛况：航海和旅行的故事总是被人尽力地搜集齐全，竞相传阅，有学问与教养的人士如此，粗鲁与无知之辈也是如此。[②] 航海叙事的风靡，不仅让广大英国读者沉迷其中，也以其悠久的传统与丰富的材料，为作家提供写作的框架与源泉。玛丽把沃尔顿作为第一人的故事讲述者，将其海上经历娓娓道来，不仅能够充分调动读者的好奇心与求知欲，增强了亲历感与在场感，同时又能够做到逻辑自洽、自圆其说，尽显"水手故事"（the sailor's yarn）[③] 的魅力。可以说，航海叙事的借用，既为《弗兰肯斯坦》带来了更长的篇幅与更大的体量，也带来了更丰富的层次与内涵，使其由单一主人公讲述的惊悚故事，脱胎成了一部犹如俄罗斯套娃般叙事层次鲜明而内容丰富的三卷本小说。

《弗兰肯斯坦》之中的北极叙事源自何处？在玛丽·雪莱生活的时代，极少有英国女性能够接近北极，玛丽也没有任何造访北极或接近北极圈的经历，那么，她是如何获取写作必备的灵感与材料的呢？1816 年 9 月，玛丽和雪莱结束了欧洲之行，返回英国并在小城巴斯住了一段时间。正是在这个时期，玛丽一边调养生息，一边在雪莱的帮助下，积极

---

[①] John Peck, *Maritime Fiction: Sailors and the Sea in British and American Novels, 1719 – 1917*, New York: Palgrave, 2001, p.14.

[②] Qtd. from Philip Edwards, *The Story of the Voyage: Sea-Narratives in Eighteenth Century England*, Cambridge: Cambridge University Press, 1994, p.1.

[③] 也可称为海员叙事，其基本模式固定不变，均是返乡的航海人，对家中听众讲述自己远游的经历与遭遇。因为是远方的故事，常常有非常离奇的成分。

扩充《弗兰肯斯坦》的内容。巴斯城里的文学哲学学会（Literary and Philosophical Society）为玛丽准备北极叙事提供了良好的条件。她和雪莱参加了多场有关北极探索的演讲与报告，阅读了相当数量的北极探索文献，丰富了对北极的认识。其中威廉·斯科斯比（William Scorseby）和杰哈德·弗莱德里克·穆勒（Gerhard Friedrich Muller）①等人对玛丽写作《弗兰肯斯坦》的影响则尤为值得关注。

威廉·斯科斯比是英国著名的科学家与北极探险家，不仅具有丰富的极地航行经历，且对北极科考作出了突出贡献，可谓英国在19世纪对北极了解最多且最具科学深度的人物之一。1815年3月，依据丰富的北极探索经历，斯科斯比提出，未来的北极探索应该采取驾驶雪橇的方式。他的建议与当时盛行的北极大洋开放说（open sea）颇为不同。当时盛行的大洋开放说认为，北极地处高纬度地区，夏季可以有数个月的日照，因而大洋不仅不会冻结，而且会相当温暖，足可以驾船直穿北极极点。当时英国海军委员会的第二秘书，颇具实权的约翰·巴罗便对此说深信不疑。同时，当时的英国海军对驾驶雪橇这种只有土著人才会使用的交通方式颇为不屑，认为让军官跟在狗的后面，有损大英帝国海军军官的尊严。因此，虽然斯科斯比在报章上积极倡议，但并未受到官方采纳。小说发表的1818年，英国海军便派遣了两艘军舰探索北极，虽然给养充足，但却未做出任何使用雪橇的准备。所幸的是，1816—1817年，玛丽正在为自己的作品积累北极探索方面的知识，斯科斯比的建议进入了玛丽的视野之中。于是，小说中便有了沃尔顿的探险船被冻结在北极的大洋之中，而怪物与弗兰肯斯坦则先后驾驶雪橇经过的情节安排。

玛丽写作北极框架的另一资料来源，则是俄罗斯历史学家、自然科学家杰哈德·弗莱德里克·穆勒的著作。穆勒为玛丽的北极探索主人公提供了合适的名字——沃尔顿（Walton）。穆勒原本是德国人，1715年到达俄国，曾在1733—1743年参与了俄罗斯探索西伯利亚和堪察加的活

---

① Janice Cavell, "The Sea of Ice and the Icy Sea: The Arctic Framework of Frankenstein", in *Arctic*, 3 (2017), pp. 295–307.

动,他的著作《从亚洲到美洲》详尽梳理了俄罗斯人尝试从亚洲接近美洲的屡次航程。此书的英语版于1761年出版,记录了1733年俄罗斯探索堪察加的部分船长和海员的名单,其中一位名叫威廉·沃尔顿(William Walton),是"决心"号的船长。"沃尔顿"这个颇具英国特色的名字,出现在一群斯拉夫色彩明显的名字中间,的确很难不引起正在为小说创造一位英国北极探索家的玛丽的关注。① 根据当代历史学家克罗斯的研究,这位威廉·沃尔顿本是英国人,后在俄罗斯船只上担任舵手并成为军官。1733年,沃尔顿参加了俄罗斯组织的亚洲最东端的探索之旅,其间曾先后到达日本的北海道与本州,也负责绘制了千叶群岛与日本本岛的部分海图,成为第一批从北边驶入日本的欧洲人。1743年12月,沃尔顿死在了从西伯利亚返回欧洲的路上。② 当然,这位沃尔顿船长只是18世纪成百上千的英国船长中的一员,他不可能留下更丰富的资料了。历史学家也只能根据他留下的些许痕迹,来大致勾勒出他生活的轨迹。而小说家玛丽则从历史的只言片语中,用自己的想象力重塑了一个年轻气盛、喜好冒险、沉迷幻想的船长形象,用以服务于自己的北极探索题材。

一般来说,18、19世纪的英国船长在大众想象之中往往是教育程度不高,却非常注重实际的形象,比如著名的詹姆斯·库克船长。库克船长虽然有屡次环球航海的丰富经历,却不善言辞,尤其不善书写,其航海叙事也是在文人的修饰润色下才得以出版。③ 然而,玛丽创造的沃尔顿与传统的英国船长大相径庭。与其说沃尔顿是一位英国探索船的船长,倒不如说他更像是一位沉迷于浪漫幻想的诗人。不妨先看看沃尔顿想象中的北极:

---

① 穆勒提到了九位船长/海员的名字,依次是:Peter Lassenius, William Walton, Dmitri Laptiew, Jego Jendauro, Dmitri Owzin, Swen Waxel, Wasili Prontischischtschew, Michailo Plautin, Alexander Scheltigna。

② Anthony Cross, *By the Banks of the Neva: Chapters from the Lives and Careers of the British in Eighteenth-Century Russia*, Cambridge: Cambridge University Press, 1997, pp. 117-178;库克船长也曾提及这位沃尔顿船长和他的航程,参见 James Cook, *The Voyages of James Cook*, Vol. II, London: William Smith, 1776, p. 515。

③ Philip Edwards, *The Story of the Voyage: Sea-Narratives in Eighteenth Century England*, pp. 80-101.

> 北极总以一个美丽欢乐的形象展现在我的想象面前。……一直可以见到太阳，硕大的圆球一直沿着地平线运行，永远放射着光芒。根据以往航海家的真诚记叙——雪和霜已被赶走。我们在平静的海上航行，有可能被吹送到某个地区去，那里的美景和奇迹超过了地球上任何有人居住的地区，那里出现的事物和景色很可能是空前的，宛如在荒无人烟的地区观看日月星辰的奇景。[①]

在沃尔顿看来，北极是一个"美丽欢乐"的地方，终年阳光照射，"雪和霜已被赶走"，气候温暖如春，犹如天堂一般。按照沃尔顿的说法，他自小就有参与航海的热情，而他的所有航海梦想，均源于家中、图书馆中的藏书。这或许就导致了他心目中的北极，与通常人们印象中寒冷荒芜的北极也大相径庭。不可否认，作为个体的沃尔顿具有强烈的探索勇气，其希望能够借助一次深入北极圈的航程，满足个人的好奇心和求知欲，揭开地磁北极到底位于何处的秘密，找到一条从欧洲进入亚洲的航路。然而，掩藏在颇为高调的言语之下的，则是沃尔顿的幼稚与轻妄。自英国有北极探索史的数百年来，不仅有多位船长在北极洋域的海冰面前铩羽而归，还有难以计数的海员葬身大洋与严寒之中。据统计，从1772年到1852年的80年，在194艘驶往北极海域的捕鲸船之中，就有80艘先后失事，比例高达41%。仅1819年一年，在格陵兰的麦尔维尔海湾，就有14艘船被冰压碎。[②] 这既是世所公认的事实，更是每一位有志探索北极的船长考虑一切问题的出发点。面对北极直到今天依然难以穿越的真实现状，再考虑到19世纪初期英国的科学技术发展水平，沃尔顿将北极探索比喻成"假日里的孩童沿着家乡小河的一次探险"（《弗》：2），显得过于乐观与随性。且无论从他易于受环境影响的情绪上看，还是从他时时刻刻渴望得到他人肯定的心态看，其性格禀赋均显得过于高蹈和

---

[①] [英]玛丽·雪莱：《弗兰肯斯坦》，孙法理译，译林出版社2016年版，第1—2页。后文出自同一著作的引文，将随文标出该著名称简称《弗》和引文出处页码，不再另注。

[②] Miller Graf, *Arctic Journeys: A History of Exploration for the Northwest Passage*, New York: Peter Lang, 1992, pp. 73–74.

飘忽，这也让读者有理由怀疑，他是否有足够的能力与毅力承担起指挥船只探索北极的重任。

沃尔顿如此想象北极，既与玛丽将他设定为具有诗人气质的探险家有关，更是与《失乐园》中的相关章节形成了明确的互文关系。① 在著名的清教徒诗人弥尔顿的《失乐园》中，有一段重述上帝创世的诗行，其中提及：

> 在两级的人看来，昼夜长明，
> 为了补偿他的距离，太阳低垂，
> 看来总在地平线上回转，使人不辨
> 东和西，因此从寒冷的艾斯托替兰到
> 南方马格兰的低地，都不得降雪。②

弥尔顿想象中的地球，由于撒旦的反叛惹怒了上帝，上帝命令天使将地极搬动扭转了二十余度，如此一来的结果，便是地球北极可以有一段时间太阳终日不落，气候温暖，"不得降雪"。玛丽自小便熟读《失乐园》，弥尔顿是她喜爱的诗人之一。弥尔顿对于北极的想象，不仅自然而然地显现在了《弗兰肯斯坦》之中，也再一次强化了北极探索家沃尔顿好书本而轻实践的高蹈性格，预示了他由于不谙实际而可能遭遇的失败。

除了17世纪大诗人弥尔顿，同时代的浪漫派大诗人科勒律治也是玛丽北极想象的源头之一。《弗兰肯斯坦》中，沃尔顿给姐姐的信中写道：

> 我要到没有开发过的地区去，到"薄雾和冰雪"的地区去，但是我不会杀死信天翁，因此不要为我的安全惶恐。当我像《古舟子咏》里的舟子那样凄凉褴褛地回到你身边时，也不要为我担心。（《弗》：8）

---

① Rudolf Beck, "'The Region of Beauty and Delight': Walton's Polar Fantasies in Mary Shelley's 'Frankenstein'", pp. 24–29.

② [英] 约翰·弥尔顿：《失乐园》，朱维之译，上海译文出版社1984年版，第392—393页。

而在弗兰肯斯坦形容自己造人后的紧张与惊恐之时，更是直接引用了《古舟子咏》的诗行：

> 就像有人在荒凉的
> 路上行走，满怀着恐惧，
> 回眸一望就向前，不敢回头。
> 因为他知道，有狰狞的恶魔
> 紧紧跟在他身后。(《弗》: 55)

《古舟子咏》延续到《弗兰肯斯坦》之中的不只简单的词句。在《古舟子咏》中杀死了信天翁的古舟子虽然犯下大错，但能有所悔悟，终归还是回到了家乡；而年轻的船长沃尔顿，沉迷幻想，贸然进入险境，但也能及时迷途知返，最终安然返乡。可以说，玛丽对科勒律治的引用与借鉴，既是以独特的方式向她敬仰的前辈诗人致敬，让《弗兰肯斯坦》航海叙事部分增添了几分诗意，更是助力新手沃尔顿顺利加入航海叙事的传统之中，成了一位独具浪漫色彩的航海人。

总体而言，在《弗兰肯斯坦》中，玛丽充分利用了流行的航海叙事文类，扩充了故事内容。同时，她从历史资料中爬梳钩沉，创造了沃尔顿这样一位喜好空想的年轻船长，丰富了航海叙事中的船长系列形象。当然，也是令人印象深刻的一点，玛丽不仅将航海叙事的场所设定在了茫茫北极，还充分利用了弥尔顿、科勒律治等想象北极的先例，既为《弗兰肯斯坦》增加了叙事层次，丰富了小说的内涵，也扩展了以航海叙事想象世界的范围，可谓一次极具创造性的成功尝试。

## 二 冰与火之歌

法国哲学家加斯东·巴什拉著有《火的精神分析》，言及温度乃是人体最原始、最基本、最恒久的身体感受，构成了人类语言、思考与表达的底层逻辑。火之于人，意味着温暖、热烈与生命的延续。人如果能够控制住火，火可以极大地改善人类基本的生存条件，为人类带来无穷的希望。同时，火又极具毁灭性，稍有疏忽，生命便可以被火所吞噬，烈焰之下，难有幸存。火之于人，既热切，又含混，既有多重指涉，又颇具反讽。在巴拉什看来："唯有它在一切现象中确实能够获得两种截然相反的价值：善与恶。"①

沿此思路，有论者分析了《弗兰肯斯坦》之中的火意象。② 小说开篇不久，弗兰肯斯坦回忆自己年少时曾目睹大树被雷电劈中，燃起熊熊大火，令其对自然界的威力惊讶无比，由此激发了探索自然秘密的好奇心。历经两年多的探索之后，弗兰肯斯坦终于在"行将熄灭的摇曳的烛火"中看到了自己造物的诞生，但他却惊惧不已，夺门而逃。弗兰肯斯坦抛弃的怪物，在小村庄的火炉旁见识了家人之间的温暖与关爱，产生了融入人类社会的渴望。之后，由于相貌丑陋被人类拒绝，怪物恼羞成怒，纵火焚毁了村庄，走上了与人类为敌的不归路。小说末尾，弗兰肯斯坦死后，怪物也无意苟活世上，决意要以"营造自己的火葬柴堆，把痛苦的身躯化为灰烬"。《弗兰肯斯坦》的副标题"现代的普罗米修斯"也与火关联密切。小说正是以古希腊神话中普罗米修斯擅自盗火给人类作喻，隐喻激情肆意澎湃之后可能造成的不堪后果。火的系列意象贯穿了小说全文，正如火本身，其既是创造，也是毁灭；既给人带来温暖与欢乐，也让人感到恐怖与无助；既令人着迷，又令人惊惧。

《弗兰肯斯坦》之中不仅有火，更有冰。英国学者埃里克·威尔逊著有《冰的精神史》，以冰和与之相关的晶体、冰川和极地为对象，详尽梳理了冰雪与西方人精神世界的关联。威尔逊提出了西方人看待冰雪时"内与外"两种不同的认知模式与视角。向外的视角着眼于冰雪的表面、外观与其代表的社会秩序，这种认知模式与正统的西方基督教传统、

---

① ［法］加斯东·巴什拉：《火的精神分析》，杜小真、顾嘉琛译，河南大学出版社 2016 年版，第 1 页。
② 参见 Andrew Griffin, "Fire and Ice in Frankenstein", in George Levine and U. C. Knoepflmacher, ed., *The Endurance of "Frankenstein": Essays on Mary Shelley's Novel*, Berkeley, Los Angeles, and London: University of California Press, 1979, pp. 49–73；王爱燕《〈弗兰肯斯坦〉中"火"的意象》，《山东师大外国语学院学报》2002 年第 4 期。

政治架构与科学惯例有关。在这种外向的视角下,冰雪常被看作是亟待超越的致命寒冷,可以转变为商品的某种原初材料,或是应当被概括与抽象成法则的静态物质。向内的视角则建基在西方的先知预言、炼金实践与浪漫视野之上。在这种内向的视角下,冰雪常被看作是对于万物起源之谜的开启,极端元素之间的相互和解以及洪荒宇宙与纤细微尘之间的完美融合。如果说外向视角常将冰雪解释成具有负面意义的存在,那么内向视角则更会看到冰雪存在的积极意义。从历时的角度观察,中世纪的基督徒常将冰雪看作是极端寒冷与无用之物,18世纪乃至其后的自然科学家常将冰雪看作是机械法则的另类展现,而之后兴起的浪漫派诗人则会从寒冷而无色的冰雪中看到宇宙的五彩斑斓。基于此,威尔逊也将冰称为"冻结的启示录",认为冰雪之中藏有西方人认识历史、认知自我与建构自我与世界关系的隐秘符码。[①]

在《弗兰肯斯坦》之中,玛丽创造了颇为独特的冰雪意象,既起到了以特殊的场景与地点(高山冰川与极地海洋)推进情节与塑造人物的作用,又烘托了小说疏离与肃杀的情感氛围,还深化了小说之僭越与冷漠会造成可怕后果的核心主题,体现了玛丽作为女性浪漫主义者对世界万物的不同想象。按照情节发展的时间顺序,《弗兰肯斯坦》中第一个重要的冰雪意象出现在小说的第九章与第十章之中。此时,弗兰肯斯坦的弟弟威廉已被怪物杀害,无辜的女仆贾斯汀也因怪物的陷害被送上了绞刑架。虽然还没有明确的证据,但弗兰肯斯坦已有预感,此事应为怪物所为。此时此刻,弗兰肯斯坦的心中交织着三重的负面情绪:其一是面对至亲惨死的人伦之痛,其二是对曾经放纵激情盲目造人的悔恨之情,其三是明知真相而无法与任何人言说的压抑之苦。面对令人难以忍受的心理压力与内心冲突,弗兰肯斯坦选择离家出走,来到阿尔卑斯山脉中最高的勃朗峰游览。勃朗峰峰顶不仅终年积雪,其上更有著名的"冰之海"(Mer de Glace)冰川。自18世纪被欧洲人发现,尤其是浪漫主义风潮兴起之后,此处便被视为美与科学交汇的代表性景观,成为浪漫主义

---

[①] Eric G. Wilson, *The Spiritual History of Ice*, New York: Palgrave Macmillan, 2009.

者乃至普通游客游览阿尔卑斯山脉的必游之处。① 在这次短暂的旅途中,巍巍勃朗峰上的永久冰川让弗兰肯斯坦印象深刻:

> 冰川从山坡上缓缓流下,在峡谷里形成了冰河。陡峭的山坡耸立在我眼前,悬在我面前的就是冰川的冰墙。几株松树被冲倒了,散落在我身边。富丽堂皇的大自然威严肃穆,一片寂静,只偶然能听到波涛声、群山间大块流冰的撞击和破裂声以及雪崩声。积聚的冰块宛如大自然的玩物,按照无声的永恒法则挤压和崩裂。(《弗》:102)

面对高悬在群峰之间的巨大冰川,弗兰肯斯坦不仅感受到了自然的雄浑与伟岸,而且心情得到一定程度的平复,内心的痛苦也有所缓解。按照弗兰肯斯坦的说法:"永远在移动的浩瀚冰川……给我带来了崇高的狂喜,给我的灵魂装上了翅膀,让它从这昏暗的世界向光明和欢乐的天空飞去。大自然令人敬畏的巍峨景象总让我心灵肃穆,使我忘却生活的忧患。"(《弗》:103)这也是全篇之中弗兰肯斯坦少有的几个能够忘掉痛苦与悲伤的平静时刻。弗兰肯斯坦攀登勃朗峰并观赏冰川的情节,并非玛丽凭空想象,而是基于她 1816 年夏天与雪莱等伙伴的游览经历。《弗兰肯斯坦》1818 年版的序言中提到,"这个故事是在一个景色壮丽的地方开始的",这个地方指的正是瑞士的勃朗峰。可以说,面对冰川这样一种自然界神奇造化的产物,玛丽感受到了一种极大的冲击感,而这种感觉,正是西方美学中常常提及的"崇高感"(sublime/sublimity)。18 世纪的英国思想家埃德蒙·伯克重新定义了"崇高"。在伯克看来,引起崇高感的往往是自然界中在体积、面积、空间等极为阔大的事物,或某种具有毁灭性但没有直接威胁到人的生命的巨大力量。人的心灵在面对自然界如此景物时,会首先感到恐惧,会因为头脑被恐惧占据而无法使用理性思考,之后则会产生一种"惊惧中的喜悦",其中"惊惧是崇高

---

① Jane Nardin, "A Meeting on the Mer de Glace: Frankenstein and the History of Alpine Mountaineering", *Women's Writing*, 3 (1999), pp. 441–449.

的最高效果，次要的效果是欣羡和崇敬"。① 在玛丽笔下，"积聚的冰块宛如大自然的玩物，按照无声的永恒法则挤压和崩裂"，可以让人感到其在目睹自然界之神奇伟力后的惊惧与喜悦。自然而然，这种崇高感经由弗兰肯斯坦传达到小说之中。

不仅如此，玛丽还把小说中最激烈的一段情感冲突安排在了冰川之上。目睹冰川的浩瀚神奇后，弗兰肯斯坦劫后余生般的喜悦立刻被怪物的出现所打消，并与其展开了第一次正式的言语交锋。两人来到冰川对面山崖上的石屋内，小说也转入了由怪物讲述的部分。之所以要在冰川之上开始这个部分的情节，与小说试图营造的悲剧感和崇高感密切关联。小说主人公沉湎于个人激情，僭越自然伦理造出生命，却又不管不顾，造成了至亲好友的接连死亡。造物原本心地善良，一心想要接近人类，却因为社会的拒斥而心怀恨意，走上以暴力残害无辜之人的不归路。虽然伦理的僭越与生命的毁灭，足以使《弗兰肯斯坦》成为一出博人同情与泪水的悲剧，但为了让读者更好地感受小说不同于普通恐怖或煽情故事的特殊氛围，为了能更好地衬托两位主人公超拔同济的特殊性格，当然也是为了让小说更具有古希腊悲剧式的崇高感，作者特意选择了勃朗峰上的冰川这一地理空间作为小说场景。段义孚曾在《浪漫地理学：追求崇高景观》中对地理景观的浪漫化处理有过分析：浪漫主义作家，或者说具有浪漫主义倾向的地理学者，会在作品中拣选利用诸如高山、大海、森林、荒漠与极地等自然景观，以对这些不可居住或不适宜居住的自然景观的再现，传达出一种不同于庸常生活的崇高效果。② 从这个角度看，玛丽选取勃朗峰峰间的"冰之海"冰川作为弗兰肯斯坦与怪物之间的交锋地，其实便是以冰川的雄伟、壮阔与冷漠无情，反衬弗兰肯斯坦与其造物之间相互依赖却又相互折磨的复杂关系。对于玛丽而言，只有冰川般的崇高、庞大与掩藏在其后的自然界的伟力，才能配得上人物之间情感的深度与力量。

---

① ［英］埃德蒙·伯克：《埃德蒙·伯克读本》，陈志瑞、石斌编，中央编译出版社2006年版，第13页。

② 参见［美］段义孚《浪漫地理学：追寻崇高景观》，陆小璇译，译林出版社2021年版。

"冰之海"冰川的奇观只是小说冰雪意象的一小部分，更多的冰雪意象主要出现在小说叙事的最外层，源自沃尔顿的北极探险之旅。小说开篇之处，志在探索北极奥秘的沃尔顿便从圣彼得堡寄给姐姐第一封家信。虽然此时的圣彼得堡寒风凛冽，但凛冽的寒风非但没有让沃尔顿退缩，反而让他"精神一振，满心欢乐"。没过多久的第二封信中，沃尔顿在信中提及了"杀死信天翁"一语，让熟悉英国文学的读者立刻意识到此处的典故，从而有不祥的预感：科勒律治《古舟子咏》中的老水手，便是因为射杀了信天翁而被困于海上多日无法脱身的。之后，沃尔顿的船不出意料地被流冰冻在了海中，无法动弹，也就在此时，他救起了为追逐怪物而冻得奄奄一息的弗兰肯斯坦。弗兰肯斯坦的故事就在"周围全是冰山，无路可逃"的冰海冻船之上开始展开了，也是在"四面八方的冰山冰岛都在迸塌"的极端险境中，沃尔顿不仅见证了弗兰肯斯坦的死亡，还目睹了万念俱灰的怪物被茫茫冰海带走的一幕。可以说，北极的极寒与弗兰肯斯坦和怪物的万念俱灰、厌世弃世相得益彰。同时，沃尔顿北极探索的铩羽而归不仅突出了人在自然之前的无能，还与弗兰肯斯坦的造人失败形成了互为镜像的关系。

　　北极之巨大与广袤，以及其所能带来的崇高感与惊惧感，显然是"冰之海"冰川所无法比拟的。而寒冷与广漠带来的压迫感，正可以与小说中对温暖与亲密的渴望形成鲜明的对照。正如段义孚所言："冰川远没有沙漠那么具有包容性。无论极地环境在视觉上具有多么大的诱惑力，都是与人类任何形式的长居生活势不两立。正是这种直观的敌意使得冰川的反面——熟悉的家——有着幻觉般的诱惑力。"① 借助沃尔顿的北极之旅，玛丽强化了小说的象征意味，深化了冰和火与知识探索之间的关系。关于火与知识之间的关系，学者曾有精彩评论：

　　　　知识是祝福，但也可能是毁坏，如果不认真地限制它、控制它。然而意味深长的是，火也是唯一的自然倾向向上的元素。而且，它

---

① ［美］段义孚：《浪漫地理学：追寻崇高景观》，陆小璇译，译林出版社2021年版，第106页。

像精神一样，赋予力量和掌控，人类手里一旦有了火，大自然就无非是原材料，人类变成了形塑者和创造者。火是人类拥有的精神和知识的合适象征，人类借此"向往神性"，成为神灵。①

小说之中，弗兰肯斯坦便是这样一位盗火者，他向往科学知识，他将科学的力量加诸作为原材料的自然，变成了一位"形塑者"和"创造者"。然而，如此僭越自然法则的知识，却给弗兰肯斯坦和他的家人带来了巨大灾难，知识毁灭了弗兰肯斯坦。与之相比，作为水的变体之一的冰，是自然界另一基本元素，同样可以孕育，同样可以毁灭。与火中涅槃相似，对冰的体验，也可以让人有重生之感。正如威尔逊总结的：

> 冰的形态，无论存于晶体、冰川与极地，均难以立足、难以附着、易于消融。理解了这点，人便会理解固有之物的易于消融，便能远离一成不变的法则。人的自我会融化，会沉潜，会重返孕育生命的腐殖质中。正是从消融之中，新的模式会孕育，人会不那么自我中心，会更为开放地拥抱他人、动物与大地。②

冰与火之歌，便是弗兰肯斯坦与沃尔顿故事的总结。与弗兰肯斯坦相似，沃尔顿向往探索北极，渴求解开未知的谜团，为此，他不顾严寒与亲人劝阻，带着对北极不切实际的描绘和轻率想象，率领船员前往。当然，北极只会用严酷的现实让他为自己的无知与幼稚付出代价，认识到人在冰雪严寒中的无奈与无助。可正如冰会因温度条件的变化而转化形态，玛丽笔下的沃尔顿没有一意孤行，而是在权衡利弊后明智地选择了撤退，没有像弗兰肯斯坦一般落得家破人亡的下场。如果说小说中的火让不自量力的弗兰肯斯坦毁灭于自己燃起的烈焰中，那么小说中北极

---

① 郝田虎：《〈失乐园〉〈弗兰肯斯坦〉和〈机械姬〉中的科学普罗米修斯主义》，《外国文学》2019年第1期。
② Eric G. Wilson, *The Spiritual History of Ice*, New York: Palgrave Macmillan, 2009, pp. 219–220.

的严寒与冰雪，既像是一堵表面光滑而无法逾越的高墙，阻挡了沃尔顿盲目探索的勃勃野心，更铺就了一次异域空间的自我探求之旅，让他在历经了种种磨难之后死里逃生，从而对家庭和生命的价值产生更深的领悟。

## 三 玛丽·雪莱的批评指向

作为一部女性作者写就的作品，《弗兰肯斯坦》深刻揭示与反思了男权主导下科学探索可能带来的危害。毫无疑问，以男性为主的科学家群体，为近现代科学的发展作出了巨大贡献。然而，更需要指出的是，近现代科学中男性主导地位的确立，一方面提高了人类对外认识与改造客观世界的能力，另一方面却也潜移默化地加剧了人类社会内部的性别不平等关系，强化了男性在社会中获取资源与机会的优势地位，而女性则成了在科学话语统治之下的边缘群体与被压制的对象。

以英国著名作家与哲学家弗朗西斯·培根为例，在其有关科学的言论中，充满了大量男权色彩强烈的语言与意象，折射出了现代科学诞生之初便蕴藏的性别不平等基因。在培根看来，自然是一位善于隐藏秘密的女性，总是把秘密"锁在怀抱中""放在子宫里"，要了解这些秘密，科学就必须"强行插入"，迫使其就范。培根说，"要将自然与她的孩子带到你面前，要她成为你的奴隶，"而不能指望自然"走向我们，自然必须被揪着头发带到面前，"要"彻底掌握她、俘获她、征服她、压倒她，要从根基上动摇她。"[①] 考虑到语言与现实之间一体两面、相互促成与相互转化的关系，现代读者需要意识到："这是17世纪英国绅士科学家看待世界的方式。压制女性，是他们世界观的基本组成成分，其目的在于保持男性在男权社会的主导地位。"[②] 科学语言中的性别歧视意象能

---

[①] Clifford D. Conner, *A People's History of Science: Miners, Midwives, and "Low Mechanicks"*, New York: Nation Books, 2005, p. 364.

[②] Clifford D. Conner, *A People's History of Science: Miners, Midwives, and "Low Mechanicks"*, New York: Nation Books, 2005, p. 364.

够暴露出男权至上的意识形态占据社会生活主导地位的真相，这种男性主导而女性服从的社会意识形态在日常生活中体现为一种两元对立的思维模式与价值观标准：男性总会被看作强者、权威与引领者，女性则总需要扮演跟随与服从的角色。源自自然的男女两性差异，会被重新建构，会被赋予一系列具有强制色彩的标签与特征，用以划分界限和规范行为。符合标签化要求的男男女女，会得到主流意识形态的褒奖，而有违于规范的行为举止，则会被主流意识形态所惩罚，会被社会所摒弃，成为公众的弃儿。很显然，生活在一个性别界限分明且两元对立色彩鲜明的社会中，女性会受到诸多的限制与压抑，失去表达自我与追求个体自由的机会。同时，被话语体系绑架起来的男性，也无法正视自我，无法平等而真实地对待他人，尤其是难以与女性建立起良好的亲密关系。

事实上，维克多正是这种男性中心主义占据统治地位的受害者，不仅具有明显的厌女倾向，还逃避家人与朋友之间的亲密关系，尤其无法处理正常的两性关系。小说中的维克多为了追求他心目中的科学，将自我封闭于狭小幽暗的实验室中，不与亲友往来。造人成功的一刻，维克多做了一个噩梦，梦到了未婚妻伊丽莎白，就在他拥抱亲吻她的那一刻，伊丽莎白却突然变成了自己死去母亲的尸体。（《弗》：53）如此恐怖的细节，可谓玛丽的神来之笔：一方面为伊丽莎白的日后惨死埋下伏笔，另一方面也象征性地再现了维克多对于两性关系的由衷惧怕。之后的情节中，在怪物屡次杀害了他的亲友，而且明确表示要在新婚之夜杀死伊丽莎白之后，维克多依然没有如常人一般，在新婚之夜守护在伊丽莎白身边。虽然，维克多也手握枪支，四处搜寻，但他仍然是"认真地要求［伊丽莎白］先睡，等我［维克多］弄清楚敌人的情况后再去和她一起休息"。（《弗》：223）就在维克多在走廊里徘徊检查的时刻，发生了伊丽莎白被害的惨剧。当然，玛丽有意没有做出让维克多与伊丽莎白在新婚之夜共处一室的情节安排，既是为了让怪物能够得手，推进小说的演进，其实，又是在隐晦地揭示维克多难以与女性相处的秘密。

维克多深陷男性自我中心的漩涡之中，到达了甚至新婚之夜都不能面对妻子的极端。小说中的其他角色，也并非没有各自的问题。维克多父母之间的关系，也是男权社会中两性关系的典型样本，两人的关系，正如维克多形容的，正如"园丁保护一树奇葩，不让它受到风吹雨打。"以园丁照顾植物的比喻来形容夫妻关系，正好揭示了两性在家庭生活中的主动与被动、权威与服从的地位。而小说中维克多的妹妹（后来的妻子）伊丽莎白，更是一个"家中天使"一般的存在，自始至终，她都维系了一个美丽、恬静与善解人意的形象。然而，与小说中的其他女性人物类似，与其说伊丽莎白是一个有特点、有个性、有自我的圆形人物，倒不如说更像是一个刻板印象下的脸谱式人物。可以说，玛丽对于小说人物的描写，是符合男权主导下的意识形态要求的。

当然，玛丽如此想象作品中的两性关系与角色形象，自有其用意。有论者以"双重书写说"揭示了玛丽创作的秘密。受制于男性霸权的压迫，《弗兰肯斯坦》体现出了一种表层书写和深层书写的分离。从书写的表层看，玛丽受到社会习俗与文本常规的约束，采取了符合男性霸权要求的、中规中矩的写法，以求文本能够通过主流意识形态的审查而得以面世。但是，从书写的深层看，玛丽则以反讽、夸张、变形等手法对男性霸权进行了强有力的批判与解构，表达了女性作者发出自我声音与建构自身权威性的意愿。[①] 可以说，双重书写说将小说文本做了纵向切割，向读者展示了小说表层意义与深层意义之间的分离，为理解《弗兰肯斯坦》中作者的批评意图，提供了一个极具洞察力的视角。

与此同时，维克多放纵的自我，即"激情"[②]，不仅展现出一种过度膨胀的男性中心主义思想，也更明确地透露出玛丽对于男性主导下的科学探索行为的不满与担忧。就如维克多坦诚言，"可那时我却为一种疯狂的无法抵抗的冲动驱使着前进，似乎丧失了整个灵魂与知觉，剩下的只有这唯一的追求……"（《弗》：49）维克多的自我为"激情"控制，其所作所为也因此而分裂：一方面，他感情丰富且本性善良，希望"向世人揭开造化最深邃的奥秘"，力图以造人获取名望，实现个人价值；

---

[①] 参见郭方云《分裂的文本，虚构的权威——从〈弗兰肯斯坦〉看西方女性早期书写的双重叙事策略》，《外国文学研究》2004 年第 4 期。

[②] 参见陈姝波《悔悟激情——重读〈弗兰肯斯坦〉》，《外国文学评论》2005 年第 2 期。

另一方面，维克多又是"激情"的奴隶，不懂得如何把握与掌握情绪，惹出祸端之后只顾自保，在理应挺身的时刻退缩不前，令一个又一个无辜之人惨遭杀身之祸。在回忆与友人相聚的时刻，维克多反躬自省道：

> 我过去那自私的追求扭曲了我，使我狭隘，你的高雅和真诚却温暖了我的知觉，开放了我的心扉。我又成了个快活的人，像几年前一样无忧无虑，对谁都喜爱，也受人喜爱。(《弗》: 69)

维克多的自述，既是一部自我反思的悔过书，又是一份告诫后人的警示言：唯有走出"激情"与沉迷自我的牢笼，男性才能与女性及家人更好地联结，这才是人生的正途。如果说小说的主题是对以维克多为代表的男性自我过度膨胀的批评，那么，位于同心圆最外层的沃尔顿，则从另一方面丰富和强化了小说的批评意味。沃尔顿与主人公维克多年龄相仿，性格相近，两人内心都有一股难以驾驭的强烈的个人主义激情，都力求在世上扬名立万，实现个人的成功，只不过维克多力图揭开自然与生命的奥秘，而沃尔顿则是希望揭开北极之谜。在激情的裹挟下，维克多牺牲了身体的健康与家庭的和美，独自一人造出了怪物，并在其后承受了被怪物的反噬。沃尔顿则是远赴他乡，雇佣船只探索北极，而航船冻结于北极的茫茫大海之中，置身险境而无法脱身。维克多与沃尔顿在北极虽是偶遇，却是一见如故，颇有相见恨晚之意。当年不顾一切要造人的维克多，向如今不顾一切要探索北极的沃尔顿说道：

> 一个健全的人应能永远保持宁静平和的心态，绝不容许它受到私欲干扰。我并不认为在这条原则面前，对知识的追求可以例外。如果你进行的研究会弱化你的亲情，破坏你对朴素的生活乐趣的渴望，那么，这个研究肯定就是不正当的，也就是说，是违背人类良知的。(《弗》: 50–51)

这番话是维克多说给沃尔顿听的，又何尝不是玛丽对于19世纪那个时代中日渐膨胀的男性中心主义的警告呢？玛丽虽然不是科学家，但却对18世纪末至19世纪初西方世界的科学发现有相当深入的了解。事实上，弗兰肯斯坦对化学的狂热，便是建立在当时英国化学科学迅速发展之基础上的，尤其与著名英国化学家汉弗莱·戴维（Humphry Davy）的贡献密切相关。小说之中，刚到英戈尔斯塔特大学求学的维克多，拜访了该大学的瓦德曼教授。瓦德曼温文尔雅，但一谈起现代科学的进展，却马上变得激情四射，在他看来：

> 他们［现代科学家］确实创造了奇迹：深入了大自然的底奥，揭示了她是怎样在隐蔽地活动着的；飞上了云霄，发现了血液循环的模式，发现了我们所呼吸的空气的特性。他们获得了新的力量，几乎无所不能。他们可以号令天上的雷霆，仿制出地震，甚至用幽灵世界的幻影嘲笑那个看不见的世界。①

这番言辞的出处，便是汉弗莱发表于1802年1月的《关于化学之系列演讲》。② 在这本小册子中，汉弗莱梳理了现代化学的种种进展，认为化学之重要便在化学反应可以制造出许多意想不到的后果，可以极大地改变自然，甚至还可以创造生命。值得玩味的地方在于，源自瓦德曼/汉弗莱的这番话，从其时男性主导的主流科学观念看来，似乎并无不妥之处。然而，在维克多痛定思痛的回顾之中，这番野心勃勃的科学话语，却成为他"命运的宣言，正式宣告了我［维克多］的毁灭"。可以说，玛丽不仅是在借维克多之口，更是借维克多僭越边界之后的命运悲剧，揭示了"无所不能"的科学具有的毁灭性力量。

另一件触发玛丽想象的科学事件，则是意大利科学家路易吉·加尔

---

① "They penetrate into the recesses of nature, and shew how she works in her hiding places." 可直译为"他们直接刺入了自然的内部，让她显现是如何在隐蔽处工作的"。可以看到，英文原文的性别色彩极为强烈。

② Anne K. Mellor, "Frankenstein: A Feminist Critique of Science", in George Levine and Alan Rauch, ed., *One Culture: Essays in Science and Literature*, Madison: University of Wisconsin Press, 1987, pp. 287-312.

瓦尼（Luigi Galvani，1737—1798）等在生物电方面的发现。加尔瓦尼在解剖青蛙时，金属手术刀碰到了青蛙的坐骨神经，死去青蛙的腿竟然抽动起来，加尔瓦尼重复了实验，确定了生物电的存在。他的实验结果一经披露，立刻引发了模仿的浪潮，并激发出了当时人们对生命本质的诸多争议。如此重大而敏感的话题，自然也进入了玛丽的视野，成为弗兰肯斯坦制造生命的关键情节。然而，从弗兰肯斯坦造人成功却遭反噬的情节设计来看，玛丽对于科学的无度扩张与僭越自然伦理的行为，是持怀疑乃至否定态度的。事实上，正如论者指出的，在玛丽看来，科学亦有善恶好坏之分。所谓善的科学，应该是描述性的，应该是懂得敬畏自然的，而如果一味追求操控和利用自然，甚至将人的欲望与野心放到自然伦理之前，只会给人带来无法预料的恶果与悲剧，只会是恶的科学。①

与此同时，科学话语的另一种面相，即由男性主导的地理发现与探索行为，则成了小说中北极框架主要内容。在此，玛丽利用航海叙事中船长与船员间的不平等地位，揭示了男性霸权无所不在的境况，也借助小说形式，为男权统治下的弱势群体发出了同情的声音。在《弗兰肯斯坦》中，沃尔顿的北极探索陷入险境，进退不得。沃尔顿受个人野心的支配，即便已有许多船员身亡，依旧不愿返航。与之相对，其余船员担心自己的生命安全，要求一旦冰层解冻，便立刻返航。为此，双方关系非常紧张，就在有一天，五六个船员更是进入船长舱中，当面向沃尔顿提出了要求。面对船员们的合理诉求，沃尔顿还在犹豫，躺在一旁、气息奄奄的维克多却打起了精神，呵斥船员们为"被人看作可怜虫却心安理得的人，经受不起寒冷和危险的可怜虫"，并声称："还是做男子汉吧，做比男子汉还男子汉的人吧。要坚持你们的目标，做像岩石一样坚定的人！构成这些冰碛的材料是比不上构成你们心胸的材料的"。（《弗》：248）维克多这番话的核心要义，便是站在"为人类谋求利益的高尚事业"的道德制高点上，谴责船员们的合理诉求。他所借助的话语资源，便是男

---

① Anne K. Mellor, "Frankenstein: A Feminist Critique of Science", in George Levine and Alan Rauch, ed., *One Culture: Essays in Science and Literature*, Madison: University of Wisconsin Press, 1987, pp. 287 – 312.

权社会所标榜与要求男人们做到的：无惧危险，敢于坚持，要做男子汉，不做懦夫和可怜虫。考虑到多位船员业已身亡，且航船随时可能被冰层损毁的险境，这番话语因其宏大与高蹈显得尤其虚伪。无论是沃尔顿，还是维克多，他们都没有权力去牺牲更多船员的生命。

作为小说家的玛丽并没有安排角色来与维克多（沃尔顿）当面对质，而是通过情节的巧妙设置，表达了对这种过度膨胀的男权话语的讥讽态度。小说之中，沃尔顿并没有开口，任由维克多面对水手，一边痛斥水手们是"可怜虫""胆小鬼"，一边期待着水手们能"比岩石还要坚硬"，继续走完下面的航程。维克多的"语调随着不同的思想感情而表现出抑扬顿挫，眼里充满了崇高追求与英雄气概"（《弗》：248），可是，就在水手们听从沃尔顿的劝告而暂时离开的一刻，沃尔顿转过身来，只见维克多已经"瘫软下来，奄奄一息了。"（《弗》：249）维克多言辞的坚硬与其身段的羸弱，正是玛丽匠心独运中揭示的现实：维克多作为男权话语的代言人，其实早已软弱不堪了。

## 结　语

北极，作为一个广阔而神秘的空间，始终激发着作家、诗人与艺术家们的想象力。在 19 世纪，随着英国探险家对北极的不断探索，未知的北极也越来越多地呈现在英国公众面前。这些文字绝大多数由男性书写，带有强烈的"荷尔蒙"气息，往往意图表达的是强烈的占有欲与民族的优越感。不到 20 岁的玛丽·雪莱，却以女性作者特有的敏感，讲述了一个与男性作者不同的北极故事。如本文所示，玛丽·雪莱在小说中展现了精妙的叙事技巧，不仅编织了一个冰火交织的骇人故事，还将维克多·弗兰肯斯坦创造生命的悲剧与沃尔顿北极探险的失败并置，以北极之荒凉、寒冷与孤寂，昭示与强化了探索者们的悲剧命运。同时，小说直面 19 世纪初最新的科学进展，尖锐地批评了由男性主导的科学观念与地理探索。这样的批评，对于今天的我们而言，依然没有过时。

# 形塑美国的是"耕犁"还是"步枪"?
## ——特纳的"边疆论"与野牛比尔的"蛮荒西部"*

■孙胜忠

(上海外国语大学英语学院)

【内容提要】美国西部史是美国历史的重要组成部分。被称为西部史"奠基人"的历史学家特纳认为,拓疆者和平占有大量"自由土地",运用"耕犁"等文明工具征服自然,不仅成就了个体自由和民主的梦想,还塑造了独特的美利坚民族性格;作为殖民者侦察兵的野牛比尔以亲历者的身份演绎"反向征服"的故事——殖民者以子弹和步枪为文明先驱,对印第安人展开反征服斗争,从而奠定了美国文明的基础,推动了社会发展。本文在挖掘史料的基础上试图还原一个接近真相的美国西部,通过对比分析认为,特纳的边疆论和野牛比尔的"蛮荒西部"虽表现形式不同,但具有同质肌理,都旨在以文明和进步为幌子,掩盖殖民者对印第安人血腥征服的真相。据此论文最后从文史互鉴的角度检视美国西部小说中的边疆书写,以管窥特纳与野牛比尔深远而曲折的影响以及美国西部小说与西部史之间的互动关系。

【关键词】美国西部史;弗雷德里克·杰克逊·特纳;野牛比尔;边疆论;美国西部小说

耶鲁大学历史学教授葛兰丁(Greg Grandin)在其斩获"普利策奖"

---

* 本文是国家社科后期资助项目"美国西部小说的历史书写研究"(批准号:23FWWB009)的阶段性成果。

的新著《神话的终结：美国人心目中的从边疆到边境墙》(*The Ending of the Myth: From the Frontier to the Border Wall in the Mind of America*, 2019)中，引用了加拿大诗人卡森（Anne Carson）的话——"活在你的神话终结之后是件危险的事"，并指出"由于特朗普，美国发现自己正处在其神话的终结点"。① 葛兰丁在书中详述了美国伴随着领土扩张而带来的种族灭绝，以边疆神话思想史的形式向人们发出警示，再次凸显了美国边疆或西部研究的重要意义。

但是，在传统研究上，无论是美国南方流行文化还是南方文艺复兴文学都围绕着"南北轴"转动，有学者认为，如果我们想象一条"东西轴"，那么，我们也许会了解更多：东部代表着诸如"地方、根基、家乡和团体等价值观，而西部则象征着空间、自由、开拓和个人主义这样的价值观"。② 从美国的民族身份构建来说，这种观点确有启示意义，因为17世纪初欧洲殖民者首先在美洲的东海岸落脚，打下了民族发展的"根基"，建立了新的"家乡"，但随后他们为了追求自由和开拓新的生存空间不断西移，直至太平洋海岸。由此看来，从"东西轴"来解读美国文化和美国历史确实具有广阔的阐释空间和极强的解释力。不过，上述观点也有值得商榷之处，譬如，对于西部是否象征着"空间"就存在争议。在弗雷德里克·杰克逊·特纳（Frederick Jackson Turner，1861—1932）的边疆论中，西部是一个过程，因为西部或边疆在美国发展史上，尤其是在西进运动中，并不是一个固定的地域概念，而是在不断变化。正是基于这一"过程"的认识，特纳才提出不断西进"解释了美国的发展进程"这一著名论断。而在新西部史学家看来，西部是"地方"，而不是"过程"，以此破解特纳的边疆神话。例如，当代历史学家利默里克就辩称，"如果不再强调边疆及其所谓的终结，把西部视为一个地方而不是一个过程，那么，美国西部史就会呈现一个新

---

① Greg Grandin, *The End of the Myth: From the Frontier to the Border Wall in the Mind of America*, New York: Metropolitan Books, 2019, p. 8.
② Michael M. Cass, Foreword, in Robert H. Brinkmeyer Jr., *Remapping Southern Literature: Contemporary Southern Writers and the West*, Athens and London: The University of Georgia Press, 2007, p. 14.

的面貌"。① 但要从"东西轴"这一角度或参照系来考察美国发展史的话，特纳的边疆论是一个可行又可靠的起点。这是因为，尽管边疆神话的构建之功并非专属特纳，但毕竟他的边疆论产生的影响最突出而持久：甫一发表，"特纳的'边疆论'很快就像符咒一样出现在成千上万的中学和大学课堂和教科书中，被不断重复"。② 即便是后来质疑特纳的史密斯（Henry Nash Smith）和诸多新西部史学家，他们的研究多半也是基于特纳的边疆论，或借鉴或挑战。

美国边疆史研究中另一个值得注意的人物是绰号为"野牛比尔"（Buffalo Bill）的威廉·F. 科迪（William F. Cody, 1846—1917）。他对美国民族身份构建，尤其是对大众心目中的边疆意象产生了重要而持久的影响。其"蛮荒西部"（Wild West）的系列表演所演绎的西部虽然与特纳的学术探讨不同，但二者形成了互补，构成了边疆史研究不可或缺的组成部分。随着学界历史观念的更新，尤其是受到后现代史学观的影响，野牛比尔的重要性越来越受到重视，以致怀特声称，"到了20世纪早期，如果不面对野牛比尔或特纳，那么就无法讲述西部故事，也无法谈论美国身份（American identity）。他们分享了西部的叙事空间。"（"Frederick"：45）可见，新的西部史研究已将特纳和野牛比尔的重要性上升到无以复加的高度，舍此将无法讲述西部故事，也无法论述美国的民族认同。

那么，特纳的论述和野牛比尔的表演到底呈现的是怎样的边疆？在他们看来，这样的边疆是如何塑造美国独特的民族性格乃至影响美国历史发展进程的？值得进一步追问的是，在特纳和野牛比尔的西部故事中，谁的故事更接近真相？或者说什么才是真实的西部？基于此，本文最后从文史互鉴的角度检视美国西部小说中的边疆书写，以窥探特纳与野牛

---

① Patricia Nelson Limerick, *The Legacy of Conquest*: *The Unbroken Past of the American West*, New York: W. W. Norton, 1987, pp. 26 – 27.
② Richard White, "Frederick Jackson Turner and Buffalo Bill", in James R. Grossman, ed., *The Frontier in American Culture*: *Essays by Richard White and Patricia Nelson Limerick*, Berkeley and Los Angeles: University of California Press, 1994, p. 12. 后文出自同一著作的引文，将随文标出该著名称简称"Frederick"和引文出处页码，不再另注。

比尔深远而曲折的影响以及美国西部小说与西部史之间的互动关系。本文发掘史料,重返历史现场,围绕这几个问题展开讨论。

## 一 "斧头与耕犁":特纳之形塑美国独特性的和平边疆

20世纪初的美国西部神话源自19世纪90年代,它是由一群互相之间并无联系的人有目的地建构起来的。这些人中既有政治家和历史学家,如西奥多·罗斯福(Theodore Roosevelt)和特纳,也有艺术家和作家,如雷明顿(Frederick Remington)和威斯特(Owen Wister),还有当年的殖民者侦察兵和后来"蛮荒西部"的表演者野牛比尔。原因在于19世纪90年代动荡不安的社会现实与美国的自我形象发生了严重冲突:"不受管束的大企业、市场的剥削、劳资纠纷和政治抗议"等腐蚀着"平等、机会、美德和理想主义之地"的美国。面对这一急剧而痛苦的变化,美国人开始滋生出一种怀旧情绪,怀念过去那种简朴的美国。从前,西部是一个"安全阀"般的花园世界,到19世纪90年代,边疆已经关闭,那里原本丰富的自然资源不再是取之不尽用之不竭的了。对过去"美好"生活的渴望促使人们构建神话来满足心理需求。于是,许多人将边疆视为一切美好事物的体现,将其描绘为"一个传统、灵感和英雄主义的地方",在这个"竞技场",美国的民族性格得以锻造,那里积淀的价值观可以用来"治愈美国眼下的疾病"。各种文学作品和媒体都参与了这种虚幻西部的建构和推介,但真正"给这种神话提供实质根据"的还是罗斯福和特纳所发表的"合法化的历史"。[①]

19世纪90年代是美国历史上社会和文化模式的重大变革时期。都市中心的崛起和新城市的发展、妇女人数和家庭数量的日益增大,所有这些都表明"西部正在成为一个文明和文化的安全区域"(American:12)。然

---

[①] Stephen McVeigh, *The American Western*, Edinburgh: Edinburgh University Press Ltd., 2007, p.13. 后文出自同一著作的引文,将随文标出该著名称简称"American"和引文出处页码,不再另注。

而这也是一个历史的西部向神话的西部转化的关键时期,此前关于西部的传说和文学再现在这个历史的关节点上升到了理论和历史的高度,但实际上是被神秘化了,因为作为历史事实的西部经验此时已披上了神秘的面纱,许多西部神话的因子都可以在这一时期找到源头。不可否认的是,这种着魅的西部对后来美国的政治、文化和历史产生了重大影响,而担当这种着魅人的一个典型代表就是历史学家特纳。

美国西部史是在边疆史的基础上演化而来的,美国历史有相当一部分是西进的历史,即边疆史。从欧洲移民踏上美洲大陆那刻起,他们就一直在进行边疆扩展,特纳甚至认为"最开始,边疆指的是大西洋沿岸。它从地理位置上的确是欧洲的边疆"①,也是欧洲的西部。这一拓疆过程持续到19世纪80年代初才告一段落,具体来说,美国的拓疆运动一直延续到1880年。② 根据1890年美国人口普查公告:"直到(包括)1880年,我国还有一片待开发的边疆地带,而这片原本无人定居的区域,现在被一些各自为政的定居点所占据,所以已经不能说还有什么边疆了。因此,对边疆范围以及向西拓殖运动等进行的讨论,也不能在人口普查报告中再占据篇幅了。"(《美》:1)这表明在1880年之后美国的边疆已经不存在,因为再也没有一条标明此线之外尚无人定居的边界线了。特纳就此指出,官方声明"宣告了一项伟大历史运动的结束。直至今天,美国历史在很大程度上是对大西部(the Great West)的拓殖史"。(《美》:1)可见,边疆史是美国史研究不可或缺的一个部分,而说到边

---

① [美]弗里德里克·杰克逊·特纳:《美国历史上边疆的重要性》,收入[美]弗里德里克·杰克逊·特纳《美国边疆论》,董敏、胡晓凯译,中国对外翻译出版有限公司2012年版,第4页。后文出自同一著作的引文,将随文标出该著名称简称"《美》"和引文出处页码,不再另注。

② 关于美国的拓疆何时终结,历史上有不同的说法:史密斯认为"美国的边界在1848年伸延到太平洋"。[美]亨利·纳什·史密斯:《处女地——作为象征与神话的美国西部》,薛藩康、费翰章译,上海外语教育出版社1991年版,第28页(后文出自同一著作的引文,将随文标出该著名称简称"《处》"和引文出处页码,不再另注。);而富塞尔(Edwin Fussell)在《边疆:美国文学与美国西部》(*Frontier*: *American Literature and the American West*, 1965) 中辩称,"1855—1860年是边疆的标志性转折时期(watershed period)",这就意味着到1860年边疆就消失了。Richard W. Etulain, "The American Literary West and Its Interpreters: The Rise of a New Historiography", in *Pacific Historical Review*, 45.3 (Aug., 1976), p.332. 但这两种说法都不足信,遗漏了美国历史上大部分拓疆过程。至少从地理上来说,美国的边疆开拓一直延续到1880年才结束。

疆史就不得不提特纳，因为他的史学观，更确切地说，是他对边疆史的阐释，影响了人们对美国历史的看法将近一个世纪。

作为庆祝哥伦布发现新大陆四百周年的哥伦布世博会（World Columbian Exposition）活动之一，1893年美国历史学会（American Historical Association）在芝加哥召开会议。7月12日晚上，威斯康星大学年轻的历史学教授特纳宣读了他那篇划时代的论文——《美国历史上边疆的重要性》（The Significance of the Frontier in American History）。但他在做此番演讲时，在场的历史学家很少，出席的历史学家也没有受到什么影响从而改变思维方式，重估他们的学科基础，因此，谁也没有想到这样的演说日后会产生深刻的影响，会真正开启一个新的视角，进而由此框定美国历史，并解释美国的民族特性。但事实上，这次演讲不久就产生了巨大的影响，改变了历史学家考察美国历史，尤其是美国西部史的方法（American：1），至今特纳宣读的论文还被认为"塑造了西部史这个领域"，特纳也因此被称为这一领域的"奠基人"（founder）（American：22）。当然，特纳等发表的那种"合法化的历史"其基础并非像人们想象的那样牢靠，即便在当年也不是毫无分歧，只是这种异见长期被人们忽视了而已。

那么，特纳描绘的西部到底具有什么魅惑力，或者说，他给西部披上了怎样神奇的面纱呢？他的边疆论概述如下：

其一，由于大量"自由土地"的存在，移民们靠"木棍犁地"谋生，在拓疆的过程中逐渐形成了独特的平等思想和民主观念。不断西进提供的"自由土地"确保了政治和社会民主，促进了经济发展。

特纳声称，在极其严酷的边疆环境中，移民们穿"打猎装和鹿皮靴"、乘"独木舟"、住"小木屋"，用"一根尖木棍犁地"就"开始种植玉米"。他们一方面"接受这个环境提供的一切条件"，另一方面又"一步步地改造荒野"，在调整和发展中形成自己的生活方式（《美》：3）。正是这种一切从头开始的生存现状和不断拓展的边疆逐渐塑造了讲究实际、平等主义和民主的美国人。在特纳看来，边疆带来的最大影响就是"民主"。有学者对他的边疆论做过如下提炼：

> 决定美国生活特点的唯一最重要的因素是不断扩展的边疆所带来的民主影响。在人人都有机遇的前景的感召下，美国向西部驱进，这个扩疆运动把拓荒者带入了原始的世界，这个原始的环境不仅鼓励个人主义，而且还具有一种辗平和消除出身门第、社会地位、文化程度等差别的作用。①

这样的边疆对为追求民主和自由而来的殖民者来说当然具有巨大的吸引力。特纳认为在西部可以建立一个"非传统的独立社会"，在那里，"个人自由高于社会规范"，他还借用路易斯安那总督在1794年所说的话指出，"不安分的美国人"具有"流浪的天性以及就地取材的生活方式"，当他们"厌倦了某个地方"的时候，就会"举家前往别处，然后很快定居下来"，因此，"没有什么力量能够阻挡他们西进的脚步，而西部大片的未占领区域毫无抵御之力"。②特纳的观点反映了"美国精神"矛盾的一个方面——"浪漫的理想主义"。这一浪漫的观点虽然遭到另一种完全相反的论点的反驳，即以查尔斯·比尔德为代表的"经济机会主义"之"机遇"论的抗衡，但客观上说，特纳所展示的理想主义确实是美国生活的主要动机之一，也是推动美国文明向前发展的一个动力源泉。③

其二，边疆是个充满机遇之地，它不仅给个人提供了展示才能的机遇，也给美国摆脱欧洲影响创造了机会。

同样是因为"自由土地"的存在，边疆首先给个体的人提供了无限的发展机遇。特纳所称的农民可以一无所有，但他们仅凭征服荒野就不仅可以获得物质财富，而且可以塑造自己的个性："从哥伦布的舰队驶进新英格兰（New World）的水域时起，美国就是机会的代名词，美国

---

① [美]罗德·霍顿、赫伯特·爱德华兹：《美国文学思想背景》，房炜、孟昭庆译，人民文学出版社1991年版，第3页。
② [美]弗里德里克·杰克逊·特纳：《密西西比河谷在美国历史中的意义》，收入[美]弗里德里克·杰克逊·特纳《美国边疆论》，董敏、胡晓凯译，中国对外翻译出版有限公司2012年版，第54—55页。
③ [美]罗德·霍顿、赫伯特·爱德华兹：《美国文学思想背景》，房炜、孟昭庆译，人民文学出版社1991年版，第3—4页。

人从这种不断扩张中获得了自己的特性,这种扩张不仅是自由的,而且甚至是强加于他们的。"(《美》:33)在特纳看来,西部拓荒经历是个大熔炉,个体的性格在"野蛮与文明"的冲突中得以锻造。

边疆也给美国摆脱欧洲的桎梏提供了契机。特纳之前,一个根深蒂固的观念是"美国文明的结构和建制起源于欧洲,旧世界的遗产对美国历史的形成展示了最重要的影响"(*American*:1-2)。也就是说,欧洲对美国的影响是决定性的,美国只不过是欧洲的延伸或移植。早在1849年,瑞士科学家阿诺德·古约特就指出,"美国的文明来自欧洲:欧洲思考,美国行动;只有在这种互为补充的原则下真正结合起来,美国才能获得最高发展。"因此,他反对"美国应当放弃和欧洲的联系而建立与亚洲的关系以确定未来的观点"(《处》:43)。特纳的边疆论对这种固有的观念发出了直接挑战,因为他坚信边疆为美国人摆脱欧洲的影响带来了机遇:"美国边疆都提供了一片充满机会的天地,一扇逃离历史束缚的门,伴随边疆而生的一种新鲜感,一种自信,人们可以蔑视旧社会,厌恶它的束缚和思想,漠视它提供的经验。"(《美》:33-34)为此,他还做了对比性说明:"地中海之于希腊人,是中断了习俗的纽带,提供了新的经验,引起了新的制度和特殊活动的产生,而边疆的开拓之于美国,之于更遥远的欧洲诸国,则更是如此。"(《美》:34)具体而论,他认为诸如民主、个人主义和民族主义等巩固美国社会基础的核心价值观并非起因于欧洲传统而是发端于美国的边疆,因为他坚信美国的不断西进"解释了美国的发展进程"。特纳的边疆论讲述的是一个在"自由土地"上"和平"殖民的故事,这个故事对追求民主、个人主义和进步这一独特美国民族性格的演变具有广泛影响和深远意义,因此,他认为研究边疆就是"研究真正的美国历史"(《美》:4)。特纳关于西进运动是和平殖民,边疆是"自由土地"而非征服之地的思想影响了美国文化和历史数十年。

其三,在拓疆过程中,走出欧洲阴影的美国逐渐形成了独特的民族性。

追根溯源,美国的西部概念是哥伦布意欲寻找通向印度之路,以求东方财富这一梦想的复活。19世纪上半叶,"通向印度之路"虽然多半基于想象，缺乏可行性，但这种想法"在当时社会上是强有力的"，而且"这一概念含义丰富，具有吸引力，因而在几十年间它是美国人头脑中有关西部的主要观念"。这种观念不仅体现了美国人向西部扩张的意志和欲望，而且表达了他们要摆脱欧洲影响，形成独特美利坚民族性格的愿望。例如，托马斯·哈特·本顿及其女儿杰西·本顿·弗里蒙特就认为，"大西洋海岸是和欧洲传统分不开的：它是'英国的海岸'，他们把这看作是压抑美国个性发展的一种影响，因为它强迫人们尊重有先例的和安全的习惯，与此对比，接近亚洲对美国来说就成了自由和民族伟大的象征。"（《处》：23-25）从这个意义上说，东海岸的新英格兰就依然与欧洲，尤其是英国，有着千丝万缕的联系，而西进运动就是摆脱欧洲影响的过程。因此，倡导寻找通向印度之路的本顿父女，尤其是杰西，就充当了"率领人民摆脱束缚的摩西一般的角色"（《处》：25）。其实，特纳有关边疆的概念就表达了这种矛盾的观点，他一方面将美国的东海岸看作是欧洲的西部，这实际上是一种欧洲中心论的历史观，另一方面，他又极力贬低欧洲的影响，否定美国的根在欧洲："要真正理解美国的历史，只有把视线从大西洋沿岸转向大西部"（《美》：2），因为"边疆是美国化最快速和最富有成效的地带"。在西进过程中，"荒野征服了移民"，移民也"一步步地改造了荒野，但改造的结果既不是传统的欧洲模式，也不是简单的日耳曼发展模式的再现，甚至从最初的现象来看，它也不具备日耳曼式发展的起源特征。事实上，这是一个美国式的新产品。……越往西推进，边疆的美国特征就越明显"。因此，"边疆的开拓就意味着逐渐摆脱欧洲的影响，和逐渐增强美国的特征。"（《美》：3-4）这是特纳从边疆发展史的角度构建的另类"美国例外论"。

其四，特纳借用当时人们业已熟悉的西部形象构建了一个进步的边疆，而这种进步是从后退开始的。

一般认为，特纳的边疆论宣扬的是一种进步的理念，这也是美国文化的一个重要特征。他的边疆论给人留下的深刻印象确实就是拓疆运动推动了美国社会的发展，他的这种进步观给后来的新西部史学家留下了把柄，成了他们攻击其边疆论的一个靶子。但吊诡的是，特纳所说的进步是以倒退为基础的,持续向西进发、开拓新边疆的另一面实际上是不断地回到原始状态:"美国的发展不单是一条直线的前进运动,而是在不断推进的边境线上向原始状态的回归和在该地区的新发展。美国的社会发展不断在边疆从头反复进行。这种不断的重生、美国生活的流动性、西部拓殖带来的新机会以及与简单原始社会的不断接触,培育了支配美国性格的力量。"(《美》:2)在"回归"和后退中向前发展是特纳边疆论的重要特色,上述各点都可以归结到特纳的这一矛盾论述中:回归边疆的原始状态,在那里才可以重建平等和民主的人际关系;遁入荒野美国才得以摆脱欧洲的影响;也只有在边疆的熔炉中才可以锻造美国独特的民族性。因此,特纳大大拓展了"进步的意义,进步不仅仅是物质上的幸福,而且也是文化上的:逐渐形成的民主、更大的平等、更多的机会"("Frederick":13)。这种回归与进步的矛盾观使特纳的边疆论带有哲学思辨的意味,也是他边疆故事的独特之处,或许这种复杂化的处理方式更具吸引力,使他的故事能够在众多西部描述中脱颖而出。

综上所述,特纳的边疆是"斧头与耕犁"开辟出来的"和平"的边疆,那里是一片自由土地,几乎无人定居,只是零星散落着一些土著居民。在那里,殖民者仿佛进入无人之境,印第安人退至边缘或幕后,或沦为背景,移民们是通过征服自然而获得物质财富、实现个人价值,进而塑造美利坚民族性格的。特纳边疆论的核心在于解释是什么塑造了独特或例外的美国。他认为,边疆持续存在的"自由土地"使殖民者能够不断地向西推进,也使民主成为可能,但在广袤的内陆地区,他们不得不脱下文明的外衣,改变欧洲传统以适应严酷的边疆环境。这种欧洲文明与边疆文化的结合便锻造了独特的美国,因此,他说边疆是"野蛮与文明的交汇点",正是这二者的交汇造就了"例外的"美国。可见,特纳的这种例外论源自他的边疆概念,在他看来,"美国边疆与欧洲边疆截然不同,后者是一条设防的边界线,从稠密的人口中间穿过。美国的边疆最显著的特色是,它位于自由区域这一边的边缘。"(《美》:2-3)说到底,特纳的边疆就是无人之地或无主之地。尽管他声称他的边疆考虑了"印第安人村落"和"'定居点'的边缘地带",但从他一再强调边疆为"自由土地"和"自由区域",并视之为边疆的主要特色来看,他意在掩盖殖民者对印第安人的侵略和征服。其实,他的这种边疆概念很难自圆其说,他本人可能也意识到了这点,所以,他极力回避:"本论文不打算对这一问题做全面详尽的阐述;目的只是要引起人们对边疆的关注,认识到边疆问题值得大力研究。"(《美》:3)但这种王顾左右而言他的策略未必奏效,无法洗清殖民者的血腥拓疆史,也为新西部史学家留下了攻击的破绽。例如,利默里克就尖锐地指出,"边疆"这个术语"模糊了征服的事实",遮蔽了"美国西部扩张"与"欧洲帝国扩张"之间的"相似性"。无论历史学家赋予这个术语怎样的意义,"在大众文化中,它都带有一种持续快乐的感情,一种冒险、英雄主义,甚至嬉戏的色调,与艰苦、复杂,有时候残忍而野蛮的征服现实形成鲜明的对照。"利默里克甚至不无夸张地说,"不假思索地依赖边疆的概念几乎毁了美国西部史"。[1] 新近涌现出来的帝国主义综合派(imperialist synthesis)进一步将西进运动解释为"美国统治全球的前奏",认为将"西部"理解为"命定扩张论的舞台"一直都是用来掩饰或推进美国全球军国主义的一种"政治—文化幻想"(politico-cultural fantasy)。[2]

特纳论文的结尾通过联系众所周知的重要人物与事件,如意大利航海家克里斯多弗·哥伦布和美国独立,既肯定了边疆在形塑美国历史和民族性上的重要性,也流露出些许悲观的情绪:"在发现美洲大陆后四个世纪和宪法公布后一百年的今天,边疆消失了,美国历史的第一个时期也随之拉上了帷幕"(《美》:34)。就此而论,特纳的论文既是对过去历史的分析和总结,也是对未来提出的警告,抑或是一个展望,因为它只是"美国历史的第一个时期"。对特纳及其同道来说,19世纪90年代在美国历史上是个分水岭,既是扩疆的终结也是一个新时代的开始,只不过美国彼时面临着一个不确定的未来:边疆不再,丰富的资源似乎已

---

[1] Patricia Nelson Limerick, "The Adventures of the Frontier in the Twentieth Century", in James R. Grossman, ed., *The Frontier in American Culture: Essays by Richard White and Patricia Nelson Limerick*, p. 75.

[2] Nina Baym, "Old West, New West, Postwest, Real West", *American Literary History*, 18.4 (Winter 2006), p. 816.

被开发完，随之而去的还有拓荒带来的有益影响。这可能就是特纳略感惆怅的原因。他似乎在提示人们，既然边疆对美国文化和民主的发展如此重要，而现在这样的边疆已不复存在，那么，美国将如何发展？面对此时已成过去的边疆，西部对特纳来说就成了"一组象征，不是构建历史，而是构建对历史解释的象征，在这个意义上说就是一个神话"，这样的西部就具有了"其自身独特的地理、政治和文化"，因而它作为"神话空间的意义"就超过了"其作为真实地区的重要性"（American：26）。换言之，特纳的西部已不是真正意义上的西部，而是他构建的一种用以解读美国历史神话的西部，"着魅"的西部，一个披上了神秘面纱的西部。因此，1893年之后，许多美国人眼中的西部就是这个虚构之物，它表达了美国人对过去那种俭朴生活的向往，对想象中地域辽阔、资源丰富、机会众多的边陲之地的怀旧情绪。简言之，那个过去的边疆已被神话所取代。

特纳边疆论的核心要素是自由土地，拥有大量自由土地的边疆给拓疆者带来民主和自由，从而塑造了与众不同的美国。特纳的理论虽然抓住了边疆发展的某些重要因素，从一定意义上开启了美国西部史研究的大门，但他对西部发展史显然概括过度，忽略了边疆发展中的其他重要因素。其中最致命的缺陷，或者说，他极力回避的是，他的边疆论基本无视印第安人的存在，这明显与史实不符，因为在整个拓疆过程中，印第安人可以说无时不在。印第安人在特纳边疆论中的缺席与野牛比尔讲述的"蛮荒西部"故事形成了鲜明对照，在后者中，印第安人是重要角色，尽管他们是以反面形象出现的。

那么，野牛比尔同时在东部通过展示"活生生的日常情景和事件"而演绎的"蛮荒西部"史又当作何评价？比尔演示的西部史在当时被认为具有"原创性、以'举起镜子照见自然'的方式贴近真相，以及忠于事实这一'艺术的真正目的'"，他的表演在"文雅的"的东部城市大受欢迎也与他那"不是表演的表演，而是一种实际展示"相符。[①] 下文将

---

① *Buffalo Bill's Wild West and Congress of Rough Riders of the World*, New York: Fless & Ridge Printing Co., 1896, pp. 12-13. 后文出自同一著作的引文，将随文标出该著名称简称 "*Buffalo*" 和引文出处页码，不再另注。

考察野牛比尔以一个亲历者的身份是如何演绎美国西部的。

## 二 "作为文明工具的步枪":野牛比尔演绎的蛮荒西部

具有戏剧性乃至讽刺意味的是,与特纳一道参加1893年哥伦布世博会的"野牛比尔"科迪是"19世纪最耀眼的表演者"。他与特纳讲述的是"在体裁、语气和内容上"完全不同的西部故事。① 当时真正听到特纳宣读论文的人很少,而比尔凭着自己铺张华丽的表演却吸引了更多的观众,因为他的夸张表述更具有轰动效应,更容易被受众接受,因而"产生了更即时而直接的影响"。但可能正因为比尔出色的表演才能使人们怀疑其故事的真实性。尽管人们也怀疑历史学家的客观性,暗示他们所讲述的历史靠的是他们的选材能力,但后人觉得,相对而言,比尔的故事就没有特纳的故事真实了。因此,比尔的西部故事被遮蔽了,而"特纳版的美国历史和性格则部分由于其与业已存在的想象和故事产生了共鸣而容易传播开来",直到1994年在纽贝里图书馆举办的"美国文化中的边疆"展览会(An Exhibition at the Newberry Library)上,这个"不太可能的二人组"②才同时进入人们的视野。

在1893年的那次哥伦布世博会上,特纳是从一个学者的角度讲述边疆的,因此,他的演讲显然带有教育目的,而野牛比尔则是以一天两场的表演演绎蛮荒西部的,尽管他自己从未称他的"蛮荒西部"为表演,但大众娱乐的性质是显而易见的,因为他是在一个能容纳1.8万人的大看台上表演的("Frederick":7)。野牛比尔的盛大表演与特纳那场只有少数学者出席的学术报告会形成了鲜明的对照,足见前者影响之大,不容忽视。野牛比尔的成功可归结为两点——他当时如日中天的名声,以及从他拓荒亲历者的身份推导出他所讲述的是"真实西部故事"。首先,

---

① James R. Grossman, "Introduction", in James R. Grossman, ed., *The Frontier in American Culture: Essays by Richard White and Patricia Nelson Limerick*, pp. 1–2.
② James R. Grossman, "Introduction", in James R. Grossman, ed., *The Frontier in American Culture: Essays by Richard White and Patricia Nelson Limerick*, p. 1.

野牛比尔在当时的声望极高，他的名字"在边疆家喻户晓"，他被认为是"远西大草原上骑马走在骑兵队列前面最优秀的侦察兵和向导之一"，是"部队和拓荒者的偶像，是令戴着战争羽毛头饰的印第安人心生敬畏和恐惧的人"。不仅如此，由于他讲究实际的品质、熟知边境的法规和印第安人问题，因此，他在内布拉斯加州立法机构获得了美国参议员候选人的大量选票。但在这种情况下，他却拒绝继续自己的政治生涯，提出辞去立法委员之职，选择做一个真正的"平原骑士"，这令殖民者们感到非常"失望"。但这种失望映现的是人们对他的敬仰和期许——"他部队里的朋友，从将军到列兵，都希望他可以长命百岁并取得丰硕的成果"（*Buffalo*：10）。① 其次，他作为西进运动见证人乃至杰出代表的身份仿佛令人们不得不相信，他讲述的西部故事是确信无疑的。他的代表身份及其表演在当时得到高度认可，在众多为其代言的人当中，有一位来自中西部的著名记者布里克·波默罗伊（Brick Pomeroy）的话比较有代表性。他认为，

> 真正的西部人是自由、无畏、慷慨大方且具有豪侠气概的。在这类人当中，可敬的威廉·F. 科迪，"野牛比尔"是一个耀眼的代表。作为他匆忙生涯的一部分，他为其恰如其分地称谓的蛮荒西部的展览收集了素材。我倒是要称之为蛮荒西部的现实。这个主意不仅仅是要从那些见证非常生动的展览的人中收取钱财，而是要为东部的人准确地描述平原上的生活，那些坚强、勇敢、聪明的拓荒者不可避免的生活，他们是最先开辟通向未来家园和伟大美国之路的人。他了解其价值和真正西部性格中的顽强，作为一个热爱自己国家的人，他希望向公众展示尽可能多的真相，以便那些愿意看的人能够看到西部生活的实际景象，把它们带到东部供检视和公众教育之用。（*Buffalo*：11）

---

① 比尔的身份和对他的溢美之词还有很多，诸如"侦察兵""拓荒者""政府官员""印第安斗士""威武的猎人""君子"（man of honor）、"配得上称为美国历史上的伟大人物"等。（*Buffalo*：12）

在波默罗伊看来，野牛比尔展示的是一个真实的蛮荒西部，它是对平原生活的准确再现，并且这样的展览具有纠正偏见和教育大众的作用。

尽管特纳和比尔参加的是同一个世博会，但他们分头讲述了两个不同的西部故事，二人彼此也没有交集：特纳没有观看比尔的表演，比尔也没有去听特纳的讲座。那么，二者的区别到底在哪里？谁描述的才是真正的西部？或者说，谁的故事更真实？在怀特看来，它们之间存在重大的冲突："特纳的历史是一个有关自由土地的，尤其是对大量空闲大陆和平占有的历史，以及一个独特的美国身份的创造历史。科迪的蛮荒西部讲述的是暴力征服，是从已占用这块土地的美洲印第安人手中抢夺大陆的故事。"虽然野牛比尔的故事是"虚构的"，但故事本身却声称"再现了一段历史"，因为像特纳一样，野牛比尔运用的也是"真实的历史事件和真实的历史人物"（"Frederick"：9）。怀特进一步形象地分析道，

> 不同的故事需要不同的主角：对特纳来说，真正的拓荒者是农民；对野牛比尔而言，是侦查员。特纳的农民是和平的；他们战胜荒野；印第安人在这个故事中只扮演次要的角色。在科迪的故事中，印第安人至关重要。侦查员以其"对印第安人的习惯和语言的知识，熟悉打猎，以及在最极端的危险时刻值得信赖"著称，这样一个人只是因为他征服了印第安人才展现了意义。他是……最终打败他们的人。在特纳的讲述中，文明的工具是斧头和犁；在野牛比尔的讲述中，是步枪和子弹。蛮荒西部这个节目宣告，子弹是"文明的先驱"。（"Frederick"：9）

怀特显然采用的是新西部史的观点，因此未必反映的是野牛比尔意欲展示的蛮荒西部。要了解当时的真实情况以及野牛比尔及其表演团队的真实表演意图，还应该回到节目本身以及包含在《野牛比尔的蛮荒西部与世界莽骑手大会》（*Buffalo Bill's Wild West and Congress of Rough Riders of the World*，1893，以下简称《野牛比尔的蛮荒西部》）中的历史文献。从中至少可窥见如下四点：

第一,《野牛比尔的蛮荒西部》有意无意中展示的是一部对印第安人的杀戮史,野牛比尔本人的名声和地位多半是因为他在杀害印第安人方面"有功"。一位老指挥官、著名的反印第安人斗士,卡尔将军(Gen. E. A. Carr)曾在一封信中这样赞美野牛比尔:"在跟踪、发现和打击印第安人,因而保护边疆殖民者方面……,他对国家和军队的帮助是无可估量的。"1876年野牛比尔在一次白刃战中就亲手杀死了土著人夏安族酋长黄手(Cheyenne Chief, Yellow Hand)(*Buffalo*: 8-9)。美国名誉晋升的准将、第一骑兵团上校达德利(N. A. M. Dudley)在给野牛比尔的信中称赞道,"您在寻找印第安人的踪迹……方面百折不挠的毅力、不可思议的直觉,您在跟踪敌人直到追到他们方面持久的体力……不仅获得了我本人而且也获得了整个指挥部的尊敬和钦佩"(*Buffalo*: 20)。对野牛比尔来说,印第安人就是他的死敌,在他很小的时候,他的父亲就在现在所称的"边境战争"中丧生。对占领边疆的白人来说,他们的威胁之一就是"来自土著野蛮人对侵犯根深蒂固的残忍和敌意"(*Buffalo*: 6-7)。他们称印第安人为"土著野蛮人",不经意间也透露出他们对印第安人土地的"侵犯"或"蚕食"。在这点上,野牛比尔与特纳内心是相通的,因为尽管特纳在他的边疆论中有意回避印第安人,但他也承认"每块边疆都是通过一系列与印第安人的战争赢得的",19世纪中期,"在明尼苏达、达科他和印第安准州,美国陆军进行了一系列讨伐印第安人的战争"(《美》: 6-7)。正是由于意识到自己任人宰割的处境,印第安人才想起要武装自己,"没有武器的部落必然要受到购买了火器的人的摆布的——这是易洛魁部族的印第安人用鲜血写下的一条真理"(《美》: 11)。

第二,尽管种族灭绝的殖民史铁证如山,但野牛比尔及其支持者却声称,殖民者对西部以野牛为代表的野生动物的捕杀和对印第安人的清洗说明,18世纪末至19世纪末美洲大陆这一个世纪的历史是"文明的历史"。一名显赫的英国军方人士谢尔曼(W. T. Sherman)在1887年1月29日写给野牛比尔的感谢信中就是这么说的。这封信是因威尔士公主在遭到印第安人攻击时得到牛仔的救援而写,但更重要的是,信中暴露了西进运动的血腥本质。颇具讽刺意味的是，谢尔曼是以感激和赞赏的口吻来描述这段印第安人血泪史的：

> 1865 年，在密苏里河与落基山脉之间，有大约九百五十万头野牛；现在都死光了——都被杀了，因为需要它们的肉、它们的毛皮和骨头。
>
> 这看起来像是亵渎、残忍和糟蹋，但它们已经被两倍多的牛类牲畜（*neat* cattle）取代了。就在那一年，大约有 165000 波尼人、苏人、沙依安人、基奥瓦人和阿拉巴霍人，① 这些人年复一年以这些野牛为食。他们也不在了，被两倍或三倍多的白人男女所取代，这些白人让大地像玫瑰一样绽放出花朵，人们可以根据自然和文明的法则来统计他们的人数，向他们征税并管理他们。这种变化是有益的，而且会持续到底。你们赶上了世界历史的一个时代；在现代世界的正中心——伦敦——说明了这一点。（*Buffalo*：17）

这封被收录在《野牛比尔的蛮荒西部》中的信显然也表达了野牛比尔的观点。在短短 20 年左右的时间（1865—1887 年）里，殖民者就剿灭了近千万头印第安人赖以生存的野牛，杀害或驱散了约十六万五千个部族的印第安人，而他们原来的栖息之地却被 33 万至 50 万的白人占领。这种给印第安人带来灭顶之灾的后果却被称为是"有益的"的变化，这段血腥史竟然被称为"文明的历史"。可见，殖民者以及他们的原主子英国人是何等厚颜无耻而不自知。这也是后来新西部史学家反思这段历史的一个重要原因。

第三，野牛比尔颠倒黑白，演绎的是印第安人的攻击与侦察兵和殖民者的自卫。与特纳所描述的边疆不同，在野牛比尔的节目中，印第安

---

① 波尼人（Pawnees）是生活在内布拉斯加州普拉特河沿岸的印第安人，苏人（Sioux）是居住在美国北部和加拿大南部的印第安人，沙依安人（Cheyennes）是北美阿耳冈昆印第安人的一个部落，基奥瓦人（Kiowas）是居于俄克拉何马州一带的北美印第安人，阿拉巴霍人（Arapahoes）是定居在美国怀俄明州和俄克拉何马州一带的印第安人。

人自始至终是蛮荒西部演进的参与者,但具有讽刺意味的是,这些印第安人扮演的都是攻击白人的角色。故有学者认为这是野牛比尔的"反向征服"(inverted conquest),意即征服者角色的反转,把被征服者描绘成征服者。因此,对现代历史学家来说,野牛比尔讲述的是"一个古怪的征服故事:一切都颠倒了"。在他的演绎中,"印第安人侵略而白人防卫","印第安人是凶手,白人是受害者",而实际上,印第安人是"严重受虐的征服者"("Frederick":27)。殖民者们声称,"这个美丽国家的每一寸土地都是在危险和冲突中从残忍和野蛮的敌人那里赢得的。"在野牛比尔的表演中,侵略史成了英雄的"文明"史:"在铁路之前的马车队和驿站马车的历史整个是用鲜血写就的",侦察兵和突击队员等"勇敢的"拓荒者"渗透进印第安人的堡垒,并得到部队勇敢士兵的后援,成了西部文明的先锋和令印第安人感到恐怖的人"(*Buffalo*:24)。这是再明白不过的颠倒黑白,野牛比尔们公然美化掠夺行为,将原土地的主人视为"残忍和野蛮的敌人",进而将血腥的侵略行径歌颂为英雄行为,而保卫家园的印第安人则成了攻击者。特纳通过淡化冲突,将印第安人移至幕后,从而将西进运动描绘为和平推进的过程,而野牛比尔则毫不掩饰地展示了一部血淋淋的征服印第安人的历史。或许正因为它过于血腥而直白,野牛比尔才美其名为"文明",也因之后来研究西部史的美国学者更多地依据的是特纳的边疆论,但野牛比尔的"反向征服"在大众的心目中留下了难以消除的印象。

第四,在野牛比尔的"蛮荒西部",步枪是"文明的辅助工具","子弹是文明的先驱"。正是基于上述黑白颠倒的叙事,将印第安人描述为征服者和攻击者,在野牛比尔及其他殖民者看来,尽管子弹的"使命"是"致命的",但它又是"仁慈的",因为没有步枪和子弹,美国就不会是像今天这样拥有"一个自由而又统一的国家",也没有今天这么强大。因此,武器和武力不仅是发展的先驱,而且决定着一个民族的命运(*Buffalo*:24)。野牛比尔不仅从国家发展的角度为殖民者的武力镇压开脱,还扯起了"文明"这块遮羞布来掩盖西进历史的血腥本质。在比尔的蛮荒西部,子弹为"文明"开道,美国在武力征服中获得"文明"

和国家的发展。如果说特纳的边疆是"和平的"边疆,那么,野牛比尔的西部就是暴力的西部;特纳的和平开发决定了美国的历史进程和民族性,而比尔的武力推进决定了美国的未来发展和"文明"进步。

就这样,在殖民者残暴的武力征服和"文明"的蛊惑下,残留下的印第安人最终缴械投降,达成了伯克少校(Major John M. Burke)所称的白人与"红人"(即印第安人)之间的"永久和平"(*Buffalo*:37)。这种"和平"甚至还带有欺骗的性质,例如,1889 年,殖民者为了诱使苏人放弃多达几百万英亩的土地所有权,做出了许多承诺从而达成了协议,但事后所有承诺从来就没有兑现过(*Buffalo*:41)。可见,这完全是一种欺骗行为。这种背信弃义和种族灭绝的行径甚至都遭到了同为殖民者的法国人的反感。1889 年 5 月 7 日,一位署名为杰奎琳(Jacqueline)的法国记者在杂志上撰文发表她对蛮荒西部表演的评论,谴责美国政府违反其与印第安人签署的条约并剿灭他们的行为,在文末她对印第安人说道,"你们自我安慰吧,红人,黄种人会为你们向白人报仇的。"[①]

特纳持民粹主义立场,刻意淡化印第安人,突出拓疆过程中"斧头与耕犁"的作用,认为美国的独特性是在征服自然中形成的;野牛比尔演绎的蛮荒西部以文明为幌子,颠倒了征服者与被征服者的角色,认为步枪和子弹是文明的先驱,推动了美国的发展。那么,到底什么才是真实的美国西部呢?

## 三 "文明"和"进步"面纱下真实的美国西部

特纳的文明工具斧头和耕犁征服了荒野,从而塑造了独特的美利坚民族性格,而野牛比尔以子弹和步枪开道,奠定了美国文明的基础。这就是他们描写的带着文明光环的美国西部史。但无论是耕犁还是步枪,其结果就是大自然的畸变和印第安人遭遇种族灭绝和丑化。在哥伦布世

---

① Qtd. from Venita Datta, "Buffalo Bill Goes to France: French-American Encounters at the Wild West Show, 1889–1905", *French Historical Studies*, 41.3 (Aug., 2018), p. 545.

博会约百年之后,帕克曼在其《俄勒冈小道》1892年版前言中这样说道,"野牛消失了,成百上千万头野牛只剩下骨头。……野蛮的印第安人变成了其征服者丑陋的漫画;……蛮荒西部被驯服了,其野性的魅力已风光不再。"① 下面通过分析这两个版本西部史的异同来窥探西部的本来面目。

特纳的边疆论中几乎没有印第安人,印第安人被边缘化了,或者说,特纳只是把印第安人作为拓疆过程中的环境因素来处理的,他们"仅仅是荒野环境的一个组成部分";而在野牛比尔演绎的边疆中虽然充斥着印第安人,但他们是被征服的对象——是"必须被征服的武士,如果美国要完成其使命的话",② 因为他们被视为西进过程中的障碍。可见,这里凸显的是立场问题。在野牛比尔和殖民者看来,印第安人是美国社会发展的阻力,必须清除他们才能完成"使命"。特纳与野牛比尔的边疆故事的主题实际上都可以概括为"征服",只不过征服对象的侧重点不同而已。特纳的拓疆进程中主要征服的是自然,印第安人次之,而野牛比尔的故事中突出的是对"野蛮人"的征服,与大自然的斗争往往只是为征服印第安人服务的。对野牛比尔来说,征服自然可进一步彰显他的才能,这也是他获得殖民者钦佩的一个重要方面。例如,他在屠宰野牛方面具有非凡的才能,而捕猎野牛一方面可以为殖民者提供食物,另一方面也瓦解了印第安人赖以生存的基础,可以加速印第安人的消亡。换个角度来看,特纳内心深处隐藏的是种族中心主义的信念,因为他完全站在殖民者的立场来谈论国家的发展,尽管如此,他对印第安人的忽视或许还出于一个历史学家对种族主义历史观的警觉或回避,因此,他更多的是从物质——自由土地——层面来探讨边疆的演进和民族性格的塑成。

特纳的边疆论与野牛比尔的蛮荒西部之间的最大差异在于载体和传

---

① Francis Parkman, "Preface to the Edition of 1892", *The Oregon Trail*, New York: Airmont Publishing Company, Inc., 1964, pp. 11 – 12.

② James R. Grossman, "Introduction", in James R. Grossman, ed., *The Frontier in American Culture: Essays by Richard White and Patricia Nelson Limerick*, p. 2.

播媒介不同。前者代表的是精英阶层的历史叙事，它以"正史"的形式试图从理论上阐述美国摆脱欧洲影响对形塑美国独特性的重要意义，而比尔的表演带有明显的娱乐色彩，它面向大众，以真实可感的方式演示美国的西进运动。连马克·吐温都非常欣赏比尔表演的"真实性"（authenticity），以至于他在1884年就写信给比尔，敦促他把节目带到欧洲去，向欧洲人"传授美国的方式"。可见蛮荒西部表演不仅是要向美国人自己说明征服印第安人的重要性，而且从一开始就带有"美国文化输出"的意味。① 后来，比尔果然在英法等欧洲诸国巡演。1889年5月他带领演出公司前往法国，巴黎大街小巷到处贴着宣传海报，海报上画着一头正在冲锋的野牛，嵌着比尔的头像，并赫然写着"我来了！"（Je viens！）。② 这说明比尔已不满足于特纳摆脱欧洲影响的理论诉求，而是要凸显美国的存在，由此看来，"我来了！"无异于是在说"美国来了！"难怪这种毫不掩饰的张扬表现引起了当时部分法国记者和作家等精英阶层的反感，但它客观上的确推介了美国及其价值观，吸引了大量法国民众，从而产生了广泛影响。

尽管特纳与野牛比尔讲述的似乎是截然不同的西部故事，但他们得出的结论却"惊人地相似"（"Frederick"：9）。其实，相似的不仅仅是结论，还有潜藏在他们讲述方式和结论背后的动机，二者形成了一定意义上的共谋："在某种程度上，特纳最初编纂理论来说明西部历史重要性时所做的是为科迪的形象提供知识上的合法性。"③ 特纳将当时松散流传的观念理论化，而野牛比尔通过表演将这些思想具体化、形象化了。这两个故事之间的相似点表现在如下几个方面：

首先，结论相同。二者都宣告了边疆的终结：特纳的论文是从"一

---

① Venita Datta, "Buffalo Bill Goes to France: French-American Encounters at the Wild West Show, 1889–1905", *French Historical Studies*, 41.3（Aug., 2018）, p.529.

② Venita Datta, "Buffalo Bill Goes to France: French-American Encounters at the Wild West Show, 1889–1905", *French Historical Studies*, 41.3（Aug., 2018）, p.531.

③ Frederick Jackson Turner and John Mack Faragher, *Rereading Frederick Jackson Turner*: "*The Significance of the Frontier in American History*" *and Other Essays*, New Haven & London: Yale University Press, 1994, p.230.

项伟大历史运动的结束"开始的(《美》：1)，这里的"伟大历史运动"指的就是西进运动，因此，特纳一开始就宣布了边疆的消失和西进运动的终结。而野牛比尔在1893年的节目中也有类似的开头。他在《开幕词》中这样写道：

> 现代美国历史就其兴趣的强度而言，恐怕没有任何一个地方比在我们快速扩张的边疆呈现的情形更令人神魂颠倒的了。白人的压迫、移民队伍的前进、我们铁路的延伸，还有联邦政府（General Government）的军事力量，在某种程度上已经打破了印第安人借此打击和反抗文明前进的屏障；但西部有许多地方还是一片蛮荒的景象，那里，法律的严肃性受到严重威胁，白肤色的野蛮人和歹徒与他们红皮的前辈相比威胁性几乎没有变得更小。［但这最后一点，虽然（在1883年）写的时候是完全真实的，但现在就不适用了，法律和秩序进步如此快速，遍及大西部。］(*Buffalo*：5)

这段结尾处在括号中的加注十分重要，这些文字在原文中以斜体字标示以示强调，这表明，野牛比尔在1893年表演节目时，蛮荒的西部已不复存在，因为"这最后一点"指的是1883年写作这个开幕词时尚存的"蛮荒的情景"和边疆。与特纳一样，野牛比尔心中那个起于哈德逊河的边疆此时也已经终结。

其次，二者都相信拓疆者创造了"一个新的、独特的国家"，都对"边疆的结束意味着什么"感到担忧（"Frederick"：9－10）。特纳因边疆终结带来的不确定性而对美国的前途感到迷茫，他在《美国历史上边疆的重要性》的结尾感叹道，随着"边疆消失"，"美国历史的第一个时期也随之拉上了帷幕。"（《美》：34）野牛比尔则提醒他的观众，一代代人定居下来享受他们父辈打下的基业，暗示继承了西部的这些拓荒者的后代不比前辈，是"逊色的人类"（lesser breed）。"蛮荒西部"的节目中采用暗喻的手法表示，拓荒者不屑挤进城里"像昆虫一样生活"，而伴随着赢得西部和自由土地的消失，"都市昆虫的生活状态（urban wormdom）似乎是大多数美国人不可避免的命运"（"Frederick"：10）。但值得注意的是，特纳在感慨边疆终结之时很难说他不是在暗示美国需要开拓海外边疆，而比尔表示"我来了！"的海外巡演不仅在文字上而且在行动上已开始向海外拓展。这再次说明，二者虽表达形式不同但殊途同归。

再次，尽管特纳与野牛比尔都对边疆的终结和未来的前景感到担忧，但他们对这种变化可能带来的消极影响都未细究，尤其是回避了现代文明对荒野西部生活方式的冲击以及滚滚而来的现代化工业对大自然的破坏，如大规模的铁路修建，矿业公司和其他现代化企业对西部造成的不可逆转的破坏等。这些都有待新西部史学家的揭示，例如，利奥·马克斯（Leo Marx）的《花园里的机器》（*The Machine in the Garden*，1964）审视了田园理想与科技发展之间的冲突；唐纳德·沃斯特（Donald Worster）的《在西部的天空下》（*Under Western Skies: Nature and History in the American West*，1992）怀着对人类前途和命运的担忧重返西部，更加关注向西扩张造成的环境危机，给地球带来灾难性后果，从而造成人类悲剧。

最后，也是最重要的相似点是，特纳与野牛比尔虽然讲述的是不同的西部故事，但隐藏在这两个故事背后的动机却相似，都有为殖民者暴力征服印第安人"背书"的嫌疑。特纳的边疆论总体上将人们的视线转向征服自然，有意回避殖民者对印第安人犯下的罪孽，但特纳在不意间也会暴露自己的殖民主义心态。例如，他认为，"印第安人是殖民者的共同威胁"，边疆的重要性还在于"它作为一所军事训练学校，使得抵抗侵略的力量蓬勃生长，发扬了边疆拓荒者英勇无畏的性格和艰苦奋斗的品质"（《美》：13）。在这里，特纳不仅将印第安人视为"威胁"，而且将边疆比作"军事训练学校"，这样，殖民者对印第安人的屠杀就成了"抵御侵略"的行为，暴露了他为殖民者暴行辩护的目的。而野牛比尔的"蛮荒西部"着力渲染印第安人的残暴、嗜血以及对殖民者的仇视，把他们保卫家园的行为描写为对殖民者的侵略和征服。这一角色转换无疑将殖民者由征服者幻化为受害者，如此一来，殖民者从印第安人手中夺取大量土地便没有了本该有的罪孽感，他们对土著民的镇压就成了并非"精心策划的战斗"，而是"对残暴屠杀的反击"（"Frederick"：27），因而是一种自卫行为。从这个角度来看，特纳和野牛比尔讲述的故事虽表现形式不同，但动机十分接近，都旨在颠倒真实的历史，掩盖殖民者侵略和暴力征服印第安人的本质，为美国这段劣迹斑斑的历史"洗地"。具有讽刺意味的是，野牛比尔演示的西部不是像特纳所说的那样是"一片待开发的……无人定居的区域"，而是到处充斥着"凶残的印第安敌人"。这使他作为一个亲历者的表演带有某种"后现代"的特点："野牛比尔塑造了一个现在看来属于后现代的西部，在那里，表演和历史不可救药地纠结在一起。"（"Frederick"：29）其中既有真实的成分，也有表演的性质，更隐藏着意识形态的操弄。在他的表演中还有印第安人参与，这些土著人模仿他们自己，从而令无数人将他们表演的西部视为历史事实。

然而，由于特纳与野牛比尔的身份不同，因此，他们及其讲述的西部故事在学界的待遇有着天壤之别："把特纳看作是严肃而有意义的，而把野牛比尔看成是一个江湖骗子和罕见而有趣之人，把特纳看作是历史，而把野牛比尔看作是娱乐，把一个视为与现实有关，而把另一个视为与神话有关。"这种轻视野牛比尔的做法掩盖了二者的共同立场，实际上，特纳的边疆论与野牛比尔的"蛮荒西部"彼此之间是一种"复杂而富有启发意义的关系"，二者依赖的都是他们那个时代的西部意象，都在着力提升这一意象。他们的路径虽不同，但运用的都是互相关联的"同一块神话布料"，只有在一起讲述，"他们看似互相矛盾的故事才有历史意义"（"Frederick"：45）。重返历史现场，我们惊讶地发现，在当年人们的心目中，野牛比尔演绎的边疆史不亚于美国历史上的任何一段历史：

> 一个人见证了哥伦布登上新世界的海岸，或者坚强的英国清教徒中的一个人乘坐"五月花号"，在新英格兰被岩石包围的海岸登陆，如果这个目击者现在还活着的话，那他讲的故事该有多么有趣。拓荒

者向西杀出一条路，进入荒原和丛林，在文明的不断推进下，远西逐渐驯服，变成星罗棋布的情景，见证这一过程的天使的故事也一样有趣。关于那段历史的形成，他能讲述何等精彩的故事。诚然，美国拥有一个多么美好的历史！从哈德逊河河口到太平洋海岸，男人、女人和孩子们走向前方并留在那里，借此征服了荒野——不是涌进城市，像昆虫一样生活，彼此爬过对方的身子，吞食残留物。（Buffalo：11）

重读这段史料的当今读者也许会对野牛比尔同时代的人对他的边疆故事评价如此之高颇感意外，实际上，当年野牛比尔的表演比特纳的论述更容易为人接受，影响更大，比尔所传播的西部史和边疆情景流传更广。原因在于，比尔把土著人的暴力变成了"一种视觉语言"，这种暴力通过"一角小说"（dime novels）在 19 世纪已经传播很久，并被 20 世纪新兴的电影业改编成电影。① 一角小说作家邦特莱（Ned Buntline）取得巨大成功的连载小说《野牛比尔，边民之王》（*Buffalo Bill*, *the King of the Border Men*，1869）就是以比尔为原型创作的。他还在邦特莱的舞台剧《草原上的侦察兵》（*The Scouts of the Prairie*）中扮演角色。1872—1876 年，这位"边民之王"不断变换身份，夏季充当军队的侦察兵，冬季在东部剧院表演。在斯洛特金看来，"这些戏剧本身微不足道且表演很业余，但这种……成功证明了公众对'西部'强烈而缺乏判断力的热情，这可以通过一角小说（dime novel）的情节和人物与'真实的'服装和被认同为'真实事件'的角色的结合得到最佳解决。"② 比尔的双重身份和真假参半的表演逐渐构成了美国大众边疆认知的基础，成为浪漫化的边疆神话，进而遮蔽了真实的西部史。

但不难发现，比尔的故事与特纳的边疆论是相通的，他们共同的主题就是征服，不仅征服荒野，更是征服印第安人。同时，野牛比尔也暗

---

① Ryan E. Burt, "'Sioux Yells' in the Dawes Era: Lakota 'Indian Play,' the Wild West, and the Literatures of Luther Standing Bear", in *American Quarterly*, 62. 3 (September 2010), p. 618.

② Richard Slotkin, *Gunfighter Nation: The Myth of the Frontier in Twentieth-century America*, New York: Atheneum, 1992, p. 70.

示,边疆已经终结,后来更多的人是"涌向城市",而不是荒野,因为荒野已经消失,或在他看来正在消失,随之而去的还有美国的拓荒者——"她的拓荒者正快速消失"。正因为如此,世界各地的男女老少都涌向"蛮荒西部展览会",去观看野牛比尔提供的"栩栩如生的杰出表演",并作为"确凿的事实"来观看和研究,总之,他们都希望"尽可能多地了解美国历史"。当时人们就已经意识到,"再过几年,为占有所作的伟大斗争就会结束,一代一代的人将安定下来,享受他们的父辈为他们安置和用围栏围起来的家。接下来就会有绘制图画的——他用钢笔、铅笔和画板就可以按照他的理解讲故事。然后成百上千万的人会阅读和观看拓荒者所做和历史学家所讲述的,大体上就是希望他们可以到那里去看看原初的情景。"(*Buffalo*:12)可见,当初人们观看比尔的表演不完全是为了娱乐,更多的是想了解真实的历史。在这一点上,他与特纳的作用是相同的。但从传播媒介和受众面来看,野牛比尔的表演比特纳的论述影响更大,"到19世纪90年代中期,科迪可能是世界上最著名的美国人,他对美国西部历史的看法在公众心目中根深蒂固",[①] 因为他的表演更容易激发大众的想象,进而将一个戏剧化的民族性格深深植入美国人的意识之中。我们只有揭开特纳和比尔给西部史披上的那层"文明"和"进步"的面纱方可窥见真实的美国西部。

比尔的戏剧化表演比特纳的历史阐述在对受众的影响上略胜一筹,而戏剧化的演示显然是文学家的拿手好戏,那么,美国西部小说家笔下的西部又是怎样一番情形呢?下文略论美国西部小说中的边疆书写及小说与历史之间的互动关系。

## 四 文史互鉴:美国西部小说中的边疆书写

西部史之于美国历史的重要性已成共识,但西部文学之于美国文学

---

[①] Robert E. Bonner, "'Not an imaginary picture altogether, but parts': The Artistic Legacy of Buffalo Bill Cody", in *Montana The Magazine of Western History*, 61.1 (Spring 2011), p.40.

的意义却长期遭到轻视:"作为美国民族文学一部分的西部文学之重要性依然没有得到认可。"一提到边疆故事或西部文学人们不由自主地就会想起"流行的成见",想到欧文·威斯特这样的所谓通俗小说作家和汤姆·米克斯(Tom Mix)这种好莱坞演员。① 实际上,西部小说家也像特纳和野牛比尔一样参加了对西部历史的构建,只不过这种构建更加委婉曲折,而不是简单地复制历史和意识形态罢了。正如当代英国杰出的马克思主义理论家和文学批评家特里·伊格尔顿所言,包括小说在内的艺术既"被控制在意识形态的范围内,但又设法与它保持距离",② 因为他认为,文学是意识形态的产物,而意识形态又是历史的产物,但历史不是以它真实的面貌出现在文本中,而是"以伪装的形式"出现的,它"恰恰是作为意识形态"进入文本的,因此,批评家的任务就是"要把面具从其脸上猛地扭下来"。③ 上文我们掀开了美国西部史的文明面纱,下文我们再以西部小说为例来检视美国文学中的边疆书写,窥探其意识形态面具下的西部。有趣的是,美国西部史和西部小说之间存在一种互文互观的奇特景观,很难说谁引领了谁。或许我们可以说,它们在互动中共同建构了西部形象,我们既可以从小说中体会到特纳的边疆论和比尔的表演背后的历史和文化氛围,也可以感受到二者对小说创作迂回曲折的影响。

在不同的历史时期,美国作家或曲折地反映主流西部史观和意识形态,或对此提出质疑和批判。19 世纪的传奇人物丹尼尔·布恩(Daniel Boone,1734—1820)被称为"文明先驱"和"自然之子"(《处》:57),这个带有多重文化标签的人物形象本身就隐含着美利坚民族的矛盾性。库珀(James Fenimore Cooper,1789—1851)基于边疆神话,以布恩为原型创作的《皮裹腿故事集》(*Leatherstocking Tales*,1823—1841)再现

---

① Max Westbrook, Preface, *A Literary History of the American West*, sponsored by The Western Literature Association, Fort Worth: Texas Christian University Press, 1987, pp. 15 – 16.

② Terry Eagleton, *Marxism and Literary Criticism*. London and New York: Routledge, 2002, pp. 16 – 17.

③ Terry Eagleton, *Criticism and Ideology: A Study in Marxist Literary Theory*, London: Verso, 1987, p. 72.

了两个伊甸园——"上帝的荒野"与"耕种的花园"①及矛盾人物——"高贵而卑鄙的野蛮人",②这种充满悖论的文学意象与特纳的边疆论和野牛比尔的表演何其相似！20世纪中叶,史密斯在《处女地》(*Virgin Land*,1950)中将西部视为神话和象征,从而成为质疑边疆神话第一人,③有学者据此认为西部文学体现的就是这种"反复出现的神话主题",即史密斯所称,作为"花园"和"通向印度之路"的西部。④但实际上,早在20世纪初,西部小说表现的就是人们对西部既怀念又怀疑的矛盾心态。例如,维拉·凯瑟(Willa Cather,1873—1947)的《啊,拓荒者!》(*O Pioneers!*,1913)和《我的安东尼亚》(*My Antonia*,1918)再现的就是对荒野的怀旧情绪,而加兰(Hamlin Garland,1860—1940)的《中部边疆的儿子》(*A Son of the Middle Border*,1917)就已经开始揭露拓荒神话了。到了20世纪六七十年代,与新西部史学家处于同一社会语境中的小说家,以边疆及其价值观为工具和对象挑战既有观念,再现灰暗的西部。费舍尔(Vardis Fisher,1895—1968)的《山地人》(*The Mountain Man*,1965)、谢弗(Jack Warner Schaefer,1907—1991)的《蒙特·沃尔什》(*Monte Walsh*,1963)和斯特格纳(Wallace Stegner,1909—1993)的《安息角》(*Angle of Repose*,1971)等描写印第安人惨遭杀戮、西部消失和20世纪60年代的停滞等严酷现实。20世纪60年代美国的民权运动、青年反主流文化、越南战争、肯尼迪遇刺等历史和文化事件此起彼伏,在此背景下,新一代史学家和小说家形成合力,或相互借力,共同揭露和演绎西进运动中的种族主义和暴力征服等真相,构成了一道文史合唱的独特风景线。

---

① George G. Dekker, "James Fenimore Cooper", in *Encyclopaedia Britannica*, https://www.britannica.com/topic/Natty-Bumppo, 2020 - 02 - 28.

② Heike Paul, *The Myths That Made America: An Introduction to American Studies*, Bielefeld: transcript Verlag, 2014, p.335.

③ [美]唐纳德·沃斯特:《在西部的天空下：美国西部的自然与历史》,青山译,商务印书馆2014年版,第4页。

④ Michael L. Johnson, *New Westerns: The West in Contemporary American Culture*, Lawrence: University Press of Kansas, 1996, p.106.

美国西部研究的最新动态表明，源于20世纪60年代，立于80年代的"新西部史"在颠覆"旧西部史"数十年之后，正受到一系列美国研究新话语的挑战，如帝国主义综合派、跨国主义（transnationalism）和大西洋主义（Atlanticism）等。为应对这一挑战，西部研究者致力于探究"在文化产品中西部是如何被描绘和传播的，而不是西部现在或过去实际上是什么情形"，于是就出现了一系列从"后西部视野"研究西部的著作。"如果旧西部是关于空间的，新西部是关于地方的，那么，后西部就是关于虚构这层稀薄但却有毒之气雾的"。[1] 在此背景下，美国西部史研究走向跨国界的综合比较研究，即将美国西部历史置于全球语境下，围绕着帝国和殖民对探险、扩张、移民及其产生的思想观念等展开研究，探讨美国西部与地理上并不毗连的地区之间的关系，如珍妮·拉赫蒂（Janne Lahti）于2019年出版的《美国西部与世界》（*The American West and the World: Transnational and Comparative Perspectives*）。当代史学家中的边陲学者（borderlands scholars）将目光投向跨文化关系，观察靠近美墨边境地区的情况。[2] 看似巧合的是，当代美国西部小说也发生了类似的转向，麦卡锡（Cormac McCarthy）的《天下骏马》（*All the Pretty Horses*, 1992）就跨越了国界，主人公由美国前往墨西哥闯荡，也带有帝国和殖民的意味，从而拓宽了西部小说的视野。但麦卡锡只是借用了"跨境传奇"这个西部小说的传统，[3] 旨在反思特纳的边疆论和野牛比尔的蛮荒西部。

尽管新西部史一开始就立足于质疑传统的边疆史，揭露西部神话中的种族主义和帝国主义的本质，但它所探讨的各种问题与边疆观念密切相关。一个值得注意的现象是，从特纳发表边疆论之后，几乎所有的西部史研究都打着"反特纳"的旗号，这恰恰从反面证明了特纳边疆论的

---

[1] Nina Baym, "Old West, New West, Postwest, Real West", *American Literary History*, 18.4 (Winter 2006), p. 816.

[2] Janne Lahti, *The American West and the World: Transnational and Comparative Perspectives*, New York: Routledge, 2019, pp. 5–6.

[3] Allen Berry, "The Cross-Border Relationship Pastiche in Cormac McCarthy's *All the Pretty Horses*", *Journal of the American Studies Association of Texas*, 45 (Nov., 2014), p. 29.

重要性，它既是"旧西部史"的基石，也是一切所谓"新"视角和"新"研究的起点。所谓"新"与"旧"成了表达立场的一个标签。实际上，"形成鲜明对照的各种解读与其说与'代际'有关，倒不如说与社会理论、道德价值观和历史视野的角度和宽度有关"。① 上述分析表明，西部小说既反映了各个时代有关西部的主流价值观，也改写了西部历史，或者说，西部小说家与史学家携手推动了西部观念的嬗变。

美国当代著名历史学家戴维森指出，"书写历史与经历历史似乎属于两个不同的世界。然而，这两个世界是紧密相连的，比初看起来关系更密切。"在他看来这两种人都是"创造历史"的人。② "书写历史"的特纳与"经历历史"的野牛比尔用不同的形式呈现了两个看似迥异的西部：一个是和平的、田园牧歌式的边疆，在那里，美国人在寻找一个更加美好的世界；另一个是充满暴力的、"反向征服"的边疆，在那里，无辜的美国人在奋力防御，抵制野蛮人的攻击。③ 但这两个版本的西部故事之间有着潜在的同质肌理，用戴维森的话说，就是二者"紧密相连"。正是基于这种内在的相似性和互补性，怀特才声称，到了20世纪早期，脱离野牛比尔或特纳，将无法讲述西部故事，也无法讨论美利坚民族身份。需要补充的是，"创造历史"的还有文学家，他们以文学形式或改写或补充历史书写，以自己的"小写历史"向官方的"大写历史"发出质疑和挑战。

美国边疆史内容十分丰富且复杂，既讲述过去，也涉及当下和未来；既反映历史的演变过程，又提出了这样的问题——这部边疆史是谁的历史？即它是关于谁的边疆史。特纳与野牛比尔的边疆史正是如此："在

---

① Frederick Jackson Turner and John Mack Faragher, *Rereading Frederick Jackson Turner*: *"The Significance of the Frontier in American History" and Other Essays*, New Haven & London: Yale University Press, 1994, p. 230.

② James West Davidson, *A Little History of the United States*, New Haven & London: Yale University Press, 2015, p. xi.

③ Patricia Nelson Limerick, "The Adventures of the Frontier in the Twentieth Century", in James R. Grossman, ed., *The Frontier in American Culture: Essays by Richard White and Patricia Nelson Limerick*, p. 81.

特纳的论文中展现的和在科迪的舞台上表演的历史传统告诉我们的，不仅是我们过去（和现在）是谁，而且还有我们是如何成为那样的，以及我们当中谁将会被包括在这个'我们'之中。"① 因此，谁在讲述故事就显得尤为重要。上述的"我们"中显然不包括北美大陆的原主人——印第安人，因此，特纳和野牛比尔的边疆史都是殖民者的。正是这种历史站位决定了他们的边疆史以文明掩盖征服的真相，但比较而言，野牛比尔比特纳更直白地表达了拓疆西进中的暴力征服倾向，他认为除了"家用《圣经》和教科书"，"子弹是文明的先驱，因为它与清除森林的斧头齐头并进"（*Buffalo*：24）。比尔的本意不是要批判这种暴力，而是在宣扬作为暴力象征的"子弹"的重要性，但却在无意中暴露了西进运动的两面性——文明包裹下的暴力。这也是帝国扩张的本质特征——武力开道，辅以文明教化，可以说，这种惯用伎俩贯穿了整个美国发展史。这就不难理解为什么有人说西进运动是"美国统治全球的前奏"，而"命定扩张论"不过是掩饰美国军国主义的"政治—文化幻想"罢了。2021年4月21日，美国参议院两党议员提出了一项所谓"无尽前沿法案"（Endless Frontier Act），旨在"应对来自中国日益加大的竞争压力"。② 所谓"前沿"实际上还是"边疆"概念，这说明美国至今仍在操弄边疆的口号，行控制全球之实。

---

① James R. Grossman, "Introduction", in James R. Grossman, ed., *The Frontier in American Culture*: *Essays by Richard White and Patricia Nelson Limerick*, p. 4.
② 《继美国参议院之后，美众议院也推出对华搞"对抗"的法案》，https：//baijiahao. baidu. com/s? id = 1700799457137186031，2023 - 12 - 15。

# 物种关怀与人性化共同体建构
## ——以库柏的小说为例*

■段　燕　马岳玲

（南京财经大学外国语学院　华南理工大学外国语学院）

【摘　要】动物书写在詹姆斯·费尼莫·库柏的小说创作中举足轻重，深刻地蕴含着共同体意识。库柏通过帝国狩猎叙事，展现了美国民族共同体的构建困境，揭示了殖民主义、种族主义与物种主义之间的联姻共谋；通过对印第安人泛灵信仰与图腾文化的再现，还原了原住民社会人与动物的和谐共处，传达了人与动物是生命共同体的理念；通过对物种灭绝与种群危机等议题的反思，呈现了发展与环境之间的直接对抗性，试图唤起人们生态危机中的环境共同体意识。可以说，物种关怀是库柏小说人性化共同体的建构的逻辑起点，其笔下的动物，不仅充满象征意义与隐喻意义，而且以生命主体的角色出现，成为政治话语、文化言说和伦理教谕的承载者，凝聚了作者对人与动物、文明与野蛮、文化与自然、自我与他者的哲思。

【关键词】詹姆斯·费尼莫·库柏；动物研究；共同体；人（性）与动物（性）

当代美国著名伦理学家瓦尔道（Paul Waldau）指出，"对物种内部与物种之间界限的关怀，均是一种自我超越，它将促进我们实现最丰富、

---

\* 项目：国家社会科学基金青年项目"库柏小说中的'共同体'意识研究"（项目编号：20CWW007）。

最充实和最人性的共同体构建"。① 这一观点极大地区别于传统以人类为中心的本体论，也对当下以人类为中心的"命运共同体"建设提出了挑战。事实上，物种关怀与共同体建设有着深层的内部勾连，因为长期被视为"他者"的，不只是其他物种，还有不同肤色、不同民族的"他族"。典型例子便是美国，其在漫长的殖民地时代甚至建国后很长一段时间亦将黑人等同于动物，并从种族科学主义、物种进化论等多角度去阐释其合理性，建国后其采取的具有多重排斥性的民族共同体建设——如将非"盎格鲁—撒克逊"血统视为低人一等、将印第安人视为未成功进化的野蛮人、将黑人视为动物——必然偏执狭隘且充满种族仇恨；与此相反，物种关怀隐含对"自我"与"他者"的内在解构，其必然逻辑是破除血统、人种迷信，回归自然本位。

关于美国建国前后的主流意识形态，如"白人至上主义"（white supremacy）、"命定扩张论"（manifest destiny）、"社会达尔文主义"（social Darwinism）、"科学/生物种族主义"（scientific/biological racism）等，相关研究已颇为深入，但鲜有人注意主流之下仍有暗流涌动。"美国小说的奠基人"詹姆斯·费尼莫·库柏（James Fenimore Cooper，1789—1851）便是其中的领军式人物②，他作品中的大量动物书写在过去虽然

---

① Paul Waldau, *Animal Studies: An Introduction*, New York: Oxford University Press, 2013, p. 5.
② 在19世纪早期，先于库柏获得国际知名度的华盛顿·欧文（Washington Irving）被称为"美国文学之父"，但他们的成就有所不同，欧文擅长短篇小说和散文体小说，而库柏则以长篇小说著称。鉴于此，《北美评论》称库柏为"第一个配得上'杰出美国小说家'这一称号的人"，并认为他"奠定了美国文学的基础"。历代不少评论家都有相关评述，如沃克（Warren S. Walker）认为库柏的《间谍》（*The Spy*）是第一部真正意义上的美国长篇小说，并指出库柏是"美国第一位重要小说家"；斯皮勒（Robert E. Spiller）认为库柏是"第一位将整个美国经验视为广泛想象力和批判思维之地的美国文学先驱"。当代库柏研究者富兰克林（Wayne Franklin）亦指出："在1820年代，库柏几乎开创性地创作了美国几大重要类型小说——西部小说、海洋小说、革命小说——这些小说形式对于后世作家、甚至对好莱坞和影视创作都富有启发。"我国学者宋兆霖也撰文称库柏为"美国文学的奠基人"。Theodore Stanton, ed., *Collection of British and American Authors: A Manual of American Literature*, Leipzig: Bernhard Tauchnitz, 1909, p. 508; Warren S. Walker, *James Fenimore Cooper: An Introduction and Interpretation*, New York: Barnes & Noble, Inc., 1962, pp. 21, 27; Robert E. Spiller, *James Fenimore Cooper*, Minneapolis: University of Minnesota Press, 1965, p. 5; Wayne Franklin, *James Fenimore Cooper: The Early Years*, New Haven and London: Yale University Press, 2007, p. xi；宋兆霖《库柏：美国小说的奠基人》，《外国文学研究》1982年第1期。

引起了学界关注①,但尚未有学者系统地分析这些描写与库柏对共同体想象的关联。② 基于此,本文以动物批评与共同体理论为依托,阐释库柏小说中的动物书写及其蕴含的共同体意识。本文认为,在民族共同体层面,库柏通过帝国狩猎叙事揭示了殖民秩序与种族政治对物种主义的征用;在生命共同体层面,库柏借助印第安人的万物有灵诠释了关于人类、动物以及生命本质的洞见;在环境共同体层面,库柏透过对物种灭绝与种群危机问题的审视,试图从人类文明发展的高度构建新的环境伦理和价值体系。此三者环环相扣、层层推进,共同谱写了库柏异于主流意识形态的共同体想象。

## 一 双重狩猎:帝国意识下的民族共同体困境

共同体概念的最初使用可追溯至古希腊语中的"koinoia"(意为"公共"),当时包括柏拉图、亚里士多德等在内的思想家主要是在"城邦"(polis)意义上谈论共同体。有关共同体的空前讨论出现在18世纪前后,由于工业革命与资本主义全球化,人们迫切探寻新的共同生活方式来改变异化的世界,而共同体一词正是对这类探寻的概括。③ 发展至今,学界关于共同体的探讨不断增殖。通常认为,共同体指某个地区的

---

① 美国学者斯塔罗宾(Christina Starobin)曾梳理过库柏动物书写的关键面向。Christina Starobin, *Cooper's Critters: Animals in the Leatherstocking Tales*, Dissertation of New York University, 1992, p. 304.

② 现有研究中,西维尔斯(Matthew W. Sivils)和欧勒曼斯(Onno Oerlemans)的研究涉及认同、身份、归属等共同体问题。西维尔斯认为,库柏笔下的动物是跨越文化和种族界限的推动者,融合了自然与族群认同,表达了对人与自然及不同文化群体关系的看法;欧勒曼斯则指出,库柏将美洲原住民的动物象征主义与欧洲的动物观念,尤其是包含等级链的物种本质主义结合起来,试图创造出一个关于身份的新神话。然而,二人均未系统阐释动物书写与共同体想象之关联。Matthew W. Sivils, "Bears, Culture-Crossing, and the Leatherstocking Tales", *James Fenimore Cooper Society Miscellaneous Paper*, 21 (2005), p. 5; Onno Oerlemans, "Cooper's Animal Offences: The Confusion of Species in *Last of the Mohicans*", in S. McHugh et al., eds., *The Palgrave Handbook of Animals and Literature*, Cham, Switzerland: Palgrave Macmillan, 2021, p. 308.

③ Raymond Williams, *Keywords: A Vocabulary of Culture and Society*, New York: Oxford University Press, 2015, p. 39.

群体具有一些共同的身份特征和历史经验，其建立在种族、宗教、阶级或政治的基础上，与现存秩序的关系可能是积极的或颠覆的。[①] 美国建国后沿袭西方政治传统，以同质化作为构建"民族—国家"共同体的基础。所谓"同质"，不仅指人在动物性/血统的同质，亦指精神性/文化的同质，即独尊"盎格鲁—撒克逊"血统及其文化。尽管该民族理念在后来的美国历史中被不断修正，但在19世纪却独占鳌头，并与其他帝国野心话语形成文化共谋，以此合理化主流白人对其他物种和人种的歧视与剥削。

这种帝国意识形态在库柏小说中颇有反映，其多部作品都再现了北美定居者的狩猎历史。《拓荒者》（The Pioneers）便描写了坦普尔镇村民猎鸽比赛的场景：天上旅鸽密密麻麻，地上人头攒动，村民用各种枪械、弓箭射杀鸽群，漫山遍野布满旅鸽尸体，远远超出了小镇需求，按村民的话说，"鸽肉足以为部队提供一个月给养，羽毛能够给全国人民制造新被"。[②] 对肆意捕杀的刻画体现了库柏对早期拓荒者粗暴开发方式的严厉谴责，其深层所指，则是帝国狩猎背后潜藏的以欧洲为中心的人类中心主义（Eurocentric form of anthropocentrism），"西欧凭借残暴和枪支，更依靠地理与生态作战（实现世界霸权）"，致使新大陆沦为欧洲社会经济的一个巨大而独特的附庸。[③] 在《拓荒者》中，除了旅鸽，其他动物也未能幸免。例如，小镇监督员琼斯（Jones）自鸣得意的"捕鱼论"就鼓吹，捕鱼绝不能慢条斯理，更不能徒劳无获，只有将鱼儿成百上千网入囊中才叫"捕鱼"。然而，如此多的旅鸽和鱼，村民均无法消化，只能任其死亡、腐烂。对于这种行为，坦普尔法官（Judge Marmaduke Temple）和邦波（Natty Bumppo）都感到痛心疾首。邦波提出"用而不费"的朴素理念，他说："我在不缺鹿肉和鹿皮的时候，是绝不

---

① Gerard Delanty, *Community*, London & New York: Routledge, 2010, p. 9.

② J. F. Cooper, *The Leatherstocking Tales I*, Blake Nevins, ed., New York: The Library of America, 1985, p. 246. 后文出自同一著作的引文，将随文标出该著名称和引文出处页码，不再另注。

③ Alfred W. Crosby, *Ecological Imperialism: The Biological Expansion of Europe, 900 – 1900*, Cambridge: Cambridge University Press, 2004, p. 18.

会杀鹿的。"① 而法官则试图用法律来约束这种行径。显然，库柏通过这两个人物的塑造，无声地鞭挞了小镇居民毫无节制的殖民狩猎。

无度狩猎在库柏次年发表的《领航人》(*The Pilot*) 里得到了进一步展现。小说中，帝国卫士科芬（Coffin）和巴恩斯泰伯（Barnstable）深知鲸鱼既不能拖回去当粮食，鲸鱼尸体还可能漂至岸边为敌军提供鲸油，但即便如此，他们看到鲸鱼都出于习惯和野心而想立刻击杀。与《拓荒者》中旅鸽被想象成扫荡麦田的坏蛋类似，《领航人》的鲸鱼也被殖民者冠以深海可怕的怪兽之名，两者都凸显了典型的"将自然妖魔化"（nature-as-monster）的思维模式，即把自然视为会对人类构成威胁的邪恶怪物②，从而赋予人类消灭这些物种的正当权利。库柏笔下科芬和巴恩斯泰伯看似无实际意义的疯狂猎鲸，其实充斥着物种暴力与殖民暴力，并作为一种象征资本与话语实践体现了对动物他者的权力欲望，因为在殖民语境下，猎杀动物（尤其是大型野生动物）是征服、统治和规训殖民地的过程，殖民者通过屠杀动物建立强势话语以彰显帝国权威、震慑反抗力量。③ 换言之，将动物妖魔化的海外狩猎凸显人类英雄主义的同时，亦是帝国主义秩序的建构。在这个意义上，库柏要批判的是殖民主义与物种主义的紧密媾和，因为这两种不同表征的中心—边缘逻辑由此贯通，共同达成帝国主义目标，如历史学家麦肯齐（John M. Mackenzie）所言，狩猎作为殖民开拓的必要准备与物质实践（粮草补给、军事训练、战争操演等），是欧洲对外扩张的重要内容。④

帝国狩猎不仅表现在对动物的屠戮，也表现在把其他族群视作动物。库柏的《最后的莫希干人》(*The Last of the Mohicans*) 便展示了殖民者将

---

① J. F. Cooper, *The Leatherstocking Tales* II, Blake Nevins, ed., New York: The Library of America, 1985, p. 535. 后文出自同一著作的引文，将随文标出该名称和引文出处页码，不再另注。

② Margaret Atwood, "Selections from Survival: A Thematic Guide to Canadian Literature (1972)", in E. Soper & N. Bradley, eds., *Greening the Maple: Canadian Ecocriticism in Context*, Calgary: University of Calgary Press, 2013, p. 361.

③ David Perkins, *Romanticism and Animal Rights*, Cambridge: Cambridge University Press, 2003, p. 66.

④ John M. Mackenzie, *The Empire of Nature: Hunting, Conservation and British Imperialism*, Manchester: Manchester University Press, 1988, p. 44.

印第安人降格为非人的各种称呼,包括"野猫"(cats-o'-the-mountain)、"畜生"(beast)、"怪兽"(unearthly beings)、"幽灵"(specters)、"野蛮人"(the savage)等,其中英军少校海沃德(Heyward)更是直接把印第安儿童描绘成"不像普通血肉之躯的人类"(The Leatherstocking Tales I: 737)。无独有偶,在《大草原》(The Prairie)中,所谓的医师博物学家巴特博士(Dr. Bat)也将印第安人描述成"违背自然法则的怪物",完全颠覆生物的正常纲属划分(The Leatherstocking Tales I: 1084)。显然,污名化的语言同时贬低了印第安人和动物,显示了种族主义与物种歧视的交融。事实上,在殖民扩张的道路上,欧洲帝国主义者总是炮舰未到、先闻其声,屡屡使用"鼠辈""蠢猪"等字眼辱骂种族他者。① 而库柏所描写的这种帝国心态在当时极为普遍,在许多欧洲人看来,新大陆是无主之地或是被野蛮人据有,当地居民身上的兽性超过任何野兽,等待被教化或征服,残忍的殖民行径甚至美其名曰"白人的重担"(the white man's burden)。② 对此,罗曼(Carrie Rohman)一针见血地指出,将动物性转嫁给种族他者是白人殖民的惯用伎俩,其所缔造的"殖民动物"(colonial animal)旨在维护西方主体地位,保持帝国主义霸权的生命力与合法性。③

库柏的另一部力作《杀鹿人》(The Deerslayer)里的白人边民赫里(Hurry)就是这种帝国思维的典型代表。小说中,赫里以"色"观人,提出白肤色最高贵、黑肤色次之、红肤色最劣,因而白种人最优秀,黑

---

① Steven Best, "Rethinking Revolution: Total Liberation, Alliance Politics, and a Prolegomena to Resistance Movements in the Twenty-First Century", in R. Amster, et al., eds., *Contemporary Anarchist Studies: An Introductory Anthology of Anarchy in the Academy*, New York: Routledge, 2009, p. 197.

② "白人的重担"出自英国诗人吉卜林(J. R. Kipling)发表于1899年的同名诗。吉卜林认为,欧洲白人作为上帝选民肩负着启迪全世界落后民族的责任。不少学者将这种观点视为欧洲中心主义、种族歧视主义和文化帝国主义的体现,指出其本质是为殖民主义辩护,而将其他族群"非人化"(dehumanization)是西方构建自我与他者、文明与野蛮的重要话语策略。Margaret Drabble, ed., *The Oxford Companion to English Literature*, New York: Oxford University Press, 2000, p. 808; Stephen Greenblatt, ed., *The Norton Anthology of English Literature* II, New York: W. W. Norton & Company, 2006, p. 985.

③ Carrie Rohman, *Stalking the Subject: Modernism and the Animal*, New York: Columbia University Press, 2009, p. 29.

人勉强可以为白人劳作，至于最糟糕的印第安红人，其创造者似乎根本没把他们当人看。赫里公开宣称，"红鬼的头皮和狼耳是同样的东西"，并与以海盗发家的哈特（Hutter）合谋偷袭印第安人，惨无人道地割头皮领赏，连妇女孩童都不放过，

> "拿他们领赏，"对方抬起头说，阴沉地望着正在注视着他的同伴，脸上流露出来的冷酷和贪婪比仇恨和报复的心情还要强烈。要是里头有女人，自然就有小孩，大小都是头皮，殖民当局都一样赏钱。(*The Leatherstocking Tales Ⅱ*: 564)

透过猎"红"与捕狼的并置，库柏再次印证了种族主义与物种主义的同谋关系。不过，在《杀鹿人》中，库柏真正的矛头指向，是当时的政策制定者与帝国殖民事业，因为如果没有高价收购印第安头皮的殖民政策，也不会有赫里等人对猎杀印第安人的热衷。由于当局政策鼓励，剥印第安人头皮在现实中成了一种致富之道甚或荣耀①，直接酿成了19世纪30年代的印第安"血泪之路"（the Trail of Tears）。② 与高价收购印第安头皮同步，西方殖民者利用"火水"、《圣经》等麻痹、同化印第安人的斗志，并恶意挑拨各部落互相残杀，试图从肉体和文化上对其进行剿杀。需要指出，库柏并未否认剥头皮的习俗源于印第安文化，"皮袜子五部曲"中不同年龄段的邦波都曾强调过剥头皮乃印第安人所特有，但这并不意味着邦波认可主流话语对印第安剥头皮的刻板印象。在《探路人》(*The Pathfinder*) 中，邦波说道："[剥头皮]就是[钦加哥（Chingachgook）]的天赋，让他享受这件事吧。我们是白人，不可损伤死人，即便敌人也不例外；但在红人眼里，这是一种荣誉。"(*The Leatherstocking Tales Ⅱ*: 81)

---

① Stephen Bochner, *Cultures in Contact: Studies in Cross-Cultural Interaction*, New York: Pergamon Press Inc., 1982, pp. 24-25.
② 有"印第安人杀手"之称的美国杰克逊（A. Jackson）总统在1830年签署了《印第安人迁移法案》(the Indian Removal Act)，迫使美洲原住民从美国东南部迁往密西西比河西岸，在迁徙过程中，印第安人惨遭杀戮和抢夺，人口锐减，史称印第安"血泪之路"。

此语不仅说明剥头皮是印第安人的风俗习惯,更表明邦波理解剥头皮对印第安人的文化意义——事实上,根据传教士赫克韦尔德(John G. E. Heckewelder)的记述,印第安人的剥头皮习俗并非像白人社会传闻中那样暴戾恣睢,相反,其象征着公平、诚实、勇敢和好战精神,而且偶尔的刑罚虽很残酷,但如果俘虏足够勇敢,就有可能避免;而很显然,库柏受到了赫氏的影响。① 在《杀鹿人》中,真正残暴无度的是白人赫里和哈特,两者为了剥头皮领取当局赏金,不惜使用各种阴谋诡计、人性尽丧;反观将邦波俘获的印第安人,他们反而不急于剥其头皮,而是对他的英勇善战敬佩有加,"我们休伦人尊敬你,何必要折磨你呢?我们之间并无宿仇,虽说你打死了我们一个战士,但是也不能因此就永远结下冤仇"(The Leatherstocking Tales Ⅱ:782)。可见,在库柏笔下,即便是"坏"印第安人也是有原则的,并不会随意恶意地剥人头皮。事实上,白人对剥头皮作为一种"恶习"的渲染与夸大,实是白人"丑化""异化"他者的殖民话语构建的一部分。②

由上观之,库柏的狩猎叙事凸显了美国民族共同体建设的困境,作者笔下的"新世界"充满了血腥与暴力,充满了帝国主义的罪恶。究其原因,库柏着力表现了美国独尊"盎格鲁—撒克逊"人种的偏狭民族主义,揭露了殖民主义、种族主义与物种主义的合流。在库柏看来,这样的帝国意识形态只会加重民族仇恨,危害国土绿色发展,使原本基于战时紧急状态临时结盟的联邦更摇摇欲坠,成为名副其实的

---

① 赫克韦尔德与库柏是同时代人物,其于1818年出版的《印第安各部族的历史、行为习惯和风俗礼仪》中详述了中大西洋地区印第安人的精神信仰、社会制度、教育、语言、食物以及其他习俗等,影响颇大。库柏关于印第安人的知识在很大程度上受到了赫氏影响,他创作的印第安人形象很多都可以在赫氏著作中找到相应的影子。针对剥头皮,赫氏曾询问印第安人为何要留一小撮头发在头顶,后者回答:如果不这样做,杀死一人就可取得多块头皮,这对其他战士来说"不公平"。John G. E. Heckewelder, *History, Manners, and Customs of the Indian Nations: Who Once Inhabited Pennsylvania and the Neighboring State*s, Philadelphia: Historical Society of Pennsylvania, 1876, pp. 217 – 218.

② 有学者撰文探讨了印第安庞尼族(Pawnee)剥头皮的文化意义,指出庞尼战士剥头皮是为了获得精神力量,而献祭头皮还能提高庞尼社会男性的地位,并改善他们的婚姻前景。此外,剥头皮也是为了报复敌人杀害部落成员、加强外交关系,或结束失去朋友或亲属的人的哀悼期而进行的。Mark van de Logt, "'The Powers of the Heavens Shall Eat of My Smoke': The Significance of Scalping in Pawnee Warfare", *The Journal of Military History*, 1 (2008), p. 71.

涣散"独体";而要构建真正能够联结各方人心的共同体,必须摒弃保守狭隘的民族成见与根深蒂固的物种偏见。这种开放的、包容的民族共同体观是库柏超越疆界思考的结果,也促使其自然而然把目光转向这片土地的原住民、被边缘化的他族——印第安人,书写他们的故事,为他们发声。

## 二 万物有灵:原住民的生命共同体理想

当主流意识形态极力彰显人与动物、人与人的差距以建立一个人类本位、白人至上的等级秩序时,库柏却在小说中通过再现印第安人的"泛灵信仰"(animism)与"图腾制度"(totemism),勾勒出北美原住民社会人与动物平等共生的轮廓,挑战了二元对立的思维模式,展示了一种迥然相异于西方传统道德哲学的生命共同体思想。"生命共同体"一词可追溯到野生动物管理研究创始者利奥波德(Aldo Leopold)阐述的大地伦理,意为包括土壤、水源、植物、动物在内的"生物/生命团队"(biotic team)。[①] 如今,这一概念发展为基于生态伦理信念而结成的、饱含道德情感与道德意志的生命世界,其宗旨是道德代理人对人与非人之伦理关系的考量和确认。

在库柏的作品中,原住民相信万物有灵,人的生存依赖于自然,人类并不具有凌驾于动物或自然之上的特权。《最后的莫希干人》中,身为"高贵野蛮人"之代表的钦加哥就不加掩饰地明言,莫希干部族之所以能幸福生活,得益于"盐湖给予他们鲜鱼,森林给予他们麋鹿,天空给予他们飞鸟"(*The Leatherstocking Tales* I: 504),其对非人类生命的感恩敬畏之情跃然纸上。印第安人的这种生态观主要源于其宇宙观是建立在"多元自然主义"(multinaturalism)或"美洲印第安视角主义"(Amerindian perspectivism)之上,该宇宙观否定人类至上的理念,认为世上所有事

---

① Aldo Leopold, *A Sand County Almanac and Sketches Here and There*, New York: Oxford University Press, 1968, p. 204.

物的共同参照物不是作为物种的人，而是作为条件的人。① 因此，人类作为相互关联的生态网络中的一环，与动物的地位并无二致。正是这种理解，使印第安人对动物怀有敬畏之心，不敢滥杀滥捕。这一思想在库柏"皮袜子五部曲"中反复再现，其主人公邦波便多次强调，如果不出于饮食和穿着所需，印第安人不会随意捕杀动物，而他本人也受到这种理念影响而提出"用而不费"。显然，在原住民社会，人与动物是平等与赐予的共生关系，而非纯粹的追捕与猎杀的利益关系，更非殖民者滥杀动物的绝对宰制关系，在这个意义上，库柏遥相呼应了同为浪漫主义代表的华兹华斯和柯尔律治对西方狩猎认识的"统治""支配"等主导观念的质疑。②

不仅如此，相较于直到19世纪后半叶物种进化论的出现才扭转现代知识体系（如笛卡尔的"动物机械论"）对动物的错误认知③，印第安人的生态理念则可谓激进，如库柏所呈现的，其一直强调动物生命的主体能动性，强调人类与非人类群体在生理和道德上具有连续性。在《最后的莫希干人》中，库柏详细描写道，印第安人与动物说话是原住民的惯常做法，他们经常同死于己手的动物对话，或是称赞它们坚强，或是责骂它们懦弱。因为在印第安人看来，动物是"乔装之人"（humans in disguise），它们与人类虽有生理区别（如皮毛、鳞片、羽翼等），但却有

---

① Philippe Descola, *Beyond Nature and Culture*, trans. J. Lloyd, Chicago: University of Chicago Press, 2013, p. 11.

② 有学者深入分析了华兹华斯和柯尔律治对于库柏的创作及思想的深刻影响，并提出库柏与华、柯有着相似的自然观；而华、柯在诗作中都曾暗指西方狩猎是一种利己主义的自我肯定表达，即，猎人通过杀死动物（包括凝视动物尸体），借以享受英勇、征服、自豪等情感体验。Lance Schachterle, "Cooper and Wordsworth", *Studies in English*, *New Series*, 1 (1992), p. 29; David Perkins, *Romanticism and Animal Rights*, Cambridge: Cambridge University Press, pp. 83 – 84.

③ 在动物问题上，笛卡尔的哲学遗产对现代社会起决定性的作用。他认为动物是"自动装置"（automata），并提出了区分人与动物的两条标准：第一，动物不能使用语言表达思想；第二，动物只能胜任某件或某种事情。达尔文进化论之前，西方文化，尤其是科学界并不接受人和动物属于同类的说法，因此当达尔文提出人是由动物进化而来时，整个西方社会都为之震惊，人们认为这一理论不仅对宗教"神造论"和林奈"物种不变论"发起了一场革命，更是对人的严重亵渎。事实上，进化论的提出距离达尔文最初思考自然选择来解释物种演化已逾二十多年，他本人曾有意推迟发表该理论，相当一部分原因就是担心该观点过于激进。详见拙作《他者·他性·他我：当代新英语小说中的动物研究》，中国社会科学出版社2022年版，第220、319页。

着相似的灵魂，这种认识不仅使原住民的动物行为解释符合人类的社会规范和道德准则，而且使原住民与动物建立平等交流成为可能。① 结合小说产生的时代背景可知，库柏虽没有预言进化论，却借印第安书写预见到了其所涉及的关键问题，尤其是人与动物之间的生物联系；而这并非偶然，库柏在寓言《莫尼金》(The Monikins)中就曾通过探讨人与猴子的关系，更确切地说是某种紧密却缺失的联系②，触及了当时重大事件，即人类演化的"缺失之环"(missing link)。③ 显而易见，库柏的原住民故事打破人与动物之间的界限，似乎意在提供超出传统之外的理解，如斯塔罗宾（Christina Starobin）所言，"他可能已经感觉到进化变革之风正在酝酿之中"。④

事实上，对于部分五大湖区的印第安人来说，宇宙的创造过程按照时间顺序依次为：植物、昆虫、鸟类、动物和人类。人类是最后出现的，也是最不重要的。由于其他动物在地球上生存的时间更长，因此它们比人类拥有更多精神力量。正是基于此，印第安人视动物为亲属并形成了具有民族特色的动物图腾文化，比如小说中休伦族便以驼鹿为祖先图腾、

---

① Philippe Descola, *Beyond Nature and Culture*, trans. J. Lloyd, Chicago: University of Chicago Press, p. 129.

② 在库柏时代，人们普遍否认人与猴子存在亲缘关系，尽管库柏也受到时代影响，但其作品反复透露出这两个物种（包括人与其他动物）之间存在超出传统想象的联系，甚至是"惊人的相似"。其中，《莫尼金》就讲述了一个格列佛式冒险故事，主人公戈尔登卡夫（John Goldencalf）遇到像人一样大小、会说话的猴子，即"莫尼金"（monikins，又译为"模拟人"）。在库柏看来，一方面，猴子与文明的莫尼金人之间有着某种"缺失的联系"；另一方面，人们以"遗失的莫尼金"（the lost monikins）之名来区分所有人类猴子物种。J. F. Cooper, *The Monikins*, New York: D. Appleton, 1873, pp. 157, 173, 242, 312.

③ "缺失之环"（又作"中间一环"）是为了描述比较解剖学和古代生物学上现代猿类祖先的进化过程中假设的中间形式（人化）而创造的术语。在《人类起源》(*Anthropogenie*, 1874)、《宇宙之谜》(*The Riddle of the Universe*, 1899)等书中，德国博物学家黑克尔（Ernst Haeckel）重构了人从"志留纪"(the Silurian)的鱼类，经由"中新世"(the Miocene)的"人猿"(man-apes)或"人形动物"(Anthropomorphs)进化为人的历史。黑克尔提出假设认为，在从"人猿"(man-apes)或"类人猿"(anthropoid apes)进化到人的过程中，存在着一个过渡的阶段即"缺失之环"，在该阶段"人"还不具备语言能力，他把这种特殊的生物称为"猿人"(ape-man)。Giorgio Agamben, *The Open: Man and Animal*, trans. Kevin Attell, Stanford: Stanford University Press, 2004, pp. 33 – 34.

④ Christina Starobin, *Cooper's Critters: Animals in the Leatherstocking Tales*, Dissertation of New York University, 1992, p. 230.

特拉华族以乌龟为祖先图腾。"图腾"（totem）一词本源于印第安语，意思是"亲族/标记"。在库柏的文本世界，图腾是原住民氏族成员共用的装饰标记，从身体装饰、日常用具，到住所墓地、氏族姓氏等无所不囊，对被认定为图腾的动物，氏族成员必须崇敬有加，不能随意伤害，更不能杀害，违者必惩。库柏是西方首位将印第安图腾文化写入小说的作家，其《最后的莫希干人》被《牛津英语词典》列为首部展示图腾的文学文本。① 在其作品中，动物图腾文化是原住民泛灵信仰的重要表现形式。小说中，艾丽斯（Alice）和科拉（Cora）前往堡垒探望父亲的途中被劫，邦波凭借熊皮的伪装顺利混进印第安部落，从而成功搭救她们；麦格瓦（Magua）的队伍有位酋长每当经过河狸住地，都会停下向河狸问候致意，唤其为"兄弟姐妹"，他请求河狸赠予智慧时仿佛在跟"更有灵性的生命"对话，而酋长与河狸的整个沟通都被同伴看作一件"严肃"的事情（The Leatherstocking Tales Ⅰ：800）。这些情节不仅展现了印第安人对图腾动物的生命敬畏，同时映射出原住民动物图腾文化的身份建构功能，如列维-斯特劳斯（Claude Levi-Strauss）所指出的，对原住民而言，人与动物具有同一性，他们相信自己和图腾动物之间有着某种联系，这些联系解释了人与祖先、人与世界，以及人与过去、现在和未来的关系，正是这两种秩序共同作用形成了图腾制度。②

库柏还注意到，在原住民社会人与动物之间经常产生混淆。《最后的莫希干人》中，海沃德就把一群日间活动的河狸误认成休伦族部落，而麦格瓦以为自己对着一只大河狸说话，结果对方竟是莫西干族钦加哥。无论是像人的动物，还是像动物的人，似乎都在提醒读者，人与动物的分界、文明与原始的区隔，其实相当模糊。在库柏笔下，河狸引发的界限消弭蔓延至自然本身：人类所看到的湖，忽然变成了河狸池，人类所认为的瀑布，变成了这种聪明勤劳的动物建造的水坝。库柏所描述的这些印第安轶事并不罕见，因为历史上许多美洲印第安部落的神话都流传

---

① Wayne Franklin, "Introduction", in J. F. Cooper, *The Last of the Mohicans*, Cambridge & London: Harvard University Press, 2011, pp. 9 – 24.

② Claude Levi-Strauss, *Totemism*, trans. R. Needham, London: Merlin Press, 1991, pp. 10 – 11.

着人与动物互相转化或嵌合的故事,而小说中河狸这种带有迷惑性色彩的"骗子叙事"(trickster narrative,也译作"捣蛋鬼""恶作剧者""变形者")在北美原住民口头传说中也屡见不鲜。印第安批评家认为,骗子是规则的破除者和反抗者,其抵制任何物种的固有界定,它们代表着越界与力量。① 由此而观,通过对印第安口头叙事传统的文化借用,库柏有意挑战既定僵化的边界与藩篱,颠覆建构人与动物的身份特征的二元对立概念。

从库柏的叙述不难看出,在印第安社会传统西方思想所强调的文化与自然的对立并不存在;相反,人与动物是统一的生命共同体。这种观念在根本上与西方二分思维相抵牾,因此,库柏作品中所有尝试皈依西方文明的印第安人都遭遇了信仰崩塌。② 在这个意义上,印第安人的万物有灵不仅是其精神信仰与文化习俗的反映,亦是其本体论与认识论的具象化,这也是为何哈维(Graham Harvey)等宗教研究学者提出以学术的视角解读泛灵信仰(academic animism)的初衷。③ 与此同时,库柏亦借此表明,人与动物之间的那道鸿沟并非不可逾越,更不能成为任何压迫的托词,甚至二元对立的概念或事物之间的界限也不是泾渭分明,由此,库柏试图将一切等级森严的意识形态大厦之根基连根拔起,并激发读者重新思考何为动物、何为人以及何为生命的本质。

## 三 种/群共生:生态危机中的环境共同体吁求

在库柏时期,受基督教这一"人类有史以来最人类中心主义的宗教"④

---

① Kenneth Lincoln, *Native American Renaissance*, Berkeley: University of California Press, 1985, p. 122.
② 参见拙作《论库柏对"文明开化"的批判——兼谈"皮袜子五部曲"中的文化相对主义》,《上海对外经贸大学学报》2018年第1期。
③ Graham Harvey, "Animals, Animists, and Academics", *Zygon: Journal of Religion and Science*, 1 (2006), p. 13.
④ Lynn Jr. White, "The Historical Roots of Our Ecologic Crisis", *Science: New Series*, 155 (1967), p. 1205.

的影响，北美沿袭西方功利主义传统恣意地压榨自然，加上19世纪恰逢工业革命高速发展、欧洲资本疯狂扩张以及殖民主义剧烈膨胀，因此美国的环境遭到严重破坏。85%的原始森林、98%的高原草原退化消失，数百种动植物濒危乃至灭绝——如此触目惊心的生态破坏并未引起当时人们的关注，但在库柏作品中却有所呈现。"库柏协会"创始人麦克杜格尔（Hugh C. MacDougall）回顾说，库柏极具前瞻性地传达了三个重要环境法则，这些法则后来成为西方环境运动中的先导理念：自然资源不是取之不尽的；自然、荒野以及野生动植物必须加以保护；忽视大自然的警告将导致人类自取灭亡。① 在小说中，库柏将环境伦理书写置于全球地缘政治背景中，通过对物种灭绝与种群危机等问题的探讨检视了人类文明发展的形态及道路，表达了种/群共生的环境共同体愿景。

如前所述，欧洲扩张对北美新大陆的生态造成了不可逆转的影响，野生物种的急剧减少与灭绝是其直接后果之一。库柏的《杀鹿人》便通过对比叙述呈现了入侵者给当地野生动物带来的毁灭性打击：明镜湖作为纽约州的内地湖泊，原本跟其他水域一样是候鸟栖息之所，拥有种类繁多的水鸟，直至白人哈特的到来打破了这片广漠地带的宁静，该湖的生物群落日渐凋零。事实上，明镜湖的环境变迁作为缩影折射出北美因欧洲入侵而导致物种衰竭的生态退化全景，而这一湖泊记事同样有史实支撑——自西欧殖民北美后，诸如旅鸽、河狸、野牛等本地动物都相继灭绝或接近灭绝，许多其他物种在生态学意义上也已名存实亡，而栖息地损害是目前导致动物死亡的最致命方式。② 在介绍哈特的水寨时，库柏写道："在逐渐明亮的晨曦中，只有一样东西朦胧可辨，那就是人所创造的东西"，但它破坏了大自然的和谐（*The Leatherstocking Tales* II：805）。哈特等人的环境改造实则扰乱了自然平衡，白人所谓的文明实则是赤裸裸的野蛮，这无疑是作者对西方自诩的"文明"之深刻反讽。库

---

① Hugh C. MacDougall, "James Fenimore Cooper: Pioneer of the Environmental Movement", 1990, https://www.jfcoopersociety.org/articles/INFORMAL/HUGH-ENVIRONMENT.HTML [2022-12-18].

② Paul Ehrlich & Anne Ehrlich, "Extinction", in T. Regan & P. Singer, eds., *Animal Rights and Human Obligations*, Englewood Cliffs: Prentice Hall, 1989, p. 250.

柏这一警示后来很快在纽约动物学会会长奥斯本（H. F. Osborn）处得到了响应，后者公开批评美国是世界上环境破坏速度最快的国家，"地球天堂正在变成地球炼狱（earthly-hades），导致这个恶果的并非野蛮人，而是那些文明自居者"。①

除了自然环境，库柏还描写了北美原住民所遭受的种群危机与覆灭。一方面，白人肆无忌惮地损毁印第安人的原始森林，并对其实施骇人听闻的种族灭绝，莫希干族、怀安多特族等均惨遭灭族；另一方面，欧洲向新大陆输出人与动植物被视为对当地荒野的必要替代，而由于本地掠食者锐减，这些外来物种很快在新世界繁衍生息，并因此形成入侵物种。在这里，库柏以貌似客观的笔触，悄然揭示了被打上"野蛮"标签的新大陆持续被欧洲"文明"改造净化的残酷真相②，即肢解旧社会肌体与强加新的物种体系。可见，欧洲的文明扩张和传播实际上饱含着环境种族主义或克罗斯比（Alfred W. Crosby）所称的"生态帝国主义"（ecological imperialism）——由于族群清洗与物种入侵，几乎没有一个被殖民地拥有足够的生态资源支撑自我发展③，欧洲化的实质是对当地社会正义和环境正义的双重侵害，而库柏将小说取名为《最后的莫希干人》，正是隐喻印第安人在白人入侵下的逐渐消亡。在作品中，钦加哥就声泪俱下地控诉，自英国人、荷兰人到来后，部落被迫离开久居的故土，一步一步被驱赶出家园，即使作为大酋长的他，最后也只能从树缝里瞥一眼阳光，甚至不能探望祖坟。对此，库柏尖锐地揭露："在文明的推进——或者说文明的侵略——面前，所有印第安部落的人民都像他们故土上的绿叶，在刺骨的严寒侵袭下纷纷坠地，逐渐消失……有足够的历史事实证

---

① Qtd. from Peter Matthiessen, *Wildlife in America*, New York: The Viking Press, 1987, p. 179.

② 欧洲帝国在殖民扩张中往往自诩为先进"文明"的传播者，并将新大陆、非洲等为代表的他者世界视为"野蛮"。按照库柏同时代著名商人、探险家格雷（Robert Gray）——第一位完成环球航行的美国船长——的说法，"地球'绝大部分地区'都被野兽或野蛮人占有，而且是非法占据，他们因为无神而无知、亵渎神灵而崇拜偶像"。Qtd. from Keith Thomas, *Man and the Natural World: A History of the Modern Sensibility*, New York: Pantheon, 1983, p. 42.

③ Alfred W. Crosby, *Ecological Imperialism: The Biological Expansion of Europe, 900 – 1900*, Cambridge: Cambridge University Press, 2004, p. 19.

明,这种悲惨景象并非虚构。"(*The Leatherstocking Tales* Ⅰ: 475)

印第安人今天被认为是美国最早的生态主义者,并被赋予"生态的印第安人"(the Ecological Indian)之名。① 事实上,无论"生态的印第安人"是否只存在于传说,其本身已构成思考的切入点,而库柏引入"生态的印第安人"的初衷并非知识普及或文化考古,而是为了向读者呈现人与自然共处的另一种可能。因此,小说中"生态的印第安人"往往不是单独出现,总是与非生态的白人形成对比。在《杀鹿人》中,特拉华人钦加哥和希斯特(Hist)面对自然景色时表现出由衷的审美敏感,两人尽情领略晨光中的美景,连他们自己也无法解释彼时体验;而站在一旁的白人哈特和赫里却对美景无动于衷,他们除了向自然索取生活所需,毫无其他感情。在《最后的莫希干人》中,原住民对自然神的敬仰被白人嘲笑为对着自己创造的偶像顶礼膜拜,加尔文教徒大卫(David)称特拉华人的动物崇拜令人作呕。通过这些强烈的反差,库柏清楚地映现出两种截然不同的环境观:作为土地代理人的印第安人信奉天人合一、尊重自然的生命哲学;而作为侵略者的白人却始终视己为万物主宰并对自然予取予求。显然,如果说基督文明的独尊人类带来的是杀戮与暴虐,那么印第安人的万物共生则为人类如何与其他物种相处提供了另一种可能。从这个意义上,库柏赋予笔下印第安风景以瑰丽的色彩其实是针对拓荒者践踏环境的一种曲折批判。库柏深信,人类不应凌驾万物之上,而是与其他物种互为一体、共生融通,如其所警示,"人类一旦做了主人,大自然就会遭殃"(*The Leatherstocking Tales* Ⅰ: 609)。从更深层的角度看,库柏所要揭示的是文化根源与环境破坏之间的内在关联,即要从根本上缓解生态危机,必须消除人类征服和统治自然的思想。

这种环境共同体意识在整个"皮袜子五部曲"的主人公邦波身上得到了淋漓尽致的诠释。在库柏叙述下,邦波反对自然歧视,拒绝物种主义。对于坦普尔镇滥杀鸟兽,他感到无比痛恨并为之悲伤,认为那是罪恶的刽

---

① Shepard Krech Ⅲ, *The Ecological Indian: Myth and History*, New York & London: W. W. Norton & Company, 1999, p.22.

子手行径。邦波尤其反对把伤害动物当作消遣,他将快要断气却仍受折磨的生灵比作挣扎在垂死边缘的人类,充分体现了库柏将非人生命纳入关怀的环境伦理。令人唏嘘的是,库柏同时代的大多数人从未考虑过动物的道德身份,当时的知名神经学家德纳(C. L. Dana)甚至直批动物代言者患有精神疾病,谓之"恋兽狂"(zoophil-psychosis)。[①] 此外,邦波还主动去人类中心化,与自然万物融为一体。他呼吁人们与动物为伍,重视大自然这本"书":"要是一个人懂得大自然的信号,他就该学乖一点,学学天空的飞鸟和地上的野兽!"(The Leatherstocking Tales I: 612)《大草原》中,耄耋之年的邦波徜徉于荒野的怀抱,顿感人类不如蚂蚁,因为相较于人类的傲慢与掠夺,蚁群似乎更有自知之明。事实上,邦波所持的这些环境理念直到19世纪90年代(即距离库柏写作大约两代人后)在美国自然主义者的呼吁下,随着罗斯福(Theodore Roosevelt)总统的上任,才演变为一场声势浩大的环境运动。归根究底,那种主张非人类存在物具有道德地位的共同体思想,与当时美国追求增长、崇尚竞争以及统治自然的文明发展观格格不入。库柏通过邦波这一角色,展示并证实了他作为"环境运动先驱"(the prophet of the Environmental Movement)的洞察力与前瞻性。[②]

应该指出,库柏的目的并不在彰显印第安人、贬低白人,更不意在制造文明的对立。相反,库柏作为公认的爱国作家,其写作的出发点是为了建设更美好的国家,他对印第安文明的态度是取其精华、去其糟粕,再为"我"所用,这是一种世界主义的包容态度,这从他本人评价邦波"集中了两种文明的优秀特质"的言辞中亦可见端倪(The Leatherstocking Tales II: 490 - 491)。在生态问题上,库柏更多是为了深入审视环境问题的历史性与政治性,正如康韦(Jill K. Conway)等学者所言,如果要找出应对当今环境威胁的有效方案,我们必须将其置于更广阔的历史、

---

① Qtd. from Tom Regan, *Defending Animal Rights*, Urbana: University of Illinois Press, 2001, p. 1.

② Hugh C. MacDougall, "James Fenimore Cooper: Pioneer of the Environmental Movement", 1990, https://www.jfcoopersociety.org/articles/INFORMAL/HUGH - ENVIRONMENT.HTML [2022 - 12 - 18].

社会和文化背景中去思考。① 当大多数国民都在为美国独立后的国土扩张和西进运动欢呼雀跃时,库柏却冷静地反思文明与自然的紧张冲突、文明与野蛮的吊诡之处,并试图探寻一条既能兼容生态和谐与社会公正议题、又能解决发展与环境之间悖论的多元文化路径。在库柏看来,人类文明的现代化进程不应建立在对环境的剥夺之上,人与自然是不可分割的有机整体,世界万物之间存在着共生关系,其意味着超越物种界限,也意味着打破族群藩篱以构建新型共同体。

## 结　语

18 世纪末、19 世纪初从美洲新兴国家开始,世界范围内兴起了构建民族国家的运动。共同体构建是 19 世纪美国面临的最为紧迫的难题,在这个时刻,主流意识形态选择了保守主义,沿袭西方政治思想传统中的同质化政策。但在库柏看来,这种狭隘的共同体观只会加剧已有的困境而非解决之,因为摧毁旧的君主制只是共和革命激进主义完成的一半任务,"还必须有别的东西来代替旧的社会关系,否则美国社会将会分崩离析"②。在这个意义上,动物书写在库柏的创作中举重若轻,表面上似乎是库柏对未知新大陆及其文明的猎奇,实则直指现实政治生态。库柏在小说中借助动物书写将自然、政治、社会、文化等命题相结合,透过对动物本体与伦理地位的双重考察,揭露了动物在帝国主义与殖民主义进程中所产生的直接或间接作用,展现了动物在形塑民族文化、族群身份和宗教信仰中所扮演的重要角色,检视了人与人、人与动物、人与自然的和谐相处对于重构环境伦理、促进可持续发展的现实意义,并由此为初生的美利坚合众国勾画了一个新的民族共同体、生命共同体和环境共同体的蓝图。可以说,物种关怀是库柏笔下的人性化共同体的建构的逻辑起点。

---

① Jill K. Conway, Kenneth Keniston, and Leo Marx, eds., *Earth, Air, Fire, Water: Humanistic Studies of the Environment*, Amherst: University of Massachusetts Press, 1999, p. 3.

② Gordon S. Wood, *The Radicalism of the American Revolution*, New York: Knopf Doubleday Publishing Group, 2011, p. 189.

# 奥地利哈布斯堡神话中的特罗塔家族*

■刘 炜
(复旦大学)

【摘 要】约瑟夫·罗特(Joseph Roth)笔下的特罗塔家族是其名著《拉德茨基进行曲》(Radetzkymarsch)中的虚拟人物。有趣的是,这个家族的人物在后来其他奥地利作家的作品中继续被书写和演绎。因为在奥地利文学中,特罗塔已经不只是一个简单的文学人物名字。与哈布斯堡神话的联系使其所承载的象征意义已超越了最初的文本功能,成为一个特定时代的代言者。本文尝试梳理德国纳粹上台前后及第二次世界大战后三个不同时代和文本中的特罗塔形象,阐释其所包含的象征意义及功能。

【关键词】《拉德茨基进行曲》;特罗塔家族;哈布斯堡神话;约瑟夫·罗特

奥地利犹太作家约瑟夫·罗特出版于1932年的小说《拉德茨基进行曲》作为奥地利文学中哈布斯堡神话[①]的代表作,曾被有"文学教皇"之称的德国文学评论家拉尼茨基(Marcel Reich-Ranicki)列为德国人必读的二十部小说之一。书中的特罗塔家族也成为奥地利文学中的代表性

---

\* 项目:本文为国家社会科学基金一般项目"约瑟夫·罗特与奥地利文学中的'哈布斯堡神话'研究"(项目编号18BWW068)的成果。

① 在奥地利文学史中,哈布斯堡神话这一术语一般认为是意大利学者克劳迪奥·马格利斯(Claudio Magris)首先提出的,指的是奥地利作家笔下对没落的哈布斯堡王朝进行讴歌咏叹的一种理想化、乌托邦化,进而神话的倾向。

人物，被续写和演绎在不同作家的作品中。例如罗特1938年流亡时期创作的小说《先王冢》（*Kapuzinergruft*），以及第二次世界大战后奥地利女作家英格博格·巴赫曼（Ingeborg Bachmann）1972年发表的小说集《同声》（*Simultan*），甚至当代奥地利犹太作家罗伯特·辛德尔（Robert Schindel）1992年的小说《原籍》（*Gebürtig*），都与特罗塔家族直接或间接构成了互文关系。作为罗特笔下诸多虚拟文学形象之一，特罗塔家族已经深入人心。之所以如此，是因为围绕着特罗塔家族的是奥地利文学中绕不开的话题——哈布斯堡神话。

在现有研究中，特罗塔作为文学人物形象的阐释多单独与作家罗特本人的经历、具体涉及的文本及奥地利文学史相结合。以国内研究成果为例，在范大灿主编，韩耀成撰写的五卷本《德国文学史》第四卷、韩瑞祥和马文韬的《20世纪奥地利、瑞士德语文学史》，以及余匡复的《德国文学史》修订增补版中，都有对这一家族人物在不同作品中的介绍，但并未解释不同文本中特罗塔形象的异同。有鉴于此，本文尝试通过梳理不同时期奥地利文学作品中的特罗塔家族，阐释和对比其作为奥地利文学中哈布斯堡神话的代言人，在不同时代语境下所承担的象征意义及功能，总结这一文学形象时至今日还能保持活力的原因。

## 一 《拉德茨基进行曲》中的特罗塔家族

特罗塔家族最早出现在约瑟夫·罗特1932年出版的小说《拉德茨基进行曲》中。作家对这部小说的策划由来已久，在他1930年写给好友茨威格的信中，曾提及这部作品描写的是1890年至1914年发生在奥匈帝国的故事。[①] 创作这部小说显然并不是件轻松的任务，尽管罗特对这部作品倾注了全力，却依然感到力不从心。他在给朋友的一封信中抱怨道："我现在穷困潦倒，正在绝望地写作《拉德茨基进行曲》，资料太多，我

---

① Joseph Roth, *Joseph Roth Briefe 1911 – 1939*, hrsg. von Hermann Kesten, Köln, Berlin: Kiepenheuer & Witsch Verlag, 1970, S. 188.

太虚弱，无法驾驭。"① 然而正是这部令他殚精竭虑的小说，成就了罗特日后作为哈布斯堡神话代表作家的盛名。

这部小说的叙事结构并无新意，通过特罗塔一家三代人的华屋丘墟影射了哈布斯堡王朝的世路荣枯。读者在他们身上可以清楚地看到"一个时代必然覆灭的最主要的社会因素"②，即老帝国赖以维系的三根支柱——官僚体系、军事体系和信仰体系——的腐朽不堪。

罗特在《拉德茨基进行曲》中对创业的第一代着墨不多，主人公的祖父曾是索尔弗里诺战役的英雄，靠军功为家族挣下了荣华富贵。作为第二代的父辈则是守成的一代，弗兰茨·冯·特罗塔是奥匈帝国的一名官员，克己奉公，严格遵守各项规定而不逾矩。相对于创业的祖辈，他还能勉强维持家族的产业和荣光。尽管如此，在第二代特罗塔身上，已经可以清楚地看到作为老帝国三根支柱之一的官僚体系缺乏活力，几乎仅剩下一个充满仪式感的空壳。不过这种仪式感恰恰是哈布斯堡神话中为人津津乐道的表现形式。罗兰·巴特曾经指出，神话的特性就是将意义转换成形式。③小说中，每个周日在特罗塔家都可以听见广场上演奏的拉德茨基进行曲。欢快的施特劳斯旋律彰显的是老帝国辉煌的文治武功，对特罗塔家族来说，进行曲则"意味着夏天、自由和故乡"。④ 这种仪式与人物的自然契合营造出了一种和谐气氛。因此有研究者直接指出，哈布斯堡神话其实是对有序的挚爱所构成的历史和文化，对秩序的挚爱掩盖的恰恰是现实世界中的无序。⑤ 这种仪式中表现出来的四平八稳，对经历过第一次世界大战和战后动荡的一代而言，成了一种可望不可即的奢望，而对作家来说，则

---

① Joseph Roth, *Joseph Roth Briefe 1911–1939*, hrsg. von Hermann Kesten, Köln, Berlin: Kiepenheuer & Witsch Verlag, 1970, S. 215.
② 韩瑞祥、马文韬：《20世纪奥地利、瑞士德语文学史》，青岛出版社1998年版，第60页。
③ 详见［法］罗兰·巴特《神话修辞术》，屠友祥、温晋仪译，上海人民出版社2009年版，第193页。
④ ［奥地利］约瑟夫·罗特：《罗特小说集2，拉德茨基进行曲》，刘炜编，关耳、望宁译，漓江出版社2018年版，第35页。后文出自同一著作的引文，将随文标注出该著简称"《罗特2》"和引文出处页码，不再另注。
⑤ Vgl. Claudio Magris, *Der habsburgische Mythos in der modernen Österreichischen Literatur*, Wien: Paul Zsolnay Verlag, 2000, S. 10.

为他在文学作品中理想化出一个乌托邦式的昨日世界提供了可能和必要。

在书中第三代特罗塔人身上，读者能明显地看到主人公卡尔·冯·特罗塔的软弱、无能和颓废，如同研究者所指出，他一直生活在消沉沮丧的气氛中。① 逆来顺受的性格令他多次深陷危机和丑闻而不能自拔。无聊和荒诞始终伴随着年轻一代，这代人的一生似乎都在等待一场无可避免的判决，使家族和周围人的期望与寄托化为泡影。类似的年轻一代在罗特的小说中并不鲜见，例如在另一部小说《第1002夜的故事》(*Die Geschichte von der 1002. Nacht*) 中，主人公骑兵上尉泰丁格男爵为了摆平波斯君主在维也纳的丑闻，荒诞地结束了自己平庸而无聊的生命。

《拉德茨基进行曲》中以年轻的主人公卡尔为代表的第三代特罗塔人，显然不再可能光耀门楣。这一代人身上折射的是帝国没落不可避免的内因。卡尔的成长经历在同龄人中颇具代表性，连他的同袍——本该作为老帝国最可靠的第二根支柱的军官们，也都处于一种颓废萎靡的状态。他们整日流连于酒肆、妓院和赌场之中，甚至连这些地方也回响着带有象征意义的拉德茨基进行曲。无论在首善之地的维也纳，还是天高皇帝远的边疆地区，军备废弛，军人不务正业，士气低下，军纪和荣誉感荡然无存。所以主人公卡尔对自己的父亲说："整个军队都开了小差。"(《罗特2》：446) 不幸的是，这不堪的年轻一代正是老帝国未来的接班人。这种所托非人必然预示着并导致了帝国最终的没落和寿终正寝。

在《拉德茨基进行曲》的特罗塔眼中，老帝国的没落还表现在其内部开始分崩离析的窘境。造成这种结果的原因则是排他的极端民族主义思潮的滋生和蔓延。兼容并蓄的精神作为一种信仰，即对不同文化和信仰的包容，本是老帝国赖以维系的第三根精神支柱，也是其核心价值体系。但民族主义和民粹主义的滥觞最终导致了多民族、多文化的社会解体，正如小说中的科伊尼基伯爵所说："所有的民族都要建立各自独立的肮脏的小国家，连犹太人也会在巴勒斯坦捧出一个国王来。"(《罗特

---

① Vgl. Peter Branscombe, "Symbolik in Radetzkymarsch", hrsg. von Alexander Stillmark, *Joseph Roth, Der Sieg über die Zeit. Londoner Symposium*, Stuttgart: Heinz, Akademie Verlag, 1996, S. 96.

2》：196）在这部小说中，约瑟夫·罗特一再通过人物之口对排他的极端民族主义提出警示，因为这不但意味着被理想化的哈布斯堡王朝从内部瓦解已成必然，而且也为将来导致更大的冲突与灾难埋下了伏笔。

特罗塔家的所有人对老帝国的没落心知肚明，都在等待着最后时刻的降临。这种末日情结弥漫在整个家族之中。在小说开篇一派祥和美好的气氛中，年轻的主人公卡尔就对死亡表现出了一种莫名的好感："最好能在军乐中为陛下赴死，而最轻松的死亡则是在拉德茨基进行曲的旋律中。"(《罗特2》：34) 对年轻的一代而言，生活本身已经失去了意义，而死亡正好是从百无聊赖中的解脱。这种压抑的气氛既是老帝国气息奄奄的写照，又是老帝国江河日下、日薄西山的预示。

这部小说在1932年出版时，奥匈帝国解体已过14年。约瑟夫·罗特通过人物表达了自己对帝国没落的无奈，用书中父辈特罗塔的话来说就是："他看见那个世界在毁灭。"(《罗特2》：238)。在作家眼中，王朝的没落意味着传统价值体系的崩溃，以及随之而来的社会结构的瓦解。帝国解体后形成了诸多民族国家，对罗特这样犹太裔出身的作家而言，以割裂和排他为主要特征的新社会体系和新时代精神意味着冲突和灾难。成书之时，法西斯主义在意大利、匈牙利、德国都已渐成气候，群氓和民族国家代表了新的时代思想和潮流，决定了社会发展的走向。局势发展就如小说人物所说："这个世界，还值得生活下去的这个世界，注定要走向灭亡。"(《罗特2》：274) 这种被研究者称为"特别强烈的预言式的表达"[1]，并非简单的"令人悲伤的听天由命式的控诉"[2]，而是约瑟夫·罗特对将要降临的灾难的预警。在这一灾难中，"世界末日的想象"[3] 将会成为现实。

---

[1] Peter Branscombe, "Symbolik in Radetzkymarsch", hrsg. von Alexander Stillmark, *Joseph Roth, Der Sieg über die Zeit. Londoner Symposium*, Stuttgart: Heinz, Akademie Verlag, 1996, S. 96.

[2] Sonja Sasse, "Der Prophet als Außenseiter", hrsg. von Heinz Ludwig Arnold, *Joseph Roth, Sonderband der Reihe text + kritik*, München: Ed. Text und Kritik Verlag, 1982, S. 88.

[3] Karlheinz Rossbacher, "Der Merseburger Zauberspruch: Joseph Roths apokalyptische Phantasie", hrsg. von Helen Chambers, *Co-existent Contradictions: Joseph Roth in Retrospect: Papers of the 1989 Joseph Roth Symposium at Leeds University to Commemorate the 50th Anniversary of His Death*, California: Ariadne Press, 1991, p. 78.

在罗特这种犹太奥地利作家眼中，老帝国绝非一般意义上的国家政体，而是一种寄托了人文思想的信仰。于是，罗特才将逝去的哈布斯堡王朝理想化乃至乌托邦化，寄托自己挽歌式的哀思。这种定位，不但给奥地利文学中的哈布斯堡神话定下了人文主义的基调，也在接下来的动荡与灾难中，唤醒了亲身经历昨日世界的一代人的共情心，为受纳粹迫害而无家可归的流亡者塑造了一个乌托邦式的精神家园。正因如此，《拉德茨基进行曲》这部作品才跨越了时间和空间的界限，成为奥地利文学中哈布斯堡神话的代表作品，而特罗塔作为其代言人，也才会在后来的文学作品中被继续演绎。

## 二 《先王冢》中的特罗塔家族

1933年希特勒上台，约瑟夫·罗特离开德国，开始了在异国他乡的流亡生涯。虽然身处逆境，但他以笔为枪直刺黑暗势力的战斗却从未受到影响。1938年出版的小说《先王冢》正是这一背景下的作品。在这部作品中，特罗塔家族的故事主要发生在第一次世界大战结束之后到1938年奥地利第一共和国被纳粹德国并吞前。小说的主人公弗兰茨·费迪南·特罗塔是《拉德茨基进行曲》中主人公卡尔的远亲，经历过战后的大萧条、街头政治的喧嚣、家族的败落和奥地利被纳粹德国的并吞。正因为两部小说都是以特罗塔为主要人物，所以《先王冢》才会被当作前者的续集。

《先王冢》与《拉德茨基进行曲》中的特罗塔虽然都属于没有希望的年轻一代，但作为第一次世界大战后返乡的落魄公子，《先王冢》中的主人公有种自我审视的冷静。他将造成当下混乱与绝望的原因归结为自己这代人此前对老帝国的错误认识与轻慢，也将这种态度反思为"愚蠢"和"轻浮"[1]，并对此颇感懊悔："我们反抗这种传统形式，因为我们不

---

[1] [奥地利] 约瑟夫·罗特：《罗特小说集3，先王冢》，刘炜编，聂华译，漓江出版社2018年版，第3页。后文出自同一著作的引文，将随文标注出该著简称"《罗特3》"和引文出处页码，不再另注。

知，正确的形式与本质是一致的，强行分离它们的行为是幼稚可笑的。"（《罗特3》：31）这种态度在流亡时期的罗特笔下并非个例，例如在1935年的另外一篇文章《在先王冢》（*In der Kapuzinergruft*）中，作家更为煽情地写道："所有的奥地利皇帝都是我的皇帝，但是皇帝弗兰茨·约瑟夫一世是我的一位特别的皇帝，他是我童年和年轻时代的皇帝。"① 显然，作家本人和《先王冢》里的特罗塔一样，对没落崩溃的哈布斯堡王朝有一种后辈面对趋庭失训、陟岵空瞻的惆怅。面对现实中故国家园的废墟和纳粹德国播撒的灾难，像罗特这样的流亡犹太作家便通过笔下的特罗塔描绘并守护那个被理想化的精神家园。

这个精神家园在小说中往往由具有代表性且能唤醒共情的画面构成，通过细微之处的描述营造出一种时光不再的伤感气氛。其中一幅具有代表性的画面是街头小吃烤栗子，类似中国"秋风鲈脍"的典故，最能令读者回想起故国家园的时光，而唤起的乡愁也同样蕴含着象征意义。主人公的斯洛文尼亚堂兄约瑟夫·布兰科·特罗塔：

> 赶着骡车在帝国的领地上穿梭。如果他特别想在一个地方停留，他也可以在那儿度过整个冬季，直至鹤群返回。到了那时，他把空口袋系在骡子身上返回家乡，重新变回农民。（《罗特3》：7）

这里呈现出的是一个斯拉夫地区农民不受羁绊的身影，同时也是时空延续的象征。四季轮回，主人公的堂兄每年都像候鸟一样重复着边民简单的生活，给人以安详和与世无争的感觉。所以小说中的人物肖耶尼基说道：

> 这简直是一个具有象征意义的职业。对于这个古老的帝国具有象征意义。这位先生四处售卖他的板栗，可以说，走遍了半个欧洲

---

① Joseph Roth, *Joseph Roths Werk 3*, hrsg. von Klaus Westermann, Köln: Kiepenheuer & Witsch Verlag, 1989, S. 672.

大陆。无论何地，吃到他烤栗子的地方都是奥地利，就是弗兰茨·约瑟夫统治的地方。(《罗特3》：164)

而这个象征着故国家园的营生在第一次世界大战之后，却随着老帝国的崩溃解体而告不续，因为栗子"今年腐烂生虫了"。(《罗特3》：175)这样的细节描写使奥地利文学中的哈布斯堡神话具体化为这一代人所熟知的景象和色彩，而特罗塔家族的人显然是最合适的载体。

两次世界大战之间的德国和奥地利充满了血腥暴力。从战后初期各种背景的革命，到希特勒夺权当政，直至最后大战爆发，生当此时的犹太裔知识分子尤其绝望痛苦，他们向往着乌托邦式的宁静家园。正因如此，特罗塔才会认为："在过去，那是比较容易的，那时一切都有保证，每一块石头都有其固定的位置。生活的道路铺设得很平坦。"(《罗特3》：358)同一时期的另一位作家，约瑟夫·罗特的好友茨威格后来在《昨日的世界》的开篇第一章中也有如出一辙的画面：

> 那是一个太平的黄金时代，……在我们那个几乎已有一千年历史的奥地利君主国，好像一切都会地久天长地持续下去，而国家本身就是这种连续性的最高保证。……每个人都知道自己有多少钱和多少收入，能干什么或不能干什么。一切都有规范标准和分寸。①

显然，这样一幅理想化的画面与历史和现实都有着巨大的出入。所以，有的研究者认为《先王冢》是对没落的哈布斯堡王朝夸张的赞扬②、"幼稚的美化"③ 或 "以忧伤和哀怨的音调为旧王朝的覆灭而唱的安魂曲"④，更有甚者认为，与《拉德茨基进行曲》相比，《先王冢》是主题的重复

---

① [奥地利]斯蒂芬·茨威格：《昨日的世界：一个欧洲人的回忆》，舒昌善、孙龙生、刘春华、戴奎生译，广西师范大学出版社 2004 年版，第 1 页。
② Vgl. Claudio Magris, *Der habsburgische Mythos in der modernen Österreichischen Literatur*, Wien: Paul Zsolnay Verlag, 2000, S. 312.
③ 余匡复：《德国文学史》（上卷），上海外语教育出版社 2013 年版，第 504 页。
④ 韩耀成：《德国文学史》（第四卷），译林出版社 2008 年版，第 307 页。

和对哈布斯堡王朝的"过誉",是前者不成功的续写。① 这种说法仅考虑到文本主题的相似性,显然失之偏颇。

在对过去时代乌托邦式的描绘中,蕴含着像罗特这样的流亡犹太作家对当下政局走向的批判。在《先王冢》的最后,奥地利第一共和国被纳粹德国并吞,主人公特罗塔枯坐在空无一人的咖啡馆里,犹太老板阿道夫·费尔德曼向他告别:"男爵先生,我们要永远告别了。……因为这个新的德意志人民政府,您明天肯定不会再到这儿来了。"(《罗特3》:181)老板随后递上来的是一个铅制的纳粹万字符号,预示着犹太人在劫难逃。

这两部特罗塔小说虽然都以哈布斯堡王朝作为背景,但《拉德茨基进行曲》刻画了奥匈帝国的没落,而《先王冢》显然是一部更聚焦当下的社会小说,是对当下政治走向的批判和对未来的警示。此时的约瑟夫·罗特已经流亡国外5年多,不得不面对纳粹德国一个接一个的所谓"奇迹",如萨尔区通过公民投票赞成归属德国,旋即德国宣布重新武装,并单方面取消了《凡尔赛条约》的限制,后来在西班牙内战时又展现了可怕的军事潜能。同时,纳粹政府还与法国、波兰等邻国签订了一系列和平条约。希特勒不但巩固了政权,而且骗取了德国国内大众的好感。在另一部小说中,作家更是一针见血地指出:"现在,一个另类的时代,一个可怕的时代降临了。这是普鲁士人的时代。"② 今天的读者可以设想,当约瑟夫·罗特落笔写下《先王冢》时,面对纳粹的所谓文治武功该是何等的绝望。

在1937年的一篇没有公开发表的稿件中,罗特曾明确写道:"要是奥地利人民不想要暴政独裁,那现在就该高呼:'奥托万岁'。"③ 这里的奥托指的是哈布斯堡王朝最后一个王储。根据后来友人的回忆,1938

---

① Peter Branscombe, "Symbolik in Radetzkymarsch", hrsg. von Alexander Stillmark, *Joseph Roth, Der Sieg über die Zeit. Londoner Symposium*, Stuttgart: Heinz, Akademie Verlag, 1996, S. 98.

② [奥地利]约瑟夫·罗特:《罗特小说集9,第1002夜的故事》,刘炜译,漓江出版社2018年版,第14页。

③ Joseph Roth, *Joseph Roths Werk 3*, hrsg. von Klaus Westermann, Köln: Kiepenheuer & Witsch Verlag, 1989, S. 767.

年，约瑟夫·罗特曾带着秘密使命回到维也纳①，试图让时任奥地利第一共和国总理的库尔特·冯·许士尼格出面呼吁，由王储奥托接手政府重新登基，恢复昔日多瑙河流域的老帝国。因为老帝国的兼容并蓄与纳粹推崇的极端排犹、仇他的民族主义思潮截然相反。如同作品人物一样，作家罗特本人也希望在现实中通过唤醒和重塑帝国，来与纳粹的邪恶政权相抗衡。这种与时代脱节的复辟举动，最后自然无疾而终。所以，在《先王冢》这部小说中，已经完全看不到早期自称为"红色约瑟夫"的左翼作家约瑟夫·罗特的影子。可以说，作家越是对现实政治形势的发展感到失望乃至绝望，对没落王朝的奉国之诚也就越加强烈。现实中与作为精神寄托的精神家园一同消失的，还有过去时代的传统人文主义思想。对罗特而言，这才是国家和人性的根本，也是他通过特罗塔所一再强调的。正是对于现实的绝望，罗特才会在流亡期间将他笔下被理想化的精神家园当成与纳粹政权及其宣传机器抗争的武器。在纳粹分子狂热和反人文的喧嚣与意识形态中，他更强调哈布斯堡神话所代表和承载的传统人文主义价值观的意义，强调其作为法西斯意识形态和政权对立面所能发挥的作用。

## 三 特罗塔家族在第二次世界大战后奥地利的续写与延展

1945年第二次世界大战结束，约瑟夫·罗特笔下的哈布斯堡神话作为流亡者与纳粹暴政抗争的精神家园，在新时代失去了存在的基础，本应该画上句号。但战后的奥地利第二共和国将自己定义为纳粹德国的第一批受害者，以规避战争罪责的清算，并成为东西冷战前沿的中立国。在这种背景之下，新的奥地利共和国更是刻意将自己和万劫不复的德国区分开来。奥地利哈布斯堡神话因其历史背景和地域特点而极具独特性，在战后新奥地利民族性和认同感，乃至所谓"奥地利精神"的构建中，显然能够发挥作用。于是，弗兰茨·约瑟夫一世时期的历史题材自然受

---

① Vgl. Soma Morgenstern, *Joseph Roths Flucht und Ende. Erinerungen*, Lüneberg: zu Klampen Verlag, 1994, S. 185.

到重视，类似茜茜公主、维也纳新年音乐会、萨尔茨堡音乐节这样的文化题材成了新奥地利的名片。但这种通过强调和利用奥地利历史和文化的特殊性，突出强调其与德国历史和文化的不同，以规避战争罪责清算的思路，显然是对罗特笔下哈布斯堡神话的曲解和滥用。

第二次世界大战后成长起来的具有批判精神的年轻一代作家，尤其是像参加"四七社"的英格博格·巴赫曼，当然不会跟着所谓现实需要去粉饰太平。1972年，她发表的小说集《同声》中收录了一部名为《三条通向湖滨的路》的中篇小说，以主人公伊丽莎白与弗兰茨·约瑟夫·欧根·特罗塔的故事为线索展开。后者是《先王冢》主人公的儿子，"出身于那个神奇的家族"。[①] 虽然这个家族"早在一九一四年就已死绝了"（《巴赫曼》：233），但使用这个名字的人物在人们眼中依然属于"神话般的特罗塔家族"，依然被当作一百多年前"索尔弗里诺战役的英雄"（《巴赫曼》：233）的后裔而为人所津津乐道。他活过了第二次世界大战并返回奥地利，是一个"真正的流亡者和迷惘的人"。[②] 巴赫曼之所以续写特罗塔的故事，不仅因其易为读者接受，还因为这个人物身上承载的象征意义。这位特罗塔同此前的几位特罗塔一样，带着罗特式的冷眼看世界的忧伤，用讽刺的口气去解构时代中为人推崇的所谓主旋律的时代精神，"对于一切装模作样的东西不予以否定，但采取拒绝的态度。"（《巴赫曼》：250）

与罗特笔下特罗塔对逝去的故国家园挽歌式的回忆不同，巴赫曼的特罗塔更像是一座桥梁，通往与哈布斯堡神话一脉相承的、被理想化的精神家园——奥地利。这个形而上的奥地利对巴赫曼而言意味着"乌托邦式的存在"[③]，超越了现实中出于不同目的而人为强调的地域和族群

---

[①] ［奥地利］英格博格·巴赫曼：《巴赫曼作品集》，韩瑞祥选编，人民文学出版社2006年版，第219页。后文出自同一著作的引文，将随文标注出该著简称《巴赫曼》和引文出处页码，不再另注。

[②] Ingeborg Bachmann, *Simultan*, München: Piper Verlag, 1972, S. 140.

[③] Barbara Agnese, "Aus dem Hier-und-Jetzt Exil", Ingeborg Bachmann: Der Begriff "Heimat" im Lichte der "utopischen Existenz" des Dichters, *Ferne Heimat nahe Fremde. Bei Dichtern und Nachdenkern*, hrsg. von Eduard Beutner und Karlheinz Rossbacher, Würzburg: Königshausen und Neumann Verlag, 2008, S. 163.

的界限。这种看法与《先王冢》里被人当成疯子的肖耶尼基所说如出一辙:"奥地利不是国家,不是故乡,不是民族。它是一种宗教信仰。"(《罗特3》:170)

对此,巴赫曼自己在一次访谈中直接说道:

> 我并非无缘无故地重新拾起了约瑟夫·罗特笔下特罗塔这个人物形象。我想续写这个人物。罗特《先王冢》的结尾处,正是1938年德国人来的时候,这个特罗塔知道自己的世界没落了。我们现在知道,罗特在他的笔下将自己的人物送去巴黎流亡。现在我在想:这个年轻的特罗塔怎样了?在我这里他的生活延续到五十年代,我在这部短篇中通过一些片段描写了他在五十年代的生活。①

巴赫曼通过特罗塔这个人物,想告诉人们真正的"奥地利家园"意味着什么,这是她在小说《玛丽娜》(*Malina*)中使用的概念:"我越来越喜欢像人们原来说的那样,奥地利家园,因为一个国家对我太大,太空旷,太不舒服。"② 这里作为国家的奥地利和作为家园的奥地利显然有着不同的内涵。也正是因此,《三条通向湖滨的路》中的特罗塔才会说:"我发觉哪儿都不是我的故乡,对哪儿都无思乡之情,但有一次我想到,我是个有情人,对奥地利我有归属感。"(《巴赫曼》:249)这里的"奥地利"显然是指巴赫曼的"奥地利家园",如她在法兰克福诗学讲座上曾说:"文学是幻想——作家是幻想的生存。"(《巴赫曼》:1)在她笔下幻化出来的奥地利家园,强调的依然还是超越狭隘国族和信仰限制的一种理念。20世纪70年代末,奥地利研究者曾经指出,没落的老帝国时至今日还在产生影响③,此后的奥地利文学史家也持同样

---

① Ingeborg Bachmann, *Wir müssen wahre Sätze finden. Gespräche und Interviews*, hrsg. von Christine Koschel und Inge von Weidenbaum, München: Piper Verlag, 1983, S. 122.
② Ingeborg Bachmann, *Gesamtwerk Bd. III*, hrsg. von Christine Koschel, München: Piper Verlag, 1978, S. 96.
③ Vgl. Ulrich Greiner, *Der Tod des Nachsommers. Aufsätze, Porträts, Kritiken zur österreichischen Gegenwartsliteratur*, München, Wien: Hanser Verlag, 1979, S. 14f.

看法。① 而此时距罗特笔下的第一代特罗塔，已经过去了百余年。

尽管时隔久远，但特罗塔这个名字所承载的历史信息，让哪怕是现当代的奥地利作家也无法割舍，使续写特罗塔的故事并非巴赫曼一例。在奥地利当代犹太作家罗伯特·辛德尔于1992年出版的小说《原籍》中，也植入了与特罗塔家族的关系。这部作品虽然主要探讨在奥地利和德国受到迫害的犹太幸存者后代的身份认同问题，但作品主人公丹尼·德曼特在一开篇时就被称为是"双头鹰的子孙"。② 他的叔叔曾是奥匈帝国驻加利西亚边防团的军医，因为妻子与他人的丑闻而决斗，最终死于非命。这个人物正是《拉德茨基进行曲》中卡尔的好朋友、边防团军医德曼特。这种与特罗塔的联系强调的还是这个家族身上超越时间和地理空间的历史文化背景，其中既有被理想化的哈布斯堡王朝为漂泊中的犹太人提供的避风港，使其能在各种天灾人祸中得以存活，又有老帝国崩溃后犹太人面对极端排犹的民族主义所遭受的苦难。研究者指出，虽然经过纳粹对犹太人的迫害和屠杀，以及犹太人因流亡而离开奥地利，但在奥地利依然存在着犹太文学。③ 这种犹太文学不仅指作家辛德尔的犹太裔背景，还包括其作品中以犹太人所受迫害为主题的写作。在后世对这场历史灾难的写作中，罗特笔下虚拟出来的特罗塔家族，仅凭其姓氏就能为读者点明过去时代的背景，这显然是罗特当初所无法设想的意义与功能。

毋庸置疑，如同特罗塔家族一样，奥地利文学中的哈布斯堡神话时至今日依然充满了活力，其影响甚至可以反哺被其演绎过的历史。2019年，历史学家阿内尔·卡斯滕（Arne Karsten）在他关于哈布斯堡王朝历史的新著《昨日世界的没落》中，用大量篇幅复述了《拉德茨基进行曲》中特罗塔的故事，以再现老帝国军队在第一次世界大战爆发前的窘

---

① Vgl. Wendelin Schmidt-Dengler, *Bruchlinien Ⅰ. Vorlesungen zur österreichischen Literatur 1945 bis 1990*, Salzburg, Wien: Residenz Verlag, 1995, S. 375.
② Robert Schindel, *Gebürtig*, Salzburg: Residenz Verlag, 2005, S. 7.
③ Vgl. Wendelin Schmidt-Dengler, *Bruchlinien Ⅱ. Vorlesungen zur österreichischen Literatur 1990 bis 2008*, Salzburg, Wien: Residenz Verlag, 2012, S. 49.

境，尤其是年轻一代气短神浮中的不堪，以此指出帝国战败解体的必然性。① 由此可见，特罗塔作为特定时代的代言人对于历史进程的叙述无疑有着无可比拟的优势。于是，在历史叙事中，也可看见历史学家会主动让出部分话语权，接受被文学演绎的结果，让虚拟的人物特罗塔成为信史中的一部分，使这个文学人物在文学之外的领域也得以被续写和延展。

## 结　语

约瑟夫·罗特笔下的特罗塔家族之所以在奥地利文学中得以延续，除了文学作品层面人物刻画的成功，还因其作为哈布斯堡神话的代言人在不同历史背景下被赋予了不同的意义和功能。第一次世界大战后老帝国的崩溃留下的绝望和困苦，让当时的人们，尤其是有犹太背景的作家文人切身感受到第一次世界大战前后巨大的反差，从而唤起对往昔的追忆。这种体现在特罗塔三代人身上挽歌式的追忆，是文人对寄托于过去时代的情怀的一种夸张、片面或管窥式的强调。在战后的动荡中，文人试图找寻自己失去和错乱的身份认同，于是便回头望向历史上哈布斯堡的辉煌时刻，并通过对其理想化和乌托邦化，营造出可供安慰与疗伤的精神家园。在纳粹德国1938年并吞奥地利后，曾经的家园作为实体已经不复存在，流亡者在与纳粹暴政的抗争中，年轻一代特罗塔心中的精神家园成为承载人文主义传统的象征。第二次世界大战后，特罗塔和哈布斯堡神话在构建新的奥地利的进程中依然发挥着不可或缺的作用。究其根本，能让不同时代的作家文人对这个人物如此执着的，还是在最初《拉德茨基进行曲》中就已经被约瑟夫·罗特确定的历史背景和人文主义传承。

---

① Vgl. Arne Karsten, *Der Untergang der Welt von gestern. Wien und die k. u. k, Monarchie 1911 - 1919*, München: C. H. Beck, 2019, S. 191. 作者将这本历史书的书名定为《昨日世界的没落》，显然与茨威格的小说《昨日的世界》形成互文。

# 碎片化的自我
## ——论彼特拉克《登风涛山》中的"断裂时刻"*

■钟碧莉

（中山大学博雅学院）

【摘　要】本文探究在彼特拉克《登风涛山》中的三大"断裂时刻"——时间与空间的断裂、身体和灵魂的断裂、身体内部的断裂，如何导致他自我的"碎片化"，从而无法完成自我皈依。与奥古斯丁式的皈依相比，彼特拉克的皈依缺乏连续，仅有断裂，其碎片化自我始终无法到达皈依的"当下"。然而，正是这些断裂时刻体现出彼特拉克对基督教个体叙事模式的超越：彼特拉克不仅隐微地赋予了身体以独立性，进而凸显了其区别于中世纪主体，而且他还质疑奥古斯丁式以圆融、统一为特征的皈依叙事，展示了一个现代、多元的主体生而为人、存在于世的破碎"存在感"。

【关键词】彼特拉克；奥古斯丁；断裂；现代性自我

## 导　言

作为被众多彼特拉克学者关注和阐释过的文本，彼特拉克的《登风

---

\* 本文为2022年度国家社科基金青年项目"彼特拉克作品中的现代自我探源与研究"（22CWW021）的阶段性成果。

涛山》曾被布克哈特（Jocob Burckhardt）视为文艺复兴时期"宗教式苦修和世俗人文主义"间的分水岭，并宣告这展现了"人文主义之父"彼特拉克最为迥异于中世纪气质的一面。① 这封信记录了彼特拉克和弟弟杰拉多攀爬风涛山的整个过程：在爬山时，彼特拉克因选择平坦的路而多次迷失，还误入山谷，最终才筋疲力尽地到达山顶；杰拉多却径直选择了最直、最陡的路，顺利到达。到达山顶后，彼特拉克突然在口袋中掏出奥古斯丁的《忏悔录》，并模仿奥古斯丁在米兰花园那样进行"自我预言"式阅读，阅读后的彼特拉克久久无法平静，沉默着走下山。

信中有着非常多中世纪的"寓言式"（Allegorical）隐喻——贪图舒适而误入歧路、重蹈覆辙、艰难登山（时常象征着灵魂的旅途），等等；然而这些"寓言"最终却未像中世纪的寓言那般，揭示出更高的"所指"。它们反而指向了日常世界本身（彼特拉克最终安静地下山，回到旅馆歇息），读者所期待的个人皈依或灵魂升华始终没有到来②；虽然彼特拉克模仿了奥古斯丁进行了自我预言式翻阅，但是奥古斯丁在米兰花园"拿吧，读吧"的奇迹时刻从未降临，整个故事在彼特拉克下山后的沉默中戛然而止。寓言的缺失给解读者造成了一个巨大的困惑：我们应该在多大程度上按照奥古斯丁皈依的模式来理解彼特拉克的《登风涛山》？若《登风涛山》的潜在文本是《忏悔录》，为何彼特拉克特意呈现一个失败的皈依？

对于彼特拉克的"失败皈依"，学界主要持两种观点。第一种观点认为，彼特拉克仅将奥古斯丁视为一个文学模范，换言之，彼特拉克并

---

① Jacob Burckhardt, *The Civilization of the Renaissance in Italy*. ed. Peter Murray. trans. S. Middlemore, Peter Murray, Penguin Book Limited, 1990, p. 165.

② 但丁研究专家赫兰德（Robert Hollander）则指出，"寓言"（Allegory）是一种文学批评的方法，一种阐释文本的途径。在宗教意义上，寓言是神秘主义的，它认为任何一种事物，只有当它能够引导人们从智性和智慧到达精神层面，也即是，到达精神的、无形的宇宙抽象本质时，它才具有意义。换言之，赫兰德认为寓言必须指向比自己更高的外部。然而，彼特拉克在《登风涛山》一信中却没有呈现"更高的外部指涉"或外部的"绝对他者"，参见 Robert Hollander, *Allegory in Dante's Commedia*, Princeton: Princeton University Press, 1969, "introduction"; 弗里切罗（John Freccero）在其经典论文 "The Fig Tree and The Laureal: Petrarch's Poetics", *Diacritics*, Vol. 5, No. 1, 1975, 也指出，奥古斯丁无花果树是"寓言式的"（allegorical），它最终指向了上帝；但彼特拉克的月桂树却是自我指涉（auto-reference），没有指向更高的外部，pp. 21 – 22。

未真诚地将奥古斯丁当成他的精神导师。持有该观点的意大利学者多迪（Ugo Dotti）指出，奥古斯丁是彼特拉克谈论"新兴文明"的庇护人，使他免去"异端"之嫌。① 美国学者特林考斯（Charles Trinkaus）则认为，奥古斯丁作为神学和人文主义修辞的连接桥梁，能够让彼特拉克在基督教的语境中顺理成章地讨论古典文本。② 阿斯科利（Albert Ascoli）更直接表明，于彼特拉克而言，"皈依"不过是一种话语（trope）。③ 这些观点倾向认为，这位中世纪教父不过是彼特拉克在文学、修辞方面的模仿对象。他们的论点非常有力，然而却无法解释彼特拉克为何选择模仿奥古斯丁在米兰花园的阅读时刻，为何选择阅读的书是奥古斯丁的《忏悔录》，更无法解释他将自己塑造为皈依叙事中时常出现的"歧路人"的最终意图。

第二种观点则试图论证奥古斯丁对彼特拉克的影响是哲学性的、根本性的。英国文艺复兴学者李（Alexander Lee）表明，奥古斯丁的早期作品为彼特拉克的"道德哲学"提供了"概念性"的根基。④ 马佐塔更指出彼特拉克的文化创新在于他用奥古斯丁的《忏悔录》和圣博纳文图拉的《神思之路》（*Itinerarium mentis in Deum*）替代了托马斯·阿奎那之神学思想。⑤ 桑塔格塔（Marco Santagata）认为奥古斯丁给彼特拉克提供了合适基督教文人所用的文化框架。⑥ 维吉尼亚（Lauria Virginia），在其

---

① Ugo Dotti, *Vita di Petrarca*, Milano: Laterza, 2004, p.123.

② Charles Trinkaus, *In Our Image and Likeness: Humanity and Divinity in Italian Humanist Thought*, Constable, 1970, p.20.

③ Albert R. Ascoli, "Petrarch's Middle Age: Memory, Imagination, History, and the 'Ascent of Mount Ventoux'", *Stanford Italian Review*, 10 (1991), p.28.

④ Alexander Lee, *Petrarch and St. Augustine, Classical Scholarship, Christian Theology and the Origins of the Renaissance in Italy*, Brill, 2012, p.24. 在 Lee 之前，Hans Baron, Francisco Rico, Pierre Courcelle 和 Bortolo Martinelli 等学者已经开始意识到彼特拉克思想中的"哲学性"，并对其进行研究，参见 Hans Baron, "Petrarch's 'Secretum'—Was It Revised and Why?: The Draft of 1342–43 and Later Changes", *Bibliothèque d'Humanisme et Renaissance*, 25 (1963): 489–530; Pierre Courcelle, "Pétrarque entre saint Augustin et les Augustiniens du XIV siècle", *Studi petrarcheschi*, 7 (1961): 58–71; Bortolo Martinelli, *Petrarca e il Ventoso*, Bergamo: Minerva Italica, 1977。

⑤ Giuseppe Mazzotta, *The Worlds of Petrarch*, Duke University Press, 1993, p.37.

⑥ M. SANTAGATA, *I frammenti dell'anima*, Milano: Mondadori, 2014；其中 Santagata 指出，彼特拉克的道德哲学以奥古斯丁的"自省"为向导，p.43.

2018 年的论文中则看到了彼特拉克在奥古斯丁和诗人自我间的挣扎。①彼特拉克的意大利研究者马蒂内里（B. Martinelli）将《登风涛山》一信视为中世纪僧侣和人文主义者之间差别的明证，但他同时也看到了圣经对彼特拉克的深刻影响（尤其是 1343—1354 年）。② 另一位意大利学者洛卡基（Rodney Lokaj）则指出，《登风涛山》一信指涉的不仅是《忏悔录》，更是《忏悔录》的上级文本——"圣方济各的皈依事件"。他认为彼特拉克翻书后令人难以理解的不言语正是模仿圣方济各获得圣痕后的沉默。③ 然而，洛卡基的"圣方济各"文本无法回应一个关键点：彼特拉克在山顶的"灵魂撕裂"和"自我否定"；这两个元素在《忏悔录》中恰好占据非常重要的地位：奥古斯丁正是经历了新旧自我的撕裂及对"旧"我过去的否定后方实现了皈依。④

本文认为，彼特拉克是奥古斯丁哲学的忠实读者，但他却选择以"反向"的方式来呈现奥古斯丁的《忏悔录》。彼特拉克所呈现的悬而未决的皈依并非为了反讽，相反，他试图展现出自我在忠实践行奥古斯丁式皈依时所遭遇的种种"断裂"和困难。这些断裂最终被证明为中世纪与早期现代间的精神裂痕，这便是布克哈特在《登风涛山》中敏锐地感受到的"现代性"。因此，本文认为，对《登风涛山》的解读应该回到《忏悔录》：唯有从奥古斯丁皈依叙事的结构出发，才可以看到《登风涛山》的特异性。本文将选取《忏悔录》叙事中的三个重心——时间、灵魂与自我——切入风涛山顶的皈依事件，并基于这些重心分别构建"时间与空间""灵魂与身体"和"自我内部"三层结构以阐释每层结构中

---

① Lauria Virginia, "Francesco Petrarca tra aogostinismo e francescanesimo", *Analecta tertii ordinis regularis sancti francisci*, 2018, pp. 377 – 460.

② Bortolo Martinelli, *Petrarca e il Ventoso*, Bergamo: Minerva Italica, 1977, pp. 149 – 215. 例如，Martinelli 看到了彼特拉克寻找同伴爬山是映射了《马太福音》ⅩⅫ, 2 – 14 和《路加福音》ⅩⅣ, 16 – 24，p. 326。

③ Rodnet Lokaj, *Petrarch's Ascent of Mount Ventoux*, *The Familiaris iv*, Ⅰ, new commented edition, Edizioni dell' Ateneo, 2006, p. 61. 后人所作的圣人传记，圣方济各登上了拉维纳（La Verna）山，并在山上接受了"圣痕"——上帝在他的四肢和身上留下了耶稣被钉十字架的伤痕。在获得圣痕后，圣方济各被告知不允许将伤痕示人，并对自己看到的异象要保持沉默。

④ ［古罗马］奥古斯丁：《忏悔录》第八卷，周士良译，商务印书馆 1963 年版。

所呈现出来的断裂。① 在《忏悔录》中，奥古斯丁治愈了时间对自我的分裂，双重意志对灵魂的分裂；然而，彼特拉克却无法达到这样的统一：他的身体和灵魂是断裂的，他的时间和空间也是断裂的，其自我一直呈现"碎片化"的状态。

## 一 时间与空间的断裂

在登风涛山的过程中，彼特拉克遭遇的第一重且和个体感受最直接相关的断裂乃个体在时间—空间中的断裂。一般而言，当个体在经历事件时，时间与空间相互联结：一个元素的变化能很好融入另一个元素之中，并且不会对另一个元素发生任何阻碍。这点在《忏悔录》中得到了很好的验证。奥古斯丁在书中描写了自己如何在灵魂皈依的过程中发生"时间—空间"的联结变化：当他在时间的纠结（过去的错误、当下的悔恨、未来的不确定）中经历着风暴时，身体也在发生着空间变化。他不自觉地离开了好友阿利比乌斯的陪伴，去躺在一棵无花果树下。然而奥古斯丁并未留意空间的变化——当他发现自己的时候，已经在无花果树下了："我不知道怎样（*nescio quomodo*）去躺在一棵无花果树下，尽让泪水夺眶而出。"② *nescio*（我不知道）一词说明了奥古斯丁的心灵活动并未因空间的位移而中断；反而，随着他的思考越发深入，其灵魂对永恒的沉思在使徒信集的阅读中到达顶峰："读完这一节，顿觉有一道恬静的光射到心中"（《忏》Ⅷ：158）。在皈依过程中，空间看似被"遗忘"，实际上则被完好地嵌入了奥古斯丁对时间问题（何为有朽，何为永恒，人与上帝的

---

① 本文所使用的结构解读法来源于彼特拉克领域的权威专家德林（Robert Durling）。德林通过对比奥古斯丁和彼特拉克两人的"阅读"事件，发现彼特拉克背离了皈依叙事结构的所有元素：当奥古斯丁发声朗读时，彼特拉克保持沉默；当奥古斯丁靠近同伴时，彼特拉克刻意疏离了弟弟杰拉多。具体可参见 Robert Durling, "The Ascent of Mt. Ventoux and the Crisis of Allegory", *Italian Quarterly*, 64 (1974), pp. 7 - 28. 不过，在叙事结构的对比过程中，德林并未立足于任何重心，而仅将相应的情节作比较；本文则基于三个重心来展开结构的对比。

② ［古罗马］奥古斯丁：《忏悔录》，周士良译，商务印书馆1963年版，第154页。下文对《忏悔录》的中译文引用均出于该版本，并随文标注《忏》+卷数+页数，不再另注。

联系与区分等）思考之中，时间与空间之间并未显示错位或断裂。

彼特拉克的时间和空间却呈现了更为复杂的图像：两者在叙事中无疑是相互联系的，然而彼特拉克却刻意地在某些节点将它们的联系打破。在到达山顶后，彼特拉克的时间和空间不断地相互背离，并产生了明显的错位。这种令人诧异的错位体现在：彼特拉克对时间和空间的思考相互矛盾，无法相融。思考一方让他忘却了另一方。当彼特拉克登至山顶时，他的精神首先被四周的景色所震慑：" 我首先被山顶那不寻常的大风和开阔的视野惊到了，只能目瞪口呆地站在那里"（Primum omnium spiritu quodam aeris insolito et spectacuo liberiore permotus, stupenti similis steti，此处为自译）。① 然后，他朝着意大利，"最能吸引我的灵魂"（quo magis inclinat animus）的地方，看去。此时，他的状态是 stupenti（惊讶的），他的灵魂也为意大利所 inclinat（牵制），完全沉浸在"空间"之中。此时，彼特拉克的状态和无花果树下的奥古斯丁完全相反。彼特拉克到达山顶的时刻虽对应着《忏悔录》中的"无花果树"时刻，但灵魂的忏悔却未发生——它全然沉迷于令人惊讶的空间之中，无暇顾及其他。

对"空间"沉浸式的思考并没有一直持续。彼特拉克突然写道："尔后一个新的思想占据了我，我转而思索时间而非地点"（"a locis traduxit ad tempora"，《登》：196）；此时，他便开始了对自身过去及未来的思考。这是他在风涛山顶的第一次转向。然而，当彼特拉克的自我脱开空间，浸入对时间的思考后，他却耗费了异乎寻常的时间。以至于当他意识到自己应当将注意力再次转回"空间"时，外在肉身所经历的时间已经过去了很久："西沉的落日和山峰颀长的阴影已经在提醒我们……恍若突然从睡梦中醒来（admonitus et velut expergefactus）"（《登》：196）。沉浸在时间中的彼特拉克显然忘记了空间，仿佛一个坠入梦乡，为梦境所困之人。此时的他和皈依前的奥古斯丁非常相似，教父曾哀叹过："世俗的包袱，犹如在梦中一般（velut somno assolet），柔和地压在我身上；我

---

① 《登风涛山》一信来自彼特拉克的《日常书信集》卷四，1。该信的引用译本为蔡乐钊，"彼特拉克《登风涛山》"，发表于《格劳秀斯与国际正义》，华夏出版社 2011 年版，第 192—200 页。下面的引用除另注外均出自该版本，并随文以《登》+页数标注，不再另作脚注。

想望的意念，犹如熟睡的人想醒寐时所作的挣扎（similes errant conatibus expergisci volentium），由于睡意正浓而重复入睡"（《忏》Ⅷ：145）。①

在"苏醒"之后，彼特拉克决定将自我第二次投入空间："我最终排除了忧虑，它更适合别的环境；我决定四处看看我们为之而来的那些东西"（《登》：197）。在第二次转向之后，他开始眺望风涛山周围的景色，看到了里昂省的山脉、马赛的港口、艾格莫尔特（Aigues Mortes）的海岸和罗纳河（Rhone）。此时的空间和灵魂的皈依、觉醒毫无关系，反而像一个突兀的插入。彼特拉克没有表现出奥古斯丁那样的、对皈依的迫切，却任由自己灵魂的注意力再次被身外的景色所占据。② 原本应该降临的对"当下"的思考被替换为身体和当下空间的互动；换言之，肉体所存在的空间掩盖、阻断了心灵对"现在"的冥思，奥古斯丁式的"此时此刻"并未到来。"醒来"（expergefactus）、忘却（oblitus）等词频繁地出现在彼特拉克的这段对"时间—空间"的描述中，诗人似乎在不断地暗示着他的灵魂似乎无法同时思考时间和空间：思考一个意味着忘却另一个。此时的彼特拉克没有像奥古斯丁那样可以将思绪专心地"集中"起来③，反而讽刺地表现为一个失神的人。

在彼特拉克的皈依叙事中，空间与时间相互分离；它们相互竞争，相互占据着诗人的注意力。他的自我不是流连在回忆和对未来的忧虑当中，就是沉浸在四周的景色当中。相较之下，奥古斯丁可以一边在心灵中进行对时间的思考，一边进行着空间的移动。"我不知道"恰好凸显了他在"时间—空间"变换中的"连续性"和"流畅性"。通过时间与空间的断裂，彼特拉克解释了他皈依失败的原因，这清晰地展现了他与基督教传统自我叙事间的距离，以及彼特拉克对这种叙述模式的超越。时间

---

① 彼特拉克在此处的用词，例如 expergere，advenere，均与奥古斯丁的第八卷第5节相同。
② 奥古斯丁的迫切性："明天吗？又是明天！为何不是现在？为何不是此时此刻（hae hora）结束我的罪恶史？"（《忏悔录》Ⅷ：158）
③ 奥古斯丁在《忏悔录》中讨论了人类"认知"的过程，他指出思考、学问或者知识就是人从自己的记忆库中将事物抽调出来，重新加以集合。因此拉丁语的"思考"congitare 源于 cogere（集合），指的是"内心的集合工作"，参见［古罗马］奥古斯丁《忏悔录》，周士良译，商务印书馆1963年版，第196页。

与空间的断裂源于彼特拉克分裂、碎片化的自我。正如玛祖塔（Giuseppe Mazzotta）指出的那样，彼特拉克让我们理解到"自我的整体"并非一块平板；然而，它是由碎片组成的整体，由相邻部分组成的整体，这和中世纪整合、统一的"自我"概念有着本质区别。① 在中世纪的"统一自我"框架下，自我始终经历着从坏到好，从好到更好的线性路径。自我在线性进步的空间和时间系统中不断生成（being）——奥古斯丁在时间中挣扎，但丁在空间中艰难攀爬——最终成为一个基督教意义上的好人。

## 二 身体和灵魂的断裂

无论是奥古斯丁的《忏悔录》，还是但丁的《神曲》，两部叙述"个体皈依"的作品对肉身的处理都颇为一致：身体就是精神的外在指示；灵肉运动是一致的。奥古斯丁认为，灵魂只要全心全意发出指令，"肉体很容易听从灵魂的驱使"（faciliusque obtemperabat corpus tenuissimae voluntati animae，《忏》Ⅷ：152）。他解释身体的行为："这些（身体上的）动作是因为我要，才做出来……愿意即是行动"（《忏》Ⅷ：152）。在《上帝之城》中，他也指出，身体侍奉的是灵魂："我们只要愿意，就能运动手脚（an vero manus et pedes movemus，cum volumus）……心灵高于身体，心灵命令身体甚至比命令自己更容易。"② 可见，皈依是灵魂和身

---

① Giuseppe Mazzotta, *The Worlds of Petrarch*, Duke University Press, 1993, p. 20.
② ［古罗马］奥古斯丁：《上帝之城：驳异教徒》（中），吴飞译，上海三联书店2009年版，第220页。animus指的是人的、具有理性的灵魂，和corpus（身体）相对；anima指的是灵魂，人和动物共有之。参见 *Cambridge Companion to Augustine*, ed. Eleonore Stump, Norman Kretzmann, Cambridge: Cambridge University Press, 2006, pp. 40 – 41；关于anima与animus的区分，可参考David van Dusen, "*Corpus et Anima*: The Duplicity of *Praesens* from *Confessions X*", in *The Space of Time. A Sensualist Interpretation of Time in Augustine*, *Confessions X to XII*, Brill, 2014, pp. 171 – 95；Dusen认为，奥古斯丁在《忏悔录》第十卷的6—7中区分了广泛意义上的灵魂（anima）和人的灵魂（animus）："我身上另有一股力量，这力量不仅使我生长，而且使我感觉到天主所创造而赋予我的肉体……但我也要超越这股力量，因为在这方面，我和骡马相同，骡马也通过肢体而有感觉。""这股力量"指的是anima中的力量，"我"与骡马均有；但奥古斯丁要超越这股力量，从anima上升到animus，即拥有mens（心智）的灵魂。

体一致、和谐运动的结果。但丁《神曲》中的忏悔现象学则进一步印证了灵肉运动的一致性:但丁的身体越是攀升,他的灵魂也越能理解"最高之物",并最终得以在圣母的脸庞中观照基督,实现了灵魂的最终超越。①

然而,彼特拉克在《登风涛山》中却切断了本应该在基督教皈依叙事中的"肉"对于"灵"的指涉关系:他把两者相互分开;使"身体"和"灵魂"失去了紧密的对应和行动的一致性,从而使两者分别处于更为独立的位置。德林曾指出这种奇怪的矛盾:"(对彼特拉克而言)攀登并不意味着皈依:登上风涛山的山顶并不说明美德的升华。"② 反之,彼特拉克在下山(身体下降)时,其灵魂仍未放弃飞升的欲望,反而赞叹那些"努力朝向上帝……不因畏惧困难或希图安逸而偏离正道的人"(《登》:199)。由此可见,彼特拉克在处理"灵"与"肉"的关系时,并未遵守肉体映射灵魂的原则。在行文过程中,有时候身体是灵魂外化的呈现,有时候并不如此,这些因素都增加了对《登风涛山》一信解读的难度。

彼特拉克首先展现给读者的是一个基督教的传统叙事——登山。③ 这让熟悉圣经的中世纪读者很难不对他的描述进行寓言式的解读,彼特拉克写道:

> 我弟弟选择了一条直接通往山脊的路,我却疲弱地走一条不那么费力的路,那实际上是一条向下的路。当人家把我叫回来,并指给我正确的道路时,我回答说我希望在对面找到一条更好的路,并

---

① 但丁的成长通过其"视力"的增长得到展现:"我目不转睛地看着她来满足十年的渴望……我的视力如同眼睛刚被太阳刺激后一样,一时什么都看不见。"(《炼狱篇》32歌);"贝雅特丽齐用那样充满神圣之爱的火花的眼光看着我,使我的视力败阵而逃,我两眼低垂,几乎失去了知觉。"(《天国篇》4歌);"这些简短的话一进入我内心,我就立刻感到自己在超出原有的能力以上,一种新的视力在我心中重新点燃起来,使得我的眼睛对多么灿烂的光都能经受。"(《天国篇》30歌)。

② Robert Durling, "The Ascent of Mt. Ventoux and the Crisis of Allegory", *Italian Quarterly*, 64 (1974), p. 10.

③ 在圣经传统,登山往往被比喻为灵魂的前行,象征着灵魂的进步、升华或者走向上帝的努力。参见马太福音中的"登山宝训"、耶稣"登山变相"的叙述。另可参见:圣伯纳德(St. Bernard, 1091 – 1153)曾在书信集中写道:"谁胆敢爬上主的山,站在他神圣的地方……只有谦卑的能安然爬上那山,因为只有谦卑的,没有什么能绊倒他。"(Letter to William, Patriarch of Jerusalem, 书信217)。

且我也不介意绕远路，只要那条路不那么陡峭。这只是我懒惰的借口……（《登》：194）

由于贪图舒适，彼特拉克在登山的过程中一共迷了三次以上的路。于是，他领悟到，通向天国之路是艰辛而狭窄的，世俗和欲望之路反倒显得容易和宽阔。但若人由于懒惰而选择了容易的路，将会从此陷入"罪恶的山谷里"（《登》：195）。彼特拉克似乎在用登山的例子来阐明一个人人熟知的基督教道德：肉身的贪图舒适象征着灵魂的迷失。然而，身处歧路且备受折磨的彼特拉克不仅毫无奥古斯丁在米兰花园时"快快解决"的迫切感，① 他甚至还试图利用身体的经历来激励灵魂的沉思："但愿我在精神里穿越另一条我日夜盼望的道路，正如我今天凭身体的努力克服了物质的障碍"（《登》：195）。意大利学者洛卡基同样察觉到这一段的不寻常之处：彼特拉克迷路初入山谷时曾说"将有翼飞翔的思想从有形的事物转移到无形的事物"（《登》：195），但此时他又从灵魂转向了身体。以低级之物激励高级之物，这在中世纪的自我叙事中几乎不可能发生——正如奥古斯丁所说的那样："你为何脱离了正路而跟随你的肉体？你应改变方向，使肉体跟随你"（《忏》Ⅳ：62）。② 在奥古斯丁最为惶恐的时刻，彼特拉克却选择回到了身体。更为令人疑惑的是，奥古斯丁"拿着，读吧"③ 的阅读奇迹并未随之降临，彼特拉克的阅读时刻被挪到了到达山顶之后。然而，即便在阅读之后，他的注意力依然停留在"身体"的激励之上："假如我们为了使身体能够稍微靠近天空

---

① 奥古斯丁在米兰花园受到"双重意志"（double wills）分裂的折磨："我在心中自言自语说：'快快解决吧！'我的话似已具有决定性，即欲见之行事，可是还不下手；我还在迟疑着，不肯死于死亡，生于生命"（《忏》Ⅷ：155 – 166）。

② 洛卡基称彼特拉克此举为"反常叙事"（perversion narrative），Rodney Lokaj, *Petrarch's Ascent of Mount Ventoux, The Familiaris iv*, I, new commented edition, Edizioni dell'Ateneo, 2006, p. 145；"反常叙事"一词来源于 Jill Robbins, "Petrarch Reading Augustine：'The Ascent of Mont Ventous'", *PhQ*, 64, 1985, p. 546。

③ 当奥古斯丁躺在无花果树下，"尽让泪水夺眶而出"并为自己的罪孽痛哭不止时，他突然听见邻近传来一个孩童的声音，反复唱着"拿着，读吧，拿着，读吧"。奥古斯丁认为这是神的命令，便立即翻开福音书，"看到哪一章就读哪一章"（《忏悔录》Ⅷ：157 – 158）。

就预备忍受许多汗水和辛劳，一个努力朝向上帝的灵魂……怎会害怕命运的折磨、监禁或打击？"(《登》：198)

然而，彼特拉克迂回的风格并未停止。在山谷逗留时刻，他继而问了一个非常有趣的问题：

> 但是我自己不确定（nescio），这段旅途到底是对永生的灵魂——它能够超越空间的局限，在眨眼间（in ictu oculi）到达目的地——更容易，还是对可朽、不断老去的身体——它桎梏于时间，为沉重的四肢所累——更容易。①

在他看来，灵魂的攀爬并不一定比身体的攀爬更有意义；身体攀升时所遇到的困难并不比灵魂的攀升更简单。灵魂的飞越只需要意志的愿意——只要愿意，事便成了（"眨眼间"）；然而肉身却是沉重的、注定死亡的，它不得不带着自身的重量缓慢前进。在提出自己的不确定（nescio）后，彼特拉克又突兀地对"风涛山"的名字提出异议："这山的一个峰顶，一切峰顶最高的一个，乡下人唤作'孩儿'，为什么这么叫，我不知道（ignoro），除非是在说反话（antifrasim）……因为所说的这峰顶是环绕四周的峰顶的父亲"(《登》：195-196)。nescio，ignoro 两个相近的词也揭示了两段话之间的联系："反话"极有可能是彼特拉克自己暗示的、用以阐述自己上文的方法。此处的"反话"可被解释为：世人皆认为灵之旅比肉之旅困难，但肉之旅实际上比灵之旅要难！由此，彼特拉克的"不确定"不仅挑战了以往"灵"高于"肉"的基督教传

---

① 这段拉丁文原文为 "Ac nescio annon longe facilius esse debeat quod per ipsum animum agilem et immortalem sine ullo locali motu in ictu trepidantis oculis fieri potest, quam quod successu temporis per moribundi et caduci corporis obsequium ac sub gravi membrorum fasce gerendum est." 这段话笔者与蔡乐钊的译法有差异："我不知道为什么这不该是件更容易的事，因为敏捷不朽的灵魂能够在一眨眼间抵达它的目的地，无须穿过空间，而我今天的形成却表明有此必要：我须依靠一副被沉重的四肢压倒的有缺陷的躯体。"笔者认为彼特拉克在此表达的是一种悬而未决的态度，而非觉得灵魂更加容易。笔者的译文参考 Francesco Petrarca, *Le familiari*, traduzione e cura di Ugo Dotti 和 Rodney Lokaj 的英文翻译，见 Rodney Lokaj, *Petrarch's Ascent of Mount Ventoux*, *The Familiaris* iv, I, Edizioni dell' Ateneo, 2006, pp. 94-108，译文意思与 Lokaj 的译本相近。

统,也挑战了新柏拉图主义将身体视为"灵魂"牢笼的思想。对于这两种传统而言,灵高于肉的等级顺序早已被确定,然而彼特拉克却突然发出"孰重孰轻"之疑。这意味着,"身体"在《登风涛山》的语境下暂时地从传统既定的等级中脱离出来。对彼特拉克而言,身体不是单纯物理障碍,不是灵魂的牢笼,也不一定是灵魂的外在指涉;身体的攀爬拥有独立、自足(self-sufficient)的意义。

其实,"身体的独立化"在奥古斯丁的思想中已经开始显露:"身体的腐败对灵魂的重压不是初人之罪的原因,而是对它的惩罚;不是必腐的肉身使灵魂有罪,而是灵魂的罪使肉身必腐。"① 这位中世纪教父清晰地阐明了人堕落的原因并非因为肉身,而是罪;这一改新柏拉图主义者如普洛替诺对肉身的否定,他们认为肉身是灵魂的牢笼和欲求的根源。但丁学研究者弗里切罗也指出:"对基督徒来说,造成障碍的不是身体本身,而是堕落的肉身。"② 同样地,另一位但丁学者德林也区分了 flesh(肉身)和 body(身体)的区别:

> 我们把阻碍灵魂上升的事物叫作"肉身"或者"肉",它代表着源于亚当原罪所积累下来的道德错误,彰显的是有罪的行为和这些行为背后的品性。然而,身体本身被造时便是"善"的,它拥有感官、运动、想象和记忆诸种能力,这些都是灵魂中至关重要的功能。③

然而,奥古斯丁为肉身的澄清却很有可能导致另一种潜在结果:对肉身的忽略。他曾强调,真正的基督徒不应该像新柏拉图主义所提倡的"灵魂出逃"那样逃离肉身,而应该专注于内在自我。由此,肉身完全被排除在基督教的救赎语言之外。在此前,肉身作为阻碍灵魂救赎的对

---

① [古罗马]奥古斯丁:《上帝之城:驳异教徒》(中),吴飞译,上海三联书店2009年版,第189页。
② John Freccero, *Dante: The Poetics of Conversion*, Harvard University Press, 1986, p. 7.
③ Robert M. Durling, "The Body and the Flesh in the *Purgatorio*", from *Dante for the New Millennium*, edited by Teodolinda Barolini, Wayne Storey, Fordham University Press, 2003, p. 183.

立面出现；如今，这个对立面被抽空，身体原本的意义（虽然是消极的）也因此被抽空。

另外，但丁在继承奥古斯丁"身体观"的同时，再次将身体拉回到基督教的救赎话语中：他从耶稣的"道成肉身"中看到了身体的意义。因此，但丁在《地狱篇》的第一歌便强调了朝圣者的"肉身"存在："我的仍然在奔逃的心灵（l'animo mio），回过头来重新注释那道从来不让人生还的关口。我让疲惫的身体（il corpo lasso），稍微休息一下，然后又顺着荒凉的山坡走去。"① 但丁突然地"肉身化"表明了他"模仿基督"（imitatio di Cristo）的意愿：耶稣的肉身正是他在世间布道、在十字架上受苦的物质载体，而他生而为人所受的苦难则彰显了他对人类无限的爱。然而，《神曲》中的肉身往往作为灵魂状态的现象学符号出现，也即是说，虽然但丁不断地在强调身体，他最终指向的却是灵魂本身。

彼特拉克对身体及其独立性的关注使其脱离了基督教的灵肉等级。为了扭转这个等级，彼特拉克甚至以自己为主角讲述了一个讽刺性例子：成功的登山并不象征着精神上的胜利，"彼特拉克没有作出任何决定，没有改变自己的性情。有的仅是阅读这个动作。"② 彼特拉克继而称自己在阅读《忏悔录》后："（依然）沉浸在内心的风暴（inter undosi pectoris motus）中"③，这和奥古斯丁阅读福音书后的"顿觉有一道恬静的光射到心中"形成了巨大反差。彼特拉克的"失败"减弱了"身体"和"灵魂"间的联系，弱化了基督教将肉身视为灵魂指涉物的寓言式阅读，这极大地为身体独立性开拓了新的空间。换言之，在《登风涛山》中，彼特拉克的"身体"开始拥有自己独立的意义，而不再一直作为"精神"的"意指"（signifier）出现。身体和灵魂间映射关系的断裂，让他重新

---

① ［意大利］但丁：《神曲 地狱篇》，田德望译，人民文学出版社1990年版，第1页。原文的意大利俗语版本参见 Dante Aligphieri, *The Divine Comedy of Dante Alighieri*, ed. Durling, M. Robert, Volume Ⅰ-Ⅲ, illustration by Robert Turner, Oxford University Press, 1996 (Inf.), 2003 (Purg.), 2011 (Par.).

② Robert Durling, "The Ascent of Mt. Ventoux and the Crisis of Allegory", *Italian Quarterly*, 64 (1974), p.22.

③ 此处为自译。

审视了肉身经历在日常生活中的意义。

## 三 身体内部（血缘）的断裂

在登山和阅读过程中经历了空间与时间，身体与灵魂的断裂之后，彼特拉克迎来了他的第三个断裂：血缘的断裂。他在《忏悔录》中所读到的自我预言（auto-augury）不仅没有肯定他攀爬的努力，反而进一步扩大他和弟弟杰拉多间在登山过程中已显现出来的分歧。彼特拉克最终意识到，两人虽在爬山过程中为同伴，但实际上已是歧路人。这和彼特拉克在登山前选择同伴的初衷截然相反。

彼特拉克本想从好友中挑选一位和他一同前往风涛山，然而"在众多的朋友中竟找不到一个合适的，岂不怪哉"。对于彼特拉克一个拥有如此多好友的人来说，的确是令人吃惊的：

> 这人对什么都无动于衷，那人又总是怵惕不宁；这人太拖拉，那人太急躁；这人郁悒过度，那人欢喜过头；这人比我想要的单纯，那人比我想要的精明。我害怕这人沉默寡言，又害怕那人喋喋不休。某些人的过分慎重和某些人的孱弱无能同样令我反感……（《登》：193）

最后，他选择了世界上和自己拥有同样血缘的杰拉多"因为慈爱（caritas）① 能容忍一切东西"。此处的"爱"显然是指兄弟之间的、基于身体血缘的爱。奥古斯丁曾强调，兄弟间的爱只属于同类人，不属于化外人。② 其中，彼特拉克不止一次在《日常书信集》中提及兄弟之间的

---

① 在《忏悔录》的第十一卷，奥古斯丁也用了相同的词 fraternae caritati（兄弟们的友爱），不过值得注意的是，奥古斯丁将所有信上帝之人都称为"兄弟"，和彼特拉克的基于血缘的亲兄弟有区别。不过，两人都强调这种（类似）手足的情谊。
② 奥古斯丁《忏悔录》X："这种兄弟之情，只属于同类之人，不属于'口出诳语，手行不义的化外人（extraneus）'；一人具有兄弟之情，如赞成我的行为，则为我欣喜，不赞成我，则为我忧伤；不论为喜为忧，都出于爱我之忧"，第188页。

相似："我们俩共吸一个乳房长大"（Fam. X：3）；① 两人在年轻时更仿佛是同一人："你还记得我们对华丽的服装有着多么大的欲望和虚荣吗？……我们不允许自己哪怕一根发丝出错，也害怕一阵微风会将我们精心梳好的发型吹乱。我们也会小心避开路上的野兽，因为我们身上整洁和洒满香水的衣服经不起那么一点尘埃的玷污，也经不起野兽的碰撞，那会让它们的表面起皱"（Fam. X：3）。和他同样热衷于外貌之美、物质享乐的弟弟却突然在1343年加入了嘉夕笃会，成为一名僧侣。这件事对彼特拉克的冲击非常大，这让他看到了血缘的分裂，看到了自己成为"化外人"，从同一个子宫出生所带来的身体上的相似由于精神的分歧而消失殆尽。

登山途中，弟弟也处处显示出优越性：他一开始选择的是一条崎岖狭窄的"正路"，而彼特拉克却多次迷途不返，在山谷中不断徘徊，无法前进。彼特拉克甚至阅读《忏悔录》之后拒绝让杰拉多知道他所读到的内容："我觉得羞惭不已，叫我弟弟（他很想听我往下念）不要打扰我，我合上书本"（《登》：198）。彼特拉克异常的沉默和拒绝意味着他们间唯一的身体联系——血缘——最终断裂。杰拉多原本应是"另一个"彼特拉克，因而两人的分裂更像同一个个体的内部分裂。分裂的意志不仅撕裂了彼特拉克的血缘，也撕裂了意大利"美丽的身体"："你们的纷争不止，毁坏了人世间最美家园"（Vostre voglie divise/guastan del mondo la più bella parte, 128：55 – 56）。② 在这首诗歌中，彼特拉克哀叹意大利内部正进行着"血亲间"的战争。③

在登顶过程中彼特拉克一直为疲惫的身体所困；与他相比，弟弟杰

---

① 《熟人书信集》（简称 Fam.）的引文均译自 Francesco Petrarca, Le familiari, traduzione e cura di Ugo Dotti, collaborazione di Felicita Audisio, Nino Aragno Editore, Libri Ⅰ – Ⅴ (2004), Libri Ⅵ – Ⅹ, Ⅺ – ⅩⅤ (2007), Libri ⅩⅥ – ⅩⅩ (2008), Libri ⅩⅪ – ⅩⅩⅣ (2009)。所有的引用均随文标注卷号和书信号，不再另注。

② ［意］彼特拉克：《歌集：支离破碎的俗语诗》，王军译，浙江大学出版社2019年版，第294页。其中 voglie divise 的原意为"分裂的意志"。

③ 彼特拉克的同时代人，圣凯瑟琳（San. Caterina）同样谴责意大利的内部战争为"兄弟之间的战争"（si facia la guerra sopra il fratello），Lettera a Carlo V di Francia (Lettera CCXXXV), from Gabriele Baldassari, Unum in locum: strategie macrotestuali nel Petrarca politico, Milano: LED, 2006, p. 162.

拉多的"身体性"几乎看不见。杰拉多显然并没有体力的困扰：他总是如此地精力充沛、轻盈、灵活。他登山时正如"灵魂"那般，在"眨眼间"就完成了旅程。更为重要的是，杰拉多在《登风涛山》中的形象完全符合了基督教的伦理：灵高于肉，灵引导身体。在灵魂方面，他选择加入教会，禁止肉欲，全身心追随上帝；在身体方面，杰拉多不畏山路之艰难，快速到达了山顶，他灵魂的优越状态在身体上得到了充分展示。在杰拉多身上，灵与肉紧密结合，其登山成功的同时象征着灵魂的洁净。然而，按照嘉夕笃会的会规，成为教士的人必须终身不离开修道院，这意味着肉身的旅行被完全禁止。但彼特拉克却选择用"身体和灵魂"来共同完成在尘世的朝圣之旅。① 相比单纯的精神苦修，彼特拉克更愿意让身体参与到基督教美德的日常践行之中。

若在登山之初，身体上的联系将兄弟两人放置在同一场景，那么，登山之后，两人已"分道扬镳"。彼特拉克迎来了在时间与空间、身体与灵魂后迎来的第三个断裂——身体内部的断裂，但血缘的割裂恰好意味着彼特拉克个体的独立——他不再与代表着基督教典型个体的杰拉多一样，彼特拉克的"现代自我"由此凸显。

## 结　语

皈依——彼特拉克用在他的文艺复兴之梦中的一个词，它意味着多样知识体系中不同人交流的机会——在多样的经验碎片中有可能实现吗？或者说，皈依在"我"与"我"，"我"与"其他的我"中有可能吗？毕竟自我由如此多的部分组成。②

这是马佐塔在研究彼特拉克《歌集》中"碎片化自我"时提出的一

---

① Rodney Lokaj, *Petrarch's Ascent of Mount Ventoux*, *The Familiaris* iv, Ⅰ, new commented edition, Edizioni dell'Ateneo, 2006, p. 40.
② Giuseppe Mazzotta, *The Worlds of Petrarch*, Duke University Press, 1993, p. 22.

个经典问题。这个问题用于《登风涛山》同样有效：奥古斯丁式的皈依——一种统一自我的方式——有可能实现吗？和三重断裂相对，彼特拉克的自我也是分裂的、碎片化的。自我分裂的问题在奥古斯丁身上同样存在，并以"时间"问题的方式表现：若时间被分割为昨日、今日和明日，存在于时间的"自我"也因此变得碎片化——"而我却消磨在莫名其究竟的时间之中"，①（《忏》XI：257）；那么，自我如何将碎片统合为完整之"一"？要治愈自我的断裂，必须先治愈时间的断裂。当三分化的时间被统一后，自我也得以统一："使我忘却过去种种，不为将来而将逝的一切所束缚，只着眼于目前种种，不驰骛于外物"（《忏》XI：256）。然而，彼特拉克在山顶回忆了在博洛尼亚的"过去"、表达了对"未来"的担忧后②，却始终未像奥古斯丁那般继续追问道"为何不是现在？为何不是此时此刻"？如此，奥古斯丁式皈依叙事中"当下"所带来的紧迫性被完全消解。和奥古斯丁阅读后的恬静心境相比，彼特拉克的内心直至下山也久久难以平静，并称自己"沉浸在内心的风暴中"，他的状态恰恰说明了皈依的失败（未完成）。

碎片化自我、看似失败的皈依源自彼特拉克在存在中所遭遇的危机：时间和空间永远错位；身体始终游离灵魂；自身无法在血缘之中寻得亲密。这些是最早的现代人彼特拉克的危机，也预示着启蒙时代后的精神危机。通过这三重断裂，彼特拉克质疑了奥古斯丁式以圆融、统一为特征的皈依叙事，展示了一个现代、多元的主体生而为人、存在于世的破碎"存在感"。

---

① 原拉丁语为 ego in tempora dissilui，其中 dissilui 一词的意思为"分散、消融"，可对应彼特拉克的"碎片化"（fragmentation）。

② 彼特拉克在山顶发出了对未来不确定和死亡的忧虑："倘若你这无常的生命尚可延长两个五年，并且你将追求美德到达那么远的地方，使你得以离弃你过去两年里原有的痴愚，既然这新的渴望首先遭遇那旧的渴望，你能否在到了四十岁的时候，面对死亡"（《登》：197）。

# 当代媒体语境下的作者"姿态"
## ——以米歇尔·维勒贝克为例

■马小棋

(北京大学外国语学院法语系)

【摘　要】法国当代作家米歇尔·维勒贝克的文学生涯一直伴随着争议和论战,他以挑衅、反动、政治不正确的姿态频繁出现于报纸、电视、网络,并与其文本形成了明显的一致性和互文性。文本中或明或暗的"作者"在场不但构成了维勒贝克的叙事策略,还体现了大众传媒时代特有的"作者"回归与存在的方式。本文试图在作者"姿态"概念的框架下,从声音和形象两个方面分析他是如何通过话语和非话语的方式混淆文本内外的人格,造成作者、叙述者与人物之间的模糊,最后在文学场域构建了独一无二的作者姿态。

【关键词】作者姿态；叙事声音；自我创造；大众传媒；可见性

## 引言：维勒贝克作为一种"文学现象"

米歇尔·维勒贝克（Michel Houellebecq）是法国当代最为重要,也是最有争议的作家之一。不论是将其奉为最伟大作家的支持者,还是认为其书写一文不值的批评者,都不能否认维勒贝克作为一种"文学现象"的存在。他所拥有的高曝光率和非同寻常的盛名并不仅仅是因为上百万册的销量、40多种语言的译本以及象征着神圣机构认可的文学奖项，更是因为其挑衅式的书写和公开发言屡次引发的争议。

可以说，自1998年他的第二部小说《基本粒子》（*Les Particules élémentaires*）出版以来，维勒贝克就频频因作品中涉及政治、宗教等敏感话题的越界言论而陷入舆论旋涡。其中最著名的是引发了一场声势浩大的官司的《平台》（*Plateforme*），以及2015年的《屈服》（*Soumission*），该书以伊斯兰政党在法国总统大选中胜出为背景，出版当天恰逢《查理周刊》遭遇恐怖袭击。他对1968年法国五月风暴的批评、对道德解放导致丛林法则在两性关系中占主导的反感，尤其是对女权主义的冒犯使自己被贴上了"极端保守派"的标签；同样的情况也适用于反复出现的克隆主题，批评者认为维勒贝克和纳粹一样，是优生学的支持者。或许只有获得龚古尔奖的《地图与疆域》（*La Carte et le territoire*）得到了大多数人的承认，但也被批评为是作家为了奖项而交出的作品。关于维勒贝克的论战似乎常态化，以至于路易丝·莫尔（Louise Moor）发出了是"论战姿态还是姿态的论战化"的疑问，甚至认为从《一座岛的可能性》（*La Possibilité d'une île*）开始，人们在这位小说家的新书公开之前便已开始期待一场论战①。可以说在当前文学媒体化的时代，维勒贝克已成为自己在公共领域的代言人：英国《星期日泰晤士报》将其描述为"色情作家、种族主义者、大男子主义者、反同性恋者和虚无主义者"②，《解放报》则更不客气，将他获得龚古尔奖一事称为"一个流氓的报复"③。作家的形象、声名和媒体影响先于作品，不可避免地影响着对作家作品的接受。

## "姿态"：回归语境下的"作者"

通过文本的和非文本的表达，维勒贝克已然被塑造成了一个政治

---

① Louise Moor, «Posture polémique ou polémisation de la posture?», *COnTEXTES* [En ligne], http://journals.openedition.org/contextes/4921 [2022-03-27].

② Jan Battles and Anne Lucey, "Sex row author traced to Irish isle", *Sunday Times*, 26 Aug. 2001, qtd. from Russell Williams, *Pathos, Poetry and Politics in Michel Houellebecq's Fiction*, Boston: Brill Rodopi, 2020, p. 239.

③ *La revanche d'un emmerdeur*, in *Libération*, le 8 novembre 2010.

不正确、挑衅、越界甚至粗鄙的形象。不难看出,当人们将作者与虚构的人物、叙述者混为一谈时,作品在接受层面便会出现争议。这些事实除了解释作者远扬的臭名之外,又反过来影响了其文本被接受和解读的方式,即明确区分经验作家和其小说内容的愿望变得越来越难以实现,但同时也使得"作者"这一被文学理论摒弃已久的问题重新获得了权利①。

从19世纪30年代开始,作家们就已通过将三者区分开来逐渐确立了小说话语的特殊性②,巴尔扎克在《山谷百合》的序言中写道:"……'我'对于作者来说并非没有危险。……今天仍有许多人因为将作家赋予人物的情感等同于作者自己的情感而成为笑料;如果他使用'我',那几乎所有人都会把他与叙述者混淆。"③ 戈蒂埃也表达过类似观点:"说话的是人物而不是作者;他笔下的主人公是个无神论者并不意味着他是个无神论者;他让强盗像强盗一样说话做事,但他并不因此就是个强盗。"④ 两位所主张的作者—叙述者、作者—人物之间的区别在20世纪就已被广泛接受,并且在原则上确保了小说在道德层面的豁免权。大多数虚构作品,在三者之间建立起一条明确的分界线已成为默认的阅读惯例,然而实际上,可以说所有虚构文本都在不同程度上勾勒出了作者所生活的现实世界,经验作者也总是以某种方式被投射为虚构话语的陈述人。即便不提朗松的传记批评和圣驳夫的文学肖像,从柏拉图到韦恩·布斯、再到巴赫金,也都曾表示完全忽略作者形象是不可能的。柏拉图认为,当作者假装将发言权交给人物时,便掩饰了自己的声音,这使其变得可疑;在巴赫金看来,只有当复调小说出现时,小说话语"具备双声部的特点。它同时有两个发话者,两种不同意图的表达:说话人

---

① Liesbeth Korthals Altes, *Ethos and Narrative Interpretation*: *The Negociation of Values in Fiction*, Lincoln et Londres: University of Nebraska Press, 2004, p. 29.

② Jérôme Meizoz, «Le roman et l'inacceptable. Sociologie d'une polémique: autour de *Plateforme* de Michel Houellebecq», in *L'œil sociologue et la littérature*, Genève: Slaktine érudition, 2004, p. 186.

③ Honoré de Balzac, *Le Lys dans la vallée*, in *La Comédie humaine*, t. IX, Paris: Gallimard, coll. Pléiade, 1978, pp. 915 – 916.

④ Théophile Gautier, *Mademoiselle de Maupin*, Paris: Le Livre de Poche, 1994, pp. 61 – 62.

物的直接意图和折射出的作者意图"①；布斯提出有别于作者和叙述者的"隐含作者"概念，他指出每个读者在阅读之前，无论通过话语事实还是传记知识，都会对所读文本的作者有一个预先的印象，并且认为"我们感受到的'投入''同情'或'认同'，通常是由对作者、叙述者、观察者和其他人物的共同反应组成的"②。以上理论的共同之处在于，都认为"作者"是文学研究中绕不开的关键词，尤其在伦理层面，但同时也强调作者的在场会陷入与文本其他声音的纠缠之中，这种情况在当代文学中最为常见。在经历了三十年的理论探索之后，结构主义、文本主义、形式主义等新批评自20世纪70年代逐渐式微，随着"主体"的回归，"作者"这一饱受争议的概念也以新的形式卷土重来：传记文学重回舞台、70年代末出现手稿研究、80年代开始对文学团体的社会学研究，以及文学的传媒化前所未有地将作者本人作为宣传手段③。

在日内瓦大学教授杰罗姆·梅佐兹（Jérôme Meizoz）看来，这种媒体语境正是作者"姿态"（posture d'auteur）概念得以产生的背景：随着大众传媒的发展，作家不再限于纸张，而是走入镜头为人所知，超越其公民身份的特定"姿态"也由此传播开来。实际上在梅佐兹之前，阿兰·维亚拉（Alain Viala）已将"姿态"这一术语概念化：一种在某个场域占据能被社会学变量标记的客观"位置"的独特方式④。梅佐兹在此基础上进行了更具体的阐释，试图通过内外双重维度对作家的自我呈现进行理论化：首先是话语或文本维度，指作者在文本中、或通过文本构建的发话者形象，相当于古典修辞学中的概念"*ethos*"⑤（气场、特

---

① Mikhaïl Bakhtine, *Esthétique et théorie du roman*, Paris：Gallimard, 1978, p.144.

② Wayne C. Booth, «Distance et point de vue», G. Genette et T. Todorov, dir., *Poétique du récit*, Paris：Seuil, 1977, p.104.

③ Voir Jérôme Meizoz, *Postures littéraires：Mises en scène modernes de l'auteur*, Genève：Slaktine érudition, 2007, p.37. 后文出自同一著作的引文，将随文标出该著简称 *Postures littéraires* 和引文出处页码，不再另注。

④ Alain Viala, «Eléments de sociopoétique», Georges Molinié et Alain Viala, dir., *Approches de la réception, sémiostylistique et sociopoétique de Le Clézio*, Paris：PUF, Coll. «Perspectives littéraires», 1993, p.216.

⑤ 对这一概念更完整准确的论述见 Ruth Amossy, *La présentation de soi：Ethos et identité verbale*, Paris：PUF, 2010。

质、精神气质）。根据罗兰·巴特的说法，"说话者在陈述信息的同时传达：我是这样的人，不是那样的"，换言之，说话者通过话语赋予自己有别于他人的气质①。另一个是非话语维度，指作者在体现作家功能的公开场合中所有非语言的自我展示行为，如着装、化妆、动作等②。概括地说，"姿态"是作家通过话语和行为的自我展示，意味着"文学场域内的话语事实以及相关的社会行为"③。与之最为相近的是拉丁术语 persona（人格面具、表面形象），最初指戏剧中的面具。从词源学角度看，一个人在说话（per-sonare）的同时建立了自己的声音，确立了自己的社会位置。在文学表达的舞台上，作家通过人格面具来表现、表达自己，我们可以称之为"姿态"，或者说，一个人只有通过姿态这面棱镜才能作为作家而存在④。

自郎松和圣驳夫以来一直充当文学解释之尺度的作者意图，以及作者本身，在20世纪60年代成为新批评质疑的概念之一。1968年巴特宣告"作者之死"，1969年福柯发表著名的《何谓作者？》，都在竭力抹去充满人本主义和个人主义色彩的"作者"概念。面对长期以来对作者概念及其用法的混淆，语言学家多米尼克·曼格诺（Dominique Maingueneau）区分了三个"作者实体"（instances auctoriales），"个人"（personne），公民身份和传记意义上的主体、"作家"（écrivain），文学场域的作者功能以及"记录者"（inscripteur），也就是文本中的陈述者⑤。根据梅佐兹，不同的文学理论因对三个作者的侧重点不同而得以区分："一方面，形式主义及相关理论将作者简化为记录者；另一方面，社会学或传记批评忽视

---

① Roland Barthes, «L'ancienne rhétorique. Aide-mémoire», *L'Aventure sémiologique*, Paris: Seuil, 1984, p. 212 et p. 315.

② Jérôme Meizoz, «Postures d'auteur et poétique (Rousseau, Céline, Ajar, Houellebecq)», *L'œil sociologique et la littérature*, 2004, p. 53.

③ Jérôme Meizoz, «Ce que l'on fait dire au silence: posture, ethos, image d'auteur».

④ Jérôme Meizoz, «Ce que l'on fait dire au silence: posture, ethos, image d'auteur», in *Argumentation et Analyse du Discours* [En ligne], Université de Tel-Aviv, http://journals.openedition.org/aad/667 [2023-09-27].

⑤ Dominique Maingueneau, *Le Discours Littéraire. Paratopie et Scène d'énonciation*, Paris: Armand Colin, 2004, p. 107.

了记录者，或者说将记录者等同于个人或作家"（*Postures littéraires*：43 – 44）。在"作者"回归的热潮下，"姿态"概念以曼格诺的区分为基础，试图通过对作者、文本特征、文学场和社会之间关联的思考，将内在批评与社会学批评结合起来，从而"超越文本内外领域专家之间旧有的任务分工"①，从社会学角度恢复对"作者"的讨论。实际上，在结构主义和文本主义热潮之前，巴特也曾探讨过文学的社会维度。他认为，有别于风格和语言，写作行为意味着"作者对其形式的社会惯用法和所承担的选择的思考"，而"不论在何种文学形式中，都有对语气、气质的选择，正是在这里，作者才显示出其个性，因为他正是在这里介入了文学"②。被视为法国当代文学回归主义话语代表的维勒贝克也曾借笔下人物表达过类似观点，他对作者只是一个不确定的、越来越隐没无形地存在的文学潮流持怀疑态度，认为能否让人感受到作者的存在才是区分小说好与坏的原则③。实际上，维勒贝克并不是唯一一个将自我投射至文本，或让人物、叙述者发表争议性言论的当代作家，但他在公开场合频繁地抛头露面，并且与其虚构、非虚构文本之间形成的互文关系，使得"米歇尔"们（小说中的叙述者）、米歇尔·维勒贝克（公开身份的作家）和米歇尔·托马斯（文学场中化身为维勒贝克的法国公民）之间形成了莫比乌斯环一样缠绕的、若即若离的复杂关系。但也正是因为作家在文本内外、通过话语或非话语的陈述和举动，才使其声音和形象在文学场域形成了独一无二、可被辨认的姿态。

## 模糊不清的叙事声音：谁在说话？

夹叙夹议是维勒贝克小说的特点之一，作者经常把发表议论、进行说教的任务移交给笔下的人物或叙述者，我们不禁怀疑他们是否充

---

① Jérôme Meizoz, *Ce que l'on fait dire au silence*：*posture, ethos, image d'auteur*, p. 1.
② Roland Barthes, *Le Degré zéro de l'écriture*, Paris：Seuil, 1972, pp. 14 – 15.
③ Michel Houellebecq, *Soumission*, Paris：Flammarion, 2015, pp. 13 – 14.

当了作家的传声筒。用话语修辞学的概念来说，便是其话语精神和其"话语外"形象，也就是作家的实际立场发生了转移。这并不是文学的禁忌，巴尔扎克、福楼拜和左拉也是通过在作品中发出一些价值观或意识形态的声音，小说人物才具备了道德特征，话语精神的建构才成为可能。

维勒贝克的小说无论是第一人称还是第三人称叙事，都充斥着隐匿或显现于文本的作家思想和意图，模糊不清的叙事声音自第一部小说便已存在。《斗争领域的延伸》（*Extension du domaine de la lutte*）通过内聚焦展开故事，但主人公兼叙述者"我"的视角并非始终如一，有时超越了第一人称的局限滑向全知全能的零聚焦，例如对"我"的母亲受孕过程的细节描述①，极为隐秘的场景背后暗含着一个更为广阔、拥有更大信息量的视角。1998年出版的第二部小说《基本粒子》的叙事方式更加模棱两可，事实上也因此引发了维勒贝克文学生涯中的第一次争议。该小说主要的叙事视角自引言便已建立："这本书首先是一个人的故事，他的大半生都生活在20世纪下半叶的西欧……他那一代人经常遭受不幸的折磨，在孤独和苦闷中度过一生"②，叙述者立即与主人公建立了时间和物理上的距离。在小说结尾的2080年，科学家们通过无性繁殖创造的新智慧人种逐渐取代了旧人种，而叙述者就是新人类的一员。然而，小说中常常出现一个与"无性、不死"的后人类叙述者不同的声音，以对安娜贝尔性成熟的描述为例："从13岁开始，在卵巢分泌的黄体酮和雌二醇的影响下，脂肪块会开始在少女的胸部和臀部堆积。完美的话，这些部位会呈现出丰满、匀称、圆润的外观，使男人看到就会产生强烈的欲望。"③ 表面科学客观的话语背后隐藏着一个猥琐、陈腐的男性凝视视角，虽来源不明但形成了一个可辨认的姿态，因此被视为作者的挑衅性介入。相反，对于一些较为过激的观点，作者

---

① Voir Michel Houellebecq, *Extension du domaine de la lutte*, Paris: Maurice Nadeau, 1994, pp. 150-151.
② Michel Houellebecq, *Les particules élémentaires*, Paris: Flammarion, 1998, p. 7.
③ Michel Houellebecq, *Les particules élémentaires*, Paris: Flammarion, 1998, p. 57.

则反复明确其归属以免受牵连，比如主人公布吕诺认为男同性恋都是喜欢年轻男孩的"鸡奸者"①，而克里斯蒂娜认为女权主义者"不出几年就能把周围的男人变成阳萎又暴躁的神经病②"。在拉塞尔·威廉姆斯（Russell Williams）看来，"过于精确或过于强调某些思想属于某个特定的主人公，也会造成叙述上的模糊性"③，也是作者在场的表现之一。关于《基本粒子》的争议首先发生于维勒贝克当时撰稿的杂志《垂直》（*Perpendiculaire*）内部，杂志成员表示尽管他们也试图辨别作者观点与人物观点之间的不同，但这部作品中一些涉及政治、种族主义和排外的言论仍然让人感到不安。此事并没有以维勒贝克被解雇而结束，而是扩展到了媒体关于文学自主权的讨论，对于关于维勒贝克"极端主义政治倾向"的谴责，文学自主的捍卫者们反对一切形式的保守主义和政治正确④。一场内部争吵在一定程度上被放大变成了一起事件，同时也为《基本粒子》及其作者带来了意想不到的知名度。

叙述声音的模糊不但构成了维勒贝克重要的文本策略，同样是其文本外策略的一部分，尤其随着维勒贝克媒体影响力的扩大，作者声音的存在变得更加明显。事实上，2009年出版的《平台》才使维勒贝克真正被贴上了"挑衅"的标签。这部小说同样是以第一人称进行的回顾性叙事，伴侣瓦莱丽在一次伊斯兰恐袭中丧生后，隐居在芭堤雅的叙述者米歇尔写下了过去一年发生的故事：父亲的去世、与瓦莱丽的相遇、发展性旅游连锁店的计划等。因此，米歇尔是在精神极度痛苦的状态下进行讲述的："瓦莱丽的离去从未让我如此痛苦"，感觉自己被"悲惨、窒息的屏障"包围⑤。恐袭受害者的身份和失常的精神状态似乎为米歇尔关于种族、宗教的偏见提供了合法化的可能，作者试图通过引起情感共鸣以逃避伦理上的审判。然

---

① Michel Houellebecq, *Les particules élémentaires*, Paris: Flammarion, 1998, pp. 105–106.
② Michel Houellebecq, *Les particules élémentaires*, Paris: Flammarion, 1998, p. 146.
③ Russell Williams, *Pathos, Poetry and Politics in Michel Houellebecq's Fiction*, p. 227.
④ Vincent Guiader, «L'extension du domaine de la réception. Les appropriations littéraires et politiques des Particules élémentaires de Michel Houellebecq», Isabelle Charpentier, dir., *Comment sont reçues les œuvres, Actualité des recherches en sociologie de la réception et des publics*, Paris: Creaphis, 2006, p. 182.
⑤ Michel Houellebecq, *Plateforme*, Paris: Flammarion, 2001, p. 366 et p. 368.

而不能忽略的是，叙述者的反伊斯兰情绪同时得到了三个来自穆斯林内部世界的人物的支持，他们在小说情节中没什么作用，在完成对伊斯兰的批判后便立即脱离了叙事。卡罗尔·斯威尼（Carole Sweeney）将其称为维勒贝克"粗暴发出的腹语"①，三人的阿拉伯背景并不足以为其立场增加可信度，失败的割席策略最终仍然指向有创伤的叙述者。同时，通过将主人公命名为"米歇尔"并赋予其文本作者的功能②，作者似乎在积极鼓励读者将他与米歇尔·维勒贝克联系起来。

维勒贝克在现实中机械地重复了人物和叙述者的话，争议性言论不再限于虚构的发话者，而是延伸至现实空间并与作者的声音发生了重叠。媒体立即做出反应："米歇尔和维勒贝克是同一个人"，《读书》杂志主编皮埃尔·阿苏兰（Pierre Assouline）发出这样的评论："这位小说家与他笔下的人物完全一致……他在毫不掩饰地表达自我。"③ 这位专业的传记作家在面对维勒贝克时，也忘记了柯勒律治著名的"自觉终止怀疑"理论，和其他读者一样选择将人物、叙述者不等于作者的小说传统搁置一旁。可以说，维勒贝克在公共空间重现了通过小说塑造的话语精神，原本可能只是"作为叙事技巧而采用的话语姿态，却决定了作者的公共行为"（*Postures littéraires*：31），不但将公众对叙述者兼人物米歇尔的指责合理化，作者本人也被贴上了种族主义的标签。对此巴赫金早有预判："当主人公和作者不谋而合，或并肩而立分享共同的价值观，或作为对手相互对立时，审美事件就结束了，伦理事件取而代之。"④

《平台》事件后，通过文本内外的话语形成的挑衅姿态对维勒贝克作品的接受造成了不可避免的影响。他本人深知这一点但似乎对此并

---

① Carole Sweeney, *Michel Houellebecq and the Literature of Despair*, London：Bloomsbury Academic, 2013, p. 111.

② "我买了几百张 21cm × 29.7cm 的纸，尝试整理我过去的人生"，Michel Houellebecq, *Plateforme*, p. 364. 与之类似，《斗争领域的延伸》中的主人公兼叙述者自开篇便被赋予了文本作者身份，他不但记录生活中所见所闻，还创作了一系列动物小说，而人与动物也是维勒贝克作品经常涉及的主题。

③ Pierre Assouline, éditorial de *Lire*, octobre 2001.

④ Mikhail Bakhtine, «L'auteur et le héros dans le processus esthétique», in *Esthétique de la création verbale*, Paris：Gallimard, 1984, p. 87.

不排斥，作者仍旧幽灵般存在于之后的创作中，以同样的方式对西方社会进行观察，谈论着两性、宗教、科学甚至艺术，与之前的文本有着清晰可见的连贯性和延续性。除了文本中的话语，维勒贝克在媒体采访中的言论和行为也进一步加固了其挑衅、反动的刻板印象：酗酒、公然对女记者进行言语上的性骚扰、故意发表争议性言论。通过这种方式，维勒贝克似乎在有意识地建立和确认作者与叙事之间的连续性，他通过作品向公众传播了关于自己的画像，这反过来又构成了他的姿态。

根据梅佐兹的理论，我们可以将"维勒贝克"视为作者"在官方场合完成的公共形象塑造"[1] 意义上的文学姿态，和其笔下人物一样是一种虚构创造，而不是一个具有公民身份的人。米歇尔·维勒贝克原名米歇尔·托马斯，和塞利纳一样，他借用了祖母的姓氏。梅佐兹认为笔名是构成作者姿态的标志之一，因为它代表着一个"全新的、与公民身份不同的发话者身份"（*Postures littéraires*：18），换言之，笔名将作者变成了一个虚构的发话者，一个独立的"人物"，作家得以构建一个脱离公民身份或传统传记意义上的作家形象。因此，"维勒贝克"是覆盖在公民米歇尔·托马斯面孔上的面具，通过媒体表现出的人格是小说所塑造的话语精神的延续，与《平台》中的米歇尔一样，最终形成了在敏感话题上拒绝"可被社会接受的言论"，更喜欢使用直接的词语和科学化记录[2]的写作者形象，也构成了作家"在文学场域占据位置"（*Postures littéraires*：18）、并区别于他人的特殊姿态。

## 虚虚实实的自我书写：是我又不是我？

无处不在的作者同样体现在作家与人物暧昧不明的关系中，也吸引了评论界对其作品进行自传性解读。实际上，维勒贝克至今还未创作过

---

[1] Jérôme Meizoz, «Le roman et l'inacceptable», in *L'œil sociologue et la littérature*, p. 201.
[2] Michel Houellebecq, *Plateforme*, Paris：Flammarion, 2001, p. 26.

严格意义上的自传性文本，也明确拒绝将一切都归结为传记的阅读①，但大量相关的非虚构文本中的信息（如访谈、通信集、文集②以及由第三方撰写的或多或少具有传记性质的作品③）都表现出了作家与笔下人物之间的趋同，这种刻意的相似性和模糊性让读者轻易就能"构建一个与故事中的人物形象非常接近的发话者形象"④。米歇尔·维勒贝克1956年⑤出生于法属留尼旺岛，他的父母——一位登山向导和一个麻醉师很快对他的存在不再有任何兴趣。最初他在阿尔及利亚与外祖父母生活了一段时间，父母离婚后由住在法国北部的祖母抚养长大。他在获得农业工程师文凭后开始在信息技术领域工作，先后在法国农业部、法国国民议会与互联网公司就职，但屡次失业和婚姻失败的双重打击让他陷入了抑郁。从此，中产阶级中年男性消沉、孤独的生存状态便成为他创作的起点和支点。

维勒贝克于1994年出版的第一部小说《斗争领域的延伸》讲述了一个计算机工程师和他性压抑的同事无聊、绝望的生活。小说中的"我"和执笔的作家有着相似的职业经历，并且对程序员这份工作"深恶痛绝"⑥，令人沮丧的工作经历对维勒贝克有着深远的影响，甚至激发了他的创作⑦。小说这样开头："星期五晚上，我受邀去一个同事家参加聚会"，读来更像是一则私人日记的开始，作者更是在2002年的一次采

---

① 美国《巴黎评论》编辑部：《巴黎评论·作家访谈4》，马鸣谦等译，人民文学出版社2022年版，第343页。

② 如作者的文集 *Interventions*（1998）、*Interventions 2*（2009）、*Interventions* 2020，以及与贝尔纳-亨利·列维的通信集 *Ennemis publics*（2008）都在不同程度上谈到了其作品。

③ 如记者 Denis Demonpion 所作传记 *Houellebecq non autorisé*（2005），西班牙剧作家 Fernando Arrabal 的 *¡Houellebecq!*（2005），以及在《基本粒子》中以其婚前姓氏出现的维勒贝克之母出版了一本长达四百页的回忆录 *L'innocente*（2008），以反驳其中对她不公平的、具有自传性质的诽谤。

④ Louise Moor, «Posture polémique ou polémisation de la posture?», *COnTEXTES* [En ligne], http://journals.openedition.org/contextes/4921［2022-03-27］.

⑤ 根据作家的说法，其母将出生证明上的年份从1958年改为1956年，以便能够让维勒贝克提前入学。

⑥ 美国《巴黎评论》编辑部：《巴黎评论·作家访谈4》，马鸣谦等译，人民文学出版社2022年版，第335页。

⑦ Denis Demonpion, *Houellebecq : la biographie d'un phénomène*, Paris: Buchet-Chastel, 2019, p. 81.

访中表示，这个故事"一开始并不打算作为一部小说……事实上，它开始是一本日记"①。封面的"小说"字样似乎和读者签订了关于虚构的契约，但开篇不久，叙述者便确认了该故事强烈的自传意图："接下来的篇章构成一部小说；我的意思是，是一系列以我为主角的轶事。这个自传式的选择并不是真正的选择：无论如何，我没有其他出路。如果不写我之所见，我仍会一样痛苦——或许会更糟糕。"② 在这部可能是真实的传记事实和虚构事实相混合的伪自传中，刚刚年过30的主人公是一家计算机公司的中层管理人员，净收入是最低工资标准的2.5倍，对自己的社会地位相当满意，但情感生活却不尽如人意，从来都不是女人们的第一选择③。

维勒贝克在之后的写作中延续了类似的人物设置，将一些面目相似的扁平人物搬上小说舞台：生活优渥的中产阶级中年男性；外形普通、性格内向，但擅长用世俗的成功来弥补先天的不足；与父母的关系可以说冷淡甚至差劲，在两性关系中没有什么优势，常常经历情感的丧失并因此痛苦绝望；有时喜欢狗。我们从中认得出大致的形状，这是维勒贝克真实经历和个性的投射，虽没有关于"真实"的契约，但作者的童年、人际关系、教育经历、工作履历等有迹可循的信息出现在虚构文本中，呈现出了一个个碎片的"我"：《基本粒子》中的母亲雅妮娜年轻时投身于性解放，宁愿把时间奉献给情人而不是孩子；同样就职于法国农业部的克洛德和他的创作者一样，曾在法国北部的祖母家"度过了一个备受呵护的童年"④；在《地图与疆域》中，主人公杰德·马丁更是作家的另一个自我，他不合群、孤独忧郁、童年苦闷、婚恋失败，过去读了很多19世纪的现实主义小说，现在只读阿加莎·克里斯蒂。这位画家的作品是"疏离"和"客观冷漠"的，也是"简单而直接的"，描述世界

---

① Martin de Haan, «Entretien avec Michel Houellebecq», in *Michel Houellebecq*, Sabine Van Wesemael, dir., Amsterdam: Rodopi, 2004, p. 26.
② Michel Houellebecq, *Extension du domaine de la lutte*, Paris: Flammarion, 1998, p. 14.
③ Michel Houellebecq, *Extension du domaine de la lutte*, Paris: Flammarion, 1998, p. 15.
④ Michel Houellebecq, *Sérotonine*, Paris: Flammarion, 2019, p. 46.

时几乎没有"诗意的记号"（Carte：189），这些描述用于形容维勒贝克的作品同样成立。这些替身中不乏与作者同名的"米歇尔"们：一般来说，一些与真实情况不符的虚构信息，如《平台》中米歇尔的职业和其父被杀的事实可以将叙述者与作者区分开来；又或者，这种歧义很容易通过一个虚构的姓氏消除，比如《基本粒子》中"被考虑授予诺贝尔奖的一流生物学家"[1]米歇尔的姓氏其实是杰任斯基，但同时，他们的外形、年龄和部分经历像事实文本一样鼓励我们将其与作者联系起来[2]。在热奈特看来，这种仿佛出于偶然的半同名"让那个既不完全是自己，又不完全是别人的主人公取得以'我'自称的权利"，[3]作者得以与自身拉开微小距离，虚构与事实之间也发生了一些偏移，让读者更加难以判断人物和作者之间的关系。

如上文所述，由于与其笔下虚构主体的趋同，维勒贝克在一定程度上已经从话语维度构建了关于自己的刻板印象。尤其在《平台》风波之后，维勒贝克尖锐辛辣、敢于冒政治不正确之大不韪、表现当代法国甚至整个西方社会症候的作者姿态业已形成。这种文学场域的姿态由媒体向公众传播，又反过来通过作品附着于作者本人（Postures littéraires：18）。作为大众传媒背景下的新一代作家，维勒贝克深知文本叙述者与出现在公共领域的作者之间的连续性会引发的议论，这种意识在《平台》之后的小说中是自发的，主要体现在其自我书写的策略发生了改变：《一座岛的可能性》中的主人公不但在方方面面都可被视作维勒贝克的镜像，还可被解读为作者对自己媒体姿态的戏仿。丹尼尔也是一位备受争议但名利双收的艺术家，认为自己是"当代现实的敏锐观察者"[4]，但同样引发了不小的舆论危机："我很快离开了报刊的'演出'版面，出现在'司法·社会'版面。穆斯林团体提起控告，炸弹威胁随之而来，

---

[1] Michel Houellebecq, *Les particules élémentaires*, Paris：Flammarion, 1998, p.7.
[2] 《基本粒子》出版之时，维勒贝克穿着一件实验室服装出现在 *Inrockuptibles* 的封面上，仿佛在扮演小说中的杰任斯基。
[3] ［法］热拉尔·热奈特：《叙事话语 新叙事话语》，王文融译，中国社会科学出版社1990年版，第176页。
[4] Michel Houellebecq, *La possibilité d'une île*, Paris：Fayard, 2005, p.21.

还有一些具体行动",但最终都不妨碍他被当作"言论自由的英雄",但"自由,于个人而言,却是我所反对的"①。不论是丹尼尔的职业经历,还是反对自由主义、再现现实等创作观念,都与维勒贝克如出一辙,作家不但重现了在《平台》之后的遭遇,还在一定程度上夸张地模仿了媒体眼中的自己。

这种戏仿以更可见、更戏剧化的方式出现在《地图与疆域》中,米歇尔·维勒贝克作为虚构人物登上了小说舞台②,作者的自我书写不再遮遮掩掩,而是以自己的名字来指称自己,这一姿态并非无关紧要,因为"名字意味着担当和责任,意味着敢于面对读者对号入座的勇气"③。在小说中,米歇尔·维勒贝克被描述为一个有强烈厌世倾向,甚至不怎么跟自己的狗说话的独行侠;一个抑郁、病恹恹的老酒鬼,四肢干瘦像一只病了的老乌龟;一个对社会有着准确看法的好作家(Carte: 128;146;166;23)。这些描写似乎在很大程度上来自媒体对维勒贝克的刻板印象,正如莫里(Douglas Morrey)所说,作家的这幅自画像在许多方面"是诚实和准确的,至少是基于作为读者的我们从采访、个人资料和电视节目中所获得的印象"④,主人公杰德也对故事中的作家说:"我觉得您似乎有些在扮演您的角色"(Carte: 146)。小说最后,这位家喻户晓的大作家被残忍杀害,身体被肢解成了碎片,威廉姆斯认为该情节是一种粗野、不雅的隐喻:热衷于艺术品收藏的凶手阿道尔夫·佩蒂索象征着对维勒贝克本人及其作品的接受与批评,他的残暴手法则隐喻着媒体对作家的猛烈攻击⑤,作家维勒贝克的媒体人格或公共形象也由此完成了象征性死亡。

---

① Michel Houellebecq, *La possibilité d'une île*, Paris: Fayard, 2005, pp. 47 – 48.
② 维勒贝克在电影 *L'Enlèvement de Michel Houellebecq* (2014) 中再次扮演了自己的角色。在该电影上映之前,社交媒体上就有关于作家可能真的失踪的传闻。5 年后的电影 *Thalasso* (2019) 作为前一部电影的续集,再次成为维勒贝克扮演自己角色的舞台。与《地图与疆域》一起,这三部作品都带有强烈的自嘲、自我揶揄的特征。
③ 杨国政:《法国当代自撰文学现象研究》,北京大学出版社 2022 年版,第 67 页。
④ Douglas Morrey, *Michel Houellebecq-Humanity and its Aftermath*, Liverpool: Liverpool University Press, 2013, p. 100.
⑤ Russell Williams, *Pathos, Poetry and Politics in Michel Houellebecq's Fiction*, p. 255.

事实上，维勒贝克没有任何一部小说符合自我虚构的经典定义，即在同一个故事中，作者、叙述者和主人公之间姓名上的同一①。然而，作者观点与角色观点的重叠，加上传记事实和虚构事实同样频繁的巧合，自然将其作品与这种类型联系起来。当我们追随叙述者"米歇尔"们的故事时，难免会投入我们所知道的关于作家维勒贝克作为公众人物的一切信息和行为，更何况作者本人也在不断通过小说外的文本邀请读者注意它与现实世界的平行："我会毫不犹豫地重复我自己"②"我已经不知道我的小说中哪些部分属于自传了"③。1998年发行的《基本粒子》甚至选择将作家最具标志性的肖像照作为封面，他直面镜头，嘴里叼着烟，左胳膊挎着一个塑料袋，仿佛在暗示主人公就是"我"。派克大衣、蓝色衬衫、把烟卷夹在中指和无名指之间，这些非话语维度的特征通过媒体的呈现，共同构成了维勒贝克广泛流传于大众传媒的标志性姿态。作者的形象前所未有地以副文本为中介与其他文本形成了一种特殊的关系，尽管并不是小说叙事的一部分，但也成了理解其作品的重要因素，不断鼓励读者在阅读中将作者本人与主人公混同。在1999年上映的《斗争领域的延伸》同名电影中，烟不离手的主人公不但长相神似维勒贝克，拿烟的动作也与作家相同；"旧情人的自杀不会让这位斯宾诺莎的信徒动容，但福克斯（爱犬的名字）的死亡却会让他心碎"④，哲学家昂弗雷（Michel Onfray）这样描述《一个岛的可能性》中的叙述者，一旁的插图却是维勒贝克本人用玩具逗弄爱犬的照片。

遮遮掩掩的自我书写阴影一样笼罩着维勒贝克本人及其作品，阅读虚构作品应该遵守的规定也变得模糊。我们不可能不在众多虚构的他者身上发现其创造者的克隆体，也不可能不通过虚构文本中的话语对作者

---

① Serge Doubrovsky, «Autobiographie/vérité/psychanalyse», in *Autobiographiques. De Corneille à Sartre*, PUF, 1988, pp. 68 – 69.

② 《巴黎评论》编辑部：《巴黎评论·作家访谈 4》，马鸣谦等译，人民文学出版社 2022 年版，第 349 页。

③ «C'est ainsi que je fabrique mes livres» (Entretien de Michel Houellebecq avec Frédéric Martel), in *La Nouvelle Revue française*, N° 548 (1999), pp. 197 – 209.

④ Michel Onfray, «Y a-t-il Une Pensée Houellebecq?», in *Lire*, le 1 Sept. 2005, p. 37.

本人进行评判。萨拉戈萨大学的米格尔·阿莫雷斯·福斯特（Miguel Amores Fúster）用"未公开的自我虚构"（autofiction non déclarée）概括维勒贝克晦暗不明的自我书写。相比于定义多样甚至矛盾、使用混乱的"自我虚构"①，梅佐兹"自我创造"（auto-création）的概念，即"姿态"从"作者生平或独特的观点中提取出一些事实和价值观，经过仔细地重新审视和改编后，创造出的'传记式传奇'（fable biographique）"（*Postures littéraires*：30）既关注事实文本和虚构文本，也关注作者在文本外文学生产场中的行为表现，显得更加贴切和全面。米歇尔·维勒贝克就这样表现为一个厌世、虚无的中产阶级男性和一个挑衅、反动、颓丧的写作者。

## 结论　大众传媒与作家的"可见性"

如上文所述，作家采取某种姿态（无论有意还是无意）不仅仅是当代媒体对文学过度关注的附加现象，而且是构成其创作行为的要素之一。因此，姿态确定话语基调的同时，作者的诗学也同步形成。从福楼拜到普鲁斯特，从马拉美到布朗肖，现代文学一步步见证了作者的退隐。然而，与瓦莱里所主张"所有作品都由'作者'之外的东西构成"②、福楼拜所提倡"非个人化叙事"相悖，维勒贝克始终坚持"一个作者首先是一个人，存在于他的书中"③的创作理念，并且在文学实践中经常有意无意地将自己投射其中。叙事声音归属于经验作者还是虚构主体，人物形象是不是作者本人的自我书写，或明或暗的"作者"在场带来的不确定性和模糊性不但构成了作家的叙事特征，还和其公共行为、话语一起，确立了作者在文学场的特殊位置。这种自我表现随着时间和作品累积而成，塑造了能够被读者，甚至是非读者轻易就能辨认出来的公共姿态。

---

① 参见杨国政《法国当代自撰文学现象研究》，北京大学出版社2022年版，第87—130页。
② Paul Valéry, *Tel Quel*, in *Œuvres*, t. Ⅱ, Paris：Gallimard, 2004, p. 629.
③ Michel Houellebecq, *Soumission*, Paris：Flammarion, 2015, p. 13.

在大众眼中，维勒贝克既是小说家、诗人，也是烟不离手的酗酒者、媒体炒作者、极端挑衅者和畅销书作者。鲜为正面、褒义的刻板印象也让维勒贝克成为"姿态"的受害者："一些记者故意将我书中人物所说的话与作者的言论混为一谈，我对此感到愤怒"①；"在有些方面，我读到的关于我自己的报道与我本人之间的差距非常大"②。作者被其"姿态"压制，他的生平和人格不再取决于真实情况，而只取决于读者形成的或真或假的，或多或少会与其书中形象、媒体人格相混合的印象。而作家所能做的，就是不经意地对戴着的面具这里修改一点、那里矫正一些，而这面具早已牢牢粘在了他的皮肤上。

可以说，维勒贝克的姿态及其生成过程凸显了大众传媒和景观化时代作家的特征。"姿态"作为作家个性化的表达，也是从文本延伸至公开场合的自我展示，而媒体在这种自我展示现象中扮演着至关重要的角色。20 世纪 60 年代至今，电视和数码技术先后带来的变革"构成了一种新的媒体秩序"③，作者的境遇也大有不同，"可见性"（visibilité）成为作家公共存在的特别属性④。文学界曾普遍视"可见性"为一种"反价值"（anti-valeur）、"负面价值"（valeur négative）⑤，亨利·米肖在写给布拉塞的信中提到："想见我的人只需要读我的书，我的真实面目就在其中。"⑥ 而新一代作家不仅不拒绝媒体，甚至利用其传播优势吸引目光从而进入公共视野。1980 年勒热纳曾这样谈到广播对文学的影响：

---

① Alain Salles, «Des associations musulmanes veulent poursuivre en justice Michel Houellebecq», *Le Monde*, 8 Sept. 2001.

② Jean-David Beauvallet, «Extension du domaine de la flûte», in *Les Inrockuptibles* [En ligne], https：//www. lesinrocks. com/2000/04/10/musique/extension-du-domaine-de-la-flute – 11227500/ [2024 – 01 – 12].

③ ［瑞士］樊尚·考夫曼：《"景观"文学：媒体对文学的影响》，李适嬿译，南京大学出版社 2019 年版，第 8 页。

④ Jérôme Meizoz, «‹écrire, c'est entrer en scène›：la littérature en personne», *COnTEXTES* [En ligne], http：//contextes. revues. org/6003 [2022 – 03 – 27].

⑤ Nathalie Heinich, *De la visibilité. Excellence et singularité en régime médiatique*, Paris：Gallimard, 2012, p. 158.

⑥ Martine Lavaud, «Envisager l'histoire littéraire. Pour une épistémologie du portrait photographique d'écrivain», *COnTEXTES*, [En ligne], http：//contextes. revues. org/5925 [2024 – 01 – 10].

"今天，我们在一行文字也未读过的情况下就能消费'作者'的声音和形象……"①，奥利维尔·诺拉几年后补充道："写作独有的魅力效应不再基于阅读，而是基于听觉和视觉。"② 用考夫曼的术语来说，作家逐渐"公务员化""景观化"，在曝光度和公众关注度成为核心的背景下，不论是否出于自愿，作家们都被卷入了媒体舞台，必须出现在电视屏幕前、报纸版面上，成了为技术而服务、让机器运转的公务员③。因此，文学场域的边界越来越模糊，评价作品的方式越来越多地与作者的个人存在联系在一起，以与众不同的方式展示自己不但会得到积极的回应，而且能够提高作品的可见度和关注度。虽然梅佐兹拒绝将作家的自我展示简化为出版方和媒体也参与其中的宣传行为或市场策略，但也正如他所指出的，在文学越来越受影响于媒体的今天，作家的媒介化，或者说作家姿态的广泛传播为我们带来了一个看待文学以及作者存在于公共领域的新方式（*Postures littéraires*：19 – 20）。

---

① Phillipe Lejeune, *Je est un autre: L'autobiographie, de la littérature aux médias*, Paris: Seuil, 1980, p. 103.

② Olivier Nora, «La visite au grand écrivain», in Pierre Nora, dir., *Les Lieux de mémoire*, Paris: Gallimard, 1986, p. 582.

③ 参见［瑞士］樊尚·考夫曼《"景观"文学》，李适嫌译，南京大学出版社2019年版，第7页。

# 伊万·阿克萨科夫论丘特切夫创作中的"斯拉夫因素"*

■ 陆 尧

(苏州大学外国语学院)

**【内容摘要】** 丘特切夫在斯拉夫主义者伊万·阿克萨科夫的批评谱系中占独特地位。丘特切夫是批评家的岳父,诗作又与斯拉夫派思想相近,因此以其为蓝本所作的《丘特切夫传》彰显出浓厚的斯拉夫派色彩。通过分析丘特切夫诗歌创作的技法与主题,阿克萨科夫揭示了诗人创作中的"斯拉夫因素",其形式表现为对社会现象"优雅的讽刺"和对自然环境的"重现",内容集中体现为人民性主题与谦逊主题。阿克萨科夫对丘特切夫的解读凝聚着对文学与社会问题的思考,其发掘并宣扬的"斯拉夫因素"正是斯拉夫派批评思想的结晶。

**【关键词】** 阿克萨科夫;丘特切夫;《丘特切夫传》;"斯拉夫因素"

丘特切夫(Федор Тютчев,1803—1873)因极度欧化的生活做派和斯拉夫式的创作思想饱受争议。诗人大器晚成①,并一度卷入西方派与斯拉夫派斗争的漩涡:西方派认为,丘特切夫的诗歌基础是欧洲哲学,其所仰赖的创作方式是自然派手法,《现代人》主编涅克拉索夫称其为

---

\* 基金项目:国家社科基金重点项目"《俄国导报》研究(1856—1906)"(20AWW004)。

① 丘特切夫大器晚成,其成名要归功于普希金与涅克拉索夫。1836—1837年,丘特切夫在普希金的帮助下于《现代人》发表组诗,却未引起关注;1850年,涅克拉索夫力排众议,毫不犹豫将丘特切夫与普希金、莱蒙托夫的作品并列刊印。屠格涅夫、费特撰文高度评价丘特切夫的诗歌技艺,托尔斯泰甚至称其为俄国第一诗人。由此,丘特切夫在俄国文坛的地位得以确立。

"俄国第一流诗歌天才"①,屠格涅夫称,"他的真正本质是西欧派"②;在斯拉夫派思想家霍米亚科夫看来,丘特切夫的诗歌是斯拉夫思想的结晶,堪称"最纯粹的诗"③。双方均期望诗人能归属己方阵营,斯拉夫派尤为迫切。彼时西方派声势浩大,不仅有赫尔岑珠玉在前,萨尔蒂科夫·谢德林与屠格涅夫也已蜚声文坛。反观斯拉夫派,除谢·阿克萨科夫外并无太多知名作家。莫斯科大学教授库列绍夫(Василий Кулешов,1919—2006)就此评价:"这个流派(指斯拉夫派——引者注)的成员都有谁?谢·季·阿克萨科夫、科汉诺夫斯卡娅——他们都是'自己人'。果戈理、奥斯特洛夫斯基、托尔斯泰——对自己纯属客套。格林卡和伊万诺夫不是文学家,当然,阐释他们是一个巨大的挑战。为了寻求典范,斯拉夫派甚至开始在'自然派'最积极的参与者中物色人选。"④总之,为扩大自身的影响,斯拉夫派急需打造一位极具斯拉夫主义特质的文学家典范。

巧合的是,阿克萨科夫在丘特切夫诗歌中发现一系列分散的、具有斯拉夫派特色的技法与内容,即文学中的"斯拉夫因素"⑤。"斯拉夫因素"

---

① Некрасов Н. А., "Русские второстепенные поэты. (Г. Ф. Тютче в и его стихотворении. 1836 – 1840)", Рецензент. Самочатова О. Я, Современники о Ф. И. Тютчеве, Тула: Приокское книжное издательство, 1984, с. 55.

② Кузина Л. Н., Тютчев Ф. И. Стихотворения Письма Воспоминания современников, М.: Правда, 1988, с. 397.

③ Цитаты из Аксаков И. С., Наше знамя——русская народность, Под ред. Лебедева С., М.: Институт русской цивилизации, 2008, с. 560. 后文出自同一著作的引文,将随文标注出该著作名称简称 Знамя 和引文出处页码,不再另注。

④ Кулешов В. И., Славянофилы и русская литература, М.: Художественная литература, 1976, с. 219.

⑤ 19 世纪三四十年代以来,俄国文学界开始流行"积极因素"与"消极因素"两个相对的概念。别林斯基将自然派定性为具有否定倾向的"消极因素"(отрицательное начало),"人们责备自然派竭力从坏的方面来描写一切……然而要是自然派主要选择了否定的倾向,并且有片面的极端性,那么这中间有它自己的利益,自己的好处……"(详见[俄]别林斯基《文学论文选》,满涛、辛未艾译,上海译文出版社 2000 年版,第 502 页。)斯拉夫派则更多关注文学中的"积极因素"(положительное начало)。哲学家基列耶夫斯基将两种因素的此消彼长归结为其背后不同哲学的斗争。他认为,俄国历史已行至转折点,自然派的基础——消极哲学行将就木,而斯拉夫派代表的积极哲学则方兴未艾。斯拉夫派哲学不仅要求科学摆脱其抽象性,成为应用于生活的"活知识"(живознание),文学也应作为一面反映人民积极生活图景的镜子而存在:"显然,哲学对(转下页)

是斯拉夫派哲学思想的文学具象化产物，也是阿克萨科夫抗衡西方派批判现实主义浪潮的尝试。阿克萨科夫的这一努力体现在《丘特切夫传》①（Биография Федора Ивановича Тютчева）中。该传揭示了阿克萨科夫的斯拉夫主义文艺美学观，并为丘特切夫塑造了斯拉夫派典范诗人的形象，是阐释"斯拉夫因素"的重要文本。传记得到了泛斯拉夫主义者法捷耶夫（Ростислав Фатеев，1824—1882）的肯定："这本书打开了观察斯拉夫主义的'新视角'，证明斯拉夫主义'能够进一步发展'。"②现代俄罗斯学者认为该传记具有双重意义："传记不仅描绘了丘特切夫的肖像，而且还展现了作者的自画像，揭示了两位杰出的俄罗斯文化右翼人物之间的深刻联系。"③阿克萨科夫对诗人创作的多重阐释为丘特切夫研究提供了新思路，也为从全新角度认识、理解斯拉夫派文学理论提供可能。

---

（接上页）既定历史和积极的需求，使抽象的科学更接近生活和现实，也与最新文学中普遍存在的倾向相吻合。"（详见 Киреевский И. В.，Киреевский П. В.，Полное собрание сочинений. Т. 1，Под ред. Малышевский А. Ф.，Калуга，2006，c. 16.）这一"普遍存在的倾向"正是"积极因素"。"积极因素"是斯拉夫派积极哲学在斯拉夫主义文学中的表征，因此可被定性为一种"斯拉夫因素"。但在《丘特切夫传》中，作者阿克萨科夫并没有明确地将丘特切夫诗作的特殊之处予以命名，然而参考斯拉夫派哲学与文学理论、梳理作者批评思想时，不难发现阿克萨科夫所推崇的正是文学中的"积极因素"，它是斯拉夫主义哲学的文学衍生物，也与陀思妥耶夫斯基提出的"斯拉夫理念"相近。因此本文为论述方便，将这些特殊之处称为"斯拉夫因素"。

① 19世纪七八十年代的俄国文化界正处于斯拉夫派与西方派斗争的白热化时期，此时代替老斯拉夫派进行斗争的正是以陀思妥耶夫斯基为代表的新斯拉夫主义（土壤派）。作为逐渐没落的老斯拉夫派一员，阿克萨科夫不甘屈居土壤派与西方派之下，以给已故的斯拉夫派老友——丘特切夫出书立传为契机，推广斯拉夫派文学理论。在传记中，作者试图通过"斯拉夫因素"这一颇受斯拉夫派认可的传统概念阐释丘特切夫及其作品。该作是关于丘特切夫的第一部传记，由于作者既是知名批评家，又是逝者亲属，因此传记在丘特切夫研究史中占重要地位，并多次再版。1874年，传记发表于《俄罗斯档案》（Русский архив），1886年发行单行本，1997年分两卷再版。2008年，"俄罗斯文明"出版社发行阿克萨科夫文学政治评论集——《我们的旗帜——俄国人民性》（Наше знамя——русская народность），收录了传记的前四章。

② Цитаты из Цимбаев Н. И.，И. С. Аксаков в общественной жизни пореформенной России，М.：Издательство Московского Университета，1978，c. 226.

③ Аношкина-Касаткина В. Н.，Православные основы Русской литературы XIX в，М.：Пашков дом，2011，c. 233.

## 一 "优雅的讽刺"与"重现"

19世纪的俄国文学以现实主义笔法见长。直白尖锐的讽刺和摄影式的文字描写在自然派内风靡一时：弗·索洛古勃公爵（граф Соллогуб，1814—1882）以《四轮马车》讽刺了斯拉夫派不切实际的空想，俄国文学史家米尔斯基却评价其为"才气不高的肤浅讽刺"[①]；弗·达里（Владимир Даль，1801—1872）严谨求真，但他的风俗特写（физиологический очерк）却如新闻稿般缺乏文学性。斯拉夫派认为，上述文学弊病源于这些自然派作者对现实生活的曲解和取材的狭隘。康·阿克萨科夫（Константин Аксаков，1817—1860）因此批判："寻找写作素材的自然派降临到了所谓的社会最底层，也就是农民那里。即便如此，起初自然派也只选取对它那双小眼睛来说比较醒目的东西，只选取生活中偶尔出现的严酷遭遇，只取那些痣和疣。"[②] 19世纪著名的东正教祭司亚·普拉东诺夫（Александр Иванцов - Платонов，1835—1894）亦对自然派的写作倾向表示不满："自从作家们转向我们的民族生活，在其中发现诸多能够丰富创作意识的材料时，民族的生活便被成功理解、描述为俄国人愚昧的、黑暗的一面，它们被称作俄国生活的负面现象。"[③] 譬如，屠格涅夫就因在《猎人笔记》中过于露骨地揭露人民惨状而遭到康·阿克萨科夫的否定。针对这一文学乱象，阿克萨科夫提出，斯拉夫派应形成并具备区别于自然派的文学技法，即柔和优雅的讽刺以及对环境的重现，丘特切夫的诗作正是这种技法的代表。

丘特切夫的优雅讽刺（изящная ирония）源自其认清社会现实后仍

---

[①] ［俄］德·斯·米尔斯基:《俄国文学史》（上卷），刘文飞译，人民出版社2013年版，第217页。

[②] Аксаков К. С., Аксаков И. С., Избранные труды, Под ред. Ширинянц А. А., Мыриков А. В., Фурсов Е. Б., М.: РОССПЭН, 2010, с. 219.

[③] Иванцов - Платонов А. М., "О положительном и отрицательном отношении к жизни в русской литературе", «Русская беседа», （Кн. 1）1859, Критика, с. 1.

一息尚存的理想主义，这与斯拉夫主义者追求的境界不谋而合。丘特切夫认为，"文学以其生动的现实感和对世界的向往，展示了对人民目前需求、利益和俄国社会品位的热烈关注。至于必要的改进——文学若像国家一样，只关心可能的、必要的、实际的、明确规定的东西，而不充分关心乌托邦——那将会是文学的弊病。"① 在诗人看来，抨击黑暗与憧憬美好可以共存，因此讽刺不一定需要直白粗俗且毫无情面。阿克萨科夫由此指出："在丘特切夫的讽刺中没有任何粗鲁、刺耳或侮辱性的东西，它总是俏皮、优雅的……"（*Знамя*：502）。诗人的讽刺被用来服务于自己的思想："他以诙谐、讽刺的二三言语，以艺术的隐喻、全新的思想角度和对问题的敏锐判断，道出俄国人对周围时事的真实观点。"（*Знамя*：286）迥异于怀疑论性质的苛责嘲讽和否定主义的恶意嘲弄，丘特切夫的优雅讽刺是对个体在命运前的无助、社会虚伪道德乃至俄国在西方面前奴态的大胆揭露。以诗歌《喷泉》为例，阿克萨科夫分析了丘特切夫对讽刺的艺术处理：

> 你多么渴望冲向高天！
> 可一只无形的宿命的巨手，
> 却突然折断你执着的光芒，
> 把你从高处打成水沫散落。②

阿克萨科夫认为，该诗以极优美的意象——喷泉水花倾落之姿讽刺了人类无用的执着及其理性的限度。诗中虽未出现被讽刺的真正对象——人，但"巨手折断光芒""打成水沫散落"等美好诗句却无一不在残酷地影射人在命运前的无能为力。丘特切夫意识到理性主义与个人主义的局限，却并未加以嘲笑，这与西方派存在不同。诗人与斯拉夫派一样，都对自

---

① Тютчев Ф. И., Полное собрание сочинений и письма: В 6 т. Том 3, Под ред. Скатов Н. Н., М.: Классика, 2003, с. 203. 后文出自同一著作的引文，将随文标注出该著名称简称 *Том 3* 和引文出处页码，不再另注。

② ［俄］丘特切夫：《丘特切夫诗全集》，朱宪生译，漓江出版社 1998 年版，第 171 页。

然派尖酸刻薄的漫画式讽刺（карикатура）深恶痛绝："不久之前，我们就开始用那些所谓流行的讽刺漫画来颂扬我们的国家……我们注意到的最不幸的倾向之一，就是从最卑鄙龌龊的角度来处理所有问题……而这种倾向只会暴露出永恒的恶意。在阅读俄国作家的新作时，我们不得不承认，出于对漫画式讽刺的病态偏爱，与其说讽刺是作者创造力的想象，不如说是作家们本身就渴望恶意的讽刺，而这是两码事。"① 丘特切夫的观点得到了阿克萨科夫的支持，后者认为这是丘特切夫斯拉夫派文学理念的表现。但事实上，丘特切夫抨击的对象仅限于俄国文学中泛滥成灾的自然主义，而非全部的现实主义流派。阿克萨科夫却混淆了自然主义与现实主义的边界，将批评的范围扩大到所有现实主义，并认为丘特切夫也站在了现实主义的对立面，这是其谬误所在。因此，优雅的讽刺是阿克萨科夫为反对西方派讽刺而提出的文学术语，这一斯拉夫派与西方派意识形态冲突的产物自诞生起就被蒙上一层斯拉夫主义思想薄纱，但它却为俄国文学套路化的讽刺艺术开辟了一条新道路。

除优雅的讽刺外，"重现"（воспроизведение）也被视作具有斯拉夫派特色的创作手法。就文学如何反映现实这一议题，西方派与斯拉夫派各持己见。车尔尼雪夫斯基在《艺术对现实的审美关系》（1855）中提出："艺术是自然与生活的再现"②，因此艺术创作应尽可能避免抽象，通过具体、生动、个性化的艺术形象反映环境。对"再现"的追求使一种近似达盖尔摄影术般的文学技巧应运而生，成为自然派作家揭露社会黑暗的方式。然而斯拉夫派并不认可自然派对文学的要求。康·阿克萨科夫认为，"对生活（包括所有琐事）的机械反映，非但没有意义，还可能产生负面作用，所有这些对生活的外在忠实是对生活的诽谤。"③ 阿克萨科夫同样反对自然派创作手法："我们当代的许多作家都喜欢做观察题，在描绘人的特征时，他们会描述嘴形、双唇、鼻子的角度和曲线，

---

① Тютчев Ф. И. , Полное собрание сочинений и письма: В 6 т. Том 4, Под ред. Скатов Н. Н. , М. : Классика, 2004, с. 307.
② ［俄］车尔尼雪夫斯基：《文学论文选》，辛未艾译，上海译文出版社1998年版，第13页。
③ Аксаков К. С. , Аксаков И. С. , Избранные труды, с. 218.

以及他们脸上几乎每一个疣子。"(Знамя：549)自然派所谓的"艺术的典型性"并不具备典型性，反而带有很大的偶然性与不稳定性。因此斯拉夫派推崇另一种手法，阿克萨科夫称其为"重现"，即以简约的笔触把握全部图景并直击读者内心的创作方式。

阿克萨科夫提出，自然派作品只停留在描写（описание）的层次，"重现"则需要作家捕捉印象的能力和高级的审美趣味，需要其在诸多斑杂细节中找出最典型、最合意、最直观的特征。斯拉夫派作家的高明之处就在于对典型特征的精准选择："真正的艺术家会从所有细节中选择一个最典型的；他或她会立刻猜到、确定主题的全部特征。这一特征如此精准，以至于其他特征和细节对读者来说早已不言而明。"(Знамя：549)康·阿克萨科夫持同样观点，并进一步指出"重现"的艺术性——"重现"之美在于延长读者的审美过程，即"抓住主题的主要特征，剩余一切都留给读者，不要束缚读者自由，他们会积极地参与到每件作品中，感受那些作者没明说却真实存在的东西，这些东西因作者成功点出了画面的主要特征而产生。真正优秀的作品包含许多作者应述未述的内容"。① "重现"使读者得以精准捕捉到与作者最微妙的会心之处，更具美学性与文学性，作为"斯拉夫因素"的一种形式得到了阿克萨科夫兄弟的公认。借助"重现"手法，丘特切夫舍弃多余的细节（чрезмерная подробность），以三两笔触传递出完整的画面印象：

> 早秋的日子
> ……
> 那儿曾飞舞过镰刀，麦穗纷扬，
> 如今是一片空旷、坦荡，
> 只有蛛网纤细的丝，
> 在空荡的犁沟里闪光。②

---

① Аксаков К. С., Аксаков И. С., Избранные труды, с. 222.
② ［俄］丘特切夫：《丘特切夫诗全集》，朱宪生译，漓江出版社1998年版，第325页。

阿克萨科夫认为,"只有蛛网纤细的丝,在空荡的犁沟里闪光"为诗眼:阳光晴好下的蛛丝闪烁白光,在久无人耕的田野中因秋风而战栗。批评家不禁赞赏:"没必要再多说什么了,每一个新的特点都是多余的。仅仅'蛛网纤细的丝'一句就足以让读者回味起秋日余韵。"（Знамя：550）"惟丘特切夫有这种最高的艺术天赋——在几行字内重现印象完整性与形象真实性,特别是当他在描绘自然时。"（Знамя：549）诗人费特（Афанасий Фет，1820—1892）也借与自然派的对比,赞赏丘特切夫诗歌的凝练美:"的确,艺术性的首要条件是清晰,但清晰不等于明确……丘特切夫是一个强大的诗人,因为他利用抽象,而其他人利用图像……"①费特所指的"利用抽象"似乎与阿克萨科夫所指的"重现"有异曲同工之妙。阿克萨科夫进一步论述:"一般来说,画面（不仅指所谓的自然,还包括每个物体、现象,甚至是每种感觉）的忠实性,根本不取决于丰富的细节或对最微小特征的仔细渲染,也不取决于近期那批现实主义艺术家（художники - реалисты）引以为豪的摄影精度。"（Знамя：549）因此,在阿克萨科夫看来,"重现"帮助丘特切夫把握画面最本质的属性,这一属性决定了画面无与伦比的真实感,但自然派冗杂的描写则无法达到类似的文学效果。

上述对丘特切夫诗歌创作技法的分析详细、周密,但却折射出阿克萨科夫强烈、主观的斯拉夫主义意识形态,以及他期待丘特切夫踏上斯拉夫主义道路的渴求。诚然,丘特切夫曾是俄罗斯文学爱好者协会（Общество любителей российской словесности）（大部分斯拉夫派成员组成的文学小组——作者注）的会员,但这并不代表其全盘肯定斯拉夫主义者在文学方面的主张。1859年,身在彼得堡的丘特切夫前往莫斯科参加俄罗斯文学爱好者协会举办的文学研讨会。会议期间,主要成员霍米亚科夫表达了他的主要思想:即以斯拉夫派为代表的莫斯科文学圈最终会战胜西方派的彼得堡文学圈,这一思想得到大部分人的赞同。然而丘特切夫反

---

① Фет А. А., Сочинения и письма в двадцати томах. Том третий. Повести и рассказы критические статьи, Под ред. Кошелев В. А., СПБ.：Фолио - Пресс, 2006, с.194.

对他将莫斯科文学与彼得堡文学相互对立的行为,在给妻子的信中,诗人流露出对斯拉夫派文学霸权的不满:"莫斯科是一座文学之城……一个圈子在这里占据着主导地位,并统治着一切——我指的是一个文学圈子,一个最让人无法忍受的圈子。我不可能生活在这里,生活在这样一个自视甚高、与外界格格不入的环境中。"① 丘特切夫无法忍受斯拉夫派内流行的极端对立思想,他始终没有承认自己斯拉夫派文学家的身份,甚至极为推崇西方派作家的作品,例如屠格涅夫。他如此评价《猎人笔记》:"您很少能在其他作品中看到结合地如此紧密且平衡的两种元素:深厚的人性和艺术感;同样引人注目的是,在描绘人类生活时,屠格涅夫将现实与生活中隐藏的细节结合起来,并从这些细节的本质中透露出诗意。"② 而以康·阿克萨科夫为主的斯拉夫派则大力批判屠格涅夫对细节的描写,污蔑其是对生活的机械反映。由此可见,丘特切夫不仅未将自己视作纯粹的斯拉夫主义作家、对斯拉夫派划分文学"势力范围"的做法表示不解,他还欣赏西方派在文学上的造诣,这显然与阿克萨科夫心目中的诗人形象大相径庭。

事实证明,在对丘特切夫的解读过程中,阿克萨科夫被强烈的意识形态所蒙蔽。批评家宣称丘特切夫的诗艺高于自然派且斯拉夫主义的文艺美学层次高于批判现实主义,体现出保守主义的倾向。他与其兄康·阿克萨科夫混淆了批判现实主义与自然派的关系,无视诗歌与散文在结构、字符之间的区别,以丘特切夫诗歌为模板审视批判现实主义的散文作品,这在今天看来并非完全妥当。但考虑到欧洲文化泛滥的19世纪俄国文学环境,阿克萨科夫此举却彰显出斯拉夫派知识分子扶植本土民族文化成长的决心。他创造了一系列独具斯拉夫派特色的文艺观念,具有保护民族文化萌芽的意义。一般来说,形式通常为主题服务,在阿克萨科夫看来,丘特切夫的诗艺更好地突出了诗歌中的人民性主题与谦逊主题,体现了哲理抒情诗形式与主题紧密结合的特点。

---

① Тютчев Ф. И., Полное собрание сочинений и письма: В 6 т. Том 5, Под ред. Скатов Н. Н., М.: Классика, 2005, с. 291.

② Тютчев Ф. И., Полное собрание сочинений и письма: В 6 т. Том 5, с. 127.

## 二 文学人民性的表达途径

文学中的人民性（народность）是一个不断变化发展的主题概念，其意义甚广。早在 18 世纪，卡拉姆津就已提出人民性的表达途径，即在创作过程中采用口语。19 世纪，普希金在《论文学中的人民性》（*O народности в литературе*）一文中阐释了人民性的三种体现方式：一，诗人鼓励作者在创作时使用俄语："我们有自己的语言；鼓起勇气吧！"①；二，作品应取材自俄国本土的历史事件；三，作品需反映民族习惯与宗教，传递人民情感与信仰。与之相反，西方派领袖恰达耶夫反对强调人民性，认为这会陷入种族主义的囹圄，保护人民性是"迷误与偏执"②的落后表现。可见，对人民性的解读众说纷纭。我国学者张铁夫对此总结道："有的人认为人民性在于从祖国历史中选取题材，有的人则认为人民性在于遣词造句也就是用俄语进行阐述和使用俄国成语。总之人民性当时也没有一个明确的定义。"③ 相较之下，斯拉夫派对人民性的阐释显得别具一格，基列耶夫斯基（Иван Киреевский，1806—1856）将其形容为一种"感觉"："文学人民性的显著特点是：如诗如画，一种闲适，一种独特的深思熟虑，最后是一些无法表达的、只有俄国人能心领神会的东西；该怎么称呼这种感觉？"④ 在霍米亚科夫和康·阿克萨科夫等另一些斯拉夫主义者看来，人民性是民族独特的精神面貌。醉心于西欧文化会失去人民性，进而模糊身份认同，为此应不遗余力强化与输出这一概念。人民性是在俄欧对抗前景下提出的、斯拉夫派为对抗西化浪潮的思想主张，而文学人民性，则是这一主张在文学领域的体现。虽然人民性引起诸多争议，但它仍是阿克萨科夫文学与社会批评最常用的概念主题之一。

---

① ［俄］普希金：《普希金论文学》，张铁夫、黄弗同译，漓江出版社 1983 年版，第 137 页。
② Чаадаев П. Я., Полное собрание сочинений и избранные письма. Том 1, Под ред. Каменский З. А., М.：Издательство Наука，1991，с. 397.
③ 张铁夫：《再论普希金的文学人民性思想》，《外国文学评论》2003 年第 1 期。
④ Киреевский И. В., Критика и эстетика, М.：Искусство，1979，с. 53.

阿克萨科夫认为，斯拉夫派的核心任务就在于保存、发扬人民性："我们（指斯拉夫派——作者注）的旗帜——俄国的人民性……俄国人民性是新起点的保证，是生命最充分的表现，是普遍真理的保证。"（Знамя：147 - 148）借助卡拉姆津与普希金等人的构想，阿克萨科夫拓宽了表达人民性主题的途径：在保留俄语与基督教（信仰）的基础上，增加了文学的道德导向，这是他与前人最大的不同。阿克萨科夫的解读赋予了人民性一缕斯拉夫主义色彩，使其成为"斯拉夫因素"的重要组成。

俄语是展现人民性的途径之一。俄国本土诗歌自诞生起就笼罩在法国伪古典主义的阴影下，古旧的教会斯拉夫语限制了诗人对俄语的自由运用，从而扼制了人民性的表达。因此以纯正俄语进行创作就成为斯拉夫派的文学要求。康·阿克萨科夫认为，"语言是人民的一面珍贵的旗帜。"① 霍米亚科夫（Алексей Хомяков，1804—1860）视语言为传承"人民性"的重要连接："在持续进行着的世代变换与交替之中，语言可以对下一代人产生持续不断的影响。"② 基列耶夫斯基补充说明了用俄语表达人民性的难度："文学家很难利用俄语体现出人民性，但这对普罗大众来说却再普通不过……"③ 受外来文化的干扰，知识分子表达人民性尤为困难。但阿克萨科夫发现，普希金、丘特切夫等诗人以俄语书就的诗歌似乎表露了真挚的民族思想与情感，在其创作时期，"正是最笨拙和粗俗的语言统治着散文的时候，在诗的形式中，俄语的力量与和谐却开始向俄国听众证明自己的存在。只有在诗歌中，被压抑的俄国情感才能得到满足。"④ 随后阿克萨科夫在《丘特切夫传》中揭示了俄语与人民性的奥秘，分析了诗歌语言对丘特切夫创作的影响。

诗人早期虽受伪古典主义影响，语言风格陈旧，但由于移居国外，

---

① Аксаков К. С., Аксаков И. С., Избранные труды, с. 292.
② Хомяков А. С., Полное собрание сочинений Том. 5，М.：Университетская типография，1900，с. 9.
③ Киреевский И. В., Критика и эстетика, с. 226.
④ Аксаков К. С., Аксаков И. С., Литературная критика，Под ред. Курилов А. С., М.：Современник，1981，с. 266.

逐渐摆脱了法国浮夸美学的限制，形成自己的诗艺，即"优雅的讽刺"与"重现"。形式的变化解放了语言限制，以母语书就的内容无限贴近诗人的所思所想："在丘特切夫诗歌中，词的实质在某种程度上被精神化了，变得透明了。"（*Знамя*：546）轻盈的俄语换来诗人思想的喷涌与情感的直抒胸臆，唤醒潜藏心底的真挚的民族情感。为使思想传达到位，诗人需对俄语极为熟稔且只用俄语写作，"丘特切夫**只用俄语**（原文为黑体——引者注）写诗，这意味着他的诗歌是从他精神的最深处涌出的，那个他本人的意志都无法触及的深处；我们原始的自然元素涌动其中，那里蕴含着人类的真理。"（*Знамя*：544）丘特切夫对俄语的爱不言而喻："没有什么能比发自内心的俄语更能深刻地打动俄罗斯人的心。是的，单单一句饱经沧桑、历经磨难的俄语，就是一种战利品。这面旗帜被撕破了，但并没有被打败……"① 诗人甚至认为俄语与俄国的复兴有着莫大的联系："要认识到俄语和俄罗斯的事业是多么紧密地结合在一起，密不可分。"② 同样，对阿克萨科夫来说，俄语是一门包含一切人类精神元素的语言，也是表达文学人民性的途径。在上层阶级通行法语的情况下，阿克萨科夫赋予俄语以特殊象征，是对上流社会的精神异化的反抗。

弘扬东正教精神亦可表达俄国人民性。阿克萨科夫认为，"东正教是一种精神历史元素，在它的影响下，俄国的人民性形成并趋于复杂，试图将人民性与东正教分开的所有尝试都是枉然的……"③ 因此，俄国文学人民性的另一表征在于作品对基督教信仰的宣扬。丘特切夫是否为虔敬基督徒未有定论，其诗作是否传递东正教精神同样引起学界诸多讨论。宗教哲学家梅列日科夫斯基（Дмитрий Мережковский，1865—1941）在丘特切夫诗歌中看到多神教特质："多神教——丘特切夫的宗教。"④ 津

---

① Тютчев Ф. И., Полное собрание сочинений и письма: В 6 т. Том 6, Под ред. Скатов Н. Н., М.: Классика, 2004, с. 228 – 229.

② Тютчев Ф. И., Полное собрание сочинений и письма: В 6 т. Том 6, с. 91.

③ Аксаков И. С., Отчего так нелегко живется в России, Под ред. Юрченко В. А., М.: РОССПЭН, 2002, с. 748.

④ Мережковский Д. С., Две тайны русской поэзии: Некрасов и Тютчев, Петроград.: Т-во И. Д. Сытина, 1915, с. 74.

科夫斯基（Василий Зеньковский，1881—1962）紧随其后，认为丘特切夫创作的出发点是人与宇宙万物的合一。按诗人自己的说法，"一切在我心中，我在一切之中！"① 由于与万物同在，因此作为诗人的"我"具有一种虚幻性。在津科夫斯基看来，"这是丘特切夫'神秘的魔幻思想'的关键，当然，这至少是泛神论。"② 弗兰克（Семён Франк，1877—1950）洞察到丘特切夫诗作中存在更深层的泛神论表征："按照泛神论的真正本质，丘特切夫诗歌中深刻、直接的泛神论，并不表现为简单的对外部和可见物的崇拜，而是对可见物本身中更高精神元素的不可见性的洞察。"③ 中国学者郑体武等人也对丘特切夫信仰泛神论的观点表示肯定："丘特切夫是一个执着的泛神论者……这种泛神论思想被丘特切夫毫无保留地接收下来……"④

与这些后世学者不同，阿克萨科夫坚持认为丘特切夫诗歌中的宗教因素只属于基督教。他认为，丘特切夫的创作灵感始终受到基督教精神的滋养，"上帝的启示之爱一直吸引着他精神向往。"（Знамя：504）丘特切夫本人也积极宣扬、号召回归基督的怀抱："俄国是一个基督教大国，其人民是基督教的，不仅是因为其信仰的东正教，还因为一些更亲密的东西。"（Том 3：144）由此可见，诗人与斯拉夫主义者在宗教观上达成了共识，库列绍夫教授对此表示赞同："丘特切夫与斯拉夫派的一些信仰是一致的。他甚至要求谢林不要让宗教从属于哲学，而要为纯粹的信仰留下空间。这也是霍米亚科夫和基列夫斯基哲学探索的终极要点。"⑤ 与丘特切夫同时代的政论家波戈金（Михаил Погодин，1800—1875）就证实了诗人对东正教的深刻理解："针对最近在西方出现的宗

---

① ［俄］丘特切夫：《丘特切夫诗全集》，第153页。
② Зеньковскиий В. В.，"Философские мотивы в русскоий поэзии"，Под ред. Исупов К. Г.，Ф. И. Тютчев pro et contra. Личность и творчество Тютчева в оценке русских мыслителей и исследователей，СПБ.：Русской христианской гуманитарной академии，2005，с. 740.
③ Франк С. Л.，"Космическое чувство в поэзии Тютчева"，«Русская мысль»，Год тридцать четвертый，кн. 11，1913，с. 16.
④ 郑体武、马卫红：《俄罗斯诗歌通史》（古代—19世纪），上海外语教育出版社2019年版，第286页。
⑤ Кулешов В. И.，Славянофилы и русская литература，с. 132.

教分歧，丘特切夫表达了他对东正教的想法。结果惊人，从未接触过这个主题、没把它放在心上的诗人，似乎比一些虔诚的信徒更能清晰地理解东正教的力量及历史意义。"[1] 丘特切夫于东正教中找到了最高的启蒙原则，因此无论是其诗作，还是政论文都竭尽全力宣扬东正教思想，以期通过宗教精神挽救俄国与斯拉夫世界。这正是阿克萨科夫所认为的、通过基督教精神传递人民性的一种表现。

可惜的是，无论是梅列日科夫斯基、弗兰克还是阿克萨科夫，都未曾注意到丘特切夫对两种宗教保持同样的兴趣以及其后观念的转变。在给布鲁托夫公爵（Дмитрий Блудов，1785—1864）的信中，丘特切夫以近乎崇拜的语气讨论德国神秘主义者雅各布·波墨："雅各布·波墨是世界上最伟大的思想家之一。可以说，他是基督教和泛神论这两种最对立教义的交汇点。他可以被称为基督教泛神论者，如果这两个词的组合不包含明显的矛盾的话……"[2] 在19世纪30年代末，丘特切夫更青睐多神教思想，其诗作正是最好的证明，如《幻想》（1829）、《白昼和黑夜》（1839）等。19世纪四五十年代，出于政治需求，诗人接受了泛斯拉夫主义的影响，坚信俄国只有通过东正教才能团结所有斯拉夫民族，拯救世界，这时他的思想无疑发生了转变。阿克萨科夫忽视了诗人思想中多神教与基督教的交替，认为丘特切夫诗歌仅传递了东正教情感，未免以偏概全。但阿克萨科夫的举动似乎也在情理之中，诗人对基督普世精神的沉醉与弘扬，体现了俄国知识分子对人民性的孜孜以求，这正是批评家乐于看到的、理想中的知识分子精神状态。

文学人民性可通过道德导向表达，这也是阿克萨科夫较前人的创新之处。道德在民族的特性中占重要地位，"道德伦理是民族、社会的文化精神柱石和基本心智表达，它塑造民族形象，反映社会关系，检视个

---

[1] Цитаты из Кузина Л. Н., "Тютчев в дневеике и воспоминаниях М. П. Погодина", Под ред. Макашин С. А., Пигарев К. В., Динесман Т. Г., «Литературное наследство. Федор Иванович Тютчев. книга вторая», М.：наука, 1988, с. 25.

[2] Тютчев Ф. И., Полное собрание сочинений и письма：В 6 т. Том 6, с. 67.

人品行，具有鲜明而强大的民族社会文化功能"。① 在设想解决俄国问题的同时，阿克萨科夫阐释了以人民性为旗帜的必要性："对我们来说，在这场充斥着不同愿望、现象和探索的混沌中，唯一可以给我们带路的地图和罗盘，只能是最广义的人民性，即包含着精神和道德原则的人民性。"② 由此可见，人民性中包含了道德因素，道德成为表达人民性主题的途径。"在丘特切夫的诗歌中，最直观且与同时代的俄国诗歌截然不同的是，完全没有粗俗的色情内容……既不颂扬'吉普赛女人'或'情妇'，也不颂扬夜间狂欢与感官享受，甚至不颂扬赤裸裸的女性魅力；与他同期其他诗人相比，他的缪斯不仅可以称为谦逊，而且可以称为腼腆。"（*Знамя*：564）丘特切夫的诗作传递出对个人欲望、感官享受的抑制，这正是阿克萨科夫期望俄国知识分子应具备的克己谦逊品质。

除作品必须包含道德导向外，斯拉夫派还要求作者的私德完美无缺："道德观在斯拉夫派文学美学观系统中占据着重要的位置，如果艺术家不仅没有个体性，还不具备社会性和道德性的话，就不能成为真正的人民艺术家。"③ 普希金就因"私德"问题遭到霍米亚科夫的批评，险些被其剥夺"人民诗人"的称号："你会觉得不是普希金的头脑或他的才华缺乏低音和弦，而是他的灵魂太过浮躁和脆弱，或者说太早被腐蚀，再也找不到重新振作的力量。"④ 阿克萨科夫更为严格，他认为丘特切夫同时代的贵族诗人都存在操行不足的问题："他们玩世不恭，无所事事，不仅在道德问题上表现轻浮、夸张，还未受到良好的教育以至产生思想贫困。"（*Знамя*：563）由于珍视民族道德，丘特切夫能理解人民性，甚至在诗作中展现人民性："在他身上形成了同情、理解俄国人民性的那种高尚的道德能力，而在俄国很少有人能理解和赞赏这些。"（*Знамя*：577）但事

---

① 彭玉海、王朔：《俄罗斯道德伦理文化概念分析》，《外语学刊》2016 年第 6 期。

② Аксаков И. С., Отчего так нелегко живется в России, с. 101.

③ Вихрова Н. Н., "'Русская идея' в 'пушкинских' речах Достоевского и Ивана Аксакова", Под ред. Евдокивов Т. В., Пушкин и Досоевский Материалы для обсуждения международная научная конференция 21 – 24 мая 1998 года, Новгород: Издательство «кириллица», 1998, с. 67.

④ Цитаты из Кошелев В. А., "Пушкин и Хомяков", Под ред. Лихачев Д. С., Вацуро В. Э., Фомичев С. А., Временник Пушкинской комиссии. Вып. 21, Л.：Наука, 1987, с. 39.

实远非如此,诗人在私德方面并非无懈可击:他结婚两次,拥有情人及非婚生子,但一心要塑造诗人正面形象的阿克萨科夫似乎选择性地忽略了这一点,执意将丘特切夫捧上斯拉夫派文学第一人的宝座。诚然,私德问题不能抹杀丘特切夫的文学功绩,但在19世纪整体保守的环境下,尤其是对素以道德为标准思辨的斯拉夫主义者来说,这种做法具有双重标准。阿克萨科夫此举许是碍于与诗人的亲属关系,又或是为逝者讳,但更有可能的是批评家急需一位地位尊崇的诗人阐释斯拉夫派的文学与思想理念,并期望诗人展示俄国人的民族精神,成为人民性的活的代表。

丘特切夫本人同样坚信文学人民性的存在。在给斯拉夫主义者苏什科夫(Николай Сушков,1796—1871)的信中,诗人谈道:"就我个人而言,您文章中的语言最让我感动和欣喜。感谢上帝,语言是有生命力的,是扎根于本土的语言。你诗歌中有一个无可争议的优点——你给诗歌打上了人民性的印记——会招致由几个本地杂志人组成的卑鄙小集团的责骂,他们本能地憎恨一切具有人民性外观和味道的东西。这是个坏种子,如果任其发展,就会结出非常可悲的果实。"① 由此可见,丘特切夫不仅肯定文学人民性,还鼓励作者维护作品中的人民性,但他对人民性主题的理解似乎只停留在语言层面。阿克萨科夫对人民性的研究则更为深刻,对人民性主题的划分更加细致,这无疑是其学说的进步之处,但批评家唯人民性论的做法使其在批判西方派文学时失之偏颇。别尔嘉耶夫认为,对人民性的过度追求反而会破坏人民性,"不应该从民族主义者的角度,以人民性的名义来成为人类的统一的敌人,那种以民族来反对人类的做法是对人民性的削弱,是人民性的毁灭。"② 阿克萨科夫的唯人民性论使其无法正确审视其他文学,并陷入了审美的死角。批评家如此执着于人民性主题,将其视作"斯拉夫因素"的重要组成,是因为他期待具有人民性的作品可以体现斯拉夫派文学的独特性,反映俄国人

---

① Тютчев Ф. И., Полное собрание сочинений и письма: В 6 т. Том 4, с. 381 – 382.
② [俄]别尔嘉耶夫:《俄罗斯的命运》,汪剑钊译,云南人民出版社1999年版,第85页。

民健康向上的精神特质，让斯拉夫派文学真正区别于纯粹批判性质的文学。守护纯粹的俄国本土文学，刻画具有俄罗斯民族特色的人物形象，这是当时大部分斯拉夫主义者的心声，从这一点来看，阿克萨科夫的做法无可厚非。

## 三　对"个体之我"的否定

对"个体之我"①（человеческий я）的否定，实质上是谦逊（смирение）的一种体现，它是俄罗斯民族固有的精神特征，贯穿于阿克萨科夫的批评，也是丘特切夫诗歌的重要主题。阿克萨科夫认为，谦逊精神与"聚合性"、人民性有着紧密的联系。

1877 年，斯拉夫派的近亲、土壤派作家陀思妥耶夫斯基在《作家日记》上发表了《三种理念》，作者认为，斯拉夫理念是"一种正在壮大的理念——或许它就是未来解决人类和欧洲命运的第三种可能。……显然，我们俄罗斯人有两种较世界上其他民族更为巨大的力量，这就是我们民族千百万人的完整性和精神的不可分割性，以及人民与君主的密切统一。"②陀氏在这里所说的"斯拉夫理念"与上文阿克萨科夫提及的"斯拉夫因素"几乎有异曲同工之妙；"我们民族千百万人的完整性和精神的不可分割性"，也近似于霍米亚科夫一直以来倡导的"聚合性"（соборность），一种集体主义精神。丘特切夫也察觉到了"聚合性"因素："俄国人民的内部存在一个完整的世界，俄国人从一开始就团结在一起，各部分牢固地相互联系，过着自己的、有机的、独特的生活。"（Том 3：118）"个体之我"在集体中的消弭是大部分斯拉夫主义者的深切感受，对他们来说，"因爱而聚""和而不同"的"聚合性"准则理应

---

①　человеческий я 直译为作为"人的自我"，但阿克萨科夫常将"人的自我"与集体、上帝等概念对立，意在指以个体为单位存在的人不容于集体、不臣服于上帝。因此批评家提出的"人的自我"概念更偏重于人的独立性与个体性，故译为"个体之我"。

②　Достоевский Ф. М., Полное собрание сочинений а тридцати томах. Т. 25, Под ред. Гольдич Е. А., М.：Издательство Наука，1983，с. 9.

取代个人主义。斯拉夫派笃信,"聚合性"是对"个体之我"的否定,其基础在于谦逊。陀氏认为,集体主义精神(聚合性)是"斯拉夫理念"的重要组成,他的思想得到了阿克萨科夫的肯定与发展。批评家将"聚合性"的核心——谦逊作为"斯拉夫因素",以此体现出俄罗斯民族精神团结、温驯、虔敬的一面。

谦逊是"聚合性"的核心,也是人民性的一种体现。阿克萨科夫认为,人民性的力量源于"谦逊以及不懈的精神探索。"① 别林斯基在一定程度上印证了这位斯拉夫主义者的观点,即"谦逊是俄国人民性的一种表达"②,并认为"这种看法从理论的方面也许是卓越的。"③ 但西方派普遍否认谦逊,恰达耶夫甚至定论,谦逊意味着主动放弃融入欧洲的机会并拒绝文明,是斯拉夫民族固有的精神自虐:"这种放弃的倾向——是斯拉夫民族特有的某种心智结构的结果,后被我们所信仰的苦行性质所加强……"④ 但康·阿克萨科夫却认为谦逊连同忍耐、朴实等品质共同构成了俄国人民固有的精神财富,是精致利己主义的反对面。阿克萨科夫研究专家安年科娃(Елена Анненкова)肯定了斯拉夫主义者的想法:谦逊"是内在的安静、更高的精神美、内在的道德活动、内在的信仰精神生活、耐心和简单、统一的生存法则和道德法则"⑤。在斯拉夫主义者看来,谦逊是斯拉夫人优于欧洲人的美德,是纯粹的"斯拉夫因素"。

作为俄罗斯民族的精神基因,谦逊体现在方方面面:在生活领域,谦逊是个人主义的对立面;在社会关系层面,谦逊意味着个体对整体(村社)的回归;在宗教领域,谦虚象征人对上帝的服从;在文艺学领域,谦逊是斯拉夫派哲学和美学批评的标准,同时也是斯拉夫主义者所

---

① Аксаков И. С., Отчего так нелегко живется в России, с. 166.
② [俄]别林斯基:《文学论文选》,满涛、辛未艾译,上海译文出版社 1999 年版,第 512 页.
③ [俄]别林斯基:《文学论文选》,满涛、辛未艾译,上海译文出版社 1999 年版,第 512 页.
④ Чаадаев П. Я., Полное собрание сочинений и избранные письма. Том 2, Под ред. Каменский З. А., М.: Издательство Наука, 1991, с. 160.
⑤ Анненкова Е. И., "Русское смирение и западная цивилизация", «Русская литература», (1) 1995, No 1, с. 123.

谓的"活知识"的基础。丘特切夫的创作同样体现了谦逊主题，他对"个体之我"的抛弃体现在诗歌《哦，我未卜先知的灵魂》中："而我的灵魂要像玛丽娅一样，去把基督的双脚贴得紧紧的。"① 阿克萨科夫就此分析，拜服在基督脚下意味着信仰战胜了人类，战胜了滥觞于西欧的理性主义与个人主义，这正是俄国谦卑精神最好的体现。如果文学作品还不足以直接证明丘特切夫对谦逊的推崇，那么诗人的政论则表述得更加直白。

在文章《俄国与革命》中，丘特切夫预言了"个体之我"在上帝面前不再谦逊的恶果："'个体之我'只想依靠自己，除自己的意志外，不承认也不理解别的法则。总之，'个体之我'取代了上帝，放到现在算不上什么新鲜事了，这是一种上升到政治和社会权利的专制，凭借这种权利，'个体之我'努力主宰社会。这种新现象被称为1789年法国革命。"（Том 3：145）俄国的精神准则是谦逊，一种深刻、强大的能力，一种自我牺牲的能力，它使利己主义者服从于整体的、全民族的利益。而与此同时的西方盛行另一种意识秩序，在那里，"个体之我"取代上帝，除了个人意志，不承认也不接受任何其他规则。由此丘特切夫得出结论："革命是一种吞噬西方的疾病。"（Том 3：179）霍米亚科夫对此评价："这是最好的，即惟一的关于西方的说法。"② 阿克萨科夫表示赞同："在丘特切夫看来，对人类自我的崇拜是错误的因素，而这一因素奠定了西方现代社会的历史发展的基础。"（Знамя：502）批评家更深入地阐释了俄国、谦逊与革命三者之间的关系："首先，俄国是一个基督教国家；俄国人民是基督徒，其信仰不仅正统，还有发自内心的纯真力量。俄国人以自我牺牲和奉献的方式成为一个基督徒，这是他的道德本质。然而，革命是基督教的敌人。它受到反基督教精神的启发：这是它的基本的、具体的特征。"③ 阿克萨科夫所谈论的"自我牺牲"与"自我

---

① ［俄］丘特切夫：《丘特切夫诗全集》，朱宪生译，漓江出版社1998年版，第313页。
② Цитаты из Аксаков И. С., Биография Федора Ивановича Тютчева, М.：Типография М. Г. Волчанинова, 1886, с.174.
③ Аксаков И. С., Биография Федора Ивановича Тютчева, с.135.

奉献"，本质上就是否定"个体之我"、皈依基督。谦逊是革命的对立面，正因如此，俄国发生革命的可能微乎其微。

丘特切夫与阿克萨科夫都承认俄国人，尤其是底层人民固有的谦逊、自我否定和自我牺牲精神。但对谦逊的过度追求似乎妨碍了丘特切夫对欧洲革命与当时较为进步思想的正确的认识。对革命精神的错误理解也反映出阿克萨科夫一众斯拉夫派观点的滞后与狭隘。然而无论是西欧派鼓吹的革命还是斯拉夫派坚守的谦逊，本质上都是对俄国发展道路模式的不同探索。阿克萨科夫选择了后者，并将"斯拉夫因素"视作对抗欧洲精神侵蚀的壁垒，体现了俄国知识分子坚守本民族文化的意愿。

## 结　语

洛特曼（Юрий Лотман，1922—1993）认为，《丘特切夫传》是阿克萨科夫以一位斯拉夫主义者的角度创作的传记，因此不可避免带有斯拉夫主义的烙印，显得"宝贵但非常有倾向性"①。实际上，丘特切夫作品中纯粹的"斯拉夫因素"不仅源自阿克萨科夫个人的阐释，更有赖于诗人本身对斯拉夫主义的真诚信仰。正如俄国丘特切夫研究专家阿·拉夫列茨基（Ал. Лаврецкий，1893—1964）所述："丘特切夫的斯拉夫主义是他深刻而持久的信念。"② 屠格涅夫则对丘特切夫的斯拉夫主义本质大为不满："我对所有的斯拉夫主义者都有一种极度的生理厌恶感……丘特切夫是另一回事。但我对他深感遗憾。他也是一个斯拉夫主义者——但不是在他的诗中。"③ 阿克萨科夫视丘特切夫为斯拉夫派当之无愧的诗人，这一论断显然经受住了历史的考验。可惜的是，受黑格尔民族主义的影

---

① Лотман Ю. М., О поэтах и поэзии, СПБ.: Искусство - СПБ, 1996, с. 579.
② Лаврецкий Ал., "Взыскующий благодати（Ф. И. Тютчев: поэт и поэзия）", Под ред. Исупов К. Г., Ф. И. Тютчев pro et contra. Личность и творчество Тютчева в оценке русских мыслителей и исследователей, СПБ.: Русской христианской гуманитарной академии, 2005, с. 361.
③ Кузина Л. Н., Тютчев Ф. И. Стихотворения Письма Воспоминания современников, с. 397.

响，加之处于俄欧对抗与斯拉夫派——西欧派对抗的环境下，阿克萨科夫的观点不免具有民族主义的狭隘性。但从另一角度来说，他所提出的一系列新的审美要求确实促进了19世纪俄罗斯民族文学的兴起，在抵抗西化浪潮中发挥了积极的作用。

# 理论研究

# 阿伦特的行动、叙事与现代*

■周雪松

(郑州大学外国语与国际关系学院　郑州大学英美文学研究中心)

【摘　要】本文围绕阿伦特的行动概念,探究阿伦特提出该概念的复杂原因,阐释其既上承传统又别创一格的内涵,评述阿伦特关于西方现代的两个倒转的观点,揭示行动的沦陷背后古希腊哲学传统与现代科学、哲学、技术的共同影响,进而解析实践行动所必需的勇气、所应抱持的宽恕和许下的承诺,强调叙事对"完成"行动的不可或缺,从而勾连起诞生性、言说、复数性、真正政治、现代、幸福、勇气、叙事等一系列相关概念,还原阿伦特行动思想的复杂坐标系。

【关键词】阿伦特;行动;叙事;现代

1941年11月,汉娜·阿伦特在美国德裔犹太报纸《建设》(Aufbau)上发表了《犹太人的军队:犹太人政治的开始?》("The Jewish Army: The Beginning of a Jewish Politics?")一文,将没有国家保护的犹太民族比喻为试图通过"避免任何活动(activity)"来自保的可怜老翁,以反衬建立一支犹太人军队的必要性。[①] 这一议题是当时身为无国籍者的阿伦特随后一整年的主要关切,即使英国政府表态拒绝组建犹太军队,

---

\* 项目:本文为国家社科基金一般项目"薇拉·凯瑟的物质文化书写与美国现代转型研究"(22BWW036)、郑州大学人文社会科学优秀青年科研团队培育计划项目(2020 – QNTD – 03)的阶段性成果。

① Hannah Arendt, "The Jewish Army: The Beginning of a Jewish Politics?", in Jerome Kohn and Ron H. Feldman, eds., *The Jewish Writings*, New York: Schocken Books, 2007, p. 137.

她都不改初衷,写就《积极的耐心》("Active Patience")一文,呼吁人们保持耐心并继续谋划、做好准备。① 不难看出,阿伦特反对超然避世,而主张有所行动,希望犹太人能拥有"行动者(actors)的尊严,而不是接受受害者这一被动角色"。② 这种看待具体政治议题的态度为她此后的政治哲学思考埋下了伏笔。

1951年,轰动一时的《极权主义的起源》(The Origins of Totalitarianism)出版,阿伦特在书中分析认为纳粹极权统治的企图在于剥夺人的自发性和创造性,抹除人的多样性,从而制造出"与动物物种相像的人类"③。可以说,极权主义是她"所有写作的视阈"④,她持续关注人的"公民责任"和对"公共世界的关怀"等非自然特性⑤,思考人之所以为人的基本条件。1958年,被称作"她最大的哲学成就"⑥的《人的境况》(The Human Condition)出版,"行动"(action)概念就此隆重登场,并在《过去与未来之间》(Between Past and Future,1961)、《论革命》(On Revolution,1963)、《共和的危机》(Crises of the Republic,1972)等后续作品中被一再阐发,成了阿伦特思想的关键词,她也因而被认为"是政治思想史上唯一对政治行动的性质和结构进行广泛探究并提供了敏锐分析的哲学家"⑦。本文通过考察阿伦特的学术发展脉络和政治历史处境,探究她提出行动概念的复杂原因,阐释其既上承传统又别创一格的

---

① Hannah Arendt, "Active Patience", Jerome Kohn and Ron H. Feldman, eds., The Jewish Writings, New York: Schocken Books, 2007, pp. 139–142.

② [英]玛格丽特·卡诺凡:《阿伦特政治思想再释》,陈高华译,人民出版社2012年版,第11页。

③ Hannah Arendt, The Origins of Totalitarianism, 2nd edn., Cleveland and New York: Meridian Books, 1958, p. 438. 该版内容比1951年的初版有所增补;译文参考了初版的汉译本([美]汉娜·阿伦特《极权主义的起源》,林骧华译,生活·读书·新知三联书店2008年版。),略有改动。

④ Jeffrey C. Isaac, "Situating Hannah Arendt on Action and Politics", Political Theory, 21.3 (1993), p. 535.

⑤ 达纳·维拉:《导论:阿伦特政治思想的发展》,载[美]达纳·维拉编《剑桥阿伦特指南》,陈伟、张笑宇译,译林出版社2018年版,第6页。

⑥ 乔治·卡提卜:《政治行动:其性质与益处》,载[美]达纳·维拉编《剑桥阿伦特指南》,陈伟、张笑宇译,译林出版社2018年版,第139页。

⑦ Bhikhu Parekh, Hannah Arendt and the Search for a New Political Philosophy, London: Macmillan, 1981, p. 125.

内涵，并评述阿伦特关于西方现代的两个倒转的观点，揭示行动的沦陷背后古希腊哲学传统与现代科学、哲学、技术的共同影响，进而解析实践行动所必需的勇气、所应抱持的宽恕和许下的承诺，强调叙事对"完成"行动的不可或缺，从而勾连起诞生性、言说、复数性、真正政治、现代、幸福、勇气、叙事等一系列相关概念，还原阿伦特行动思想的复杂坐标系。

## 作为概念的行动

阿伦特对人类活动做了两个层级的划分，第一层级将一切活动二分为"所思"（拉丁文 vita contemplativa，即"沉思生活"）与"所做"（拉丁文 vita activa①，即"积极生活"），第二层级将"所做"细分为三类：劳动、工作和行动。但二级分类中的这三个看似熟悉的概念被阿伦特"赋予了完全陌生的定义"②："劳动"并非《资本论》中工人的劳动，而是指为了维持人的生命生存所做的活动，是周而复始的消耗性事务，具有"徒劳的特征"③，比如家务；"工作"并非现代意义的职业，而表示"制作"（make/fabricate），是制作"人造物"以构建出一个耐用持久的"世界"的活动④，比如锻造斧头；"行动"既非行动哲学中相对于"认知"的行动或实践，而是一个更窄的概念，隶属于"去创造、去

---

① Vita activa 是奥古斯丁对亚里士多德"政治生活"（bios politikos）的翻译，后被用于泛指与"沉思生活"相对的所有人类活动；基于此，阿伦特采用这一拉丁表述来指代具有政治性意涵的"所做"。

② ［美］伊丽莎白·扬-布鲁尔：《阿伦特为什么重要》，刘北成、刘小鸥译，译林出版社 2009 年版，第 55 页。

③ 保罗·沃伊斯：《劳动、制作与行动》，载帕特里克·海登编《阿伦特：关键概念》，陈高华译，重庆大学出版社 2017 年版，第 42 页。

④ 阿伦特在后期著作中更常用"制作"来指代"工作"；受到老师海德格尔的影响，阿伦特的"世界"并非指我们所居住的"地球"。海德格尔区分了作为生命所属的自然环境的"地球"和可被简单理解为人类文明的"世界"。相似地，阿伦特认为，"世界"是人们共享的空间以及"在这个人为世界中一起居住的人们之间发生的事情"（参见［美］汉娜·阿伦特《人的境况》，王寅丽译，上海人民出版社 2017 年版，第 34 页。本文出自同一著作的引文，将随文标出该著名称简称《人》和引文出处页码，不再另注。），具有公共性，是"一个人的生活可被显见的空间"（Hannah Arendt, *Essays in Understanding: 1930–1954*, New York: Schocken Books, 1994, p. 20.）。

开始，发动某件事"类型的活动，但又不泛指主动性行为，而必须是"直接在人们之间进行"的、"致力于政治体的创建和维护"的活动。(《人》：139，1-2) 简言之，劳动以维生，工作以造物，而行动则是关切公共福祉的主动性政治活动。虽然该三分法有时不能直接对应于人类的实际活动，比如养育孩子是结合了劳动、工作和行动的活动，或无法适用于某些人类的活动，比如游戏，但"还是抓住了人类活动之间的主要差异"①。

阿伦特认为，行动的创生性、主动性是由人的"诞生性"(natality) 所赋予的。与其老师海德格尔将"向死而生"定义为人的"核心特征"② 不同，阿伦特认为"决定了人作为一个有意识的、有记忆的存在者的关键事实，是出生或'诞生性'，即我们以出生进入世界"③。诞生性为世界增添了新生力量，带来了生活的潜能，人类因而才可能开拓创新、自发敢为。早在她关于奥古斯丁的博士论文中，阿伦特便已论及基督教中追求永恒的"博爱"(caritas) 对人类"有死性"的超越；随后在《人的境况》中，她的表述则更为明确地显示出与海德格尔的商榷："如果不是存在着这种打断生命[循环]进程和开创新事物的能力，一种行动固有的能力，始终在那里提醒我们——尽管人终有一死，却不是向死而生，而是向着开端而生的，那么人向着死亡的生命之旅就会不可避免地毁灭和破坏一切人性的东西。"(《人》：191) 换言之，阿伦特认为，正是诞生性才使人类不会在自然的吞噬中覆灭，正是新人的出生才使人们共在的公共领域得以存续，才使行动成为可能、得以施展。

事实上，阿伦特对行动的框架性层级划分并非完全原创，而是在很大程度上承袭自古希腊哲学。亚里士多德对人类的诸种活动作过高下之分：劳动是奴隶的生活方式，"服务于必需的东西"，工作/制作是"生产有用的东西"，两者"都依赖人类的需要和缺乏"，因而"都不够有尊严"；

---

① [加拿大] 彼得·贝尔、菲利普·沃尔什：《阿伦特指南：著作与主题》，陶东风、陈国战译，北京大学出版社2021年版，第16页。
② Hannah Arendt, *Essays in Understanding: 1930-1954*, New York: Schocken Books, 1994, p.181.
③ [美] 汉娜·阿伦特：《爱与圣奥古斯丁》，王寅丽、池伟添译，漓江出版社2019年版，第101页。

而只有自由人才拥有"城邦生活",才进行着"建立和保持人类事务领域的行动、实践(praxis)"。(《人》:6)在空间方面,劳动与制作均可独自完成,可以在家庭或家族等私人领域中进行;而行动则只有在城邦这一公共领域中才会发生,城邦生活是有别于私人生活的"政治生活"。因此,阿伦特认为行动"使人成为政治存在者","使得他能够和他的同伴聚集在一起,一致行动,追求某些目标和事业"[1]。此外,阿伦特还继承了亚里士多德关于"政治生活"由行动和言说(lexis)共同构成的界定,认为行动与言说密不可分,"是同时发生和同等重要的,属于同一层次、同一类型"(《人》:16),或者说"言说也是一种形式的行动"[2]。因此,阿伦特在写作中时常使用"行动和言说"这一复合式表述。

作为"政治生活"的行动以人的"复数性"(plurality)为前提条件。早在1953年,阿伦特就在一则日记中写道:"政治科学的确立要求这样的一种哲学,对这个哲学而言,人只能通过复数的形式存在,它的领域是人的复数性。"[3] 所谓复数性,是指每个人都是独一无二的,包含着对每个人的差异性或独特性的肯定,因为"没有人和曾经活过、正活着或将要活的其他任何人相同"(《人》:2)。因此,我的行动不同于你的行动,行动绝非整齐划一的"行为"(behavior),而是可以彰显个性、标识自我。与此同时,对人与人之间差异的肯定,还意味着对阶层/等级的取消,复数性因而还暗含"平等"之义。发生于平等的人们之间的行动,表现为积极的协商、主动的交往或互相竞争,而非压制性的统治与霸凌或被动的服从。在阿伦特看来,古希腊城邦完美诠释了行动的复数性——城邦的公民们视彼此为"同侪"(peers),每个人都"要不断地把他自己和所有人区别开来,以独一无二的业绩或成就来表明自己是所有人当中最优秀的",从而使城邦"弥漫着一种强烈的争胜精神"(《人》:27)。

显然,这种由行动生成的政治为阿伦特所欣赏。她将其称作"真正

---

[1] [美]汉娜·阿伦特:《共和的危机》,郑辟瑞译,上海人民出版社2013年版,第133页。
[2] Hannah Arendt, *Essays in Understanding: 1930 – 1954*, New York: Schocken Books, 1994, p. 23.
[3] Hannah Arendt, *Denktagebuch 1950 – 1973*, Vol. 1, Munich: Piper, 2002, p. 295.

政治"(the authentically political),即"那种在我们的同伴当中,和我们的同伴一起行动,公开展现自己所带来的快乐和满足,那种让自己以言语和行动切入世界,因此获得和保持了我们的人格同一性,并开启了全新事物的快乐和满足"的生活。① 这种行动政治与霍布斯的政治"最对立"②,因为后者将人类的基本动机界定为对暴死于他人之手的恐惧,而不是与人结伴的欲求。行动政治亦不同于马克斯·韦伯对政治的定义,即"自主的领导活动",尤其是那种对于国家有影响力的领导活动。③ 韦伯把政治的核心概念"权力"界定为一种强制形式,但在阿伦特看来,"权力对应于人类不仅行动而且一致行动的能力。权力绝非个体的性质;它属于某个群体,并且只有群体聚集在一起,它才依旧存在"④。正如哈贝马斯所言,阿伦特的"权力建立于交往行动中"⑤,拥有此种权力的政治因此不以顺从主义为基础,而是表现如"健谈"(talkative)的古希腊城邦一般,充满着商讨与争鸣,给予个人以表现"卓越"(arete)的机会。

阿伦特对这种公共性的、"真正的"政治行动的推崇,既缘于她的时代关切,亦有师承影响。面对"世界大战与极权恐怖的废墟",阿伦特没有耽于悲观,而是积极谋求出路,思考走出政治"黑暗时代"的可能。她因而在"希腊乡愁"⑥ 中试图找寻政治的初心,希望通过重申古典共和政治的伟大来恢复政治的荣耀,让政治能够在废墟中复活。在学术方面,阿伦特对行动的推崇还源于以其师卡尔·雅斯贝尔斯"为心目中的范例"⑦。后者的生存哲学以人与人之间的"无限交往"为核心,视

---

① [美]汉娜·阿伦特:《过去与未来之间》,王寅丽、张立立译,译林出版社2011年版,第246页。后文出自同一著作的引文,将随文标出该著名称简称《过》和引文出处页码,不再另注。

② [美]伊丽莎白·扬-布鲁尔:《阿伦特为什么重要》,刘北成、刘小鸥译,译林出版社2009年版,第64页。

③ [德]马克斯·韦伯:《学术与政治》,钱永祥等译,广西师范大学出版社2004年版,第195页。

④ [美]汉娜·阿伦特:《共和的危机》,郑辟瑞译,上海人民出版社2013年版,第107页。

⑤ Jürgen Habermas, "Hannah Arendt's Communications Concept of Power", Social Research, 44.1 (1977), p.6.

⑥ N. O'Sullivan, "Hannah Arendt: Hellenic Nostalgia and Industrial Society", in A. de Crespigny, K. Minogue, eds., Contemporary Political Philosophers, London: Methuen, 1976, p.228.

⑦ [美]伊丽莎白·扬-布鲁尔:《阿伦特为什么重要》,刘北成、刘小鸥译,译林出版社2009年版,第59页。

交往为通向一切形态真理的道路。阿伦特高度赞扬雅斯贝尔斯对"公共领域"、对"每一个人"的关切,① 因而在写作《人的境况》时向他表示"出于感谢,我想将这本关于政治理论的书叫作'爱这个世界'(拉丁文 Amor Mundi)"②。

## 现代的两个倒转

如果说阿伦特对行动的描述展示了古希腊城邦的行动范例,那么,在此后漫长的西方历史中行动又遭遇了什么呢?那雅典广场上曾经的众声喧哗如何变成了 20 世纪极权主义下的众喙同音?有没有可能在古希腊哲学源头中已经播种下了此番变迁的种子?这些问题正是困扰阿伦特的关键所在。她因此不仅回到西方哲学的源头,还沿路而下,对行动的浮沉起落作历史分析。

首先,虽然行动为亚里士多德所推崇,却仅相对于劳动和制作而言,真正居于首位的实为"沉思"。在柏拉图的理想国中,哲学王引领大众,思想的能力显然至尊至贵。亚里士多德亦受此影响,虽然欣赏有言说、有行动的政治生活,但仍视之为"沉思的婢女"(《人》:11),将之归类于否定性的"不宁静"(希腊文 askholia)中。此种行动观的根源在于柏拉图的二元论哲学,即精神活动高于物质活动,沉思高于行动。于是,人类不过是在"幻象境况下行动"③,行动"就像被舞台后面看不见的手操纵着的木偶的动作"(《人》:145),由某个"作者"(author)所主宰。这种行动观对后世影响甚巨,至中世纪到达顶峰,基督教"天命"说推高了沉思生活的地位,拉开了与积极生活之间的巨大鸿沟;而现代思想中亚当·斯密的"看不见的手"、黑格尔的"世界精神"、马克思的"阶级利益"等概念,在阿伦特看来均为柏拉图"理念"的分形同构体,行

---

① [美]汉娜·阿伦特:《黑暗时代的人们》,王凌云译,江苏教育出版社 2006 年版,第 66 页。
② Hannah Arendt, Karl Jaspers, *Correspondence 1926–1969*, trans. Robert and Rita Kimber, San Diego, New York, London: Harcourt Brace & Company, 1993, p. 264.
③ [英]西蒙·斯威夫特:《导读阿伦特》,陈高华译,重庆大学出版社 2018 年版,第 50 页。

动故而向来被睥睨为肤浅的表象、庸碌的奔忙。

而在积极生活内部，尽管行动在城邦中位于最高等级，却在柏拉图"严格的哲学论述"（《人》：237）中居于制作之下。《理想国》第十卷中关于造床的知名对话，充分表明了柏拉图的理念"来源于制作领域的经验"（《人》：175）。所谓制作，就是依据某个已有的"影像"或"模型"，在确定的规范中进行，拥有内在固有的稳定性；而与此相反，"行动的人是在一个交织着错误和不可避免的罪恶的网络中活动的"①。因此，在柏拉图那里，制作"篡夺"了行动在前苏格拉底时期的原有地位，② 而类比为制作的理念在治国方略中便成了标准、尺度、行为准则，以"引导、衡量人们的言行，把人们变化多端的言行用一种绝对的、'客观的'确定性标准统一起来"（《人》：176）。这种对"统一性"的追求，被阿伦特认为是"西方哲学的第一个灾难"③。由此，自柏拉图以来的西方大部分政治哲学都致力于取消在复数性的人们之间交互来往的行动，而以统治与被统治取而代之。

古希腊哲学传统对行动的贬抑影响深远，到了现代之后，尽管人类诸种活动的等级秩序出现了一系列倒转，但行动始终未能受到扬举。现代的第一个倒转发生于积极生活与沉思生活之间。阿伦特将现代的降临归因于三件事：地理大发现、宗教改革和以望远镜的发明为代表的科学的新发展。其中，望远镜的发明带来了全新的认知方式，新器具成为探索未知的凭借，真理和知识需要做实验来获得，而纯粹的沉思或被动的观察变得不值得信任。于是，人们愈加信赖双手的创造发明，积极生活跃升至沉思生活之上，而自柏拉图已被隐隐推崇的"制作"更在现代初期进阶至人类活动的最高等级。需要注意的是，这远非互换位置的简单倒转，沉思生活实则出现了质的降格——静观真理的沉思已不再，取而代之的是思考如何制作的"思"（thinking）。由柏拉图所开启的沉思是

---

① ［美］汉娜·阿伦特：《政治的应许》，张琳译，上海人民出版社2016年版，第63页。

② Nicolas de Warren, "For the Love of the World: Redemption and Forgiveness in Arendt", Marguerite la Caze, ed., *Phenomenology and Forgiveness*, London: Rowman & Littlefield, 2018, p. 28.

③ Arendt, Hannah, *Denktagebuch 1950 – 1973*, Vol. 1, Munich: Piper, 2002, p. 295.

对永恒理念、真理的内心观照，但现代科学使自然的"真相"只能由实验逐步揭示，自然变成了一个"过程"，不再有所谓"永恒的"标准和尺度。因此，现代的"思"关注的是事物的制作过程，已不同于关注事物是其所是的沉思。此时，技艺人（即工具制作者，拉丁文 homo faber）成为现代社会的主角，"思变成了做（doing）的婢女"（《人》：230），其后果便是现代人陷入了"悖谬处境"，即"人们处处把勤奋和活动置于思想和反思之上，却始终没有发现活动和勤奋的意义"[①]。

现代的第二个倒转发生于劳动与制作之间，劳动跃居积极生活的最高端，制作和行动则逐级递减。这一倒转并非一蹴而就，而是发端于制作的"偏离和变化"（《人》：241），直至绝大部分的制作都转变为了劳动。技艺人的工作原本目的明确，手段服务于目的，因此功利主义（有用性、实用性）实为技艺人的世界观。[②] 然而，随着"过程概念"成为现代思想的核心，"每个目的在其他情境中又再次被用作手段"（《人》：119），目的已然被取消，有用性与实用性因而不再成为衡量制作的标准。取而代之的，则是制作过程的"幸福"与否，即能否减轻痛苦和辛劳。这一基本原则的偏移，意味着制作的性质在现代的悄然变迁，现代的制作不再是原来的制作。在历史经验层面，现代初期的技艺人社会中，工匠们依靠自身的一技之长，制造出工具或器械作为生产工具；工业革命后，尤其是随着电力的普及使用，更为高效的机器取代了几乎所有的手工工具而成为主要生产工具，而机器操作无须专门技术，实为可互换的、同质性的"劳动"。阿伦特因此认为，除了极少数用于大规模生产之前的设计和制模的手工制作，现代的制作已质变为了劳动，劳动者替代了工匠成为现代人最为普遍的身份。

这里还有一个尚未解决的问题：为什么现代的"做"以"幸福"为原则呢？阿伦特指出，这背后其实是生命本身获得了前所未有的重要性，

---

[①] ［英］西蒙·斯威夫特：《导读阿伦特》，陈高华译，重庆大学出版社2018年版，第33页。
[②] 阿伦特认为，唯有制作艺术品的技艺人具有跳脱出功利主义的可能性，因为艺术品既没有严格的有用性，亦没有可交换性，对它的生产"与物质和理智需求无关，与人的肉体需要乃至对知识的渴求都不相干"，而出自一种没有目的、不会产生结果的"思想"（《人》：130）。

个体生命的辛苦烦愁、安逸快乐成了现代人关切的重心。在尊奉公共政治行动的古希腊城邦，生命被归于人的自然属性，生命及处理"维生之必需"的劳动均为"远离公共舞台之光"①的鄙俗私事。但基督教的兴起动摇了这一观念，基督教将有死的生命提升到了不朽的地位，使生命获具了神圣性。当然，这种对生命的重视所连带的对劳动的重视，远不能撼动沉思生活在中世纪的绝对高位，而仅使得劳动"摆脱了古代对它的部分轻视"（《人》：248）。由于西方现代是在基督教的信仰框架内发生与展开，因此，纵使后来的世俗化过程瓦解了生命的神圣不朽，对生命的尊崇始终是现代的底色。而现代天体物理学和现代主体哲学更是助推了这一观念，使得生命原则逐步成为现代人的"至善"（the highest good）。正如上文所述，望远镜的发明意味着真理并不能依靠肉眼或心灵或在沉思中揭示自身，而需要依赖工具才可能获得。这一新现实所隐含的人类对自身把握真理能力的怀疑，被笛卡尔作了概念化表述，人对外部世界的感受力、认知力、理解力遭到了普遍怀疑，而唯一具有确定性的只有向内的"我思"，即阿伦特所称的"自省"（introspection）。因此，现代人丧失了古希腊人参与公共政治的热情，丢却了技艺人亲手打造世界的兴趣，而转向了自身的内在封闭领域，仅仅关注生命本身。

　　由于照料着生命有机体的新陈代谢，劳动始终与消耗/消费相伴，现代的劳动者社会因而也是一个消费者社会。与马克思的观点一致，阿伦特也认为资本主义为了确保生产与再生产，会削弱产品相对持久的使用特征，将它变成转瞬即逝的消费品。因此，人们越来越快地替换掉家具、汽车与房子，世界逐渐失去了稳固性和持久性，卷入了一种类似自然的无休止的新陈代谢循环中，"成了巨大扩张的伪自然的组成部分"②。在阿伦特看来，这种消费者社会造就了一种最低级的、最像动物的人之境况，人

---

① ［英］玛格丽特·卡诺凡：《阿伦特政治思想再释》，陈高华译，人民出版社2012年版，第118页。
② ［英］玛格丽特·卡诺凡：《阿伦特政治思想再释》，陈高华译，人民出版社2012年版，第128页。

们"被束缚在一种与他自己的身体本质上'自然'或新陈代谢的关系上,因而无法与他人形成任何真正的政治联结"①。换言之,劳动与消费的循环使人无法超越自我的生存需要,无法对公民身份产生兴趣,令公共领域陨落,使行动不再可能。而这正是阿伦特横跨哲史政梳理人类活动等级秩序的变迁、谈古论今阐述行动一再遭遇贬抑的核心旨归。她力图揭示,正是行动的沦陷使得20世纪的极权主义成为可能,而造成这种失落的既有古希腊哲学在源头上对行动的蔑视,更有现代对行动的连连压制。

## 叙事的不可或缺

阿伦特对行动一再沦陷的分析与阐发,并非仅停留于批判,而是意在呼唤行动的重生,希冀现代西方能够复现古希腊城邦式的行动。对于信奉真正政治的阿伦特来说,这种期望绝不会被寄托在某种"统治术"上,而必然落于一个个不同而平等的人们身上。那么,人们应当怎么做才能使行动成为可能呢?她给出的答案是:要有"勇气"。所谓"勇气",并不是人"在面临危险和死亡的时候,为了活得纯粹而甘冒生命危险的那种大无畏精神",而是一种"最优越的政治德性"(《人》:22),即"离开私人领域四面墙的保护和进入公共领域"的勇气(《过》:148)。进入公共领域之所以需要勇气,并非"因为有什么特定危险等着我们",而是因为"在那个领域中,对生命的关切不再是正当的了。勇气让我们摆脱生命的忧虑,一心追求世界的自由。勇气不可或缺,乃是因为在政治中,安危所系的不是生命,而是世界"(《过》:148)。因此,阿伦特将勇气阐释为"追求公共幸福;喜好公共自由;不仅不顾社会地位和仕途,甚至也不论成败毁誉,都要追求卓越的一种抱负"②。

尽管阿伦特对行动倍加推崇,她亦深知行动潜藏着失控的危险。她

---

① [英]西蒙·斯威夫特:《导读阿伦特》,陈高华译,重庆大学出版社2018年版,第77—78页。
② [美]汉娜·阿伦特:《论革命》,陈周旺译,译林出版社2019年版,第277页。

认为极权主义的"基本信念"是"一切皆有可能"①，而这种狂妄的观念何尝不是基于人类行动的开端启新能力呢？因此，阿伦特提醒我们，行动自带不可逆转性与不可预见性的麻烦，因为"每个行动都造成反动（reaction），每个反动都造成连锁反应"（《人》：149），恰如射出的箭，无法倒转重来，亦难料能否击中靶心。对此，阿伦特提出，"宽恕"与"承诺"可作一定程度上的补救："宽恕悬置了过去""承诺稳定了未来"②。由于行动中的过失十分常见，故而"需要被宽恕、被放下"，以使生活得以继续下去（《人》：186）。此处的"过失"（trespassing）是指偏离目标或误入歧途，而非刻意的冒犯（offense）或犯罪（sin），后者是无法宽恕的。而宽恕又如何达成呢？不同于基督教教义，阿伦特并不认为宽恕来自爱，因为爱十分罕见，而人类对宽恕的需求则是经常性的；她相信"尊重"可以带来宽恕，尊重类似友谊，广泛存在，易于践行。对于行动的不可预见性，承诺便仿佛不确定的海洋上的确定性孤岛，使人对明日怀有"信念"，对后果抱有"希望"。在政治领域，承诺体现为契约和协定。早在《极权主义的起源》中，阿伦特就强调了法律作为藩篱的功能，具有"稳定性"的法律"对每一个开端设置障碍"，从而可以保护人类世界不被"某种全新的、无法预言的事物的潜在力量"所破坏③。在《过去与未来之间》中，她再次强调了为行动设限的必要性："只有尊重它自身的界限，这个我们自由行动、自由改变的领域才能不受损害，保存它的完整性和遵守它的承诺"（《过》：246）。

然而，即使我们勇敢地开启行动，并对行动报以宽恕、许以承诺，行动仍然面临着巨大的危险——遗忘。行动者"倏忽而过的存在和稍纵即逝的伟大"（《人》：155）很容易被忘却，过往行动的遗产会因"记忆的丧失"（《过》：3）而无法被后来者所继承。故此，阿伦特提出，行动

---

① Hannah Arendt, *The Origins of Totalitarianism*, 2nd edn., Cleveland and New York: Meridian Books, 1958, p. 437.

② Bhikhu Parekh, *Hannah Arendt and the Search for a New Political Philosophy*, London: Macmillan, 1981, p. 117.

③ Hannah Arendt, *The Origins of Totalitarianism*, 2nd edn., Cleveland and New York: Meridian Books, 1958, p. 465.

的真正"完成"需要将关于行动的记忆讲成故事。她以荷马为例加以说明，正因为有他的故事，伟大的特洛伊战争才能名垂千古。与此同时，由于行动始终处于难以预料的变化之中，行动的意义只有在"走完了它自身的进程"（《过》：5）之后才能完全展现，因此只有回望式的故事或叙事才能揭示行动的意义。故事因而保存着行动的记忆、负载着行动的意义，使得行动被后人所"继承和质疑"成为可能，使得过去能够将其光芒照向未来。（《过》：5）在各种叙事形式中，阿伦特认为戏剧对行动意义的揭示最为完整。绘画或工艺品等静止的形式不适于模仿变动不居的行动，而"戏剧的肢体语言"才是对行动"最佳叙述的操作方法"①。"戏剧"drama 一词来源于希腊语动词 dran，即"去行动"，亚里士多德认为戏剧"摹仿的不是人，而是行动和生活（人的幸福与不幸均体现在行动之中；生活的目的是某种行动，而不是品质；人的性格决定他们的品质，但他们的幸福与否取决于自己的行动）"②。因此，阿伦特将戏剧称作"最优秀的政治艺术"（《人》：147）。

## 结　语

阿伦特的行动概念甫一提出，便因显著的原创性而受到了学界的普遍关注，同时，它令人不安的非正统性也引发了诸多訾议。相关质疑主要集中于两个方面：行动与劳动、工作的区分，以及行动的伦理。一方面，有学者认为阿伦特对行动与工作的区分强调了前者的不确定性与后者的目的性，从而意味着将"目的性的活动"排除在政治行动之外，比如策略性的政治权力竞争、政治体系中的权力运用等，因此严重"窄化"了政治概念③；相似地，关于行动与劳动的区分，有学者也认为阿

---

① ［法］朱莉亚·克里斯蒂瓦：《汉娜·阿伦特》，刘成富等译，江苏教育出版社 2006 年版，第 73 页。
② ［古希腊］亚里士多德：《诗学》，陈中梅译，商务印书馆 1996 年版，第 64 页。
③ Jürgen Habermas, "Hannah Arendt's Communications Concept of Power", Social Research, 44.1 (1977), p.21.

伦特事实上将与维生有关的社会经济议题排除在了政治之外①。另一方面，由于阿伦特认为行动"只能以是否伟大来衡量"、只有顺从的"行为"才会按照"道德标准"来评判（《人》：161），而"伟大"显然过于模糊，因此行动缺乏可把握的评判标准，容易变成空洞的表演，进而意味着阿伦特无异于在"赞颂不义"②。

事实上，由行动概念引发的这些争鸣与商讨何尝不是对行动的一种肯定呢？阿伦特对行动的阐发已然构成了"行动"，它闪耀着摄人的锋芒与光亮，带领我们重审沉思对行动的古老蔑视，反思行动在西方现代遭遇的沦陷，启迪世人"如何才能在被这个梦魇所毁的世界上重构人类的尊严与自由"③，呼吁现代个体走到复数性的人们中去，去"爱这个世界"。

---

① George Kateb, *Hannah Arendt: Politics, Conscience, Evil*, Totowa: Rowman & Allenheld, 1983, p. 29; Hanna Pitkin, "Justice: On Relating Public and Private", in *Political Theory*, 9 (1981), p. 331.

② George Kateb, *Hannah Arendt: Politics, Conscience, Evil*, Totowa: Rowman & Allenheld, 1983, p. 33.

③ Isaac, Jeffrey C., "Situating Hannah Arendt on Action and Politics", *Political Theory*, 21. 3 (Aug. 1993): 534 – 540.

# 文学的"死"与"作":论巴塔耶的"至尊性"*

■赵天舒
(清华大学中文系)

【内容提要】"至尊性"是巴塔耶思想中的核心概念,既指人的绝对自由独立的状态,也是文学的本质。"至尊性"只能在死亡中实现,这意味着人只有在"向死而做"的存在方式中才能够获得解放。而文学若想成为"至尊",则需要作家保持"向死而作"的姿态。在此意义上,巴塔耶眼中的文学首先等同于献祭,是再现死亡的"死之作"。但这依旧未能摆脱功利主义逻辑,因此巴塔耶提出了一种关于文学的终极设想,即将文学自身献祭,实现"作之死"。

【关键词】巴塔耶;至尊性;死亡;作品;献祭

## 引 言

1857 年是法国文学史上不同寻常的一年。是年二月和七月,福楼拜的《包法利夫人》和波德莱尔的《恶之花》,均以有伤宗教道德与社会公序良俗的罪名遭到起诉。艺术的美学价值与社会的道德准则之间的矛盾以如此极端的形式爆发,标志着法国文学现代性的觉醒。何谓文学的

---

\* 项目:本文由清华大学"水木学者"项目资助,系中国博士后科学基金面上资助项目(社科类)"巴塔耶、布朗肖、德勒兹的'域外思想'探寻——以三人对卡夫卡的解读为中心"(2023M732017)阶段性成果。

现代性？借用布尔迪厄的观点，福楼拜和波德莱尔等一众作家"把文学场建成一个服从自身法则的独立领域"。① 这即是说，自此开始文学便同社会和政治拉开距离，拥有了自给自足的场域；这个场域有着自己的结构与法则，让文学与艺术活动不再依附于客观现实标准，乃至在某些极端情况下与之背道而驰。波德莱尔在他自己的审判败诉三个月后，曾如此为福楼拜的《包法利夫人》辩护："我们这个基督创造的世界是非常严酷的，它没有什么资格朝这个淫妇扔石头，多几个或少几个变成牛头怪物的人不会加快地球的转速，也不会使宇宙的最后毁灭提前一秒钟。——是结束这种越来越具有传染性的虚伪的时候了……"②

整整一百年之后的 1957 年，是法国传奇思想家和作家巴塔耶人生中重要的一年。这位敌基督者、情色主义的研究者和实践者，乃至艺术刊物《牛头怪》的发起者，③ 于该年出版了小说《天空之蓝》以及《色情》和《文学与恶》两部论著，在逝世前难得让自己的名声响彻了法国文坛一次。其中第三本著作通过指出文学与恶的本质关系，凸显文学所具有的一种超越社会伦理准则的"超道德"（hypermorale），进而推崇它的"至尊价值"，④ 即其绝对的自由与自主。这实际上是对作者战后思想的一次总结：1945 年之后的巴塔耶更多地投入文学评论的写作中，而他笔下的文学总是同"至尊性"（souveraineté）密不可分，一个在战后逐渐成为巴塔耶思想核心的概念。因此，在某种意义上巴塔耶延续了福楼拜与波德莱尔开启的文学现代性传统，并将之发展至极致。他赋予了文学超越一切外在标准和尺度的至尊地位，让文学以一种极端的、恶的姿态独立于世。

---

① [法] 皮埃尔·布尔迪厄：《艺术的法则：文学场的生成和结构》，刘晖译，中央编译出版社 2001 年版，第 62 页。
② [法] 夏尔·波德莱尔：《论〈包法利夫人〉》，载《波德莱尔美学论文选》，郭宏安译，人民文学出版社 1987 年版，第 60 页。
③ 《牛头怪》（*Minotaure*）是 1933 年至 1939 年刊发的一个离经叛道的超现实主义艺术刊物，巴塔耶是其发起人之一，也是"牛头怪"一名的提出者。Voir Michel Surya, *Georges Bataille*, *la mort à l'œuvre*, Paris：Gallimard, 2012, pp. 223-228.
④ Georges Bataille, *La Littérature et le mal*, in *Œuvres complètes*, t. 9, Paris：Gallimard, 1979, p. 171. 后文出自同一著作的引文，将随文标出该名称简称 *Littérature* 和引文出处页码，不再另注。

这么做的原因，除了巴塔耶自己一直以来对资本主义逻辑的批判与对"耗费"（dépense）行为的迷恋，还在于法国文学本身出现了危机。面对20世纪上半叶的动荡局面，法国文学开始重新同社会政治结合。经历了超现实主义的"文学革命"后，它彻底进入了"革命文学"，也就是"介入文学"的时期。萨特等人所推崇的，是一种完全服务于社会和历史进程、传递哲学乃至政治理念的文学。但这种功利主义思维，却有着抹杀文学独特性、让文学沦为工具的危险。某种程度上，我们可以将巴塔耶的所做视为对这种趋势的回应和逆转。[①] 不过可惜的是，1957年在法国文学史上并没有特别的意义，巴塔耶的思想也并未在文学界激起什么涟漪。彼时的一众"新小说"作家已经初登文坛，而通常被粗暴地冠以"荒诞"之名的新戏剧家们也已被巴黎的剧场所熟知，他们都在从形式方面对文学进行革新；在理论方面，介入文学则逐渐遭遇以巴特为代表的结构主义者的解构。相较之下，巴塔耶仿佛被时代淹没，即便他的哲思被后世的后现代主义者所推崇，他的文学愿景却鲜有人继承。因此，本文想通过分析巴塔耶的至尊性概念，探讨他赋予文学的一种特殊而极端的意义，以便认可他在文学史上的地位。而文学的至尊性，则根本上离不开"死"与"作"这两个核心问题。

## 至尊性：向死而"做"

作为在巴塔耶生涯后期频繁出现于其术语词典中的概念，至尊性可被视作其前期反功利主义思想的升华，并在其同名遗作中得到了最系统的论述。首先，我们有必要对这个词的含义做基本解释，以正视听。它本指一种无上的、至高的属性，通常代表君主的神圣权力或国家不容侵

---

[①] 关于巴塔耶对萨特介入文学的反思与对文学无用性的探索，详见拙文《从文学的介入之用到文学的无用之用：试论巴塔耶的文学观》，《文艺理论研究》2021年第4期。该文是对巴塔耶文学观的初探，也是本文的前期研究基础。

犯的主权。① 这也是为何国内学界有时会将之翻译为"主权"或"至高权力",尤其是当这一概念进入政治哲学的领域时。② 但巴塔耶却在《至尊性》的开篇明确表示:"我所谈论的至尊性与国家主权之间没什么关系,后者是由国际法所规定的。我主要谈论的是人类生活中的一种与奴性或从属状态相对立的方面。"③ 也就是说,至尊性单纯指一种绝对自由独立、不向任何权威或标准臣服的状态。也正是出于这个原因,它完全不具有任何权力的意味,完全跳脱了现实的、有用的、功利的逻辑框架:"效用之外的世界才是至尊性的领域。"(*Souveraineté*: 248)因为一旦成为实质性的权力,它便会让人试图去征服与奴役他者,成为主人,如此一来,不仅人会让自己服务于一个有待实现的未来目标,变得不再自由,而且即便成为主人,他的奴隶也有可能推翻他的统治,反过来再将他奴役。这便是黑格尔眼中构成历史根本动因的主奴辩证法,是尼采所批判的奴隶的道德,也是巴塔耶一直试图超越的思想范式。他关于至尊性曾有这样的表述:"至尊的行动不仅不会从属于任何东西,它对自己可能产生的结果也漠不关心。"④ 从这里可以看出,为了摆脱功利主义思维并重塑人的绝对自主,巴塔耶采取了一种最极端的方式,即完全否定了我们基于线性时间的存在方式。如他所言:"优先考虑时间的绵延,为了未来目标而对当下时刻加以利用,这是一种奴性的做法,我们在劳动时就是这样做的。"反之,至尊的瞬间则意味着"除了这个瞬间本身,其他都不重要。实际上,所谓至尊即享受当下时刻,除此之外别无他求"(*Souveraineté*: 248)。人类的劳动或"做"这个行为,通常而言都是功

---

① Voir André Lalande, *Vocabulaire technique et critique de la philosophie*, Paris: PUF, 1997, p. 1016.

② 最典型的例子无疑是阿甘本的论著,他所研究的主权或至高权力问题,一个重要的思想来源就是巴塔耶的至尊性概念,《神圣人》的中译本也将至尊性译成了"主权"。详见[意]吉奥乔·阿甘本《神圣人:至高权力与赤裸生命》,吴冠军译,中央编译出版社2016年版,第156—159页;Voir Giorgio Agamben, *Homo sacer I: Le pouvoir souverain et la vie nue*, trad. Marilène Raiola, Paris: Seuil, 1997, pp. 123–126.

③ Georges Bataille, *La Souveraineté*, in *Œuvres complètes*, t. 8, Paris: Gallimard, 1976, p. 247. 后文出自同一著作的引文,将随文标出该著名称简称 *Souveraineté* 和引文出处页码,不再另注。

④ Georges Bataille, *Méthode de méditation*, *Œuvres complètes*, t. 5, Paris: Gallimard, 1973, p. 216.

利的，都是为了实现目标或获得"作"这个结果，无论后者是某个产品、某件作品还是某项事业，动词的"做"是手段而名词的"作"是目的；相反，至尊的行动，亦即巴塔耶长期关注的非生产性的耗费，则完全不计后果，不顾未来的"作"，只是单纯以财富与能量的消耗为重，以"做"本身为目的。① 只有以如此的方式存在，人才能够打破一切束缚，获得全然的自由。巴塔耶于是总结说，至尊性意味着"那一切期许都化为乌有的奇迹瞬间，让我们脱离卑躬屈膝之地，脱离功利行为的束缚"（*Souveraineté*：254）。

那么我们如何才能彻底摆脱对未来之"作"的期许并着眼于当下之"做"呢？任何耗费行为都是暂时的，都是权宜之计，人总要从瞬间的享乐回归日常的劳作，因为只有如此人才能生产自己赖以生存的必需品，才能维系生命的持存，进而促进社会秩序的稳定；反之，无限的消耗只会导致自我毁灭和社会解体。然而，巴塔耶却在后者中看到了至尊性最理想、最完美的呈现：既然死亡是耗费的归宿，那它也就意味着人的绝对自由。正如他所言：在对功利原则无度的僭越中，"落空的期许宣告了当下瞬间的统治，为性混乱与暴力、狂欢与疯狂的挥霍开辟出道路。以这种方式，至尊性庆祝着它同死亡的结合。"（*Souveraineté*：261）之所以只有在死亡中真正的至尊性才能出现，是因为唯有死亡才可以将人一劳永逸地从时间的枷锁中解放出来：每个个体都拥有"一个过去、一个当下和一个未来，并通过这个过去、当下和未来而形成自己的同一性。死亡会摧毁原先的那个未来，后者因不再是未来而变为当下"（*Souveraineté*：264）。也就是说，在死亡发生的一瞬，时间便终止了，不会再有任何未来可言，对之的期许也就同时彻底消散，一切都汇聚于死亡的当下时刻。只有在死亡中，"作"的幻想才会完全破灭，取而代之的是将自我带向死亡的"做"，一种纯粹、自由、无目的的行为；只有在死亡中，人才能摆脱一切束缚，走出奴性与从属的状态，恢复自己绝对的独立与自主。

---

① Voir Georges Bataille, «La notion de dépense», *Œuvres complètes*, t. 1, Paris: Gallimard, 1970, p. 305.

因此可以说，巴塔耶的至尊性根本上便意味着一种"向死而做（faire）"的态度。

由此可见，巴塔耶的哲学归根结底是一种死亡哲学，他在死亡中窥见了人类存在的某种黑暗的真理，而这则是传统思想与道德因怯懦而不敢正视的。出于对死亡的恐惧，基督教发明了天堂，人在此世所做的一切都是为了赎罪或累积善业，以便能最终实现彼岸的不朽。但这不过是虚伪的幻象："所有关于天堂、得享天福的灵魂与肉体的图景，或是对逝者转世投胎的庸常描绘，从来都无法阻止那真正的、永恒不变的死亡之域散发出的彻骨恐惧。"同理，社会的公序良俗也建立在逃避死亡、自我保存的基础之上："对死亡的恐惧似乎自始便关系着将自我投射于未来的举动（……）"（*Souveraineté*：266）人类创造财富、设立禁忌都是为了延缓死亡的到来，所以才会用筹划未来取代当下享乐。可以说，宗教道德与社会公约都是人因畏死而制定的，通过将"做"从属于"作"，不断未雨绸缪，也因此而让人深陷功利思维与奴性之中。相反，"至尊的生活是逃离（……）死亡之畏。死亡不可恨——奴隶般地活着才可恨"（*Souveraineté*：267）。于是乎，巴塔耶提出去僭越死亡的禁忌，让死亡到场、降临于当下，以此重塑人的至尊地位。实际上这种骇人听闻的观点并非一种反人类的邪恶想法，而是巴塔耶为了拆穿基于死亡的一切谎言、颠覆建立于畏死之上的奴隶道德而做出的极端设想，他的终极目标是消解我们对死亡的畏惧，祛除它通常被赋予的负面色彩。因此他说："杀人并非重获至尊生命的唯一方式，但至尊性总要否定死亡所引起的情感。至尊性要求那种违反杀人禁忌的力量……它也呼吁去承受死亡的危险。至尊性总是迫使人通过自己的人格之力，去清算一切面对死亡的软弱态度……如果说与务实的世界相对立的至尊的世界……就是死亡之域，那它绝不留给软弱一寸土地。"（*Souveraineté*：269）

从哲学的角度来看，巴塔耶对死亡的态度也是对黑格尔和海德格尔思想的反思，而正是这两位德国哲学家对20世纪的法国思想，尤其是存在主义哲学产生了深远影响。黑格尔视否定为人类历史前进的根本动力，而否定则必然意味着死亡如影随形，因此他的哲学第一次严肃地将死亡意识纳入人类发展的进程中。巴塔耶坦言:"对黑格尔来说,至关重要的是意识到这样的否定性,并领会它造成的恐惧,即领会死亡带来的恐惧,同时维系、直面死之作。"但问题在于,这并非坦然拥抱死亡,而是利用对它的恐惧以促使人行动,推动辩证法的扬弃运动,所以归根结底是将人束缚于线性历史轨迹中,使其成为劳动的奴隶。黑格尔重视的不是死亡这个行为、这个"做"本身,而是"死之作",是死亡之畏催生的结果。于是,他虽然并未在死亡面前"退却",但却"与那些愉悦地对待死亡之人相去最远"。① 同样地,巴塔耶的"向死而做"也并非海德格尔意义上的"向死存在"。后者并不意味着此在向死亡敞开,而是在意识到自己死亡的必然性、意识到"生存之根本不可能的可能性"后,"把自身筹划到最本己的能在上去",让自己向着本己存在的一切可能性敞开,以获得"本真的生活"。② 它依然是在死亡之畏的驱使下对生存的"筹划"(Entwurf/projet),一个巴塔耶非常反感的概念,因为它"把人的存在推迟置后",③ 让人沦为实现未来目标的工具,丧失自我的至尊性。而巴塔耶则"愉悦地设想死亡",在死亡中感受到欢乐,因为"是欢乐最终将我撕碎"(«Hegel»:342),也就是撕碎那个作为物、工具、奴隶存在的自我,并在废墟中让绝对自由重新升起。这无疑是尼采哲学的悠远回响,因为尼采在超越人性的同时,也彻底从死亡之畏中解脱了出来。不过作为尼采的忠实信徒,巴塔耶却也同他的精神导师保持了一定距离。尼采在否认死亡之畏时,同时否认了死亡本身的特殊意义:"人世间没有什么比死亡更老套的事了。"④ 他将我们的目光从死转向生,去尽力体验生之欢愉。而巴塔耶则更为矛盾,他在死亡之中瞥见了生命

---

① Georges Bataille, «Hegel, la mort et le sacrifice», in *Œuvres complètes*, t. 12, Paris: Gallimard, 1988, p. 341. 后文出自同一著作的引文,将随文标出该著名称简称«Hegel»和引文出处页码,不再另注。

② [德] 马丁·海德格尔:《存在与时间》,陈嘉映、王庆节译,商务印书馆 2016 年版,第 362—363 页。

③ Georges Bataille, *L'Expérience intérieure*, in *Œuvres complètes*, t. 5, p. 59. 后文出自同一著作的引文,将随文标出该著名称简称 *Expérience* 和引文出处页码,不再另注。

④ [德] 尼采:《人性的,太人性的:一本献给自由精神的书》(下卷),李晶浩、高天忻译,华东师范大学出版社 2008 年版,第 637 页。

的真谛。然而，尼采的生命之力却依旧充满了暴力与残酷的色彩，在直面苦难之时方显权力意志的伟大。而这正是巴塔耶所继承的，并用如此诗意的语言盛赞了这位狄俄尼索斯的传人：尼采"在狂暴愉悦的运动中"，将我们带向那充斥着"极度之美"的"死亡之地"；他发出的"欢乐的呐喊"，是"不再能被物的世界玷污的幸福主体的呐喊"；他"赠予"我们的是"至尊的时刻"，那是绝对无私的赠予，亦是"生命于当下瞬间中的重新开始"（*Souveraineté*：404）。总结来说，至尊性代表着人的无上自主，是人在超越了死亡之畏后、在不计一切后果的向死而做中展现出的"非理性的冲动"（*Souveraineté*：260），即充盈的生命之力；它根本上意味着"一切奇迹般的感觉"的"喷涌"，意味着激情"自由而充分地流淌"（*Souveraineté*：277 – 278）。

## 至尊的文学：向死而"作"

《至尊性》一作针对的是将人异化为物的极权主义意识形态，力求重塑人至尊的主体性。通过尼采式的价值重估，它挖掘了死亡的意义，以超善恶的方式颠覆了社会的传统道德思想。但在战后百废待兴、亟须建构新的人道主义理想的语境下，这种颂扬死亡的论断便显得有些政治不正确。但需要明确一点，巴塔耶并未否定社会道德，他肯定了对善的总体追求、亦是功利的生产生活方式之于社会稳定存续的必要性。只不过，他不赞同将个体的人完全置于外在标准的束缚之下，个人有权利通过"作恶"、也就是向死而做的耗费来实现自我的至尊性。[①] 于是，文学便自然成为思考和探索个体至尊性的理想领域："若非期许一个令人惊叹、悬而未决、奇迹般的当下瞬间，那么艺术、建筑、音乐、绘画或诗歌的意义何在呢？"（*Souveraineté*：249）而《文学与恶》以及巴塔耶战

---

① 在《文学与恶》中讨论法国史学家米什莱的文章里，巴塔耶对社会道德和个体道德作出了明确区分。Voir Georges Bataille, *La Littérature et le mal*, in *Œuvres complètes*, t. 9, Paris：Gallimard, 1979, pp. 219 – 220.

后的多篇文学评论，均立足于作家个人的"超道德"与社会公序良俗之间的张力，通过强调文学对死亡的追寻来实现文学的自主。这样便不难理解，为何巴塔耶会极力反对介入文学。后者让作家服从于一个客观道德理念，让其书写之"做"以实现社会政治之"作"为目的，这是将文学工具化。而巴塔耶则认为，文学"不能沦落至为主人服务的境地。常言道，'我必不侍奉'是魔鬼的箴言。若真如此，那文学就是恶魔"；它只是作者个人"激情"的迸发，是其"生命至尊性"的展现；① 而"正是这大胆的、自豪的、无度的自由有时会导致死亡，乃至让我们热衷于死亡"。② 也就是说，从作家的书写行为来看，文学是一种"向死而作（écrire）"，是通过写作去趋近死亡，以此通达至尊。

在海德格尔生存哲学的启示下，萨特提出了著名的"存在先于本质"，让作家在行动中去不断定义自我，赋予存在以意义。但这又何尝不是将存在悬置于时间之中，悬置于一个永远投向未来的筹划里，从而异化了它的自主？在黑格尔历史辩证法的影响下，萨特用"应属于人类的终点"取代了"上帝许诺的终点"，用"革命末世论"取代了"神学末世论"，③ 宣扬作家的使命在于通过介入社会政治，最终为人类解放作出贡献。但这又何尝不是将作家从属于一个政治目标，从属于一个未来的社会理想，从而剥夺了他的自由？戴着这副形而上的、历史的眼镜，萨特对波德莱尔做出了批判。他以为世界的运行法则应当是"当下由未来决定，存在之物由还未存在者决定"，如此我们才能够不孤芳自赏，而是放眼未竟之事。可波德莱尔呢，他在诗歌中"从不忘记自我"，而是"注视着观望中的自我"或"于观望中自我注视"，他所写的一切都"指向自我意识"。④ 这无疑是一种文学的自恋，是诗人的顾影自怜，两

---

① Georges Bataille, «Lettre à René Char sur les incompatibilités de l'écrivain», *Œuvres complètes*, t. 12, pp. 19–21.

② Georges Bataille, «La littérature est-elle utile?», *Œuvres complètes*, t. 11, Paris: Gallimard, 1988, p. 13.

③ Michel Surya, *Georges Bataille, la mort à l'œuvre*, Paris: Gallimard, 2012, p. 385.

④ Cité dans Georges Bataille, *La Littérature et le mal*, in *Œuvres complètes*, t. 9, Paris: Gallimard, 1979, pp. 193–194.

耳不闻窗外事，既不对自己的存在负责，也不关心客观现实。然而在巴塔耶看来，萨特所论不过是依据"行动的乏味世界"的准则，而"诗歌的世界"则以"当下至上"。诗人通过全身心投入当下时刻、沉迷于恶，实现了客观世界与自我的"融合"或"相互渗透"（*Littérature*：193，196），也就是同时将外在标准与未来愿景，以及奴性的或工具般的自我消解，让自己获得绝对的自由和自主。在论及卡夫卡时，巴塔耶进一步阐发了这个观点："至尊者是无法存续的，只能自我否定（只要他有任何一点小盘算，一切就都完了，他只剩下被奴役的份，盘算的目标会压过当下时刻），或存在于死亡的瞬间中。死亡是避免至尊性陨落的唯一方式。在死亡中没有奴役；在死亡中一切都化为乌有。"（*Littérature*：279）

类似地，加缪也并未逃过巴塔耶的批评。虽然两人都站在极权主义的对立面，也都以尼采为思想源泉，这让他们既同萨特保持距离，又在彼此之间形成了"真正的友谊"。① 但加缪对人道主义理念的执着，在巴塔耶眼中却依旧是某种束缚，因而认为他们之间存在着"深刻的对立"。② 加缪以更平和的方式继承尼采的思想，将之同生命结合在一起，并指出巴塔耶的尼采主义不够正统，将尼采的"生命力"曲解为"好斗性"，将"真理"曲解为"狂热"，③ 即过于强调尼采哲学中无度、狂暴、混乱的一面，以服务于他自己对死亡的痴迷。但巴塔耶却自我辩驳道："尼采经验的意涵与影响，我寻觅得最为彻底。我在其中只找到了那种建立在崩塌之上的经验，最为开放的经验……的确，在我看来死亡并非生命的反面，而是生命的繁茂，是对当下瞬间的肯定……"④ 也许他们的这两种尼

---

① Georges Bataille, *Choix de lettres*（1917 – 1962）, éd. Michel Surya, Paris：Gallimard, 1997, p. 395.

② Georges Bataille, «Le bonheur, le malheur et la morale d'Albert Camus», in *Œuvres complètes*, t. 11, p. 410.

③ Cité dans Georges Bataille, *Choix de lettres*（1917 – 1962）, éd. Michel Surya, Paris：Gallimard, 1997, p. 395n3.

④ Georges Bataille, «Les problèmes du surréalisme», in *Œuvres complètes*, t. 7, Paris：Gallimard, 1976, p. 457n.

采主义各有千秋，可被分别视为"阿波罗式"和"狄俄尼索斯式"的尼采主义，①但这却导致他们对作家的存在方式产生了完全不同的看法。与萨特不同，加缪认为作家的使命不在于介入，而在于反抗："反抗是拒绝将人当作物来对待，将其归结为简单的历史。"② 这一核心观点的潜台词理应是拒斥规训与异化人的一切外在法则，包括社会和历史中的任何政治权威与意识形态，让人的激情自由涌动，以实现其解放。巴塔耶也对此表示赞同："否定历史是可笑的，但我们至少可以……主动抗拒历史，一言以蔽之，我们可以反抗历史。"③ 然而加缪却主动背离了这一初衷，将作家的反抗重新纳入了历史轨迹："没有前程，没有深思熟虑的前进目标，生活是不会有价值的。"④ 这等于将作家再次从属于一个未来目标，只不过这个目标更为宏远而抽象，是全人类的团结，是没有苦难与杀戮的世界。但这难道不是同时压抑了作家的激情，再次将他奴役于对保存生命的筹划与对死亡的抗拒吗？于是巴塔耶反驳道："至少我倾向于坚持下去，不放弃最根本的东西：那就是激情，是我身上不可消除的部分。我会估量到这么做的危险，但更会去谴责一种更大的危险，即出于生存的需求或保全……人类的苟延残喘的需求而放弃激情的危险。"⑤ 正因如此，他对加缪的文学作品作出了与其作者截然相反的解读。《误会》中玛尔塔的杀人行为"源自于剧烈的激情"，她也"完全活在她的杀人恶行中，完全献身于此，她的死亡……是在那破坏法律的自由之路上更进一步"；《卡利古拉》中的罗马暴君通过滥杀无辜，以"让世人看到完全自由之人是什么样子"，他就是"激情的至尊爆发"。⑥ 当加缪自己否定和批判他笔下人物的暴行时，巴塔耶却对之进行颂扬，因为在他看来这才是真正的反抗，是人的至尊性最完

---

① Cité dans Georges Bataille, *Choix de lettres* (1917–1962), éd. Michel Surya, Paris: Gallimard, 1997, p. 395n3.

② [法]阿尔贝·加缪：《反抗者》，吕永真译，载柳鸣九主编《加缪全集》（散文卷Ⅰ），上海译文出版社2010年版，第362页。

③ Georges Bataille, «L'affaire de "L'Homme révolté"», *Œuvres complètes*, t. 12, p. 232.

④ [法]阿尔贝·加缪：《不做受害者，也不当刽子手》，杨荣甲译，载柳鸣九主编《加缪全集》（散文卷Ⅱ），上海译文出版社2010年版，第86页。

⑤ Georges Bataille, «La morale du malheur: "La Peste"», *Œuvres complètes*, t. 11, p. 247.

⑥ Georges Bataille, «La morale du malheur: "La Peste"», *Œuvres complètes*, t. 11, pp. 240–241.

满的展现，也是文学摆脱一切世俗法则的绝佳体现。反之，那部充满人道主义色彩、自始至终与死亡进行抗争的《鼠疫》，却让巴塔耶感到失望，因为它所推崇的并非"永不屈服的反抗所建立的价值"，即不畏死亡，而是"'身体康健'，即逃避死亡、免受痛苦"，让人向世界和平的伟大幻想低头，也让文学束缚于社会伦理。这便是为何巴塔耶对加缪如此盖棺论定：后者"始于反抗的道德"，却终于"疲弱的道德""苦难的道德"。[1]

## 献祭的文学：死之作

从巴塔耶对加缪的批评可以看出，至尊的文学不仅意味着作家的"向死而作"，从其书写的内容来看，它还应当是"死之作（œuvre）"，是关于死亡的作品，是在虚构的剧场中将死亡再现出来，以此让读者感受至尊性。在《天空之蓝》的前言中巴塔耶也强调，作家应当去呈现生活和世界的种种"极端的可能性"和"恐怖而变态的失常之事"。[2] 可问题在于，既然至尊性只存在于死亡的瞬间，为何不直接让人去亲历死亡，而是要诉诸文学呢？原因便在于死亡本身的悖论：死亡可以带来人的终极解放，赋予他绝对自由，但与此同时，"在死亡中一切都化为乌有"。既然人本身都已不在，那么自由与解放又有什么意义呢？换言之，要获得真正的至尊性就必须死去，但死后又哪有什么至尊性存在？于是乎，"人必须不惜一切代价在真正死去的时候活着，或必须在活着的同时以为自己正在真正死去"。这即是说，死亡的不可能性，也是至尊性的不可能性，需要我们在活着的时候感受到死亡，这样才能隐约瞥见存在的至尊性。在这个语境下，文学的作用，即"表演或广义上的再现之必要性"，就体现了出来："人参与仪式、观看表演，或者他还可以阅读……关键在于将我们自己代入到某些死亡的角色中，在于我们活着时却以为自己死了。"（«Hegel»：337）文学的这一特权，也就是通过虚构的方式再现某种于现实中不可能

---

[1] Georges Bataille, «La morale du malheur: "La Peste"», *Œuvres complètes*, t. 11, p. 248.
[2] Georges Bataille, *Le Bleu du ciel*, in *Œuvres complètes*, t. 3, Paris: Gallimard, 1971, pp. 381–382.

被触及和实现的东西，与巴塔耶的"献祭"（sacrifice）理论密不可分。①献祭本身就是关于死亡的表演，是对死亡的再现："为了最终自我揭示，人必须死去，但却要在死时活着——目睹自己停止存在。……在献祭中，祭司自我代入到了死去的动物身上。因此他死了，同时又看着自己死去……"（«Hegel»：336）如此一来，文学便可以被视作是献祭的一种形式。在现实生活中被劳作、生产活动奴役的我们，得以在文学作品中找到暴烈激情得以释放的空间，感受到死亡，因而重新同自己的至尊性建立连接。这也呼应了献祭本身的文化意义，作为与世俗生活相对立的一种习俗，它的目的便是消除人身上的物性与奴性，让其返归神圣的、至尊的状态："献祭恢复了被奴役所毁坏、变成世俗的东西，使之重归神圣"；②"献祭想要在牺牲者身上摧毁的是物——且只能是物。……它会将牺牲者从功利的世界解脱出来，使其进入一种无法预料、难以理解的世界。"也就是说，通过再现死亡，献祭最终展现的是"完满的生命"。③

那么这种献祭的文学具有什么特殊性呢？既然要让读者代入角色中，让其感受到死亡之力在他身上真实地作祟，巴塔耶眼中的文学就必然散发着魅惑与感染之力，让"激情那危险与具有传染性的运动"、亦即死亡的魔力如同"鼠疫"一般扩散，④以便读者能身临其境地体验死亡降临时的彻骨寒意，以及至尊光芒照耀的愉悦和欢乐："戏剧艺术运用非推论式的感官体验，尽力使人震惊，并为此模仿风声并努力制造寒冷——就像借助于传染一样……"（*Expérience*：26）这种放弃说理，通过表现暴力、恐怖、残酷的元素来感染读者，使其沦陷于作品之中的文学，于是便具有了某种宗教仪式的影子，让参与者在神秘的濒死体验中感受神圣的自由："文学只是延续了宗教的游戏，是宗教的主要继承者。它尤其继承了献祭：这种对……直面死亡的憧憬，首先在宗教仪式中得

---

① 对巴塔耶献祭理论的具体分析，详见拙文《从"无用的否定性"之悖论到"神圣"之不可能性——以巴塔耶思想中的"献祭"理论为例》，载《法国哲学研究》，上海人民出版社2023年版，第444—447页。
② Georges Bataille, *La Part maudite*, *Œuvres complètes*, t. 7, p. 61.
③ Georges Bataille, *Théorie de la religion*, *Œuvres complètes*, t. 7, pp. 307, 309.
④ Georges Bataille, «La morale du malheur："La Peste"», *Œuvres complètes*, t. 11, p. 242.

到了满足，也可以在阅读小说中得到满足：宗教仪式在某种意义上就是一部小说，一个以血淋淋的方式描绘的故事。"它的核心正在于"一种令人眩晕的、有传染性的毁灭之感"，一种"既令人恐惧又令人着迷"的感受。①

这种如宗教献祭般再现死亡的文学，也从形式的角度颠覆了介入文学，尤其是存在主义戏剧。后者是"生之作"，是通过作品来宣扬对生命的守护与对革命理想的追求。它不允许毁灭一切的激情肆虐，而是让建构秩序的历史理性发挥作用。所以它诉诸语言与逻辑，诉诸推论式的道德说教，力求将某种形而上的或政治的理念清晰表达出来。如萨特所言，文学传递的信息应当"像玻璃透过阳光一样透过我们的目光"。② 这便是为何他与加缪偏爱戏剧创作，因为戏剧特殊的剧场性和公共性，为作者提供了一个直接向观众传达其思想的平台。正因如此，存在主义戏剧依旧采取了传统的现实主义创作形式，它不运用任何超现实的、怪诞的表现手法，而是用清楚明了的说理来表达观念，促使观众运用自己的理性进行反思。萨特的戏剧创作也严格遵循着这一原则，每部作品的核心思想都能够用一句台词来准确概括：《苍蝇》的主旨是"人类的生活恰恰应从绝望的彼岸开始"，③《隔离审讯》则告诉我们"地狱，就是他人"。④ 可矛盾在于，战后的世界本身已变得不可理喻、荒诞不经，这种现实也是存在主义者们所着力思考的，那么用理性的艺术形式去呈现理性无法把握的内容，这难道不是一种严重的错位吗？譬如在《卡利古拉》中，加缪力图展现的是一个存在没有任何意义的世界，用巴塔耶的话来说就是一个被激情左右、充斥着暴力与杀戮的世界，但他却依凭于"一种清醒的、理性的方式"，因此

---

① Georges Bataille, *L'Histoire de l'érotisme*, in *Œuvres complètes*, t. 8, p. 92.
② ［法］让-保尔·萨特：《什么是文学?》，施康强译，载沈志明、艾珉主编《萨特文集》（文论卷），人民文学出版社2000年版，第105页。
③ ［法］让-保尔·萨特：《苍蝇》，袁树仁译，载沈志明、艾珉主编《萨特文集》（戏剧卷［Ⅰ］），人民文学出版社2000年版，第89页。
④ ［法］让-保尔·萨特：《隔离审讯》，李恒基译，载沈志明、艾珉主编《萨特文集》（戏剧卷［Ⅰ］），第147页。

他那"优雅考究、构思巧妙的舞台语言，与他所突显的主题之间存在着巨大间距"。① 换言之，与残酷现实更为契合的艺术形式，究竟是理念戏剧的道德说教，还是《局外人》当中的陌异疏离之感与《恶心》当中的恶心作呕之感所具有的传染性？

与之相对，如宗教献祭一般的死之作则主张采取完全不同的艺术表现形式。面对不可理喻的世界，面对人需要在死亡中重获至尊的荒诞事实，它放弃对理性的依托，而是付诸感官体验，让死亡的狂暴之力在文本中尽情宣泄，以便将之传染给读者，使之感受到重获自由与自主的喜悦。于是乎，文学"虽然不能残酷地让我们在狂喜中死去，但它至少具有这种功效，即让我们在与死亡平齐中感受到片刻的幸福"。② 对这种极具感染力的死亡演出的追求，让巴塔耶同传统的艺术表现形式分道扬镳，加入了同时代的文学革新之中。但他对表演的主张却也不同于荒诞戏剧，后者通过刻意夸张和扭曲舞台呈现，让荒诞现实以一种异常的、不可思议的陌生面貌袭来，从而取消了观众代入角色的一切可能性，使之在目瞪口呆之中与演出内容时刻保持距离，以便进行反思。而巴塔耶则似乎力图模糊现实与虚构的界限，让观众融入表演之中，从而实现文学对人的解放。这体现出了他对尼采笔下古希腊悲剧的继承，后者通过使人陶醉于狄俄尼索斯式的狂欢放纵，来获得直面生存苦难的勇气，催生出他自身的权力意志，也就是让生命能量蓬勃爆发的肯定之力。这同时也呼应了另一位尼采传人阿尔托的残酷戏剧，后者"和瘟疫一样……也具有感染力"，会"使我们身上沉睡着的一切冲突苏醒，而且使它们保持自己特有的力量"，③ 所以"戏剧和瘟疫都是一种危机……在这场全面危机以后只剩下死亡或者极端的净化"，即让我们在拥抱存在本身的残酷之时，在走向死亡之时，唤醒自己本真的生命之力；④ 因此，这样的戏剧便需要"向观众提供梦幻的真正沉淀物，使观众的犯罪倾

---

① Michel Pruner, *Les Théatres de l'absurde*, Paris: Armand Colin, 2005, p. 5.
② Georges Bataille, «L'art, exercice de cruauté», in *Œuvres complètes*, t. 11, p. 486.
③ ［法］安托南·阿尔托：《残酷戏剧》，桂裕芳译，商务印书馆2015年版，第24—25页。
④ ［法］安托南·阿尔托：《残酷戏剧》，桂裕芳译，商务印书馆2015年版，第29页。

向、色情顽念、野蛮习性、虚幻妄想、对生活及事物的空想，甚至同类相食的残忍性，都倾泻而出"，① 残酷戏剧便是恶的文学。上述所言均是将文学、将戏剧转变成一种恐怖的宗教仪式，让人在消解奴性的自我中走向神圣的至尊，从而治愈生命。如此来看，巴塔耶或阿尔托并非反对暴力与杀戮的加缪，而更似其笔下的卡利古拉，一个宗教祭司般的人物，通过在作品中和舞台上实施血腥暴行，让人类看到并追求他自己最极端的可能性。

## 文学的献祭：作之死

然而作为献祭的文学依然只是通过作品来再现死亡，使人感受到至尊性，而非将他带向真正的死亡，以获得至尊性。当巴塔耶论及文学的表演与再现时，他已经在试图走出传统模仿论的逻辑了，因为他眼中的死之作并不仅仅是对现实的虚构反映，而是以宗教的形式成为超越现实的一种方式。但他做得并不彻底，他依旧只是将文学作品视作一个折中手段，视为逃脱死亡悖论的遁词，一个虚构幻影，因而认为它无力将人带向真正的至尊性。在这点上他并不如阿尔托激进，后者的死亡戏剧完全解构了再现的逻辑，等同于本真的生命。正如德里达所言："残酷戏剧并非是一种再现。从生命具有的不可再现之本质方面来讲，它就是生命本身。"② 而阿尔托自己也强调："戏剧应该与生活相比……与某种获得自由的生活相比……"③ 巴塔耶眼中文学的软弱无力，与献祭本身的局限性是分不开的。虽然献祭的核心在于将人从世俗和功利世界中解放出来，但是由于它自身也只不过是一个"诡计"（«Hegel»：336），一个让人在保存生命的同时瞥见绝对自由之幻象的工具，并不能真正让人在死亡中获得自主，所以它根本上也是一个达成目的的筹划。也正是出于这个

---

① ［法］安托南·阿尔托：《残酷戏剧》，桂裕芳译，商务印书馆2015年版，第96页。
② ［法］雅克·德里达：《书写与差异》，张宁译，生活·读书·新知三联书店2001年版，第420页。
③ ［法］安托南·阿尔托：《残酷戏剧》，桂裕芳译，商务印书馆2015年版，第126页。

原因，献祭仪式在人类历史上一直都是一种功利行为，是人类与神灵、与权威进行利益交换的媒介。然而在批判献祭的功利化与工具化的同时，巴塔耶也提出了另一种纯粹的、理想的、至尊的献祭形式："筹划的反面就是献祭。献祭会落入筹划的形式中，但这只是表面现象……在筹划中，只有结果才是重要的，而在献祭里，是行为本身凝聚了价值。在献祭中，什么都不会被推迟置后，在它发生的瞬间，它能够质疑一切，唤起一切，让一切降临于当下。最关键的瞬间是死亡的瞬间，然而行动一旦开始，一切都受到怀疑，一切皆为当下。"（*Expérience*：158）以至于"献祭不仅用当下瞬间的极致光辉照亮了活着的牺牲者：杀戮行为还向我们的感官揭示了牺牲者的缺席。这一仪式的功能在于将'敏感的注意力'集中于过程的那个燃烧的时刻"。① 也就是说，死亡并非真正的、非功利的献祭之核心，甚至它可以于献祭之中缺席。后者并不是以死亡为目的，也不是将至尊性视为它要获得的结果，它的意义只存在于它发生的过程，在于耗费行为出现的当下瞬间，也只有这样它才是至尊的。

在这个语境下反观文学，便诞生了一种最为极端的文学观：它的意义和价值不在于创作出的作品，而在于书写行为本身，在于写作的当下瞬间。这意味着至尊的文学不仅是作为献祭的文学，更是将文学自身献祭；意味着至尊性不仅隐约闪现在死之作当中，更是通过"作之死"，也就是将作品这一概念完全消解掉才能真正抵达。文学的献祭或作之死，是巴塔耶思想中最隐秘而黑暗、却又最具创造性的观点，而这正体现在他对诗歌的独到阐发中。在他看来，诗歌是文学中最趋近献祭的形式，是理想的死之作："关于诗歌……我相信它是一种以词语为牺牲品的献祭。"（*Expérience*：156）这是因为，诗歌完全放弃了文字的表意功能，也就是杀死了它所指涉的外物。这等于是同语言的功利性一刀两断，从而让文学摆脱工具性与奴性，使之成为至尊。从中我们可以看到巴塔耶

---

① Georges Bataille, «De l'age de pierre à Jacques Prévert», *Œuvres complètes*, t. 11, in *Œuvres complètes*, t. 9, Paris: Gallimard, 1979, p. 101.

对萨特的批驳，后者将"不是使用文字"而是"为文字服务"的诗歌从文学场域中排除，① 反而将"本质上是功利性"的、"使用词语"的散文视作文学的典范。② 因此巴塔耶说："如果不是诗歌，文学就什么也不是……文学语言……是语言的倒错，就如色情是性功能的倒错一样。由此便有了最终于'文字中'肆虐的'恐怖'，就好像一个浪荡子在生命尽头寻求恶行与新的刺激。"（Expérience：173）诗歌与恶有着完美的契合，这便是为何《文学与恶》会专门评述波德莱尔和英国浪漫主义诗人威廉·布莱克。可问题在于，诗歌的这种对文字的献祭是不彻底的，因为它归根结底无法脱离语言而存在，它仍然是语言的奴隶。它杀死文字，它是激情无度的耗费，但矛盾的是它却同时在"丰富文学的宝藏"，也就是书写文字、创造作品，乃至于诗人"一旦失去了对于宝藏的趣味，他就不再是诗人"（Expérience：172）。换言之，诗歌意味着"放弃"，但同时又"试图占有这种放弃"（Littérature：197），它永远无法将耗费、将死亡的逻辑发挥至极致，依然被生产与保存的念想所纠缠。

于是便有了将诗歌本身献祭、让作品死亡、让文学归于沉默的要求。但需要注意的是，这并不意味着放弃创作，也不代表写出的作品不再有任何意义，而是在写作中消解对书写目的的期待，将对作品的执念抛在脑后。这等于说诗歌不再是功利性的献祭，不再是对死亡的再现，而变成了纯粹至尊的献祭："诗歌力求达到与献祭相同的效果，即尽可能强烈地让当下瞬间的内容为我们所感。"③ 这样一来，诗歌的全部价值都汇聚到了诗人提笔的时刻，他只管挥洒灵感与才华，让诗意的激情肆意涌动，而不在乎写出的作品杰出还是平庸，是否能流芳后世。因此巴塔耶写道："诗歌若没有被一种超越诗歌的经验……裹挟，那么它就不是激情躁动的运动，而是这种躁动留下的残余。将蜜蜂那无限的激情躁动从

---

① ［法］让-保尔·萨特：《什么是文学?》，施康强译，载沈志明、艾珉主编《萨特文集》（文论卷），人民文学出版社2000年版，第99页。
② ［法］让-保尔·萨特：《什么是文学?》，施康强译，载沈志明、艾珉主编《萨特文集》（文论卷），人民文学出版社2000年版，第104页。
③ Georges Bataille, «De l'age de pierre à Jacques Prévert», Œuvres complètes, t. 11, in Œuvres complètes, t. 9, Paris：Gallimard, 1979, p. 102.

属于蜂蜜的采摘和装罐,便是在回避运动的纯粹性……"① 重要的不是诗人留下的痕迹、创造的成果,而是他自我耗费的运动本身。这便是为何兰波在出道即巅峰后旋即放弃写作的传奇经历如此令巴塔耶着迷,因为他对诗作以及任何意义上的一切作品都感到厌倦,并保持沉默,真正实现了作之死。他的全部文学生命都奉献给了诗情爆发的当下瞬间,那才是文学至尊性的极致展现,也是文学最极端的可能:"兰波通过放弃诗歌,通过毫不含糊、毫无保留地完成献祭,延伸了诗歌的可能性。"(*Expérience*:171) 与此类似,卡夫卡在生前也曾嘱托好友布洛德在他去世后烧毁他的全部作品。在巴塔耶眼中,"这是些注定要被焚烧的书,是些只有被火点燃才能获得真理的东西,它们存在着但注定要消失;它们好似已经被湮灭了一般"。这是因为,卡夫卡的文字生涯便如摩西奔向应许之地一般,是对"一切目标之虚妄的揭露与驳斥"(*Littérature*:271-272)。而文学写作的终极意义,也是人类真正的至尊性,只存在于"那一切期许都化为乌有的奇迹瞬间"。

## 结　语

通过对纯粹而绝对的至尊性的追求,巴塔耶将"死"与"作"的辩证关系融入了文学之中。死亡不仅发生于作品内部,也是作品自身的归宿,如此文学才能够实现至尊。这是巴塔耶的一生都在践行的原则,不仅他的作品常与恶媾和、弥漫着死亡的气息,以此追求全然的自由,而且他也在不断反思对作品的筹划如何奴役作家,并探索书写之中的沉默、探索写作激情爆发的瞬间。这也是为何他的传记会被命名为"作之死"(la mort à l'œuvre)。② 在战后法国文学的革新浪潮之中,这种极端乃至邪恶的文学观独树一帜。它不仅反思文学的主题与形式,更是从存在论的

---

① Georges Bataille, *Le Coupable*, in *Œuvres complètes*, t. 5, in *Œuvres complètes*, t. 9, Paris: Gallimard, p. 350.
② Voir Michel Surya, *Georges Bataille, la mort à l'œuvre*, Pais: Gallimard, 2012, pp. 223-228.

角度探寻文学的意义。这等于是为长久以来沦为社会与政治附庸的作家们注入了一针强心剂：萨特曾言道，"没有文学，世界照样存在"，[①] 不介入现实的文学便没有存在价值；但巴塔耶却让作家们明白，"挥霍家产并受到诅咒"才真正体现了"文学精神"，因为后者正在于"浪费、确切目标的缺席与激情毫无目的的的自我啃噬"。[②] 文学的价值与精神反而在于作品的缺席，这种悖论于是以最为极端的方式颠覆了文学创作的含义。创作不被作品束缚，因而也就完全独立于社会政治场域，独立于道德伦理准则；它的全部意义只在于耗费之"做"或书写之"作"，在于行为本身，根本而言它意味着一种至尊的"无作之作"。

---

[①] ［法］让-保尔·萨特：《什么是文学?》，施康强译，载沈志明、艾珉主编《萨特文集》（文论卷），人民文学出版社2000年版，第309页。

[②] Georges Bataille, «Lettre à René Char sur les incompatibilités de l'écrivain», Œuvres complètes, t. 11, Paris: Gallimard, 1988, p. 25.

# 散论与译文

# 怀亚特的宫廷诗

■杨 靖
(南京师范大学外国语学院)

照传记作家尼古拉·舒尔曼在《光焰万丈：托马斯·怀亚特的多面人生》一书中的论断，怀亚特（Sir Thomas Wyatt，1503—1542）不仅是亨利八世时代著名朝臣、外交官，同时也是当时"举足轻重的大诗人"——他和亨利·霍华德〔通称萨利伯爵（Earl of Surrey）〕一道将十四行诗引入英国（二人共享"英国十四行诗之父"这一美誉），使得英国诗坛面貌为之一变。事实上，早在1557年《陶特尔杂集》（*Tottel's Miscellany*）面世之时，出版商理查德·陶特尔便在"序言"中宣称，怀亚特诗作的"巨大影响"证明：当下英语诗歌"完全可以与古老的拉丁语诗歌和现代的意大利语诗歌相媲美"。

怀亚特擅长将英语语言与其他诗歌样式相融合。除了模仿彼特拉克十四行诗情诗，怀亚特也模仿意大利诗人塞拉菲诺（Serafino）的短八行诗，如《醒来吧，我的鲁特琴》。此外，怀亚特还尝试过三行诗（但丁《神曲》中所用诗体）和十三行回旋诗（rondeau）以及长度和韵律不同的四行诗等诗歌形式。在上述诗歌中，以宫廷爱情为主题的诗作占据绝大部分——在评论家看来，这类诗作大抵是"彼特拉克体"或"普罗旺斯体"的翻版，毫无原创性可言。比如怀亚特的《爱情永驻我心》："爱情永驻我心，/萦绕我心一隅，/面上佯作无畏，/内里安营扬帜。/她教我品爱情之甜，尝不得之苦。/"——明显"译"自彼特拉克的《歌集》第140首，从立意到措辞，可谓"雷同"。长期以来，这也是怀亚特最为人诟病之处——20世纪英国文学评论家C. S. 刘易斯（C. S. Lewis）在《16世纪英国文学》中贬称其诗作"平淡无奇"（flat），连同其所处时代也"黯淡无光"（Drab Age）。

但刘易斯显然犯了"以偏概全"的错误。究其原因，一是因为怀亚特长期出使法意等国，手稿大量散佚；二是因为怀亚特担心部分手稿涉及当代时事，故严令其子孙秘而不发（诗人生前并无任何诗作发表，《陶特尔杂集》乃诗人身后汇编）——实际上，直到晚近以来散落各处的怀亚特文本不断被"发现"，人们对其诗作的总体评价才"发生改观"。在罗伯特·埃文斯（Robert C. Evans）等学者看来，怀亚特与半个世纪后的"骑士派诗人"［以罗伯特·赫里克（1591—1674）和托马斯·卡鲁（1595—1639）为代表］趣旨大不相同，后者以"及时行乐"的态度沉湎于宫廷爱情游戏，在这种爱情游戏中，骑士对女性的崇拜与同情只是"性感的刺激和自我的满足"（赫伊津哈语），而怀亚特的宫廷情诗许多时候却是"别有所指"。

怀亚特最著名的情诗包括《谁欲狩猎》《她们离我而去》《我发誓，我从未》《勒克斯，我美丽的猎鹰》《别责怪我的鲁特琴》，等等。以《谁欲狩猎》为例，该诗仿照彼特拉克的《一只白鹿》，但二者的语调却大相径庭。怀亚特在其诗作中刻画了一只颈缠珠宝的白鹿，其项圈上有一行文字："不要碰我，因为我是凯撒的财物"——毫无疑问，这里的"凯撒"指代亨利八世，白鹿则隐喻王后安·博林（Anne Boleyn）。

安·博林生于英国贵族之家，长于法国宫廷，熟谙礼仪，娴于诗文，且工于心计。她自法国归来后，入宫陪侍亨利八世原配阿拉贡的凯瑟琳。安·博林风情万种，将一班宫廷文学之士玩弄于股掌之间，怀亚特亦不例外。但他很快发现，她已成功"俘获"国王，于是立即悬崖勒马，让"凯撒的归于凯撒"。1533年，国王历经艰难险阻（不惜与罗马教廷决裂）与安·博林成婚，希望她能生下男性继承人。不久，安·博林诞育一女（即位后称伊丽莎白女王），令国王大失所望。1536年，安·博林以通奸罪被判入狱，关押于伦敦塔，几乎与此同时，怀亚特亦被收监——有人告发，他也是安·博林的诸多"地下情人"之一。

在伦敦塔的钟楼，怀亚特目睹"废后"安·博林被当众斩首，与之一同殉难的还有另外五名被控与之有染的文学侍臣。在权臣托马斯·克伦威尔（Thomas Cromwell，1485—1540）庇护之下，怀亚特侥幸逃过一劫，不过这次落难经历对他的诗风转变产生了显著影响。在此后的诗作中，前期欢快甚至轻佻的格调已不复存在，取而代之的是不动声色的揶揄和讥讽。

根据维尼-戴维斯（Marion Wynne-Davies）等评论家的提示，怀亚特"倾向于采用曲折的诗歌形式来暗指当下的事件"——从这一视角审视，连同他这一阶段的宫廷情诗似乎也极具"深刻的内向性和现实主义"（格林布拉特语）。以《我的恋人轻蔑地享受我的爱》为例："我的恋人轻蔑地享受我的爱，/在爱中她对我这样冷酷，/为了爱我失去了自由/追随她，却带给我无尽的痛苦。"字面意义是中世纪以来常见的"男怨诗"传统：激情似火的骑士遇上冷若冰霜的美人，但其背后的潜台词则是诗人被安·博林遗弃的各种痛苦。再以《帆船承载忘却》为例："我的帆船承载着忘却/冬夜里汹涌的海水/从乱石中穿过；我的敌人，/我的主人，冷酷地驾驶着帆船。/"——很显然，这艘帆船处于彷徨绝望之中，难以抵达爱情的彼岸。然而换个视角来看，这首诗又未尝不是怀亚特对宫廷政治以及仕途凶险的慨叹。作为宫廷朝臣，如同爱情风暴中的求爱者，怀亚特不得不在惊涛骇浪般的宦海中殊死搏斗。该诗采用双关及暗喻等修辞方式，意在表明"风既能推动帆船前进，又能摧毁帆船使之葬身大海"——朝臣的命运亦是如此。

在这一时期诗作中，值得注意的还有数量众多的宫廷赞美诗（或称宗教忏悔诗，Penitential Psalms），其中绝大部分可以视为诗人假托圣经人物大卫王之口对亨利八世的讽喻。比如在赞美诗第三十九首当中，大卫王提到自己的内心焦虑，"夜晚的快乐不再拥有，我以泪洗面；/洗濯我未泯灭的眼睛，让内心为这样的堕落翻腾/"——国王辗转反侧，其焦虑的根源在于他的情欲：他日夜渴慕的并非上帝的恩典，而是拔示巴（Bathsheba）的怀抱，并且为此不择手段，不达目的决不罢休（前后六任王后，或被废黜，或遭斩首）。此外，怀亚特的宫廷赞美诗不单单描绘了亨利八世的宫廷生活,同时也影射了亨利八世的宗教改革和政治婚姻。诚如萨利伯爵(以怀亚特门徒自居)日后评价的那样:"对于怀亚特的大卫诗章,基督的信徒给予怎样的表彰?/……这故事是统治者的一面镜子,映照出放纵色欲的可悲下场。/谁人继续沉沦在罪恶的眠床,神的惩罚终究会降临他身上。"

从伦敦塔获释后,怀亚特心有余悸:"钟楼目睹之情景,/日夜萦绕于脑海"(收录于《陶特尔杂集》第126首)。此时的他对宫廷生活的翻云覆雨一定有了更为清醒的认识。在《纯洁、真理与信念包围着我》一诗中,他告诫世人,"清点财富,享受安逸的人要牢记,/你在不知不觉之中无法控制自己。/别太着急冲进那扇门,/名利在那里,耻辱也在那里。"在《别了,爱》一诗中,他更表明了自己想要摆脱宦海沉浮的决心和愿望:"别了,爱以及你所有的法度,/你的鱼钩再也无法将我钩住;/塞涅卡和柏拉图让我猛然醒悟,/我当放弃情爱,力求发家致富。"——本诗结句"迄今我虽失去我全部的时光,/却不再徒劳攀爬那朽烂的树桩/"将光鲜华美的宫廷比作"朽烂的树桩",堪称英诗中"极具原创性"的意象。

1537年,官复原职并出使国外的怀亚特给他15岁的儿子写信(被誉为英国史上言辞最为恳切的诫子书),坦言他本人在英国宫廷历经"无数的危险和风险、敌人、仇人、牢狱、刁难和愤慨",并警告年少气盛的小怀亚特"倍加小心":都铎宫廷中危机四伏,权力、荣誉和地位转瞬即逝。正如诗人在《被弃的情人》一诗中所言:"宫廷中的结盟和忠诚瞬息万变,为了使自己的利益最大化,宫廷之人'总是忙于不断地变心',并时刻准备躲开那些不得势的曾经的朋友。"仿佛一语成谶,十年后,小怀亚特和萨利伯爵策划谋反,被告发后一同被斩首。怀亚特本人则遭政敌伦敦主教埃德蒙·邦纳(Edmund Bonner)造谣中伤,以叛国罪名再次身陷囹圄。

邦纳指控怀亚特对国王"出言不逊",曾恶攻国王"应该像一个贼一样被绞死"。1534年《叛国罪法案》颁布后,凡论及国王本人及其婚姻的言辞一律被禁止,与宗教改革相关的话题亦属禁忌,违反者必遭严惩——连托马斯·莫尔大法官（Thomas More，1478—1535）这样的朝廷重臣也无法幸免。怀亚特私下大发牢骚，认为这一法案的修订意在"给暴政寻找借口"（暗讽亨利八世是"暴君"），其结果必然导致大兴文字狱（"the law of words"）——用他的同僚蒙塔古勋爵（Lord Montague）的话说，"这将成为一个奇怪的世界，仅凭只言片语便能勘定叛国罪名"——事实上，最终摧毁托马斯·莫尔爵士的正是"熟人之间的私密谈话"。

怀亚特上书自辩，声称在自家诗歌及书信中或有措辞不当，但本人世代蒙受君恩，绝无欺君罔上之理，更无意对朝政提出任何异议。然而，由于伦敦主教一方势力强大，怀亚特的申诉未被采纳，性命岌岌可危。关键时刻，新任（第五任）王后伊丽莎白·霍华德出手相救。王后是萨利伯爵的堂妹，也是怀亚特（分居的）妻子伊丽莎白·布鲁克的表亲。王后一面向国王当面求情，一面派人搜寻新的证据为怀亚特辩护。证据表明，怀亚特对国王一向忠心耿耿，从未有过"大不敬"；更重要的是，尽管怀亚特曾任英国驻教皇国使节，但他衷心拥护宗教改革各项举措，据说他曾痛斥教皇克莱芒七世"昏聩无能"，并公开嘲笑罗马教廷的"赎罪券"——似乎"一个人只有得到教皇的允许，才能为自己的罪孽忏悔"。如此一来，叛国罪名被推翻，怀亚特在具结"悔过书"后被国王赦免——王后提出的唯一条件是要他接回"已经与他分离15年之久"的妻子。

再次逃脱樊笼的怀亚特选择了归隐，由此他的诗风又为之一变——在最后一阶段，他放弃了宫廷爱情诗和赞美诗，而转向了贺拉斯（以及塞涅卡）书信体的讽刺诗。以赠给好友约翰·波因兹（John Poynz）的诗歌为例，其中既有身为朝臣的痛苦经历，又有不满时局的郁闷愤慨："不能受了伤害而一言不发，不能跪拜服从不公；/不能把那些像狼欺羊群的人，当作世上的上帝来崇敬。/我不能装作圣人模样说话，用欺诈当智巧，/以骗人为乐趣，将计谋作忠告，为利益而粉饰。/我不能为了填满钱柜而枉法，用无辜的鲜血来把我自己养肥/……"（王佐良译）。因此，他决意回到家乡做个自由人："这促使我回家打猎放鹰，碰到坏天气就闲坐读书。"

考虑到政治风险，这类诗作通常不标注具体时间和地点，但明眼人仍不难发现其中的蛛丝马迹。比如在赞美诗中某处"黑暗的洞穴"，在讽刺诗中则显化为"肯特郡和基督国"——怀亚特生前不敢发表作品，原因或在于此。在写给昔日同僚布赖恩爵士（Sir Francis Bryan）的《我以叹息为食》一诗中，怀亚特宣称自己只能在无尽的回忆和追悔中度日："叹息是我的食物，眼泪是我的饮料"，因为命运的滑轮（the slipper wheel）翻转，他已从高处跌落。在另一首《大笔花钱》（*A Spending Hand*）中，怀亚特一方面自嘲"退回乡村生活就像是慵懒的家畜，并不比懒惰的僧侣好到哪里去"，另一方面又放言痛斥："所以满袋的污泥堆集在修道院。"诗中的"理财顾问"向人传授生财之道："为取悦于人而背叛诚实"以及"无视美德而口是心非"是惯用伎俩，逢场作戏更是必不可少的技能，甚至对待至亲之人也不能真情流露——通常情况下，真心话意味着大冒险，有时甚至要掉脑袋——由此，爱沦为"一种蠢人的笑话"。也正是在这个意义上，文学评论家贾森（Philip K. Jason）断言："怀亚特是他那个时代大诗人中的佼佼者。他不仅创造了新的诗体，而且也是探讨爱情和政治中固有风险和紧张状态的第一人。"

的确，根据评论家的一致观点，这一阶段的书信体讽刺诗堪称怀亚特诗歌创作的顶峰——其中以《沉默寡言的夫人》和《湿润你的眼睛》以及《我母亲的女佣》最具代表性。《沉默寡言的夫人》刻画贵族女性的选择困境，认为她们无论在宫廷还是家中普遍缺乏话语权。《湿润你的眼睛》探讨女性群体的性别特征及其处境："没有眼泪来湿润你的眼睛，只能以健康来假装疾病"。《我母亲的女佣》关注底层妇女的生存权利，"她只能睡在寒冷，而又潮湿的房间；更惨的是，只能吃剩余饭菜/在做完活之后，为犒劳自己，偶然些许谷米，偶尔些许豆类/为此她要没日没夜的劳作……"放眼16世纪的英国诗坛，这样直面民生疾苦的诗篇可谓绝无仅有。

在亦庄亦谐的书信体诗作中，怀亚特对财富、权势等名词重新作出界定。"如果有毒的荆棘有时开出花朵，"他在致好友书信中写道，"那么认真类推下去，每一种痛苦都与某种财富相连"。至于在宫中争权夺利,诗人认为殊为不智,就如同人站在"滑溜的尖顶",而"能够使他获得救赎的自知之明,则存在于狭窄危险的尖顶范围之外"。因此,诗人宁愿"逃离宫廷/也不愿在君主威严的目光下/过奴隶般的生活"。毫无疑问,在这一时期的诗作中,最感人的是哀悼托马斯·克伦威尔(于1540年因叛国罪遭斩首)的诗篇:"就这样诚挚地向每一个人告别!/斧子就是归宿,你们的头将陈列街头;/我眼里的泪水确实在不断流泻,/我无法写作,我的纸张已经潮透。/尽管天道将因此为你们悲叹哀吟/……/所以不要哭泣,让每个基督徒的心/都为那些将要死去的灵魂祈祷吧/"——从表面上看,这是基督教传统的告别词,但实质上,它更是一首"坦承哀悼叛徒具有政治危险"的讽刺诗。

18世纪英国著名文学批评家托马斯·沃顿(Thomas Warton)赞扬怀亚特此类诗作"带着独立哲学家真诚的愤慨,以及贺拉斯的自由和喜悦",为后世诗人(从弥尔顿到拜伦)树立了榜样。沃顿宣称,怀亚特最值得称道之处不仅在于他"开宗立派的贡献"(指引入十四行诗),还在于他是"英国第一位讽刺诗人"——在当时的历史条件下,"除了卑躬屈膝的奉承,任何建议都只得以委婉的方式向专制君主提出",这也是朝臣怀亚特迫不得已的苦衷。大半个世纪后,当伊丽莎白女王时代的朝臣沃尔特·罗利爵士(Sir Walter Raleigh,1552—1618)被问及,他在《世界史》中为何专写古代的君王而非他自己时代的君王时,这位日后以颠覆罪被詹姆斯一世砍头的历史学家的回答颇耐人寻味:"不管谁写作现代史,都会太过接近身边的事实真相——结果难免遭到反噬。"从这个意义上说,罗利的《英国史》和怀亚特的宫廷诗,其旨趣可谓殊途而同归。

# 谈为瓦格纳辩护（致《常理》主编信）*

■托马斯·曼  杨稚梓译
（译者单位：中国社会科学院外国文学研究所）

先生：

非常感谢您好心寄来贵刊的 11 月号，里面有彼得·费尔埃克的文章《希特勒和理查德·瓦格纳》。您以为，我既然坦言自己欣赏理查德·瓦格纳的艺术，肯定要反对这篇文章，打算提出异议。我得让您失望了。事实上并非如此。我读完了费尔埃克先生的文章，几乎从头到尾都很认同，认为这篇文章特别有意义。据我所知，瓦格纳的天穹和国家社会主义的罪孽之间无可置疑的关联这一令人难堪的纠结事物，通过这篇文章于美国首次得到冷峻透彻的剖析，这将终结不少感伤的天真情愫。这篇文章或许会在一些容易轻信的头脑和心灵中引发恐慌、混乱和幻灭，但此情形正是所有认知一开始都会激起的反应，为了给真理尽忠，我们只得忍受。

在那场时髦的瓦格纳音乐会上，您这位同事听到发言人庄重地对希特勒的德国和瓦格纳的德国加以区分，说后者是属于自由艺术、种族宽容和民主的德国，不禁爆发出一阵苦涩的大笑，我可太理解他这笑的意思了。自由艺术——这个词还算说得过去吧。实际上要称之为非常自由的艺术，这些兼具丰富情感和高超智能的大师之作，出自一位创作音乐戏剧的表演天才之手，当初在那个仍然保持着古典人文主义气氛的世界

---

\* 本文作于 1939 年 11 月 5—11 日，是托马斯·曼对《常理》主编阿尔弗雷德·M. 宾格哈姆的回信。

中，在四面八方激愤的抗议和嘲笑声中胜利地前进，无疑，假如那个时代就有布尔什维克这个词，当时的人肯定会称瓦格纳为文化布尔什维克。但种族宽容从何谈起？民主又从何谈起？这说法简直有些恶意。早在尼采还没有和瓦格纳公开决裂，或许尚自视为瓦格纳的追随者之时，就已经在笔记中写下"名歌手——反文明。德反法"。尼采的话还谈不上笔战，只是个论断，但已经开始从单纯的批判性认识转向直接摒弃瓦格纳的德意志性。"名歌手"注定会成为我们不幸的希特勒先生最喜欢的歌剧，尼采的话让这一事实显得颇有意义。

如果两个人都喜欢同一样东西，其中一人品格低劣——那么这样东西是否也值得考虑？只需看看尼采献给"名歌手"序曲的那篇无与伦比的散文，再去读读《看，这个人》中写《特里斯坦》的著名书页。最早的瓦格纳追随者包括波德莱尔，此人除了《洛恩格林》的作者，还特别喜欢埃德加·爱伦·坡。把这两人放在一起，让德国人听来很不习惯，甚至觉得不可理喻（如果说"德国的"换个说法就是缺乏健全的揣测心理能力），却表明了瓦格纳究竟是什么人，本质是什么样的——除了是位"德国大师"，而且"反对文明"——即，他是位技艺精湛、诡计多端的欧洲艺术家，一个经由浪漫派各色诱惑涤濯、为那些遭受苦难且历经风霜的灵魂带来抚慰、喜悦和迷醉的人，其产品并非偶然地造成了世界影响，除他外，还没有一个拥有崇高名望的德国人有幸收获此般影响力；他还是位创造者，创造了震撼的戏剧幻象供人观看，现代西方世界还无人有过这等创作，又是位神话的编导，非常机智的同时还很热情，而且满腹心机，他鼓舞人心的欲望强烈得无法抑制，把他那个世纪所有情绪元素——无论是革命民主情绪，还是民族主义情绪——都吸纳进自己那一套打动人的方法中，后来的邓南遮把这模仿了两三分。

尼采讲过"双重视野"，称其可以解释瓦格纳巨大的才能，瓦格纳为的是满足自己的抱负，即同时赢得最粗鄙和最高雅之人的青睐。他办到了，结果却是他的一部分崇拜者在另一部分崇拜者的圈子里感到有点不适。他的艺术野心勃勃，意义模棱两可，造成的另一个后果是，所有以其为对象的高水平批评具有同样的双重含义：这样的批评总是少不了要自相矛盾，而且热烈地反讽自身，以独特的方式将陶醉和猜疑组合成篇，让人联想到哲学对"生活"的那种爱，如尼采所说，这就是对女人的那种爱，"会让我们心生怀疑"。

　　瓦格纳是艺术和思想史上最为复杂的意外之一，触及良心最幽深之处，因此也尤为令人着迷，——所以，令我有些吃惊的一点是，费尔埃克先生在其大作中造成了一种假象，仿佛我面对现实情形的可疑问题，显得很是迟钝，还为这样一个过于简单化的观念摇旗呐喊：瓦格纳无疑是"好德国"的代表，跟希特勒先生的坏德国正相反。他摘录了我在一篇演讲中谈瓦格纳那些写艺术哲学的东西时说的话——但摘录得不完全正确，或者说摘录得不全。我当时说的是，瓦格纳写的是艺术家的文章，洞察力敏锐得令人诧异，但也多少是种自我宣传，跟真正伟大的随笔不沾边。至于书写这些"艺术家大作"的德语，以及抛开所有内容不谈，光是作为一篇散文，就无疑有明显的国家社会主义特质的情形，我考虑到分寸，在演讲中对这些闭口不言。毕竟，那是篇给典礼准备的演讲，是阿姆斯特丹和巴黎的几个国外组织为了纪念理查德·瓦格纳逝世50周年，找我约的稿。然而，费尔埃克先生要么忘了，要么不知道，恰好就是33年的这次演讲对我流亡国外，或者确切说，对我不再返回德国起到了决定性作用，因为纳粹盲目的怒火中断了这次演讲引起的热烈反响。演讲中种种微妙之处在那群畜生看来，就像公牛看着红布。可是，无论什么人聊起瓦格纳时，最为必不可少的恰恰正是这种微妙。

　　能否坦言？我觉得费尔埃克先生敏锐的瓦格纳特写中稍微少了点微妙。我指的是爱中的那份细微精深，以及在创作他那天才卓绝、令人惊叹的艺术作品时，虽技艺老练，却激情澎湃且不无私人烙印。瓦格纳曾纯真地将自己的作品惊叹为"奇迹之作"。说到底——这个说法很恰当。再没有更好的话语来描述他那些前无古人的自我宣言，整个艺术创作史上也再没什么更配得上这个说法。也可能是因为，在我们看来，这个词形容的和意指的根本就不是什么绝顶的艺术。我们压根就不会想到，要把其他不可或缺的珍贵文化和灵魂资产——比如《哈姆雷特》，或者《伊菲格妮》，再或者《第九交响曲》——称为"奇迹之作"。可《特里斯坦》的总谱就是一部天才之作——尤其是考虑到这部作品的精髓和"名歌手"接近得不可思议，几乎令人煎熬——而这两者又都只不过是"指环"四部曲那座精雕细琢的思想巨厦建成后的游戏之作。这是真正的才能和天赋喷发而成的作品，一位既深情又醉心于耍机灵的魔术师的创作，深沉严肃的同时勾人心魂。

这是个独一无二且——我们得一次次承认——在精神层面上特别值得批评的案例：诗人和音乐家属性结合在一人身上，于是两种属性都损失了些许纯粹性，变得不一样了，跟寻常情况下的各种诗人和音乐家都不一样，无论高超还是庸碌。瓦格纳是当了诗人的音乐家，又是当了音乐家的诗人；他和诗的关系就是音乐家和诗的关系，于是，音乐迫使他的语言回归一种原始状态，如果没有音乐，他的戏剧就只能算半部诗作；而他和音乐的关联也并非单纯的只有音乐，还有诗的意味，因为他音乐中的精神，即音乐的象征意义、其内涵的魅力和令人着迷的外部关联，对他和音乐的关系至关重要。他这两性同体的天赋升华出非常宏伟的结果，滋养出《尼伯龙根指环》——这部作品自成一派，看似脱离了整个现代范畴，实际上设计精细，意识清醒，戏剧媒介成熟发达，确是彻头彻尾的现代作品，而其中的激情和浪漫派的革命意志又是原初的：这是一首由音乐和预示未来的自然力量连生而成的世界之诗，由此在的原初元素操纵，日和夜在其中对话，人类的两种神话原型，即一头金发、明朗快活之人，以及满心仇恨、怨毒和叛逆的冥思者，二者在含义深奥的童话情节中碰面。这创作的非凡在于史诗式的极端主义，我永远不会忘记它带给我的激动：那是溯源的极端主义，它要回归万物的太初源头，回溯到最初那颗细胞，回到序曲的第一个大字二组降 E，着了魔似的要创建音乐宇宙进化论，甚至开创一方音乐宇宙，把玄妙的有机生命赋予这个宇宙——这是首声势浩大的视觉诗，讲述世界的最初和终末。人们会说诗性和音乐性混杂在一起就是招摇撞骗，毫不纯粹：这话我同意。有时候该同意的都可以同意，却仍有某种动人之处压倒一切。瓦格纳诗的物质世界和音乐之间双线平行，于是史诗中的太初同时也是音乐的开端：音乐的神话和世界的神话交织在一起。神话哲学和一首音乐的创世诗生长成型，供我们的感官汲取，从流淌的莱茵河深处的降 E 大调三和弦开始，一个纷繁芜杂的符号世界延展开来。

这是一部极为典型的德意志作品——如果联想到费尔埃克先生揭露的情形，这个说法令人不安。它会把我们和某些如今不得不急切撇清的东西画上等号。然而真相是：这部作品只可能源自德意志精神。或许——但不一定——犹太血脉也有份：这种艺术的某些特点——它的感官性和智能性就是明证。但这种艺术仍然首先是德意志的，而且是极其德意志的。这是德意志对 19 世纪雄伟艺术的贡献，在别的民族，这种艺术主要体现为厚重的长篇社会小说这一形式。狄更斯、萨克雷、托尔斯泰、陀思妥耶夫斯基、巴尔扎克、左拉——他们的作品如出一辙地堆砌着对高尚道义的倾慕，那些都是欧洲的 19 世纪，一个属于文学和社会批判的社会性世界。而德意志贡献出的那一份，即这种雄伟在德国的体现形式和社会完全无关，也无意跟它沾边；因为社会属性的东西缺乏音乐性，甚至成不了艺术。只有神话式的纯粹人性才能成为艺术，那是自然和心灵谱写的原初之诗，超越了历史，摆脱了时间，这才是德意志精神想要的，这是它的本能，早在每一种有意识的决断定下前就已经注定。比如，《尼伯龙根指环》和象征自然主义小说"卢贡·马尔卡家族"系列在时代心理方面要多相同有多相同，但两者间有着本质且典型的民族差异，即法国作品的社会精神，德国作品则拥有神话和原诗精神。判断出这种差异后，"什么是德意志"这个复杂纠结的老问题或许就有了一个非常简明的答案。德意志精神在社会和政治方面很没有意思，它从根基上就与这些领域毫无关联。但它取得的成就让人不能把这一事实贬低为单纯的负面。然而，这种状况仍然算作空白、欠缺和匮乏，确实，在那些特别社会化和政治化的时代，比如在我们这个时代，社会性和政治性的匮乏即便往往会带来丰硕成果，却也会增加一种危险的，甚至灾难性的色彩，面对种种时代问题，它会尝试寻找解答，可这样的尝试无非转身回避，其特征就是用神话替代品取代现实社会事物。这说的可就是国家社会主义。

国家社会主义指的就是："我压根不要思考社会，我要民间童话。"

自然，这是用最温和、最具思想性的措辞来讲述国家社会主义。另外，国家社会主义之所以——在现实中肮脏野蛮，是因为，童话进了政治领域，就成了谎言。

国家社会主义在实证体验上卑鄙得无以言说，却是德意志精神神话式的非政治属性产生的悲剧后果。——如您所见，我比费尔埃克先生更进一步。我不仅在瓦格纳可疑的"文学"中看出了纳粹元素，还在他的"音乐"中发现了这些，在他那同样——尽管在一种高雅些的意义上——可疑的作品中——即便我曾经那样热爱那些作品，直到今天，一旦来自那交错关联的世界中的单独一个音传到我的耳朵里，我都会浑身颤抖地侧耳倾听。这些作品让听者产生的热忱，即那种攫取人身心的壮丽之感，只能用暮色中的高山之巅，或澎湃的大海这类最伟大的自然之景在我们心中激起的感受来形容——即便这些也不能让我们忘记，瓦格纳的作品被创作出来，就是为了"反对文明"、反对整个文化以及自文艺复兴时期盛行于世的人文修养，它们和希特勒主义如出一辙地脱离了市民人文主义时代；这些作品里都是"瓦戈拉维亚"[①] 和头韵，糅合原始和未来，呼吁消除阶级，回归人民，还搞出神话式反革命的革命主义，这些正是"超政治"运动的精神雏形，后者如今造就了这个世界的恐慌，一旦露出成为欧洲现实社会新秩序的苗头，就一定要被打倒。

咱们可别被蒙蔽了，国家社会主义一定要被打倒，不幸的是，实际上如今人们说的是，德国一定要被打倒。可在某种非常特定的意义上，这话说的是同一个意思，包括在精神上也是如此。因为只有一个德国，而非两个，并没有一个坏德国和一个好德国，希特勒无论多么卑鄙可耻，也不是偶然，如果没有比通货膨胀、高失业率、资本主义投机倒把和政治阴谋埋藏更深的心理前提条件，是永远不会出现希特勒这种人的。不过，确实，所有民族都不是一直只有一副面孔，它们恒定的特性会表现成什么样子，这要看时代和环境。如今，德国显出一副可怕的样子。它成了世界的灾星——不是因为它"坏"，而恰恰是因为它同时也"好"，

---

① 《尼伯龙根指环》中的拟声词。

盎格鲁-撒克逊人的幽默感会觉得这个事实很合心意,它借了不起的哈罗德·尼科尔森之口说:"德国人的性格是人类天性最好也最令人不便的演绎之一。"

德国必须被打倒,意思是:德国有必要把一切——甚至包括那些隐藏在合群友善的特质中、来自过去数个世纪的传统遗产——都重新激活,只有这样,才能让自己跻身于欧洲联盟和国家共同体中,现在欧洲已经到了建立联盟之时,为此需要每个民族牺牲国家的独立自主和民族利己主义。这场战争会向对德国有好处的方向进行——眼下,德国可能还看不清这一点。这场战争将会造就一种新形势,德国将会从权力政治的诅咒中解放出来,权力政治让它遭受的损失远比其他民族更甚;欧洲将会得到和平,去政治化,德国只有处于这样的氛围之中才能强盛幸福,因为它会退还自己的杰作,换回政治上的无瑕,退还别人对这些杰作的赞叹,换回良心的安宁,不用继续叹息:德国伟大,德国壮美,但"反文明"。

您忠诚的,
托马斯·曼

# 何为小说?*

■特里·伊格尔顿　周　颖译
(译者单位：中国社会科学院外国文学研究所)

　　小说是一部长度合理的散文体虚构作品。即使如此没有约束力的界定，也依然面临重重限制。并非所有小说都以散文写成，有诗歌体小说，譬如普希金的《尤金·奥涅金》，又如维克拉姆·塞斯的《金门》。而说到虚构，虚构和事实之间并非总有一条明晰的界限。还有，什么才能算作合理的长度？中篇（novella）或长一点的短篇故事在哪个点上就变成了小说（novel）？安德烈·纪德的《背德者》通常被称为小说，安东·契诃夫的《决斗》被称为短篇故事，而两者长度其实不相上下。

　　事实是，小说是一种抵制精确界定的体裁。这个说法本身并没有什么异乎寻常，因为许多现象——比如说游戏或"毛发旺盛"——也抵制精确定义。很难说你得有多像猿猴，才有资格被称为"毛发旺盛"的。要点在于，小说不仅逃避定义，而且积极颠覆定义。与其说它是一种体裁，不如说它是一种反体裁。它吞噬其他文学模式，将其碎片杂糅连缀到一起。你可以在小说中找到诗歌和戏剧对白，还可以找到史诗、田园诗、讽刺诗、历史、挽歌、悲剧和任何一种文学模式。弗吉尼亚·伍尔夫称它为"所有文学形式中最柔韧可塑的一种"。小说引用、戏仿、改变其他体裁，像俄狄浦斯复仇那样，将其文学祖先转化为构成它自己的微不足道的元素。它是文学体裁中的女王，只是远没有我们在白金汉宫周围听到的那个词那么高贵的含义。

---

\* 选自 Terry Eagleton, *The English Novel*, Oxford: Blackwell Publishing, 2005。本文为此书导论。

小说是一个强大的熔炉，是纯种文学里的"杂种犬"。它似乎无所不能——可以连着八百页侦查一个人的意识，可以讲述一颗洋葱的冒险，可以记录一个家族超过六代的历史，也可以再现拿破仑战争。如果它是一种与中产阶级特别相关的形式，部分原因在于该阶级以完全不受约束的梦想为其核心理念。在一个上帝已经死亡的世界里，所有一切——正如陀思妥耶夫斯基所说——都是允许的；在一个旧的专制秩序已经死亡、中产阶级胜利统治的世界里，也是这样。小说是一种没有规则的体裁，因为它以不设规则为规则。无政府主义者不仅是破规逾矩的人，而且是以破规逾矩为其规矩的人。小说之所为，大抵如此。神话周期性地复现，小说则令人兴奋地不可预测地出现。小说的形式与母题，其库存固然有个限度，却仍然十分充足，令人意想不到地充足。

既然"何为小说"很难界定，这种形式发端于何时，也就不好说了。首位小说家的合理候选人，有几名作家被提名，其中就包括米格尔·德·塞万提斯和丹尼尔·笛福，但辨别起源的游戏总是要冒风险的。如果演说者宣称剪纸是1905年发明的，坐在大厅后排的听众总会有人站出来宣布，某个伊特鲁里亚古墓里刚刚出土了一幅剪纸。俄罗斯文化理论家米哈伊尔·巴赫金将小说追溯到罗马帝国和古希腊的罗曼司，而玛格丽特·安妮·杜迪也在《小说的真实故事》中将其起源定位到古代地中海文化。[①] 诚然，如果你对汽车的定义足够复杂详尽，那么将宝马追溯到古罗马战车并不难。（这也可以解释为何发布了那么多草率的关于小说消亡的宣言。而它们通常是暗示，一种小说已经销声匿迹，另一种已经生成并取而代之。）即便如此，在古代确实可以发现类似小说的东西。而在现代，正如我们所见，它与中产阶级的兴起有关，但究竟在什么时候呢？有些历史学家可能会愿意追溯到12世纪或13世纪。

多数评论家都同意，小说起源于我们称为"罗曼司"的那种文学形式。事实上，这是它从未完全斩断的根。小说是罗曼司——却是不得不

---

① Margaret Anne Doody, *The True Story of the Novel*, New Brunswick, NJ: Rutgers University Press, 1997.

与庸常乏味的现代文明世界达成妥协的罗曼司。它保留了罗曼司的英雄与恶棍、愿望满足和童话结局，但现在所有这些必须在性和财产、金钱和婚姻、社会流动性和核心家庭的范围内才能被理解被实现。有人会声称，性和财产从头到尾都是现代小说的主题。故而，从笛福到伍尔夫的英语小说仍然是一种罗曼司。事实上，如果你像维多利亚时代的小说家那样，想从现代世界的重重困扰中变出一个幸福结局来，那么也只有罗曼司的神奇装置堪当此任了。在勃朗特姐妹、乔治·艾略特、哈代和亨利·詹姆斯的作品里，你可以看到，诸如神话、寓言、民间故事和罗曼司之类的"前现代"形式的遗迹与现实主义、报告文学、心理调查等"现代"形式交织在一起。然而，如果小说是一部罗曼司，那么它是一部去魅的罗曼司，绝不会从受挫的欲望和难以驯服的现实中汲取教益。

罗曼司充满了奇迹，现代小说则透着不折不扣的尘俗味。它描绘的是一个俗世的、经验的世界，而不是一个神秘或形而上的世界。它的重心在文化，而不在自然或超自然之物。它对抽象和永恒怀有戒心，却深信它能触摸、品尝和把握的东西。它也许仍然保留一些宗教信仰，却像酒吧老板一样害怕宗教辩论。小说呈现给我们的，是一段流动、具体、开放的历史，而非一个富有象征意义的封闭宇宙。时间和叙事是它的本质。在现代，不可改变的东西越来越少，每一个现象，包括自我在内，究其本源似乎都是历史的产物。小说是历史贯穿始终的形式。

正如塞万提斯的《堂吉诃德》所表明的，这一切与罗曼司判若云泥。《堂吉诃德》有时被误称为第一部小说，实际上与其称它为小说体裁的源头，不如说它是关于小说起源的一部小说。因此，这是一部特别自恋的作品——当堂吉诃德和桑丘·潘沙撞见真正读过他们的角色时，这个事实变得喜剧化地明显了。塞万提斯的杰作向我们展示了当罗曼司的理想主义以堂吉诃德的骑士幻想的形式与现实世界相互冲突时，小说是如何形成的。塞万提斯并非第一个以这种方式挑战罗曼司的作者：流浪汉小说以阴郁笔调刻画街头混混的反英雄主义，至少在塞万提斯提笔创作之前就暗示了这种笔法。但《堂吉诃德》确实是以罗曼司和现实主义之间的这类冲突为主旨，从而将形式问题化为主题问题的一部作品。

如果说罗曼司的理想主义和祛魅的现实主义还有交集，那就是战争。没有哪个现象引发如此多浮夸的言论、如此多苦涩的反感。而塞万提斯的小说，具有同战争几乎一样的交汇效果。因阅读太多罗曼司而导致疯疯癫癫的堂吉诃德，是照着书本来构想生活的，而现实主义呢，则是照着生活来构想书本。正如他们所说，他活在书里，说话也照书里人物的模样；但既然他确实是书中的一个角色，这幻想又是现实。于是，小说在其生命的肇始，除了表现出其他特征，还表现出对罗曼司的讽刺，因此也是一种反文学。它从头脑冷静的现实主义角度出发，讽刺、挖苦了修辞和幻想。然而，小说本身又是修辞和幻想，这就成了滑稽的自相矛盾。塞万提斯支持世人反对书本，但他是在一本书里这么做的。小说家嘲笑文学语言，乃五十步笑百步的经典案例。那种为"生活"大声疾呼而厉声反对"文学"的小说，就如同操着科克尼口音①说话的伯爵一样恶意满满。

塞万提斯向我们保证，他将给我们这种"干净而朴素"的历史，不会使用文学惯常运用的繁复曲折的装饰手段。但干净而朴素的风格也是一种风格，和其他风格一样。认为某些语言在字面上比其他语言更接近现实世界，这是错误的想法。"疯子"（Nutter）绝不比"新皈依者"（neophyte）更接近现实世界。它可能更接近于日常用语，但那是另一码事。语言和现实之间，不是一个空间的关系。不是说一些词是自由飘浮的，另一些词则紧紧粘在物质客体上。再说，一个作家的干净朴素可能是另一个作家的辞藻华丽。同样，有些现实主义小说似乎相信，（比如说），吹风机比阐释现象学更真实。吹风机可能更有用，但两者之间的区别不是现实程度的差异。

于是，跻身首批伟大小说行列的小说告诫我们远离小说，阅读小说可能让你发疯。事实上，导致疯狂的不是小说，而是遗忘了小说的虚构性。问题出在将小说与现实混为一谈，像堂吉诃德那样。知道自己是虚构的小说是完全理智的。从这个意义上说，反讽乃是我们的救星。与堂

---

① Cockney accent：指英国伦敦的工人阶级尤其指东伦敦以及当地民众使用的方言。——译者注

吉诃德不同，塞万提斯并不指望我们从字面义去理解他的创作，尤其是他创造出来的那个被称为堂吉诃德的人物。他并不想愚弄我们。小说家不会撒谎，因为他们不会异想天开，以为我们会当他们是真理讲述者。他们不会撒谎，就好比某啤酒广告——"满血复活，非它不可"——不是谎言一样，尽管这口号也不是真理。

《堂吉诃德》第一部分有个旅馆老板，他发表评论，印制罗曼司是无伤大体的，因为绝不会有人傻到要拿它们当真实历史。《堂吉诃德》本身确实充盈着罗曼司元素，可罗曼司并不像旅馆老板建议的那样无害，它确实是一种危险的自恋，置身其中（正如堂吉诃德一度评论的那样）你可以仅仅因为你想要相信一个女人贞洁和美丽，你就能相信她是贞洁和美丽的，根本无须考虑事情的本来面目。罗曼司的理想主义听上去发人深省，但它实际上是一种利己主义形式，在其中世界成为你手中的黏土，随你搓揉成什么模样。幻想听上去很诱人，本质上却是一种任性的个人主义，坚持要随心所欲地雕刻这个世界。它拒绝承认现实主义最坚持的理念：现实会拒不服从我们的欲望，会以顽固的惯性阻拦我们对它的野心。反现实主义者是那些走不出自己头脑的人。这是一种道德上的散光。只不过颇为反讽的是，堂吉诃德自己错误的个人主义，采取的形式却是献身于封建秩序的集体仪式和忠诚品质。

理想主义有令人钦佩的元素——堂吉诃德自己的理想就包括济贫拔苦、周急解困——但也有荒谬的成分。因此，问题不仅仅在于做愤世嫉俗者而不做理想主义者，还在于既要维护理想，又要击破它的幻想。那些看不清世界的人可能会对它造成巨大的伤害。文学的、道德的以及认识论的现实主义全部巧妙地关联在一起。在堂吉诃德的案例中，幻想绝对与社会特权有关。一个可以把平民妇女误认作高贵少女的男人，也是一个认为世人有义务照顾他的人。权力的骨子里充斥着幻想。而幻想的骨子里也充斥着商业气息——它是一种"可出售的商品"，正如牧师在小说第一部分中向咏仪司铎指出的那样。奇迹和市场互不陌生。幻想为了谋取私利操纵现实，而现实以商业出版的形式，为了自身利益操纵幻想。

现实主义不受欢迎，看起来是因为普通读者喜欢异域风情和夸张的东西。反讽的是，小说作为一种形式与普通生活紧密结合，普通人自己却宁愿要怪物和奇迹。堂吉诃德的骑士幻觉乃民间迷信在上层阶级中的翻版。普通人不愿在艺术的镜子中看到自己的本来面目。因为普通的生活，他们在工作的时候已有足够的体会，不想再把闲暇时间搭进去，对它来一番仔细的推敲。劳工比律师更容易耽于幻想。塞万提斯的牧师意识到，劳动群众既需要面包和工作，也需要马戏团和娱乐，他认为，他们需要看戏，但这戏得经过审查，剔除其中最荒诞不经的内容。事实是，只有那些有文化的精英，才愿意自己的艺术是真实可信、忠于自然的。正因为如此，塞万提斯通过坚持写作的逼真性，坚持——用咏仪司铎的话来说——"可能性和模仿"原则，同时通过创造一个用行动演绎幻想的主人公，来巧妙地提供吸引群众的幻想，从而为自己赢得严肃的文学地位。

假如小说是肯定普通生活的体裁，那么它也是价值观最多元、冲突最剧烈的形式。笛福到伍尔夫的小说是现代性的产物，而现代性是我们甚至在基本面上都无法达成一致的时期。我们的价值观和信仰支离破碎，相互抵牾，小说反映了这一状况。它是最混合的文学形式，是不同声音、语言和信仰体系不断碰撞的空间。正因为如此，没有哪一个声音、哪一种话语、哪一套信仰体系，不经挣扎就可以占据主导地位。现实主义小说经常鼎力支持某种特定的看待世界的方式，但它的形式却是"相对化"的，它从一个视角转移到另一个视角，依次将叙事交给各色人物，并通过如此生动的展现使那些本来令我们感到不舒服的场景和人物赢得了我们的同情。事实上，这也是该形式最初遭遇如此多怀疑的一个原因。充满想象力的现实主义可以令恶魔本人成为欢乐的伙伴。

对米哈伊尔·巴赫金来说，小说往往起起落落，宛如一条蜿蜒穿过石灰岩景观区的河流。他指出，每当一个集权制的文学、语言和政治权威开始崩溃时，你就会发现它。[①] 正是话语和意识形态中心不再发挥作

---

[①] 巴赫金论小说，参见 Caryl Emerson and Michael Holquist (eds), *The Dialogical Imagination: Four Essays by M. M. Bakhtin*, Austin, TX: University of Texas Press, 1981。关于巴赫金最好的总体性研究，参见 Ken Hirschkop, *Mikhail Bakhtin: An Aesthetic for Democracy*, Oxford: Oxford University Press, 1999。

用的时期——比如希腊化时期的希腊、罗马帝国或中世纪教会衰落时期——巴赫金发现小说就会出现。单一的政治、语言和文化形式让位于巴赫金所谓的"杂语"或语言多样性,首先以小说为代表。于是在他看来,小说本身是反规范的,它是一种特立独行的形式,对所有专制主义的真理主张都报以怀疑态度。毫无疑问,这听上去让它本身颇具颠覆性。毕竟,《曼斯菲尔德庄园》并没有太多的独行其是者,《海浪》也没有太多的语言多样性。不论在哪种情况下,并非所有的多样性都是激进的,也并非所有的权威都是压迫性的。不过,巴赫金认为小说从文化之流中涌现出来,流淌着其他形式的痕迹和碎片,这当然是十分正确的见解。它寄生在"更高"文化生命形式的残刍败屑上,这意味着它只有一个否定的身份。杂糅了各种语言和生活形式,它成为现代社会的一个范式,而不仅仅是对现代社会的一种反思。

黑格尔将小说视为平庸的现代世界的史诗。小说在多数情况下缺乏史诗的超自然维度,却完全拥有史诗的广阔视野和纷纭人物。它对叙事、戏剧动作和物质世界持有浓厚的兴趣,这点也很像古典史诗。所不同者,它是当下而不是过去的话语。小说,正如其名字所暗示的,首先是一种当代的形式。在这个意义上,它更接近于《泰晤士报》而不是《荷马史诗》。当它转向过去时,往往会视过去为当下的前史。即使是历史小说,通常也是对现在的间接反映。小说是被自身的日常生活所迷醉的文明神话。它既不落后于时代,也不领先于时代,而是与之并肩同行。它反映着时代,是不抱病态的怀旧情绪,也是不抱虚幻的希望。从这个意义上说,文学现实主义也是道德现实主义。这种对怀旧和乌托邦的拒绝意味着现实主义小说,从政治的角度看,在多数情况下既不是反动的,也不是革命性的。事实上,它在精神上是典型的改良派。它致力于当下,却是一个总处于变化过程中的当下。它是一个此世而非彼世的现象,但由于变化是此世的一部分,所以,它也不会是一个把目光投向过去的现象。

如果小说不论有何种古老的血统,仍然是一种独特的现代形式,部分原因是它拒绝被过去羁绊。成为"现代",意味着将十分钟前发生的一切都降格为过去。现代性是唯一以十分贫乏的方式,通过其当下性

（up-to-datedness），来真正界定自己的时代，像一个叛逆的青少年，现代的界定是通过与其父母即传统的彻底决裂来实现的。如果这是一次解放的经历，也可能是一次充满创伤的经历。它是打破传统模式的形式。习俗、神话、自然、远古、宗教或共同体提供的范式，通通不能再依赖。小说与一种新型个人主义的兴起紧密相关，而这种个人主义发现，所有上述集体范式过于束手束脚。史诗没有作者署名，小说却带有被称作"风格"的作家个人的印记。它对传统模式的厌烦也与多元主义的兴起有关，因为价值观变得过于多样化而无从统一。价值观越多，价值本身就越成为问题。

小说与现代科学同时诞生，分享了科学的清醒、世俗、冷静和探索精神，同时分享了科学对古典权威的怀疑。但这意味着，由于缺乏自身之外的权威，它必须在自身中找到它。挣脱了所有传统的权威来源后，它必须自我授权。如今权威的意思不再是让你随顺某个起源，而是让你自己成为起源。

这具有新鲜独创的魅力，正如"小说"一词所暗示的。但这也意味着小说的权威仅仅立足于自身，使得它岌岌可危。从这个意义上说，小说是现代人类主体的标志。它也是"原创"的——在现代男人女人应该主宰他们自己存在的意义上。你是谁不再由亲属关系、传统或社会地位决定；而成了一件由你自己来决定的事情。现代主体，就像现代小说里的主人公，在前行的过程中形塑自己。他们以自我为根基，自我决定，这就是他们自由的意义所在。然而，这是一种脆弱的、消极的自由，除了它本身之外，缺乏任何保证。现实世界中没有什么可以支撑它。绝对价值已经从现代世界蒸发消失，这恰恰是导致无限自由的原因，也是使这种自由如此空虚的原因。如果一切都被允许，那只是因为没有什么比其他东西更富有内在价值。

我们已经看到，小说和史诗对待过去的态度迥然有别。但它们之间有一个关键区别。史诗涉及贵族和战争英雄的世界，小说则涉及平民百姓的生活。后者是伟大的备受欢迎的体裁，一种讲着人民语言的主流文学形式。它是伟大的民间文学艺术，利用的是日常语言而不是专门的文学语言的资源。它不是第一个让老百姓登台亮相的文学形式，却是第一个始终如一地严肃对待他们的文学形式。小说在我们当代的版本无疑是肥皂剧，我们喜欢它，与其说是因为偶一为之的戏剧性情节突转，不如说是因为我们发现熟悉和日常本身就是一种奇妙的魔力来源。《伦敦东区人》①就是《摩尔·弗兰德斯》在现代的翻版。电视真人秀节目令人难以置信的流行——只是某个人连着数个小时在厨房里无须费任何脑筋地悠然自得地烧饭——表明了一个有趣的事实：我们当中许多人发现常规和重复的乐趣比冒险的刺激具有更大的诱惑力。

日常生活富有价值，这是埃里克·奥尔巴赫的《摹仿论》②——有史以来最伟大的文学研究著作之一——的主题。对奥尔巴赫来说，现实主义是认为男人和女人的日常生活本身就极具价值的文学形式。英语创作中的最早例证之一，可以追溯到华兹华斯和柯勒律治的《抒情歌谣集》。无论这些歌谣以何等理想化的形式写成，它们都主张普通生活是创造力的源泉。对于奥尔巴赫，小说在诞生初期就是一种民主艺术，敌视在他看来是静态、等级化、去历史化、排外的古典艺术。采用沃尔特·本雅明的术语，这种艺术形式摧毁了紧紧附着于古典艺术作品之上并使之保持距离和庄严的"光晕"，使生活更贴近我们，而不是将它提升到我们无法企及的高度。《摹仿论》论及的作者，因粗野、生猛、庸俗、有活力、大众化、怪诞荒谬和具有历史意识而备受好评，并因非写实、精英化、理想化、模式化和僵硬停滞而受到巧妙的抨击。

因此，奥尔巴赫认为，古典时期的文化没有认真对待普通人。它们与《新约》之类的文本形成鲜明对比，后者赋予彼得这样的卑微渔民以潜在的悲剧地位。根据哲学家查尔斯·泰勒的观点，日常生活本身就是珍贵的，这是基督教首次引入的革命性观念。③恰如奥尔巴赫所说，正

---

① 英国电视肥皂剧，1985 年在英国广播公司第一台播出，讲述伦敦东区某广场周围居民的琐碎人生。——译者注

② Eric Auerbach, *Mimesis: The Representation of Reality in Western Literature*, trans. W. R. Trask, Princeton, NJ: Princeton University Press, 1953.

③ Charles Taylor, *The Source of the Self*, Cambridge, MA: Harvard University Press, 1989, Part 3.

是基督教福音，以上帝在穷苦人身上道成肉身的形象，以颠倒高低的狂欢式反转，为现实主义擢升平凡提供了资源。对基督教来说，救赎是一个端看你是否访贫济苦的平淡事件，而不是什么深奥难懂的宗教习俗。耶稣乃是一则关于弥赛亚的病态笑话，而他骑着驴子作为政治犯走向肮脏龌龊的死亡，那是对君王出巡礼仪阵仗的戏拟。

因此，随着现实主义的降临，普通人早在他们亮相于政治舞台之前就集体登上了文学舞台。这是人类历史上的重大事件之一，我们现在有些随意对待，认为这是理所当然。我们很难想象自己再倒退回到那种比如说父母与孩子的关系与日常经济生活几乎毫无艺术价值的文化。奥尔巴赫，一个躲避希特勒政府的犹太难民，在流亡伊斯坦布尔期间写出了这部关于小说的书，与此同时，巴赫金作为苏联斯大林时期的持不同政见者，也在撰写关于小说的书。两人都在小说中看到了平民对专制权力的反击。在巴赫金看来，平民文化在古代、中世纪和现代分别培育着现实主义形式；这些最终以小说的形式冲破封锁，进入了"高雅"文学的主流。

这些主张存在一些问题。其中一个是，现实主义和小说不是一回事。正如奥尔巴赫意识到的，并非所有的现实主义都呈现为小说的形式，也并非所有小说都是现实主义的。并非所有小说令人联想到平民的活力。奈特利先生或达洛维夫人的指甲缝里可没有多少泥土。不论在哪种情况下，庸常绝非总意味着颠覆。一件艺术作品，并非仅仅因它描写了平民百姓的经历，就一定是激进的。有时我们觉得，那种掀开贫困和肮脏的盖子，向受庇护的中产阶级暴露黑社会的恐怖的现实主义，必然具有破坏性。但这里隐含的假设是，人们对社会剥削不敏感，仅仅只是因为他们没有意识到，这实在是太仁慈的看法。"逼真"（忠实于生活）意义上的现实主义，并不必然是革命性的。正如贝尔托·布莱希特所说，把工厂搬上舞台上，不会向你暴露任何跟资本主义相关的事情。

如果现实主义意味着以其本来面目展示世界，而不管古埃及祭司或中世纪骑士如何思考它，那么我们的麻烦也随之而来，因为世界是什么模样，是一个引发激烈争论的话题。假设未来某个文明发现了一本塞缪尔·贝克特讲述两个老年人坐在垃圾箱里打发时间的《终局》，他们无法仅仅通过阅读文本来分辨这是现实主义的还是非现实主义的作品。他们必须知道，比方说，将老人藏在垃圾箱里是否属于20世纪中期欧洲老年医学实践的通行做法。

  称某物为"现实主义的"，就是承认它不是真正的物（not the real thing）。假牙可以是现实主义的，外事办公室却不是。后现代文化在忠实于一个由事物表面、分裂主体和随机感受组成的超现实世界的意义上，可以说是现实主义的。现实主义艺术是一种诡计，像其他任何门类的艺术一样。一个想听起来像现实主义者的作家，可能会写下这样的句子："一个面色红润的踩单车的人摇摇晃晃地从他们身边经过"，而她本来可以很轻松地写下"一个长着胡萝卜颜色头发的男孩从花园栅栏底下爬出来，吹着不着调的口哨"。从情节的角度来看，这些细节可以完全是无厘头；它们在那里，只是为了发出"这是现实主义"的信号。它们拥有——如亨利·詹姆斯所说——"现实的气息"。从这个意义上说，现实主义是精心策划的偶发事件。这种形式寻求与世界如此彻底的融合，以至于它作为艺术的身份被压了下去。好像它的表象已变得如此透明，以至于我们可以通过它们直视现实本身。最终的表象看上去与它所表征的对象合二为一。但具有反讽意味的是，它根本不再可能是一个表象。如果一个诗人使用的词语不知为何"变成"苹果和李子，那么他也就不再是诗人，而变成了水果贩子。

  对于某些评论家而言，艺术中的现实主义比现实本身更真实，因为它可以展示这个世界免除错误和偶发事件后大致是一副什么模样。现实，作为一个混乱、不完美的事件，往往达不到我们对它的预期，就像它让罗伯特·麦克斯韦①沉入海底而不是挺立于码头一样。简·奥斯丁绝不会容忍这样拙劣的结尾，查尔斯·狄更斯也不会。在一通无可解释的笨拙操作后，历史竟然允许亨利·基辛格被授予诺贝尔和平奖，这一事件

---

① 英国报业巨子，拥有多家报纸、杂志、出版公司，其中《每日镜报》《伦敦每日新闻报》均为英国很有影响力的报刊。1991年11月，猝死于豪华游艇上。——译者注

如此骇人地超现实,以至于任何有自尊的现实主义小说家根本想不出这样的桥段,除了把它当一则黑色幽默来理解。

因此,声称现实主义代表"真实生活"或"普通人的经验",是危险的做法。这两个概念都太有争议了,不能这样随意使用。现实主义是一个涉及表征的问题;你不能拿表象与现实相比较,来查验这些表象有多现实,因为我们所说的"现实"本身就涉及表征的问题。那么,究竟是什么让"现实主义者"的表象如此令人印象深刻?为什么看到跟猪排一模一样的形象时,我们会如此震撼?毫无疑问,部分原因是我们仰慕那种制造相似性的技艺。但或许也是因为我们迷恋镜像映射和成双成对的东西,这种迷恋潜伏在人类心灵深处,是魔法的根源。从这个意义上说,现实主义,被奥尔巴赫认为是最成熟的形式,也可能是最倒退的一种形式。被人们当成魔法与奥义之替代物的那种东西,本身可能就是魔法与奥义的一个典型例证。

并非所有小说都是现实主义的,但现实主义确实是现代英语小说的主导风格,它也是这么多种批判的标尺。当"现实"具有可信的、生动的、圆形的、心理复杂的含义时,不现实的文学人物得到的评价通常很低。我们不清楚这会把索福克勒斯的忒瑞西阿斯、《麦克白》的女巫、弥尔顿的上帝、斯威夫特的格列佛、狄更斯的费金或贝克特的波卓置于何地。现实主义是与上升中的中产阶级意气相投的艺术:中产阶级对物质世界的喜爱,对形式、礼仪和形而上学的不耐烦,对个体自我的永不满足的好奇心,对历史进步的坚定信念,现实主义统统都有。伊恩·瓦特在其经典著作《小说的兴起》[①] 中认为所有这些都是现代英语小说在18世纪出现的原因。他还援引了中产阶级的个体心理学兴趣,其世俗和经验主义的世界观以及它对具体和特殊事物的倾心热爱等证据。还应指出,小说就仪式而言,不是什么"应景"的形式,不像那些假面剧、颂歌或挽歌,是为特殊场合——也许是为贵族赞助人——而撰写。这也是

---

① Ian Watt, *The Rise of the Novels: Studies in Defoe, Richardson and Fielding*, Harmondworth, UK: Penguin, 1966.

它平常身份而非贵族身份的一个标志。

对于许多18世纪的评论家来说,"何为小说?"这一问题的答案也许是:"只适合仆人和女性的垃圾虚构作品。"照这个定义,杰基·柯林斯写的是小说,威廉·戈尔丁写的却不是。对于这些早期的评论家,小说与其说像《泰晤士报》,不如说它像《世界新闻》。它也像一份报纸,因为它是你通常只购买和阅读一次的商品,这与更传统的做法——拥有一批你可以反复阅读的陶冶性情的作品——恰成鲜明对比。小说属于讲求速度、昙花一现、用后即弃的新世界,就像电子邮件在手写通信中的作用。"小说"意味着耸人听闻的幻觉,这也是像亨利·菲尔丁和塞缪尔·理查逊这样的作家称自己作品为"历史"的一个原因。

总的说来,18世纪的绅士们并不怎么注重新奇事物,因为在他们看来,秩序良好的人类生活所必需的少数真理早已昭然可见。因此,新来者不是假冒伪劣就是琐屑无趣。一切被正式认可的事物也是值得尊敬的。而小说不是什么"文学",当然也不是什么"艺术"。假装叙事与真实生活息息相关——你在一堆发霉的信件或手稿中偶然发现了它——不过是表明它并非罗曼司垃圾的一种方式罢了。即使你的主张没有被认真对待,让你提出这种主张来,就已经是认真对待了。

最终,英语小说通过塑造一系列光辉的女性形象——从克拉丽莎·哈娄、爱玛·伍德豪斯到莫莉·布鲁姆、拉姆齐夫人,狠狠报复了那些认为它只适合女性而摒弃它的人。它还产生了一批杰出的女性小说家。作为一种文学形式,它的地位随着诗歌日益私人化而变得越来越重要。大约在雪莱和斯温伯恩之间的时代,诗歌不再是一种公共体裁,其道德和社会功能在新的文学分工中传递给小说。迨及19世纪中叶,"诗歌"一词或多或少已成为内在、个人、精神或心理的同义词,其演变方式无疑会令但丁、弥尔顿和教皇大为惊讶。诗歌现在被重新定义为社会、话语、教义和概念——所有这些都被降级为散文虚构——的对立面。小说照管外部世界,而诗歌应对内部世界。这样一个区分,应该是亨利·菲尔丁——更不用说本·琼森——理解不了的。两种形式之间的距离本身反映出公共领域和私人领域之间的日益疏离。

诗歌的问题在于，随着工业资本主义社会开始定义它，它似乎越来越远离"生活"。由保险公司和大规模生产的肉馅饼构成的世界，不会给抒情诗留下突出的位置。"诗歌正义"这个短语其实指的是我们根本不指望在现实生活中实现的那种正义。可是，小说贴近社会现实，也同样存在问题。如果小说是"生活的一部分"，它如何能传授我们更普遍的真理呢？对于像塞缪尔·理查逊这样虔诚的 18 世纪新教作家来说，这是一个特别需要回答的问题，对他们而言，小说的技艺只有在传达道德真理时才具有真正的合理性，不然，它就是闲散无用甚至罪恶的幻想。

困境在于，你将现实主义表达得越生动，就越能将道德真理表述明白；但同时你也在摧毁后者，因为读者会更加重视现实主义细节，而不是它要体现的普遍真理。这里有一个相关的问题。作为一名小说家，你没法说世界该如何改变，除非你尽可能令人信服地戏剧化呈现它的毛病。但你表达得越有力，世界变化的可能性似乎就越小。狄更斯的后期小说描绘了一个如此虚假、扭曲、令人窒息的压迫性社会，以至于很难看出该如何使它得到修复。

理查逊很清楚，我们在阅读现实主义小说时，既相信又不相信它所说的话。我们的想象力屈服于叙事，与此同时，我们大脑的另一部分意识到这只是虚构。理查逊在私人通信中谈到了"那种我们阅读虚构故事时抱有的历史信念，即使我们知道它是虚构"。这就好像我们没被故事吸引住的那部分头脑还可以自由地反思故事，并从中吸取道德教训。现实主义通过这种方式得以保存，但它也可以发挥更广泛、更深刻的作用。理查逊撰写《克拉丽莎》时评论道，他不想序言里包含任何证明这部作品为虚构的元素，但他也不想别人拿它当现实。这正好捕捉到了现实主义的困境。绝不能告诉读者这本书是虚构的，因为这可能会削弱它的力量。但是，如果读者真的拿它当现实，又反过来可能会削弱其典范性力量。于是，《克拉丽莎》变得像报纸上关于实际强奸的报道，而不是对一般意义上的美德、罪恶和性权力的反思。

面对这种困境的，不仅仅是像理查逊这样有道德意识的作家。我们所说的虚构作品（a work of fiction①），其部分意义就在于要求读者从故事中获得一些一般性反思。这就是为什么"此路不通"（"No Exit"）的路标不是虚构作品，尽管你可以轻松地把它变成虚构，比如说，把它读作关于孤独的自我囚禁的评论。就构思一般含义而言，纪实性故事完全可以胜任。因此，"fiction"的准确含义并非"不真实"。它的意思是"像一个故事（无论真假），它被讲述的方式表明它具有超越自身的意义"。这可能不是最精炼的定义，但它依然提出了一个重要观点。这可能有助于解释为什么小说经常（尽管并非总是）运用使人注意到其文学身份的语言。好像这语言正通过其自我意识发出信号："不要从字面意义去理解。"不过，如果直白地这么说，就会有削弱故事影响力的风险。它还有助于解释小说如何成为意识形态的有力来源，因为意识形态的一个功能就是将特定情况当普遍真理一样去呈现。如果特定的一群学生在荒岛上遭遇海难，在没有学监和板球拍的情况下陷入自相残杀的境地，这就表明所有人骨子里都是野蛮人。

因此，现实主义和典范（the exemplary）之间似乎很难协调一致。如果奥利弗·退斯特只是奥利弗·退斯特，我们可以感受到这个角色的全部力量。然而，这个角色似乎就少了更深刻的象征维度。我们认识他的方式恰如我们了解隔壁的连环杀手——一个像所有连环杀手一样的人，看起来完全正常，毫无个性，独来独往，但撞见你时总来一句礼貌的问候。但假如奥利弗是指向无情和压迫的能指，这会加深他的意义，却又冒着削弱其特殊性的风险。如果继续将能指挤压到极致，则会把他变成一个单纯的寓言。缺乏现实主义的典范是空洞的，而缺乏典范的现实主义是盲目的。

我们所谓的小说，应该是两者交汇的地方。假如你开始描绘，比如说，法律制度的运作，那么小说可能是最行之有效的方式，因为它允许你以最充分突出此制度典型特征的方式进行编辑、选择、换位和重新排列。对审判、陪审团诸如此类的真实描述可能包含太多对于你的目的而

---

① "fiction"指虚构，也指作为虚构作品的小说。——译者注

言琐碎、重复、无关紧要或枝枝叶叶的内容。正是在这个意义上，小说有时被认为比现实更真实。如果你想以尽可能有说服力、尽可能经济的方式勾勒某件事或某个人的主要特征，你会发现自己不由自主地转向小说。你会发现自己在创造情境，让那些事那些人的特征得到最清晰的说明。

评论家 F. R. 利维斯在其小说经典研究论著《伟大的传统》[①] 中提出以两个主要指标来界定一部真正伟大的小说：必须展示他所谓的"面对生活的虔诚敞开"；必须揭示一种有机形式。问题是，这两个要求不容易做到彼此相容。或者毋宁说，只有当"生活"本身揭示一种有机形式时，它们才会真正兼容。小说才会对生活"虔诚地开放"并且不显得夸张冗长。它才有可能做到表象与形式的统一。与此同时，表象与形式的统一，小说的历史又一直被这个问题所困扰。特别是在现代——小说最繁荣的黄金时期——人类生活似乎越来越缺少内在固有的目的；那么，小说强加给它的目的怎么才不会是不合情理的强加呢？它们怎么做到不篡改小说的现实主义的或表征的功能？小说这个现象如何不陷入可怕的自我矛盾？小说向我们展示貌似世界客观图像的东西，但我们确切地知道，这些图像是主观塑造的结果。从这个意义上说，小说是一种具有反讽意味、自我解构的文体。形式似乎与内容相互抵牾。它对不确定、杂乱无序的世界的反映，不断威胁着要削弱它作为小说的连贯性。

我们发现，英语小说一经问世就在这种困境里挣扎。像笛福和理查逊这样的作家，通过牺牲形式保留表象来应对这个问题。笛福甚至不去尝试将其小说塑造成一个有意义的整体；其叙述的杂乱反映了其主题的凌乱。形式和内容之间的鸿沟，是通过抛弃前者来填平的。理查逊在赫赫有名的"即刻写作"中，走的是相似的路径。这种技艺指小说人物在事件发生的当下记录其经历。他笔下一个正在分娩的角色，手里肯定握着笔和笔记本。这里给"形式"塑形的，又是"内容"。理查逊的小说

---

[①] F. R. Leavis, *The Great Tradition*: *George Eliot*, *Henry James*, *Joseph Conrad*, Harmondsworth, UK: Penguin, [1948] 1983.

绝不像笛福的那样松散冗长，但它们必须小心翼翼，切忌强加过于招摇的艺术形式，以免篡改生活体验。所有这些诡计，这位虔诚的清教徒自然会怀疑。任何一种可能介于他和他的内心生命之间的形式或惯例，他也会怀疑。其内心生命是他找到救赎信号的地方，故而必须以原始直接的方式向他呈现。

亨利·菲尔丁走了相反的路，愉快地承认了小说的修辞技巧，并对形式和内容之间的距离，给予了反讽的关注，并不试图去遮掩。对于读者绅士般的理智，菲尔丁表现出值得称道的敬意，他既不允许我们忘记自己正处身于小说中，也不尝试对读者玩弄廉价的欺骗手段。譬如他清醒地意识到，虽然形式的目的要求他的恶棍遭遇一个晦气的结局，要求他的主人公得到幸福，但这种形式与世界的真实面貌呈现滑稽可笑的不一致。在一个不公正的社会里，你不能既表现事物的原样，同时又实现和谐的目的。换句话说，人性之恶，是形式和内容之间的鸿沟无法弥合的一个根源。

或者，你可以弥合，像菲尔丁和继任者经常做的那样；但你必须让读者意识到，这种形式和内容的协调一致，之所以能实现，是因为你在小说里。小说不能被误当成日常生活，这就是为什么它是一种反讽形式的原因。即使是反映日常生活，它也昭示着与日常生活的本质性差距。在现实世界中，范妮、约瑟夫和亚当斯牧师很可能就会被割断喉咙，死在泥沟里。不过，我们仍然瞥见了和解——即使和解是纯粹的虚构，这事实也代表着一种乌托邦的希望。小说是一个乌托邦的意象——不是指它所表征的对象，这个对象可能足够阴郁可怖，而是指表征行为本身——这行为中最有效的一类在不损害其现实性的同时，赋予这个世界以意义。从这个意义上说，叙述本身就是一种道德行为。①

劳伦斯·斯特恩发现了调和形式和现实主义的不可能，并从差异中采摘了一颗果实，这就是有史以来最伟大的反小说之一——《项狄传》。

---

① 关于此条评论里的这一点和其他观点，参见 J. M. Bernstein 的优秀论著，*The Philosophy of the Novel*, Brighton, UK: Harvester, 1984。

叙述者特里斯舛无法在真实描述自己混乱的生活史的同时，赋予它一个整洁的叙事。于是，他的故事分崩离析，以表明现实主义是一项自我解构的事业。正如罗兰·巴特的评论：

> 现实是不可表征的，正因为人们不断尝试用语言来表征它，所以才有文学的历史……文学绝对是现实主义的，因为它欲望的对象，没有别的，只有现实；而我现在要说，完全没有自相矛盾的意思……文学又顽固地不现实：它认为自己对不可能的渴望是理智的。①

如果小说是现代的史诗，它就是——借用乔治·卢卡契的名言——"被上帝遗弃的那个世界的史诗"。在一个事物似乎不再包含任何内在意义或价值的时代，它必须努力追求意义和统一。意义不再被写入经验。罗伯特·穆齐尔在《没有个性的人》第二卷中评论道，能说"什么时候""之前"和"之后"的人很幸运。只要这样的人能够按照时间顺序将事件娓娓道来，穆齐尔继续说，即使片刻之前他还在痛苦中挣扎，他也会感到满足。穆齐尔认为，多数人在与自己生活的关系中都表现得像叙述者：喜欢事件整齐有序，因为它看起来很有必要的样子。唯一的问题是，现代世界"已经变成非叙事"（the modern world "has now become non-narrative"）。

小说寻求克服这一困难的一个方式是凭借角色观念。"角色"将各种事件或经验聚集在一起。能聚合这些不同经历的事实在于，它们都发生在你身上。另一个方式是凭借既涉及模式和连续性、也涉及变化和差异的叙述行为本身。叙事意味着一种必要性，恰如因和果、行动和反应，在逻辑上是相互联系的。叙事将世界安排成一个好像自发形成的形状。

然而，每个叙事又意味着我们总是可以用不同的方式讲述故事；因此，尽管叙事是必要的，每个叙事又是偶然的。现实将容纳大量关于自

---

① Roland Barthes, "Lecture in Inauguration of the Chair of Literary Semiology, College de France", *Oxford Literary Review* (Autumn 1979), p. 36.

己的故事，并且不会自行区分真假。永远不会只有一个故事，就像永远不会只有一个单词或数字一样。对许多现代艺术家来说，不再有一个深嵌于世界本身、我们只需破译技能的大叙事，随着这一点越来越清楚，情节变得对小说越来越不重要。这么多小说以搜寻、探索或远航为中心的事实表明，意义不再是提前设定的。等到利奥波德·布鲁姆在《尤利西斯》中毫无目的地闲逛，甚至不再有寻找的行为。现在，人的运动在很大程度上几乎是为了运动本身。叙事将世界的碎片整合在一起，就像传记，是将个体生活塑造成一个有意义的整体的方式。历史写作在更集体的层面上也是如此。然而，历史和传记也代表着与延宕并分散意义的时间的不断斗争。时间是没有意义的历史或叙事，因为一个事件紧随另一个，它们之间没有真正的联系，笛福的小说就是一个恰当的案例。

小说是我们自由的标志。在现代世界，唯一具有约束力的规则是那些我们为自己发明的规则，从政治上讲，这被称为民主。我们从上帝的单纯语法功能中解放出来。是我们赋予现实形式和意义，小说则是这种创造性行为的典范。正如小说家在对上帝创造的亵渎模仿中变戏法一样创造出一个新的世界，每个个体都塑造了别人无法仿效的生活史。对于一些评论家来说，这就是小说最现实的地方。它反映的最重要的那部分不在这个世界，而在一种只有通过我们赋予它形式和价值才能使世界成为世界的方式。从这种角度去看小说，它是最现实的，并非因为我们几乎可以听见香肠在费金的贼窝里嘶嘶作响，而是因为它揭示了一个真理，即所有的客观性在其本源上都是一种解释。

这不是无保留的好消息，如果我们所知道的唯一世界是我们自己所创造的，那么所有的知识不会变成毫无意义的同义反复吗？难道不是我们只了解自己，而并不了解独立于我们的现实？难道不是我们只拿回了自己放进去的东西？不论怎么说，如果形式是我们强加的，它的权威又何在？我帮助世界生成的事实，使它变得更珍贵；但这事实同时又是威胁着要颠覆其客观价值的那种东西。我们将在弗吉尼亚·伍尔夫的小说中看到这类反讽的存在。

如果价值和意义深藏于个人内心深处，就会产生一种感觉，好像这些东西并非真正"在"世间。这使价值变得任意和主观。它还将现实简化为被抽去意义的对象领域。但是，如果世界被抽去了意义，那么人类就失去了可以有目的地行动的一方天地，从而无法在实践中实现自己的价值。他们越不能实现自己的价值，就越容易从内部瓦解。随着现实被掏空价值，人的心灵开始内爆，留给我们的是什么？一个有价值但不真实的人，身处一个坚实但毫无价值的世界。公共世界现已蜕变成没有灵魂的中立事实，意义和价值被从这里驱赶出去，投入人类主体的内部，然后几乎消失在那里。于是，世界一分为二，裂变为事实和价值、公共和私人、客体和意义。这种景象，对于《小说理论》中的卢卡契来说，就是现代的异化状况，小说以最深刻的形式反映了这一点。

在这种情况下，你怎么能讲故事呢？从一个没有生命、事物互不关联的世界中提炼一个叙事，似乎越来越不可能。所以，小说家掉头而去，转向了内心生活。但这种生活已经被驱使进入了自我，从一个没有灵魂的世界撤退出来；在这个过程中，它变得如此微妙，如此纹理密集，以至于它抵制任何像叙事一样带来束缚和压迫的东西。我们将在亨利·詹姆斯晚期那种试图无所不说又不显拥滞的句式中看到这一点。故而，外部世界对叙事来说变得过于贫乏，内部世界则变得过于丰富。内部世界的叙事成为一个问题，因为人的心灵不再是一个线性事件——在这样性质的事件中，重要的是你的祖先是谁，你是否会将祖先的信仰完完整整地传递给你的孩子——而成为一个集过去、现在和未来于一处，三者相互交织、没有明确边界的所在。内心生活也不会为你提供任何确定的方式，来区分何为重要、何为不重要，因为两者的共同点在于——它们都在你身上发生。乔伊斯的《尤利西斯》中布鲁姆夫妇利奥波德和莫莉的内心独白就是一个很好的例证。这使得普遍的价值危机进一步加深，因为所有经验似乎不加分别地混杂在一起。

于是，对卢卡契来说，小说是异化世界的产物。但同时也是对它的乌托邦式回应。异化是男人和女人意识不到客观世界，乃其主观创造而陷入的一种境况。但写小说这一行为本身为异化境况提供了替代方案，因为小说对世界的"客观"愿景根植于作者的主观性。于是写作行为跨越了主客之间的界限。小说是物化社会中为数不多的客体之一，在每个客观细节中都体现了它诞生于其中的主观自由。从这个意义上说，它的存在本身可以被视为一种针对它所提出的社会问题而准备的富有想象力的解决方案。

卢卡契在《小说理论》中描述的情况，相比19世纪现实主义小说而言，更符合20世纪现代主义小说的事实。19世纪现实主义的伟大作品，从《傲慢与偏见》到《米德尔马契》，仍然能够将事实和价值、客观和主观、内在和外在、个人和社会相联系，无论这些关系多么紧张。就这点而论，它们发轫于中产阶级历史中活跃且充满动能的时段。卢卡契后来论述文学现实主义的作品关注的正是这段历史。只有中产阶级文明陷入那个巨大的危机——那个高峰期从19世纪末一直延续到第一次世界大战结束的危机，现代主义文学才会兴起，小说才从以喜剧为主的形式转变为以悲剧为主的形式。

于是，早期卢卡契对小说形式的描述变得越来越恰当。它是一门艺术，一门不再将困扰它的矛盾塑造成一个连贯整体的艺术。与之相反，正如我们将在亨利·詹姆斯和约瑟夫·康拉德这类作家身上所看到的，上述冲突开始渗透到小说本身的形式中。它们反映在语言的分裂、叙事的崩溃、报告的不可靠、主观立场的冲突、价值的脆弱、整体意义的飘忽不定中。"有机形式"现在是如此遥不可及，或者以如此公然任性的方式呈现，要么被抛到九霄云外，要么像詹姆斯·乔伊斯的《尤利西斯》那样，被怪诞地模仿。现代世界太支离破碎，小说无法把它塑造成一个整体；但也因为有太多关于这世界的表述，再加上过量的专家术语和过于庞杂的知识领域，把它打造成一个整体也已经不再可行。现代主义小说倾向于给我们的，反倒是表现整体之不再可能的空洞能指，这些包括康拉德的小说《诺斯特罗莫》中的白银、史蒂夫在《秘密特工》中画的圆圈、E. M. 福斯特的马拉巴山洞、弗吉尼亚·伍尔夫的灯塔。

现实主义小说代表了人类历史上一种伟大的革命文化形式。在文化领域，其重要性有类于物质领域的蒸汽动力或电力，有类于政治领域的民主。描绘日常、无神世界的艺术是如此熟悉，以至于我们不可能再次体验它问世时具有的那种惊魂动魄的原创性。艺术这么做的同时，最终将世界归还给普通人，那些通过劳动创造世界、现如今能够第一回在艺术中观照自己的普通人。随之诞生了一种即使没有专家的博学、没有昂贵的古典教育，人们也可以娴熟使用的虚构形式。就这点而言，它特别适用于女性这样的群体，她们被剥夺了接受这种古典教育的权利，并且被这种专业知识拒之门外。

小说家中，女性占比很大，因为小说被认为是既现实地对待外部生活，又现实地对待内心生活。在人们的刻板印象里，被视为情感守护者或心灵技师的女性，显然就是书写内心生活的候选人。然而，这不单是一个刻板印象的问题。正如所有受可恶权威影响的社会群体，女性必须善于细致观察，并在阅读中对潜在的敌意世界保持警惕。她们是天然的符号学家，必须为了自身的目的熟练地破译权力的迹象、异议的征象、可能丰饶也可能危险的模棱两可的领域，而所有这一切都有利于小说写作，尽管同样的天赋也有利于培养一名成功的暴君。

从这个意义上说，小说在为中产阶级文化力量提供丰富资源的同时，培育了抵制权威的精神。它如此出色地为中产阶级社会服务，首要的原因不在于它支持磨坊主的事业，也不在于它塑造了贬低罢工工人的刻板形象，而在于它在文化表征领域成为判定何为首要之真实的最高仲裁者。这一版本的现实涉及巨量的编辑和排他性工作。它还涉及对语言实施的某种有组织的暴力。小说的部分吸引力在于，它似乎能够容纳每一种术语、行话和习语，却没有自己的专业语言，反而总使其话语符合特定时间与地点的普通语言。这代表了真正的民主进步。而小说不只反映日常语言，还帮助制定语言上可接受的规则；像所有这些规则一样，这种制定规则的行为也涉及大量的偏见和压迫。

有些小说还涉及某种强硬的、大男子主义的对"文学性"（literariness）的清除——这依然常见于美国那些助长了海明威式文风的创意写作课程，譬如："他还在汽车引擎盖的黏糊糊的无情的残骸上嚎叫、啼哭、扭动，牙齿都沾满了自己的血，我喝了一点白兰地，那感觉就像西罗科风①滚热、干燥、坚决地冲进了我起伏的肠子里。"这种语言的惊人之处在于它过于矫情的讲究——对疲软和夸张的文风怀有清教徒式的恐惧,对"文学性"也持有怀疑,认为它缺乏阳刚之气。现实主义既丰富了语言,也使语言大规模地贫乏,正如目前在美国或英国出版的通俗小说以颓丧的、不那么雄辩的方式所暗示的那样。把语言当成无聊乏味的工具来使用,是当代现实主义最不讨喜的一面。

本书记录的传统则相当不同。在某种程度上,英国小说从笛福的透明风格一直到隐喻丰富的伍尔夫,这是一个写作形式在肌理上逐步丰盈的故事。随着现实日益复杂化碎片化,表征现实的手段也更成问题;这迫使语言和叙事变为更复杂的自我意识。亨利·菲尔丁唬人的自信和亨利·詹姆斯讲究的婉曲之间,隔着遥远的距离。即便如此,这些最上乘的英语小说还是设法做到了一种结合:将对世界的令人信服的表征与既不匮乏也不自恋的语言技巧相结合。

这是斗争的结果,每个小说家——事实上,每个作家——都清楚地知道,因为他们一直在努力挣扎,从一句挣扎到另一句。如何做到既准确(表征现实)又保持高超的技艺?如何避免为形式而牺牲真理,同时还时刻不忘这确实是一部小说,不忘小说中发生的一切,不论它多么粗鲁真实,多么一针见血,多么令人肝肠寸断,多么难以言喻的可怜,都纯粹地、完全地只同语言相关?我们已经看到,"形式"和"内容",设计和表征,在整个叙事中很难调和。但也许它们在我们称之为风格的东西里得以汇聚。如果是这样,那么风格在微观层面上为小说所面临的更大问题提供了一种补偿——这些问题随着我们跨入现代变得越来越严重。这无疑是当我们从奥斯丁的启蒙运动式的清晰转入乔伊斯的现代主义者的不透明时,风格变得越来越引人注目和重要的另一个原因。

---

① sirocco,从北非吹经地中海至南欧的热风,常带来灰尘和雨水。——译者注